U0922716

吕进　向天渊◎主编

诗学

SHI XUE

2022

第十七辑

巴蜀书社

诗学

编辑委员会

目录

论“崛起派”批评的论辩策略及其必要的反思

□白晨阳①

内容摘要：朦胧诗论争中的“崛起派”批评为朦胧诗完成了合法性的确证，并赋予其有着“起点”意义的文学史地位。无论是重新阐释“传统”、主动对接“五四”，还是对现代主义的特殊处理，都是在论争这一特殊语境下有意为之的论辩策略，其目的在于弥合论争双方的对立。需要反思的是，“崛起派”在为朦胧诗“策略地”谋求合法化的同时，忽略了对于其诗歌经验的理论性建构和深度阐释，一定程度上损耗和遮蔽了其诗歌精神的丰富性，也为文学史留下了持续争论和不断阐释的空间。

关键词：朦胧诗论争；崛起派；论辩策略；反思

文学场域中的“论争”作为紧贴文学现场的争鸣，属于一种特殊的文学批评话语。对朦胧诗来说，在那场持续近五年的著名论争大战中，以谢冕、孙绍振、徐敬亚为代表的“崛起”派批评成功实现了对其合法性的确证，并赋予其有着“起点”意义的文学史地位。论战硝烟散去，当我们重

① 基金项目：本文为北京市社科基金青年项目“朦胧诗的批评与接受研究”（项目编号：21WXC008）阶段性成果。

白晨阳（1990 - ），女，山东聊城人，文学博士，国家开放大学人文教学部文学院讲师，研究方向为中国现当代诗歌批评。

回这一“为诗而辩”的文学现场，不难发现，“崛起”论者在对朦胧诗的合法化言说中有着丰富的话语策略和显而易见的论辩思维，从中既可见批评家的敏锐和激情，同时也可见囿于论争这一特殊语境的局限性。

一、根脉的找寻：重识传统与对接“五四”

对朦胧诗的集中讨论，是从诗歌的“懂与不懂”展开的。反对者在诗歌审美和认知层面对朦胧诗进行质疑和批判，将其判定为诗歌的不良倾向。针对此种从读者接受角度出发的批评，支持者从新时期的读者需要提升审美能力、打破“某种欣赏和批评的惰性”的角度予以反击，指出诗歌整体艺术水平的提升需要诗歌和读者的共同努力。在分析朦胧诗晦涩难懂的原因时，批评者多归因于对西方诗歌不恰当的学习和对本民族诗歌传统的忽略，认为那些晦涩难懂的诗歌“大概是受到了‘矫枉必须过正’和某些外国诗歌的影响”①，在学习外国诗时，“囫囵吞枣，生搬硬套，装模作样，照葫芦画瓢”，写出的句子不仅拗口，甚至无法通读，“简直是对民族语言的亵渎”。并且对朦胧诗支持者“绝口不提”中国诗歌的优秀传统表示不满，“学习外国的优秀的东西，如果不和我们民族优秀的东西相结合，必将一事无成”②。这一“指控”继而引申出另一层面的争议，即当代诗歌应该如何接续传统，以及接续哪一种传统的问题。

论争双方对“传统是什么”都有着不一样的认定。在话语权上占据上风的批评者们，在“文学为政治服务”的惯性思维模式下，遵循积极的、进步的革命现实主义诗歌传统，将十七年时期形成的新民歌传统和政治抒情诗传统，视为新诗发展的基础和养分，而绝非应被否定和超越的对象。对此，“崛起”论者意识到为诗歌革新运动寻找传统话语资源和合法历史依据的重要性，因而为朦胧诗建构一种有别于反对派的“传统观”就显得十分必要。

---

① 章明：《令人气闷的“朦胧”》，《诗刊》1980 年第 8 期。
② 峭石：《从〈两代人〉谈起》，《诗刊》1981 年第 3 期。

“崛起”派中，谢冕最先涉及了对新诗传统的思考。1980年5月7日，谢冕的《在新的崛起面前》在《光明日报》上刊登出来。这篇文章旨在呼吁诗坛对于青年诗人的创作给予“适当的容忍和宽容”，不要轻易界定为“坏”诗，因而“惶惶不安，以为诗歌出了乱子了”，“急着出来加以‘引导’”，而是要“学会适应这一状况”，“听听、看看、想想，不要急于‘采取行动’”①。他在开篇就指出“一些新的诗人在崛起”，他们在艺术上“大胆吸收西方现代诗歌的某些表现方式，写出了一些‘古怪’的诗篇”，这其中显露出诸多“‘背离’诗歌传统的迹象”，而面对种种“迹象”我们对如何“判断和抉择”不得要领。在此处，谢冕与某些朦胧诗的批评者一样，将诗歌发生新变的原因归为对西方诗歌的借鉴，但他特意将“背离”二字加上了引号，暗示这并非新诗人对传统的真实态度。其后，他指出中国新诗仅在“五四”的最初十年里出现了多流派多风格的大繁荣，之后的六十年里这种新诗的氛围再也没有出现过，“不是走着越来越宽广的道路，而是走着越来越窄狭的道路”——这也是新诗真正面临的挑战。“走向窄狭”的原因则是由于，在这一过程中诗歌的“民族化群众化”成了唯一的传统，“但凡不同于此的主张，一概斥之为背离传统”，且在文化借鉴上有着明显的排外倾向。这种传统因其绝对的排他性，而成为“凝固的、不变的、僵死的”，“与外界隔裂而自足自力的”，因为也成了“散着霉气的古董”。而真正的传统应“活泼地发展着”，不断吸收同时也是不断演变的，“在它经过的地方，有无数的直流汇入”。这种对传统的理解，不乏真知灼见，与保守的反对派相比体现出更为开阔的文化、历史视野，它源于对新诗诞生以来各个阶段的理性思考以及对现状的恳切关怀，这也是崛起派批评家普遍持有的传统观。

谢冕主动将当下的诗歌创作与“五四”相对接②，认为“当前这一状况，使我们想到‘五四’时期的新诗运动。当年，它的先驱者们清醒地认

① 谢冕：《在新的崛起面前》，《光明日报》1980年5月7日。

② 万水、包妍：《作为策略的“现代主义”：对1980年代诗歌“崛起派”话语的重审与反思》，《辽宁师范大学学报》2016年第3期。

识到旧体诗词僵化的形式已不适应新生活的发展，他们发愤而起，终于打倒了旧诗。”而“五四”新诗革命的成功在于“别求新声于异邦”，批判地借鉴、吸收了国外诗歌中的有益部分，在与中国的白话相结合中，赢得了对旧诗的胜利。他又以郭沫若、戴望舒、冰心、闻一多等人为例，指出他们的成功虽然有对中国古典诗歌资源的继承，但更重要的是对国外诗歌的学习，这一点上“足为我们的楷模”。因此，当下诗歌想要打破“越来越窄狭”的困境，应该接续的传统不是革命现实主义，不是“民族化群众化”，而是恢复新诗“与世界诗歌的联系”这一“五四”新诗的宝贵经验，也即“五四”新诗的传统。

通过与“五四”相连接，被重新指认的“传统”至少具备了两层内容：一是，对僵化文学体式的大胆扬弃；二是，“吸收一切有用的东西以帮助新诗成长”。按照此种阐述，青年诗歌的创作并非反对派批评的那样一味地反传统、制造“异端”，而是在对“五四”新诗传统的继承中带来了充满创新精神、异彩纷呈的“新气象”。在其后的《失去了平静》之后中，谢冕又进一步强化了博采众长对诗歌的重要性，要求诗歌必须在“古典诗歌与民歌”之外吸收新的营养，以“改变长期以来的‘贫血’的状况”。更巧妙的是，他将诗歌的故步自封、积贫积弱与“闭关锁国的政策”相类比，这也潜在地将“五四”的成功经验与当前国家的“改革开放”政策结合起来①。放眼20世纪70年代末80年代初，在思想界，关于真理问题的大讨论和破除“两个凡是”带来了如火如荼的思想解放运动；在社会层面，改革开放成为国家最重要的方针政策。在谢冕“策略的”类比之下，青年诗人的创作与以自由开放为主旋律的主流话语达到了统一。当批评者在强调青年诗人的创作有悖于“为人民服务”的主流价值观之时，谢冕在对“传统”的重新界定中，一定程度上弥合了与主流之间的分歧和对立，为朦胧诗争取了更多的支持和响应。

---

① 赵璕：《八十年代诗歌“场域自主性”重建》，臧棣、肖开愚、孙文波编，《激情与责任》，人民文学出版社，2002年，第326页。

不仅是谢冕，崛起派的其他理论家也将青年诗歌的新质与“五四”诗歌运动接续起来。孙绍振在为舒婷辩护的文章中提出要“恢复新诗根本的艺术传统”[1]，其中特别强调了外国诗歌在舒婷的创作过程中，“超过了我国民族传统诗歌对她的影响”。舒婷常常借助欧美诗歌中的隐喻和象征手法，其目的是为了扩展作品在内容上的容量、加强在思想上的深度。孙绍振指出，这种做法在“五四”时期被郭沫若、闻一多等人大量运用，“舒婷正是继承了新诗敢于汲收外国诗歌的长处以弥补我国古典诗歌某种不足的传统。‘五四’诗歌这一宝贵传统，由于近十多年来片面强调了向古典诗歌和民歌学习而被严重地忽略了”[2]。

除了大胆借鉴的诗歌精神，崛起派也从与“五四”新诗一脉相承的创作实践中，为朦胧诗寻找本土的诗学资源，从而在构建其历史的连续性、合法性。钟文以九叶诗人王辛笛的诗歌与朦胧诗的相似性为例，指出朦胧诗并非“拾洋人牙慧”“崇洋媚外”，“只不过是在恢复新诗应有的面貌，恢复新诗原来的传统罢了”[3]。陈仲义着眼于“五四”之后的新诗创作，从意境、形象、手法、结构、语言等纯粹审美的角度，探讨了朦胧诗“对传统审美因素有什么扬弃与突破”。这是在诗歌审美层面，将朦胧诗的“崛起”看成是对“五四”诗歌传统的重临。可以说崛起论者不约而同地选择将目光投向了“五四”，试图通过接续“五四”这一中国新诗的光辉源头来获得“崛起”的有力支撑。他们主张恢复“五四”以来的新诗传统，以充满理想主义色彩的激情为恢复这一传统所代表的文学精神、文化精神振臂高呼。

二、诗歌现代化与现代主义的“中国身份”

如前所述，论争是从对“不懂”“晦涩”的讨论开始的，此外还有对“表现自我”问题的关注。随着论争双方阐释的深入，潜藏在前述两个话

① 孙绍振:《恢复新诗的根本的艺术传统》,《福建文学》1980 年 4 月号。
② 孙绍振:《恢复新诗的根本的艺术传统》,《福建文学》1980 年 4 月号。
③ 钟文:《三年来新诗论争的省思》,《成都大学学报》1982 年第 2 期。

题背后的现代主义倾向问题，不可避免地进入到讨论的范围之中，并成为反对派声讨朦胧诗的重要论据。在反对派那里，朦胧诗的现代主义倾向，在思想上是对社会主义文艺方向的背离，在艺术上是不加辨别地拾人牙慧。可以说，对现代主义问题始终显隐不一地存在于朦胧诗论争的全程，并引发来自文学内外的各种非议。尝试为朦胧诗及其所代表的诗歌创作倾向争取合法地位的崛起论者，在明显处于弱势的处境下，不得不迂回地、策略地展开论述。

将新时期的“现代化”想象与现代主义并置，是论争期间崛起论批评文章中常见的一种话语逻辑。谢冕最先提及现代诗歌与新诗潮的关系。他言及，新人吸收借鉴“西方现代诗歌的某些表现方式”，是为了“寻求诗适应社会主义现代化生活的适当方式”①。吴思敬在声援朦胧诗的《时代的进步与现代诗》中，则提出了“诗歌的现代化”的概念，以此来置换朦胧诗中的现代主义倾向。他的论述是这样展开的：

> 现代诗是诗歌现代化的产物。诗歌现代化则是就新诗的发展趋势而言的，它意味着对我国传统诗歌包括在苏联美学理论影响下出现的某些定型的新诗的突破，意味着对古今中外诗歌珍品包括现代流派诗歌的借鉴，意味着艺术个性艺术风格的多样化和创作方法艺术流派的多元化，意味着以现代化的艺术语言反映现代中国社会的时代精神，反映现代中国社会的生活节奏，反映现代中国人的思想风貌和心理情绪。②

其后，他通篇都用“诗歌现代化”来指称新诗潮的崛起，强调时代进步和诗歌现代化之间的必然关系：“诗歌要随着时代的进步而不断变化”，并认为，现代化生活方式的高速变化导致人类思维“深度和广度以及抽象活动能力的变化”、联想频率的加快以及在不同概念间的自由组合，因此为诗

① 谢冕：《在新的崛起面前》，《光明日报》1980 年 5 月 7 日。
② 吴思敬：《时代的进步与现代诗》，《诗探索》1981 年第 2 期。

歌创作中的“抽象变形、意象暗示、隐喻通感、省略跳跃等艺术手法的运用也就具备了必然性和合理性。虽然吴思敬的论述中明显可见逻辑的简单含混之处，没有区分世俗现代性（现代化）与审美现代性（现代主义）之间的巨大分延”①，但以“现代化”置换现代主义的“文学进化论”观点，对于处在论辩语境中的崛起论者却是必要且有效的话语策略。

1983年初，“三崛起”中的最后一个“崛起”在中国的西部横空出世，徐敬亚的长文《崛起的诗群——评我国诗歌的现代倾向》由创刊不久的兰州刊物《当代文艺思潮》刊出。在此之前，无论是谢冕、孙绍振还是其他“崛起论”的支持者如江枫、刘登翰、吴思敬、李黎等，他们的文章多是致力于从文学变革、时代进步的角度为朦胧诗的“崛起”寻找合理性，“把异端转化为正统”，对“新的美学原则”的辨析基本属于浅尝辄止，更没有言明和阐发朦胧诗的现代主义性质。作为朦胧诗运动的直接参与者，徐敬亚以当时的整个诗歌现象为背景，系统地阐释了朦胧诗的艺术主张、内容特征和表现手法。文章在观点的表达上开门见山、明确直接，再加上个人主观感情的投入，因而颇有几分诗歌“宣言”的意味。这篇文章一经发表立刻激起千层浪，引发了比前两则“崛起”都要大的争议。最显豁的原因是因为徐敬亚在这篇文章中第一次旗帜鲜明地为朦胧诗盖上了“现代主义”的大印。在论述现代主义的必然性时，徐敬亚将“对生活进行照像式简单写实的传统诗歌”看作是中国“前现代化”阶段的产物，同时也将“现代主义”与当前的“现代化”之路内在地连接起来。他以不容置疑的语气做出判断：“现代艺术的出现，是现代生产方式和生活方式的必然结果”，“中国社会整体上变革，几亿人走向现代化的脚步，决定了中国必然产生与之相适应的现代主义文学”②。在这一点上，徐敬亚与谢冕、吴思敬等人的逻辑思路一脉相承。

与此同时，强调朦胧诗中的现代主义倾向与西方现代派的不同，也是

① 余旸：《“朦胧诗”论争：“中国式”现代主义诗歌的艰难叙述》，《扬子江评论》2009年第6期。

② 徐敬亚：《崛起的诗群》，《当代文艺思潮》1983年第1期。

崛起论者的另一种辩护策略。在论争中，朦胧诗中的“自我表现”始终为人所诟病。徐敬亚在《崛起的诗群》中便着力论述了朦胧诗“自我”的中国属性：“他们的‘自我’是什么样的‘自我’呢？只要稍作一下对比，我们就可以毫不犹豫地说，它是中国的！”“中国社会特殊一致的整体化使他们的诗中的‘自我’强烈地受到民族潜意识的影响。他们的‘自我’是个人对一代人的兄弟般的呼吁”，“在他们的诗里有对十年非人生活的控诉；有对几千年民族艰苦历程的痛苦回味；有对于人性解放的追求和呼吁；有对于现代生活方式和生产方式的憧憬”。除了“自我观”，徐还从内容倾向上的东方气质、诗歌手法诗人的独创性上强调诗歌的中国土壤，譬如“王小妮并没有读过克罗齐的《美学原理》，但诗中却有大量的直觉描写……江河的《纪念碑》不同于西方任何一个诗人的作品——难道我们有些理论家，真的就不相信中国这块土地上能产出自己的艺术？难道一切新出现的手法就一定是‘破烂货’，就一定是从西方捡来的吗?!”[①] 吴思敬一方面论证现代主义与“现代化”之间的必然性关联，一方面也特意将诗歌的现代化与西方现代派划清界限：“诗歌现代化会不会化到西方现代派那里去？不会。”他认为，西方现代派中对包括传统、科学真理、人的价值、世界的可知性的完全否定，与当下青年诗人是“全然不同”的，他们“没有一个是原封不动地专把西方某一现代派照搬过来的”，而是在继承与扬弃中“为建立中国的现代诗而努力”[②]。

应该说，无论是将现代主义论述为“现代化”的必然产物，还是为现代主义寻找它的“中国身份”，同样都是朦胧诗的支持者在特殊语境下为弥合与反对派所代表的文艺方向之间的分歧所采取的论辩策略。通过“策略地”自我辩护，一定程度上回避了现实主义和现代主义之间的根本对立，朦胧诗的合法性也在逐步得到确认。虽然，在这一过程中对朦胧诗中的现代主义质素的处理有“简单化、本质化”之嫌，但毕竟从朦胧诗论争

① 徐敬亚：《崛起的诗群》，《当代文艺思潮》1983 年第 1 期。
② 吴思敬：《时代的进步与现代诗》，《诗探索》1981 年第 2 期。

开始，当代诗歌正式开启了它的现代主义叙述之路。正如有论者所说："'朦胧诗'是不是属于现代主义（或现代派），或者是否需要专门为它创造一个'中国式现代主义'的标签，本身并不重要，重要的是通过'朦胧诗论争'，现代主义作为一种审美理想在中国文学场中实现了它'顽固'的合法性。"①

三、必要的反思："崛起"中的"遮蔽"

以"三崛起"为核心的崛起论批评对朦胧诗合法性的最终获得有着不言而喻的重要意义，应该说，崛起论者成就了朦胧诗。但是，在崛起批评对朦胧诗的激情认同和"崛起"想象中，也不可避免地有失偏颇、有所遮蔽，这对朦胧诗的发展及其文学史叙述都埋下了问题的种子。

其一，论辩语境的特殊性导致诗歌理论建设上的不足与偏误。谢冕的"崛起"，如前文所述，更多的是对"五四"精神的重新提及以及对"传统观"的阐释，进而以一个诗评家的道义感和敏锐度发出吁求，诗坛真正在发生新的变革，一批青年诗人在进行同于传统的诗歌探索，对此我们应该给予支持。除此之外，文章并不致力诗歌理论的深度阐释。这一点，谢冕在其后的《失去了平静之后》《中国最年轻的声音》中有所弥补，但也多是出于对反对派提出的诸如"懂与不懂""传统与西化"等问题的回应。这些文章篇幅不长，对一些基本的诗学理论问题大都没有充分展开论述。这并非由于评论家自身理论素养和学术深度的欠缺，而是急于为居于弱势地位的朦胧诗辩护所致。孙绍振的"崛起"，通篇读来敏锐犀利，题目虽为《新的美学原则在崛起》，文章中却没有对这种"美学原则"做出一个明晰的概括和定义，集中阐释了人道主义精神、文艺创新的普遍规律以及哲学、社会学等层面的问题，缺乏从诗学、美学的角度对诗人艺术风格的

① 何同彬：《晦涩如何成为障眼法——从"朦胧诗论争"谈起》，《扬子江评论》2009年第6期。

分析和总结。这篇文章是孙绍振参加完北京的“定福庄会议”之后的急就章，因而行文时难免有欠周密之处。并且，除了与他有特殊地缘关系的舒婷之外，孙绍振对其他朦胧诗人的了解并不是十分全面，在涉及具体的诗歌问题有明显的隔膜感。

相比于前两个“崛起”，徐敬亚的《崛起的诗群》最多地进入到诗歌的本体层面，他从“艺术主张”“内容特征”“表现手法”三个方面明确新潮诗歌的现代主义特征，在理论建设上有所突破，将讨论推到了新的高度。但是，徐敬亚作为朦胧诗的局内人，想要为其正名的愿望过于强烈——如他本人所说“也许是由于身在其中，我一直十分尊重朦胧诗对中国现代主义艺术的血泪开拓”① ——加之不可避免的诗人心性，令其文章在整体合理之中表现出“激情胜过思辨，文采冲淡分析，抒怀有余而逻辑上不够严密”② 的显著倾向。从学术文章的角度来看，存在概念使用上的不科学、逻辑的疏漏和立论的偏颇等有失严谨之处。譬如，为了建立现代化建设与现代主义诗歌之间的必然联系，将古典诗歌与封建社会的旧道德和小生产经济做直接的因果关联，这是明显缺乏科学论证的简单化结论。作为新时期第一篇现代主义诗歌的宣言，徐敬亚的现代主义论述也是不够客观稳健的。这一点在崛起批评中普遍存在。

应当说，崛起论者在朦胧诗论争中引发的对“现代主义”的讨论，让长久中断的“现代主义”话语以诗歌的名义重新回到了当代文学批评的视野之中。在这一点上有着重要的文学史意义。然而，现代主义本身是复杂的、有多重所指的文学概念，在西方文艺理论家那里都言明“这个词令人费解、变幻无常，定义又极其错综复杂”③。崛起论者理所当然地以之为朦胧诗的影响源和诗学核心，但又不对这一概念的内涵和性质做明晰的梳理

---

① 徐敬亚：《前言一：历史将收割一切》，《中国现代主义诗群大关（1986—1988）》，同济大学出版社，1988 年，第 1 页。

② 李黎：《中国当代文坛的奇观》，《批评家》1986 年第 2 期。

③ ［美］欧文·豪：《现代主义的概念》，刘长缨译，袁可嘉等编：《现代主义文学研究》，中国社会科学出版社，1989 年，第 168 页。

与归纳，而是直接去分析它的“创造性本土转化”，必然会导致理论依据缺乏，进而带来认识上的偏误与结论的欠妥。譬如：孙绍振和徐敬亚对“表现自我”有近乎偏执的强调。将“自我”从三十多年的放逐中拉回诗歌内部，本来无可厚非，但是说诗歌“不屑于自我世界之外的丰功伟绩”“主张写自我，强调心理”“表现世界，是为了表现自己”，是大大窄化了诗歌的容量，“混淆了自我与时代、人民的关系，易使人走进纯粹个人主义的蜗居”①。

从诗歌发展史上来看，诞生在特定历史时期、有浓厚时代色彩的朦胧诗，在现代主义的程度上，前不及20世纪40年代自觉学习艾略特的九叶派，后不及有更明确现代主义或后现代主义诉求的“后朦胧诗”，它在诗歌表现方式上有着显而易见的浪漫主义惯性，其创作手法和艺术精神“大致停留在杂糅‘浪漫主义’‘现代主义’艺术范式的有机组成”②。但是执着于现代主义言说的崛起论者，明显未将这一层复杂性涵纳进来。而将1980年宣告为中国现代主义的开端，也暴露出徐敬亚在历史视野上的局限性，以及急于为自我正名的简单粗暴。且不说在现代文学时期已经纵深发展过的现代主义诗脉，就是在徐敬亚参与其中的“今天派”中有很多诗作都是创作于新时期之前，他本人不可能对此毫不知情。这种切断历史连续性的诗歌史观，为其后的诗歌研究者所诟病：“徐敬亚和这个时代的人们只是看到了它露在水面上的部分，而远没有注意到它在水面以下的存在，它的久远而巨大的基础，它的早已披荆斩棘奋然前行的先驱者，它早已达到的深度、高度和难度”③。与此同时，这也是朦胧诗之后现代主义诗歌的“当代起点”问题一再被提及和争论的原因之一。

其二，论争对朦胧诗的另一种遮蔽，是对其诗歌精神丰富性的折损和删减。如前文所述，“崛起派”在为朦胧诗辩护时，借用“五四”精神中

---

① 罗振亚、李宝泰：《朦胧诗的争鸣与价值重估》，《北方论丛》1996年第2期。

② 陈旭光：《中国诗学的会通——20世纪中国现代主义诗学研究》，北京大学出版社，2002年，第283页。

③ 张清华：《朦胧诗：重新认知的必要和理由》，《当代文坛》2008年第5期。

反叛传统、大胆创新的精神，寻求与主流价值观之间对立性的转化，并通过内容与形式的两分法，从表达方式、诗歌技巧等方面肯定其诗学意义。这种去历史化的论述，刻意回避了朦胧诗在思想内容上的异质性、反叛性，其在主题内蕴上的批判性、启蒙精神、理想主义的承担被读者和大量的朦胧诗模仿者所忽略，而这恰恰是朦胧诗最为宝贵的精神内核。在“崛起论”者的言说中，朦胧诗的自我表达常被理解为是对“五四”时期“人道主义”文学观的简单重复，但事实并非如此。“五四”时期的“人的文学”是在新文化运动鼓动下，以冲破一切的勇气、狂飙突进的乐观主义激情，反对封建桎梏和“非人的文学”，来奔向全新的社会、建构全新的文学世界。而朦胧诗人虽然同样也是从“人”的角度出发，发出与时代紧密相关的文学性呐喊，但是他们所处的历史语境更为复杂，政治意识形态的庞然大物曾左右他们的命运、夺走他们的青春与理想，因此有更为矛盾、复杂的精神负重，既有痛苦、黑暗与压抑，还被迫获得了“一种具有现代意味的荒谬和‘倒挂’经验”[①]。正如北岛诗中那个荒诞的、变形的自我，“万岁！我只他妈了一声/胡子就长出来了……我不和历史作战/并用刀子与偶像们/结成亲眷……当天地翻转过来/我被倒挂在/一棵墩布似的老树上/眺望”（《履历》）。读者在诗中获得的惊心动魄之感，不是源自对“五四”的复制和对现代派技法的移植，而是源自诗人灌注在诗中的彻骨的生命体验。

显然，“崛起论”批评中缺乏对朦胧诗歌精神的真切触碰，以至于将朦胧诗简化为只注重自我袒露和新潮技法的单薄形象。在朦胧诗潮后期，诗坛出现了大量只简单模仿、复制朦胧诗技法的仿作，诗人纷纷以会写“朦胧诗”为荣。然而这些“泛朦胧诗”仅是粗浅学到了一些现代主义的形式技巧，而朦胧诗中那沉重的心灵世界、独立不倚的个体姿态和新异的美学观念却不同程度地被忽视和误读。这不仅影响了文学史对朦胧诗的整体价值评价，其时仿作的横行泛滥更是激起了诗坛的不满，对朦胧诗的反

---

① 徐国源：《中国朦胧诗派研究》，文史哲出版社，2004 年，第 39 页。

叛和超越也随之而来。

众声喧哗的朦胧诗论争，使朦胧诗得以强势出场，并迅速被赋予独一无二的起点意义。朦胧诗人在论争中不可避免地经受了种种质疑、嘲讽、批判和否定，虽然已经不复曾经的惊险，但在当时的社会语境下，仍然成就了诗人们的英雄形象，“朦胧诗”和“朦胧诗人”一时风头无两。但受制于具体的历史语境，朦胧诗的支持者在“策略地”谋求合法化的同时，忽略了对于其诗歌经验的理论性建构和深度阐释，一定程度上损耗和遮蔽了其诗歌精神的丰富性，也为文学史留下了重新阐释、补充和改写的空间。但不可否认的是，这场论争为新时期诗坛带来了诸多积极的因素，客观上促进了新时期诗歌场域、文学场域自主性的重建。即便朦胧诗的“崛起”中存在漏洞与矛盾，但是我们仍然要致敬那些“为诗一辨”的批评家们，他们犹如风暴中的前行者，匆匆的步履虽然不够扎实稳健，但由于方向的正确，成功护佑了诗歌从非议向包容、从单一向多元走来。

第三代诗歌：现实主义精神的呈现及反思

□邱志武①

内容摘要：第三代诗歌涵盖内容丰繁而驳杂。其中，以“他们”与“莽汉”为代表的诗派表现出一种对现实主义精神的高扬。它们所倡导的价值理念和现实主义诗歌所强调的“按照事物的本来面目来描写”在具体写作实践中具有逻辑的契合性。第三代诗歌现实主义精神呈现的重要原因一方面在于来源于现代主义在新的时代背景下对于现实主义挤压而使其主动进行自我调整；另一方面则在于日渐形成的日常审美意识的影响。第三代诗歌聚焦现实为诗歌的发展带来了一定程度的变化，甚至对后来的诗歌发展走向产生了重大影响。

关键词：第三代诗歌；自我调整；日常审美；现实主义精神；反思

20 世纪 80 年代中期，“中国诗坛 1986 现代群体大展”由《深圳青年报》和《诗歌报》联袂举办，集中展出了他们派、莽汉主义、大学生诗派等 60 余家诗派，推出韩东、于坚、李亚伟等 100 多名新生代诗人，全景式

---

① 基金项目：本文为辽宁省社会科学规划基金项目“1978 年以来中国现实主义诗歌的嬗变和反思”（项目编号：L21BZW001）阶段性成果。

邱志武（1978－），男，辽宁朝阳人，文学博士，大连民族大学文法学院讲师，主要从事中国新诗研究。

展现了第三代诗歌在诗坛上闪现的熠熠光彩。出于对朦胧诗“影响焦虑”的主动规避及西方文艺思潮的蛊惑与启发，同时对现实主义诗歌认识的逐渐深化而普遍获得一种共识：并非仅仅对客观现实的再现才是现实主义，注重对日常生活进行叙写和开掘，强调表现一种自在状态，体现出一种素朴和简洁，籍有一种大道至简的趋向，从而展现出一种质朴的现实主义精神。

第三代诗歌是个笼统所指，其涵盖内容丰繁而驳杂，有表现生命体验的，有追求文化史诗品格的，还有倾慕生活流形态的，等等，其中就生活流诗歌而言，表现出对现实主义精神的高扬。对于第三代诗歌中表现生命体验的或现代文化史诗的诗歌，并非本文关注的主要内容。这里，重点考察第三代诗歌中生活流倾向诗歌。在下面的论述中，将以第三代诗歌中的“他们”与“莽汉”诗派为中心展开论述，探讨现实主义精神在这些诗派中是如何具体展现的，这种精神背后的生成原因是什么，并且又带来哪些影响？

一

张清华认为：“第三代内部比较复杂，但主要又分为两种流向，一是在后期朦胧诗的文化主题与玄学上继续向前滑行，但又融合了外来的结构主义理论的一派，如‘整体主义’‘非非’等；另一流向是反对朦胧诗的文化贵族心理与唯美倾向、主张粗鄙的平民美学的一派，如‘莽汉’‘他们’‘大学生诗派’等等。”[①] 徐敬亚在谈到第三代诗歌时指出，是从生命最基本的生存本能的缝隙中冒出的“恬淡、亲切、平庸的炊烟”[②]。张清华所言的“反对朦胧诗的文化贵族心理与唯美倾向、主张粗鄙的平民美学的一派”和徐敬亚对第三代诗歌的认识，揭示出第三代诗歌与现实主义千丝

① 张清华：《好日子就要来了么——世纪初的诗歌观察》，《穿过尘埃与冰雪》，西北大学出版社，2010 年，第 93 页。

② 徐敬亚：《生命，第三次体验》，《诗歌报》1986 年 10 月 21 日。

万缕的联系。“他们”“大学生诗派”“莽汉主义”等为代表的日常诗、口语诗等，在这些诗人看来，主张回到生活现场，否弃高大上的责任感，表现出一种自然和素朴的现实主义观。不否认第三代诗歌中所彰显出来的现代主义及后现代主义倾向，与此同时，也注意到了一些诗歌中留存着的现实主义。当然，这种现实主义与传统现实主义是有区别的，准确地说这些诗歌表现出一种现实主义精神。

自朦胧诗诞生以来，诗歌已经逐渐否弃了反映论的创作观念，开始倾向追寻创作主体感觉的真实。第三代诗歌①和现实主义有没有关联？答案是毋庸置疑的。诗歌与现实的关系是复杂的，诗歌离不开现实，诗歌不可能生活在真空中，诗歌和现实表现出一种复杂的骨肉相连的关系。程蔚东在《别了，舒婷北岛》中说道，“……一进入现实生活，我们便发现你们太美丽了，太纯洁了，太浪漫了，于是我们忍痛割爱。别了，舒婷北岛，我们要从朦胧走向现实。……我们宁愿做平民诗人，也不要成为贵族作家。”② 年轻一代喊出了带有宣言式的口号，表明了他们不愿意享有那种“高高在上”的优越感，而更愿意走向“现实”做一个“平民诗人”，将现实人生的种种境况投射进诗歌中，从而在粗犷的诗歌形态中凸显出现实主义精神的巨大征召力和感染力。

在“他们”诗歌中，于坚的诗歌富有生活气息，展示出一种原生态生活现实，映衬出坚实的现实主义底色。比如，《尚义街六号》中充溢着浓厚的生活气息：“尚义街六号/法国式的黄房子/老吴的裤子晾在二楼/喊一声胯下就钻出戴眼镜的脑袋/隔壁的大厕所/天天清晨排着长队”，诗人从日常生活场景中撷取诗意，凸显出平凡之人的现实人生，逼真细腻的生活场景，仿佛随手拈来、俯拾即是，诗人除却铅华，像局外人一样守望着这

---

① 本论文中对于“第三代”概念的运用，取其较为狭隘的内涵界定，即洪子诚先生在《〈第三代新编〉序》当中所谈到的，“第三代”专指80年代中期，由韩东、于坚等人提出的，主要包括了“他们”“非非”“莽汉”等诗歌流派和团体所进行的一系列“反文化”“反崇高”“反意象”等具有日常口语化美学倾向的诗歌运动。

② 程蔚东：《别了，舒婷北岛》，《鸭绿江》1988年第7期。

个世界，力图不动声色的冷处理，仅仅在于表现世界如此存在着，仅此而已。“很多年　屁股上拴串钥匙　裤袋里装枚图章/很多年　记着市内的公共厕所　把钟拨到7点/很多年　在街口吃一碗一角二的冬菜面/很多年　一个人靠着栏杆　认得不少上海货”（于坚《作品52号》），作者似乎在不经意间表现出生活的日常，流露出一种平实、淡然的生活气息。于坚并非将日常生活场景完全搬进诗歌，但是像“尚义街六号”和“法国式的黄房子”都确实存在，即使是“老吴”也确实是于坚的老友，不一一而足，于坚诗歌表现的内容就像他的生活一样，闪耀着日常生活的影子，表现出浓厚的现实主义气质。“一切都要铺平　包括路以及它所派生的跌打　药酒　赤脚板　烂泥坑和陷塌这些旧词/都将被闪着柏油光芒的‘平坦’和‘整齐’所替代/这是好事情　按照图纸　工人们开始动手/挥动工具　精确地测量　像铺设一条康庄大道那么/认真”（《事件：铺路》），在平缓的语调中，诗人对铺路这一现实生活中常见景象进行了描述。对于于坚的诗歌，长期以来总是立足于第三代诗歌对朦胧诗反叛意义上着眼，回归诗歌本真，平心而论，很难说这不是现实主义诗歌，事实上，于坚的诗歌展示出一种日常生活化的现实主义。

“莽汉”诗歌，作为第三代诗歌中重要成员，其内在质地也闪耀出浓郁的现实主义精神。对“莽汉”诗歌来说，“莽汉”并非单纯指向一个纯粹诗歌概念，从字面中还映射出一种动作行为姿态和一种面对生活的具体方式，某种程度来说，这个诗歌流派融会了中国聚众起义的传统和美国20世纪五六十年代“垮掉的一代”的思潮。由于受到艾伦·金斯伯格的长诗《嚎叫》的影响，莽汉诗人在具体创作中崇尚用口语来进行表达，诗歌中习惯用一种故事性、喜剧性方式表现出生命的真实和丰富。“莽汉”诗歌的作者就像一群调皮的孩子，不管多么招风，多么吵闹，但不失孩子的单纯和真实。他们在调皮捣蛋“作”的背后表现出原生态的生活真实，不虚假、不做作、不掩饰，现实如此，诗歌也如此。但是，应该说第三代诗歌中这种似乎未经洗练的现实，和原生态的现实是有所区别的，原生态的现实是混含着腌臜与圣美的现实，而第三代诗歌中所呈现的现实则是一种亲切和自然的现实。比如，李亚伟的《中文系》塑造了一群玩世不恭、厌倦颓丧、放荡不羁、迷惘荒诞的中文系大学生形象，这些人不满现状而采取一种自恋、自渎的软反抗方式。劳·坡林说："我们务必谨慎，不可随便把诗中的情节安在诗人身上。诗人和小说家、戏剧家一样，有充分理由把自己的实际经验加以改装，使之具有普遍意义。因此，我们把每首诗都应看作戏剧性的，就是说这是故事中人物的发言而非诗人自己的发言。"① 固然不可把诗歌中人物和诗人自己等同起来，但是应该注重把诗中的人物和作者所处的生活联系起来，不应否认作者可能在现实生活中看到了这些人，从而把他们进行进一步加工和处理。完全有理由认为，《中文系》就是从现实生活实际出发以文学方式对20世纪80年代后期死板沉闷的大学教育表达了不满、怀疑和嘲讽，充满了幽默感、喜剧感和滑稽感。《莽汉主义宣言》中声称："以前所未有的亲切感、平常感及大范围连锁似的幽默来体现当代人对人类自身生存状态的极度敏感。"② "莽汉主义"诗人对其艺术对象不绕弯子，讲究单刀直入，追求的是"亲切感""平常感""幽默感"的写作风格，以一种务实态度实现对人生和命运的关注和聚焦。臧棣曾指出："在20世纪中国诗歌的写作史上，没有哪一代诗人比后朦胧诗人更迫切地渴望加强诗歌同我们时代的生存境况的联系，而且这种联系还必须显示出直接性、本真性、体验性和实验性的特征，不再受制于以往唯我独尊的文学的经验性。"③ 貌似放荡不羁、混沌中却恰恰体现出对生活本真的追求，彰显出骨子中的现实主义底色。

对第三代诗人而言，将反叛朦胧诗作为自己的使命感和责任感，这种动力源自不满朦胧诗中对于意象的过度使用，因为意象使用一旦成为一种思维习惯和陈词滥调将会遮蔽诗歌认知世界的新鲜感和感受力，所以第三

---

① ［美］劳·坡林：《怎样欣赏英美诗歌》，殷宝书编译，北京出版社，1985年，第19－20页。

② 李亚伟：《莽汉主义宣言》，《中国现代主义诗群大观》，徐敬亚等编，同济大学出版社，1988年，第95页。

③ 臧棣：《后朦胧诗：作为一种写作的诗歌》，《中国诗选》，闵正道主编，成都科技大学出版社，1994年，第344页。

代诗歌拒绝朦胧诗那种以意象、通感等方式创造诗意的有效性，主张从隐喻后退，回到隐喻之前，这是一种以“减法”方式使人类重新获得感知世界的捷径，从而使个体的新鲜体验从模糊到清晰，由麻木到澄明，最终呈现出事物本来面目与真实状态。应该说，第三代诗歌所倡导的这种价值理念和现实主义诗歌所强调的“按照事物的本来面目来描写”在具体写作实践中具有了某种逻辑的契合性。

总体来说，“他们”诗歌和“莽汉”诗歌坦诚面对现实、人生和生活，注重原生态表现现实，以写实作为其创作主要趋向。这些诗歌从总体精神气质来看，应该划归为现实主义诗歌范畴，但与现实主义诗歌相比，他们展现出一种新的历史和时代背景下的包容性和开放性。事实上，当诗歌在现代主义旗帜下狂飙突进的时候，其自身就孕育着现实主义因子，而诗歌的自我觉醒和反思能力一旦萌生，就可能出现“刹闸”的力量。作为文学“轻骑兵”的诗歌，自身孕育着这种先知先觉的本领。或许，诗歌这种现实主义流向对20世纪80年代中后期新写实小说的出笼、发展衍变具有昭示和启发意义。

二

对于第三代诗歌的日常生活化表现，虽不乏琐碎、粗犷，但是憨厚、真实。追踪溯源，一方面来源于现代主义在新的时代背景下对现实主义挤压而使其主动进行自我调整，另一方面则在于日渐形成的新的审美意识——日常审美的作用和影响。

（一）现代文化思潮的影响

20世纪40年代，随着“二战”的结束，在整个西方文化语境中，后现代主义发展起来并逐渐成为一种具有国际性影响的文化现象。它虽然发生于欧美发达国家，但是却以迅捷的速度波及第三世界，其范围之广、势头之猛、对人类文化领域影响之深，远甚于现代主义。“资产阶级由于开拓了世界市场，使一切国家的生产和消费都成为世界性的了……物质的生产是如此，精神的生产也是如此。各民族精神产品成了公共的财产。民族的片面性和局限性日益成为不可能，于是许多民族的和地方的文学形成了一种世界的文学。”① 随着现代科技的月异日新、突飞猛进，时空界限迅速缩短，这种“世界的文学”不可避免地蔓延到包括中国在内的第三世界，为第三世界的文化语境注入新的精神激素②。

自 1986 年开始，现代主义诗歌大展在诗歌界掀起一股旋风，标志着现代主义在我国已经产生一定影响。可以说，这一时期现代主义独领风骚，成为当时诗歌创作中最时髦的创作观念和方法。在这种新的时代潮流裹挟下，现实主义诗歌也静悄悄地发生了变化，不可否认，现实主义在新的时代语境中受到了现代主义的巨大挤压。那么，现实主义的出路在何方？王纪人认为，“现实主义不是一个固定的模式和封闭的体系”③。现实主义要在新的历史条件下有所发展，必须吸纳新的元素，进行适时地借鉴和创新，而不能故步自封、停滞不前。正是秉持这样的艺术观念，现实主义接受了现代主义、后现代主义潜移默化地影响，用一种本真的、原生态的艺术观念进入自己的生命历程进行真实的诗歌创作。可以说，在 20 世纪 80 年代，现实主义虽然受到先锋诗歌的挤压，但是它不断吸收其他创作方法的营养转化为自己的血肉，无论是主动出击还是被动裹挟，实际的效果都深化和发展了现实主义对现实的表现能力，大大拓展了艺术自身的表现空间。

（二）日常生活审美的开启

20 世纪一度产生深远影响的现象学理论，其重要观点之一在于主张“回到事物本身”，这对日常美学的诞生具有重要的催生意义。日常美学强调的是生活本身就是审美。恪守于当下，将日常生活和事物作为表现对

---

① ［德］马克思、恩格斯：《共产党宣言》，人民出版社，1991 年，第 29 - 30 页。

② 一个例子是：尽管主动借力垮掉派的莽汉主义代表诗人李亚伟并不承认垮掉派对于莽汉主义的催生作用，但有学者对此经过缜密的论证后予以否认，并详细分析了这种影响存在的可能性。（白杰：《莽汉主义诗歌：“垮掉”阴影下的游走》，《江汉学术》2016 年第 3 期）

③ 王纪人：《也谈现实主义与现代主义》，《解放日报》1983 年 6 月 7 日。

象，自然而然建立起一种日常生活审美，这种日常生活审美不超脱时空去寻求普遍真理和历史的、哲学的意义，也不冥思苦想审美对象之外的繁复意义。对日常生活审美而言，现象就是本质，本质就是现象，表现日常生活，也就表现了所有一切。日常美学的开启，对第三代诗歌的生发无疑起到推波助澜的作用。

对于处于转型期的社会而言，由于社会剧烈变化，人们不可避免地产生焦虑、烦躁，甚至是忧心忡忡的情感体验。“焦虑乃是人在其生存受到威胁时的基本反应，是某种人视为与其生存同等重要的价值受到威胁时的基本反应”①，具体到20世纪80年代中期的文化语境，其中更多的是对于浮躁、混沌的文化转型的恐惧和困惑。根据弗洛伊德的看法，人在特定情景中所感受到的焦虑程度，很大程度上依赖于个体关于外在世界的知识感与权力感。对熟悉的日常生活的强调，有助于缓解人的焦虑性体验。“几乎在所有的社会情境中，对偏离的恐惧都是一个基本的因素。人们不想突出自己与众不同，总想与别人差不多。一个人面临着与群体意见不一致时是不愿偏离的。他想要群体喜欢他、优待他、接受他。他害怕如果他与群体意见不一致，群体会讨厌他、虐待他或驱逐他。为了避免这些后果，他总是趋于遵从。”② 和别人一样，这是人在特异环境中所产生的本能选择。在日常的生活场景中，保持一种平常的心态，这是人处在转型社会中的一种自我保护。日常生活的出场，使精英主义和个性主义彻底泯灭，同时对于个性、理性、独立、批判等话语构成巨大的肢解性和腐蚀性。

应该说，现实主义在20世纪80年代中期的演进过程中，日常生活逐渐作为一种经验对象被描述、被阐释，并且逐步上升为固定的思想形态。日常生活成为现实主义诗歌聚焦的表现对象，关键在于日常生活本身就是一种现实主义。“诗歌不是日常生活中的事件，它不带来什么也不改变什么。它至多是个‘缝隙’。最终又被吸入、分散在日常生活中，为日常生

① ［美］罗洛·梅：《人寻找自己》，冯川等译，贵州人民出版社，1991年，第25页。

② ［美］J. L. 弗里德曼等：《社会心理学》，高地等译，黑龙江人民出版社，1997年，第442页。

活所包容。”[①] 由此可见，诗歌并不是悬浮于日常生活之上，而是存在于日常生活之中，现实就是诗歌，诗歌就是现实。现实主义的这种日常性具有广泛性，在生活中举手投足间都会触及。并且这种琐碎的生活是任何人都无法超越的，生活本身成了一个无法拒绝的存在。“所有的人都无法逃脱日常琐屑的浸泡，所有的人都面对一个巨大切实的生存无底洞，所有的人都自觉或被迫加入这一天造地设的‘仪式’。”[②] 表现日常生活，就是在表现现实主义，这是现实主义无法被拒绝的客观存在。

诗歌本该属于一种非日常生活形式，但是由于诗歌来源于日常生活，因而与日常生活又保持着密切的联系。这样，表现日常生活就逐渐成了诗歌的一种应有之意，并且这种表现在诗人那里逐渐占据了一种心理优势，由此对日常生活的书写表现出一定的普遍性。但是，总是迷恋于对日常生活的表现也可能适得其反，在触及日常生活中那些所谓原生的、人性的诗歌中，久而久之，容易缺乏一种对于日常生活的浓缩和提炼，更不用说对这种生活的超越和批判。可见，对日常生活的警戒是必要的。有论者在评述20世纪90年代小说时指出，“作家进入社会领域，并深入到人的日常生活，在具体的生活细节中，进行思想和写作。但在另外一种意义上，却又多少限制了作家的想象力，在平实的叙述中，艺术上又显得有些单一和平面”[③]。虽然这段话是针对90年代小说而言的，但是对理解开启日常话语之后的现实主义诗歌的局限性富有启发意义。陷于日常生活的琐碎，使诗歌想象力的发挥受到一定的限制，而可能抑制了对日常生活审美的超拔与提炼，结果使诗歌最终成为平庸的代名词。

自20世纪70年代末，中国社会开始渐趋转型，经济建设逐步取得主导性的支配地位，到80年代中期，商品经济的发展已经取得一定成效，由

---

① 崔卫平：《诗歌与日常生活》，闵正道主编《中国诗选》，成都科技大学出版社，1994年，第311－312页。

② 陈仲义：《体验的亲历、本真和自明——生命诗学》，陈超编《最新先锋诗论选》，河北教育出版社，2003年，第44页。

③ 编者的话：《平实叙述中的忧思》，《上海文学》1997年第9期。

此驱动社会世俗化进程的加速，社会世俗化的铺开带来了两个后果：一来扭转了将政治生活作为日常关注的首要对象而转向个体的日常生活，二来提高了对个体日常生活关注的权重，满足个体需要和追求自身物质享受成为越来越多人们的不二选择。但是，应该看到的是，追求个体的日常生活还只是一个“公开的秘密”，还不能堂而皇之地登上大雅之堂，由于这种思想形态尚未完全取得合法性地位，与当时主流的社会道德规范仍然存在不少悖逆之处。有人甚至认为：“不少标记为‘现实主义’的作品，只能算作‘现时主义’。……‘现实主义’需要一种精神，‘现时主义’只是某种情绪。”① 这从侧面反映了现实主义已经趋向“现时主义”，强调“现时”即是对当下日常生活的描述和沉迷，实际上对日常生活的表现，就是无声无息地对现实主义的“坐实”。

现实主义诗歌并不排斥想象力，或者说，现实主义是心怀理想的，日常生活的生命力和注意力聚焦于现实生活，固然彰显出现实主义的广阔天地。但是，硬币总会具有两面性，长期徘徊于“此岸”世界，过分注重“现时”与“现实”，将会导致想象的匮乏、精神的逃逸、“彼岸”的疏离，现实主义可能也会越来越陷入“实”的美学窘境，终将会面临着美感消退的危险，这是开启表现日常生活的闸门而带来不可豁免的悲剧性。

三

不可否认，第三代诗歌在当代诗歌史中占有重要地位，在理念上信奉生命的真实性，打破了诗歌与生活之间的界限，使诗歌回到生命本体，注重个体性的生命体验；在诗歌艺术策略上消解了诗美、诗境、诗情、诗艺，价值和意义被悬置；在创作态度上消解了严肃认真的创作态度，主张诗歌呈现出一种平民化、生活化色彩，第三代诗歌确实彰显出现实主义精神，对朦胧诗追寻的那种繁复意象起到了一定的矫正作用，使诗歌走入接

① 刘醒龙：《现实主义与现时主义》，《上海文学》1997 年第 1 期。

地气轨道，但是，第三代诗歌聚焦现实也确实为诗歌的发展带来了一定变化，甚至对后来的诗歌发展走向都产生了重大影响。

第三代诗歌中彰显的现实主义，主要表现在生活流趋向的诗歌上，现实生活像水一样注入诗歌，使诗歌失去了其固有的审美范式，按道理来说，诗歌本来是人类精神的桂冠，第三代诗歌的审美选择对人类的认知、对诗歌的审美表达都带来了深远影响。

第一，颠覆了传统诗学意义和价值。在历史的坐标上，将第三代诗歌置身于对朦胧诗反叛的视角上来说具有重要的“革命”意义。但是，用一种历时性的视角将第三代诗歌放在整个诗歌传统上来看，第三代诗歌就表现出自身的独特性。第三代诗歌的横空出世无疑对诗歌长期以来沉淀于人的心灵中的美好给予了致命的打击。在我国古代，就《诗经》而言，是那个时代人类智慧、情感的结晶，寄托着美好、希望，是对人类良知的呈现。在西方诗歌的发展史上，排除阶段性特殊历史背景之外，长久来看，诗歌展现的是一种对自由、美好、向上的追求，比如诺贝尔文学奖，总体来说展现的是一个不屈不挠、富有尊严、以张扬人的价值和净化人的灵魂为主色调的世界。但是，第三代诗歌通过自我的“断臂”，对诗歌采取的是一种自戕、自残、自贱的行动，并且那种玩世不恭的态度挑战了知识、逻辑、使命，与中国人长久以来所形成的那种勤劳、智慧、敢于付出的精神相悖，与鲁迅所倡导的那种“中国的脊梁”式的人物也大相径庭，因而，第三代诗歌无论具有多么重要的现实价值和意义，从这一点来说都是其致命的“硬伤”。同时，在强调第三代诗歌具有革新意义的同时，应该看到其对诗歌所造成的破坏作用，这种破坏的威力是不可小觑的。比如，尚仲敏在《祖国》中写道，“如果有朝一日/战火燃烧，大敌当前/我想，我也该乘机子弹上膛/但我首先要干掉的/只能是我自己//我毕竟跟他们的命运相同/既然无力自救/又怎能救你。”这首诗颠覆了传统诗歌中的爱国主义模式，以己之私放弃了对国家应有的责任和使命，突破了作为国之子民的伦理道德底线，这种破坏作用使诗歌主体所应有的崇高之意丧失殆尽，给诗歌带来了恶劣的影响。诗歌失去了历史的积淀、失去了思想的深刻，对深度模式的消解，最终使自身失去了巨大的美学感召力。

应该看到，第三代诗歌中有些诗歌缺乏建构力量，诗人过于强调现实性、日常性和戏谑性，结果是诗人的形象变得俗不可耐，传承人类文明的“光荣”职责变得不堪重负，对个体欲望、肤浅情感、粗俗趣味的关注和表现，抹平了诗歌对生存现实的深刻洞悉和对人类命运的追索，同时，诗歌与日常生活出现重叠，成为生活的复制品，诗歌自身的主动转身，使其失去了追问向上的意义。实际上，诗歌与生活，应该有一定距离，诗歌既应该表现想象中的现实世界，也应该表现现实世界中的想象，诗歌应是“别一世界”。而像第三代诗歌把生活搬入诗歌，只能是淡化诗，颠覆诗。诗歌之所以是诗歌，就在于诗歌为人类提供了与生活之间的那种若即若离的距离感，从而使人类能够更清楚地看到生活的狭隘，应该说诗人的眼睛就在于让诗到生活中去寻找、去创造这个距离。诗歌与生活，只能是握手，而不能是拥抱。诗歌要摆脱在熙熙攘攘的市井尘埃中盲目的拥挤和冲撞，对日常生活有所超越，到幽州之台，到碣石之巅，但却不是到天空之远。

第二，放弃了个体精神价值的追求。福克纳曾言：“作家的天职在于使人的心灵变得高尚，使他的勇气、荣誉感、希望、自尊心、同情心、怜悯心和自我牺牲精神——这些情操正是昔日人类的光荣——复活起来，帮助他挺立起来。……并取得胜利的基石和支柱。”① 彰显正义、尊严、勇敢、理性等人类最基本的价值观，是包括诗歌在内的一切文学决然不可推脱的责任。对于第三代诗歌而言，在诗中谈论理想、价值、境界、意义都会被视为“假大空”，对个体精神价值的追求导致对一切美好事物的想象都可能被亵渎殆尽，那些想象最终只能成为一个遥远的神话。“没有能给人美感的气质与思想，传统的真诚的使命感与忧患意识被远远放逐了。”②

---

① ［美］威廉·福克纳：《接受诺贝尔奖金时的演讲》，赵永穆译《美国作家论文学》，生活·读书·新知三联书店，1984 年，第 368 页。

② 罗振亚：《后朦胧诗整体观》，《与先锋对话》，吉林出版集团有限责任公司，2009 年，第 56 页。

应该看到，诗人所关注的“完全的现实”决不应局限于吃喝拉撒等日常生活的琐屑和芜杂，还应对精深思想不断地进行追问、对高尚境界锲而不舍地进行追求以及对人类命运走向孜孜不倦地进行探析，第三代诗歌恰恰回避了这些，以一种嬉皮士的态度游戏人生，解构了人生的美好、向上以及对梦想不懈努力追寻的情操，对人类赖以进步的知识，复杂的人生体验以及不断探索的勇气都进行了无情的抛弃，诗歌变得肤浅、直白、随意。以此下去，诗歌最终将成为负能量的出气筒，而失去自身存在的价值和意义。

不过，时至今日假若依然以一种“游戏人生”的姿态面对人类经历过一切，包括苦难与不幸，并轻而易举地放弃基于苦难与不幸之中总结出来的经验和教训，将无法磨炼出更深邃、更具穿透力的目光去穿越现实中的层层迷障，也无法搭建起更畅通、更宽阔的桥梁去探索广袤迷奇的精神世界。因此，时光的倒流应该适可而止，有必要继承那种在苦难之中勇于探索的精神、那种在危难之时敢于持守的情怀，以使视野变得更加宽阔、思想变得更加深邃、心灵变得更加澄明。这个世界是复杂的，不能用一种对立的姿态拒绝与这个世界对话，世界也并不是在一再反对的姿态中就能自动向好，而是需要积极的与其对话、交流、和解。从个体生命体验的角度来说，对于生命真谛的追求和人生意义的探索，缘于人类满足好奇心的需求，以及人类具有超越现实迷障的渴望，能够看清人类自身置于繁杂世事的生存处境，能够抵达一种人生境地的深沉，能够洞见人类自身命运的走向，直至获得一种生存的坦然与从容。然而，第三代诗歌的玩世不恭与痞子心态统统将这些放逐了，面对第三代诗歌应扪心自问，人类应该如何把握自身的命运？人类应该如何应对未来的恐惧？

第三，导致了当下诗歌的走低和趋俗。陈晓明曾指出：“对于青年一代的中国作家来说，他们置身于一个‘文化失范’的文明情景，旧有的偶像已经破灭而新的范式远未确立。他们无法固执己见，文化的严肃性和认真性也已丧失，他们除了借助万能的‘反讽’（或调侃），除了以廉价的欢笑来掩饰内心恐惧和恐慌外，还能捍卫什么更高的正义呢?”[①] 这是陈晓明在评论“新写实”作家时说过的一段话，同样也揭示出第三代诗歌所处的时代语境和话语处境。按道理来说，诗歌本来应该对平庸的生活进行超拔，对芜杂的现实进行“过滤”，最终成为人类灵魂净化的庇护所。然而，当下诗歌的趋俗和走“低”，一泻千里，着实令人触目惊心，不得不对诗歌的前途忧心忡忡。诗歌出现这种情况的背后固然有其复杂的历史背景和现实原因，然而追根溯源，可以说与第三代诗歌有着千丝万缕的联系。第三代诗歌那种漫不经心的态度，对诗歌传统中所张扬的那种真挚、真诚、真情的彻底解构，“两句三年得，一吟双泪流”成为不可思议的过往。实际上，对于诗歌而言，要持有一种敬重、谦卑的态度，而不能把诗歌当作一种玩物，随随便便，将诗把玩于股掌之间的观念对当下诗歌走“低”负有不可推卸的责任。

在当下语境中，现实固然不乏一些浮泛在事物表面的繁杂与混沌，虽然已无法准确命名一切事物，也无法准确地定义出任何一种物品的价值，但是世界真正地面孔将不会被浮华永久掩埋，具有坚定的精神意志的探索者经过艰苦卓绝的努力一定会让语言祛魅、去蔽，让事物真正地敞开，依靠求真的意志用思想和感知从喧闹的世界中提取出真正的价值和意义，再通过重组与整合，把碎片化的事物还原成本真的样子，直至真正地认清事物的真面目，最终才能探究人类的命运与发展趋势，推动世界不断地向前。

总之，第三代诗歌与日常主义的紧密结合，一定程度上凸显了现实精神，但是也带来了另外的问题，一些诗歌失去了诗之为诗的意义。实际上，现实主义诗歌并非是“日常生活 + 诗歌”，并不是要以日常生活作为自身意义的一切。对于诗歌而言，要不屈不挠地关注现实、直面现实，要认清日常的混杂和无序遮蔽了真实的现实，用“向上”的诗歌和现实世界进行沟通和对话，从而引发人类对现实世界的深刻认识和反思。

---

① 陈晓明:《反抗危机：论“新写实”》,《文学评论》1993 年第 2 期。

袁忠岳新诗批评的上园派传统

□王至①

内容摘要：袁忠岳是“上园派”的代表人物，纵观他的新诗批评，可以很明显看到“上园派”的传统。本文主要分为三个方面：分析袁忠岳对“朦胧诗”的研究，阐明他对传统诗学的现代性转化的实践；分析袁忠岳对孔孚诗作的批评文章，探求他诗评中对生命个体心灵情感的关注；分析袁忠岳对“意象”问题的讨论，说明他在诗歌基础理论方面的建设性，以及对于西方诗学思想现代性转化的自觉实践。

关键词：袁忠岳；新诗批评；上园派

一

从1984年到1985年，几位诗评家在北京的上园饭店先后两次聚会②，因新诗批评观念大体一致，因而决定成立了“上园派”。1986年，吕进先

---

① 王至（1995－），男，安徽芜湖人，云南民族大学文学与传媒学院硕士研究生，研究方向为文艺学。

② 第一次聚会共有九人，分别是孙克恒、袁忠岳、叶橹、竹亦青、吕进、陈良运、杨光治、余之、朱子庆；第二次聚会除孙克恒（于1988年去世）、竹亦青（于1984年去世）、余之三人外，其他人都参加了，此外还有阿红、蒋维扬、古远清、陈绍伟、黄邦君、刘强加入。

生组织编选诗论集《上园谈诗》，开始宣扬他们的诗学主张。袁忠岳先生正是上园派的初创者，也是重要的参与者。

“上园派”是现代诗学发展中的历史概念。20世纪80年代，诗坛爆发了“朦胧诗论争”，形成了“传统派”与“崛起派”的对垒。这场论争在1984年初基本结束，此时“上园派”诗论家开始了对这场论争的反思并探究着新诗未来发展的“第三条道路”。据袁忠岳先生回忆：“当时诗坛刚刚刮过去一阵批三个‘崛起’的政治风暴，大家对这种在学术领域搞大批判的做法是不满的；但对‘崛起’论中全盘西化的主张也不以为然。在半个多月的相处和相互交谈中，大家对于当前诗歌的看法，渐渐有了共识。这就是后来上园派的思想基础……吕进、朱先树、阿红、杨光治、叶橹、朱子庆和我7人共同商量，认为在诗坛互相对立的‘崛起’与‘反崛起’之外，应该有另外一种声音，这是更能代表多数的第三种声音，即移植要本土化，继承要现代化。”① 然而，由于“上园派”兴起的时间是在“传统派”与“崛起派”的论战“烽烟”结束后，这就使得这一派别一直未引起学界的高度重视②。但也正因如此，他们得以避开各种学术纠纷，在相对安静的环境中开展现代诗学理论的基础建设工作。他们在对新时期诗歌的探讨与反思中留下的诗学遗产是值得重视的。

“上园派”首先继承的是“五四”以来新诗传统中对于个体的“人”的关注，以及对于“社会现实”的使命感。

“五四”时期从古典诗词转变为新诗的过程，不仅仅是文体的转变，更是社会思想潮流的大变革。胡适所倡导的“话怎么说，就怎么写”的审美形式从根本上来说是个体精神的张扬，所关注的是用这种“解放的诗体”，用语言自然、格式自由的新诗来传播自由之精神。正如胡适自己所言：“若想有一种新内容和新精神不能不先打破那些束缚精神的枷锁镣铐。因此，中国近年的诗运动可算是种‘诗体的大解放’。”同时，“五四”先

---

① 袁忠岳：《从上园到北碚》，《中外诗歌研究》2005年第4期。

② 古远清：《以“吕进”为代表的“上园派”诗论家》，《上园派研究资料选（上）》，西南师范大学出版社，2018年，第60页。

驱者考虑更多的是对中国社会的改造，对中国人的灵魂的启发教育。因此，诗人在写诗的过程中，总是随时调整自己的诗与社会问题发生关系。谢冕先生曾总结道：“在初期白话诗创作中，因为他们追求与‘五四’的启蒙、救亡这两个主题基本相关，于是一旦白话诗出现了，有识之士便想用之于启蒙，一部分新诗人很快地用这个新诗体来表现民众的疾苦以及他们的同情心。”①

“上园派”诗论中的强烈“现实性”正是对“五四”新诗传统的宝贵精神财富的继承，也是其存在与发展的关键所在。这种“现实性”一方面体现在对于诗歌社会使命的担当，另一方面体现在对于个人“情感现实”的关注。诸多“上园派”诗评家都曾有过这方面的论述。朱先树先生曾说：“一个诗人总是不好把自己完全封闭起来，表现自我，但还要充实自我，否则自我本身也会僵缩和枯萎的。诗人需要加强自己同社会的联系，需要不断扩大视野和生活面，加强自己对生活的了解和把握。”② 袁忠岳先生也表示：“一个有出息有志气的诗人，决不会置广泛的社会需要于不顾，盲目地追求什么永恒价值；他不折不挠，孜孜以求的首先是社会对他的承认。”③ 同样，在“上园派”看来，个人的情感经历亦是一种现实，正如袁忠岳先生所说：“诗的生命维系于人的感情。”④ 在“上园派”看来，诗对现实的观照其实也是诗对社会现实的观照和个人情感观照的统一，是“使命意识和生命意识的和谐”⑤。

新诗自诞生之日起，一直是爆发争论最多的文学领域。新诗承受的压力，远比其他文学样式大得多。这种压力主要来源于两个方面：一是如何继承中国灿烂辉煌的古典诗词的美学特质；二是如何实现西方诗学思想的

---

① 谢冕：《新世纪的太阳》，时代文艺出版社，1993 年，第 46 页。

② 朱先树：《关于诗的传统与现代追求问题——代卷前语》，《上园谈诗》，重庆出版社，1987 年，第 5 页。

③ 袁忠岳：《中国新诗的选择》，《上园谈诗》，重庆出版社，1987 年，第 25 页。

④ 袁忠岳：《情节·情景·情绪》，《缪斯之恋》，花城出版社，1989 年，第 19 页。

⑤ 熊辉：《论“上园派”的诗学观念》，《重庆文理学院学报（社会科学版）》2009 年第 5 期。

创造性转化。“上园派”正是在处理这两大压力的过程中形成了自己的核心主张，即吕进先生所说的：“坚定地继承本民族的优秀诗歌传统，但主张传统的现代化转换；大胆地借鉴西方的艺术经验，但主张西方艺术经验的本土化转换。”[①] 即“移植要本土化，继承要现代化”[②]。因而，“上园派”也可以称为“转换派”。

二

“上园派”学者的诗学主张也正如吕进先生所言：“七弦琴的七根弦奏出各自的乐音，彼此既不会雷同，也不能相互取代。（就是每一根弦，也在变换自己的声音呢！）然而，它们又和谐于同一旋律里。”[③] 纵观袁忠岳先生四十年来的新诗批评，可以很明显地看到在他的批评文章中所展现出的“上园派”传统。他的新诗批评关注诗歌的社会现实，也关注诗歌所表达的“个体”感情。他的新诗理论致力于“上园派”提出的“两大转换”问题的研究。他避开了诗歌领域很多“呛人”的论战，把关注的重心放在诗歌基础理论的建设上。他的新诗批评的品格更是“上园派”君子之风的彰显。袁忠岳先生的学生张清华在为老师《诗学心程》作序时说：“他的诗学人格和理论著述将被时间证明是站得住脚的。”[④]

“朦胧诗”论争期间，袁忠岳先生同众多学者一同支持着朦胧诗的发展，他认为“朦胧诗”可以“使新诗一扫陈腐观念、僵化公式，向着远为广阔的艺术天地飞翔。……朦胧诗决不是某些人认为的是新诗的灾难、罪人，而是新诗新生命的一部分”[⑤]。如果说“五四”新诗的启蒙者们在新诗创作上激烈地反传统是为了实现新文学从无到有的建设，那么 20 世纪 80

---

① 吕进：《中国新诗研究：历史与现状》，《理论与创作》1995 年第 4 期。

② 袁忠岳：《从上园到北碚》，《中外诗歌研究》2005 年第 4 期。

③ 吕进：《变革，为了新诗在当代中国的繁荣——卷末语》，《上园谈诗》，重庆出版社，1987 年，第 474 页。

④ 张清华：《诗歌和命运的脚迹》，《诗学心程》，山东文艺出版社，序言。

⑤ 袁忠岳：《给朦胧诗以生的权力》，《缪斯之恋》，花城出版社，1989 年，第 174 页。

年代的中国诗人对西方诗学观念的学习则是一种“补课”。正如“上园”诗评家朱子庆所言：“新诗潮的崛起，无疑是从诗歌内部以‘过正’的方式实现了一次了不起的“矫枉”，使人们一下子便感到了审美的饥渴，非艺术的诗歌赝品，从此没有了市场。”① 在那一时期，各种外国诗学思想涌入中国，青年们如饥似渴地接受着西方思潮的影响。于是，“朦胧诗”以及之后的各种先锋流派都在西方的话语体系中寻找自己学习与模仿的蓝本。此时的新诗从这“回顾”与“思考”中获得了深厚与力量，获得了与时代、与读者在程度上是中华人民共和国成立以来从未有过的心心相印②。袁忠岳先生更是鼓励着诗人们排除偏见，吸纳世界文学的营养，他提出“走向世界文学的正确理解，主要是指无论哪一国的优秀作品、民族精华，都能迅速及时地为各国人民理解、欣赏、接受，获得世界性反响，成为全球的共同精神财富”③。

在这样一种“朦胧诗”的潮流中，西方诗学话语逐渐占据学术主流。在过分强调“横的移植”的过程中，很多人开始担心中国的“母体”文化会逐渐被一些诗人冷落到一边。而袁忠岳先生则在对朦胧诗赞扬与鼓励的同时，观察到了“朦胧诗”与中国古代“无寄托诗”之间的关系。在《给朦胧诗以生的权利》《朦胧诗与“无寄托诗”》这两篇文章中，他指出“关于朦胧诗的主张与作品在我国也自古有之”④，并从中国古代诗歌的创作方法出发，分析古代的无寄托诗与“朦胧诗”之间的渊源，他指出：“兴的无寄托就不同于赋的无寄托，是有寄托达到无寄托，不是真无寄托，而是寄托过深，‘含蓄不露’，有而若无，似无寄托罢了。”“从比到兴，从有寄托到无寄托，这是诗歌创作的又一重要发展，也是艺术创作规律深入之必然。”⑤ 他还引用了周济“初学词求有寄托。有寄托，则表里相宜，斐

---

① 朱子庆：《全面生长的新诗》，《上园谈诗》，重庆出版社，1987 年，第 75 页。

② 吕进：《新时期的十年：新诗，发展与徘徊》，《上园谈诗》，重庆出版社，1987 年，第 79 页。

③ 袁忠岳，《中国新诗的选择》，《上园谈诗》，重庆出版社，第 26 页。

④ 袁忠岳：《给朦胧诗以生的权力》，《缪斯之恋》，花城出版社，1989 年，第 165 页。

⑤ 袁忠岳：《给朦胧诗以生的权力》，《缪斯之恋》，花城出版社，1989 年，第 168 页。

然成章。既成格调，求无寄托。无寄托，则指事类情，仁者见仁，智者见智”等看法。袁忠岳先生借助古代文论的经典阐述，旨在说明具有“不着一字，尽得风流”（司空图）、“羚羊挂角，无迹可求”（严羽）的“无寄托诗”是历史发展的规律。而朦胧诗的发展与古典“无寄托诗”存在着诗学精神的承接。他还以舒婷的《船》为例，说明“形象的原义可以大于作者的思想”[①]，这也是谭献在《复堂词话》中所说的“作者未必然，读者何必不然”的文论观。

在《朦胧诗与“无寄托诗”》这篇文章中，袁忠岳先生更是系统地阐述了中国古代文论传统中的“无寄托”观念对于“朦胧诗”未来发展的借鉴意义。他分析了一首好的无寄托诗所要具备的四种美学特质，即“淳朴美”“神韵美”“含蓄美”“朦胧美”[②]。虽然他谈的是“无寄托诗”的美学追求，但实际上也是一种对于当时的“朦胧诗”美学标准建构的尝试。可以说，袁忠岳先生在“中国传统文论的现代化转换”这一上园派的主张上做了初步的尝试。

虽然袁忠岳先生对朦胧诗持支持的态度，但他也注意到了朦胧诗的系列问题，例如“一味求深，影响了美的表现”[③]，“原没有什么内容，却偏作深奥，故弄玄虚”[④] 等问题。在激动地为朦胧诗辩护的同时，却保持着辩证理性的态度，这是袁忠岳先生作为“上园派”批评家的一大特点。

“上园派”学者在对中国古代文论做着现代性转化的基础理论建设的同时，也并没有排斥西方诗学理论，他们抛弃了狭隘的民族意识和单纯的横向移植，把新诗研究置于以现代生活为基础的中国新诗和外国诗歌交叉点上[⑤]。年轻的诗人们对于西方诗学理论盲目崇拜的错误倾向，也采取了平等沟通与疏导的姿态。朱先树先生曾说：“这些青年诗人由于生长在特

---

① 袁忠岳：《给朦胧诗以生的权力》，《缪斯之恋》，花城出版社，1989 年，第 171 页。

② 袁忠岳：《朦胧诗与“无寄托”诗》，《缪斯之恋》，花城出版社，1989 年，第 179 页。

③ 袁忠岳：《懂不懂与美不美》，《缪斯之恋》，花城出版社，1989 年，第 187 页。

④ 袁忠岳：《懂不懂与美不美》，《缪斯之恋》，花城出版社，1989 年，第 188 页。

⑤ 古远清：《中国大陆 40 年诗歌理论批评景观》，《上园派研究资料选（上）》，西南师范大学出版社，第 49 页。

殊的年代，在他们的思想感情和性格心理上都打上了动乱时代的烙印。部分青年诗人，特别是他们中间的少数人由于特殊的政治遭遇和经历，形成了心灵的扭曲。在艺术上他们最容易接受西方艺术思潮的影响，有时甚至由借鉴变成了生搬照抄，而对民族、民间的诗歌传统则盲目地怀疑甚至敌视。这就说明，他们的创作本身就是一种复杂的现象，他们的思想和艺术的追求有合理可取的一面，也有需要疏导的一面。"①"上园派"诗评家这样的一种选择，在当时的历史背景下，是非常难能可贵的。

事实上，随着当代诗歌的不断发展，很多诗人也意识到了这一点，他们开始有意识地衡量着传统与现代，调整着自己的语言表达与审美观念。

三

袁忠岳先生对于新诗未来发展提出了"当代性"的观念。他认为："所谓当代性主要是从观念上说的，它不是盲目的反传统，而是主张对传统的东西必须具有清醒的批判意识，用当代的眼光进行审视，决定去留或进行改造。这比顺应传统要难得多，也要有意义得多。现代化过程中最主要也是最艰巨的是人的现代化，人的观念的现代化。新诗理论应在这一过程中，发挥其除旧布新、点化心灵的独特作用。"②从这里我们可以看到，袁忠岳先生在讨论"当代性"时，将自己的着眼点放在了"人"的身上，关注的是"个体"的情感心灵。这也是"上园派"诗论的特点。

袁忠岳先生在浙江定海上学时的梦想就是做一名"诗人"。他在济南上学的时候还参加过山东省诗歌界组织的"黄河诗社"。由于1957年突如其来的政治风暴，使得他经历了那个年代大多数文人都经历的种种磨难。这也使得袁忠岳先生逐渐开始用"诗评"来表达自己内心深处压抑的爱。正如他在《缪斯之恋》后记中所说："我爱诗，亦爱人生，虽此二者皆不

---

① 朱先树：《实事求是地评价青年诗人的创作》，《上园谈诗》，重庆出版社，1987年，第61页。

② 袁忠岳：《中国新诗的选择》，《上园谈诗》，重庆出版社，1987年，第27页。

顾怜于我，仍矢志不渝，本性难改。也许，因此感动了上帝，居然让我后半生用诗论、诗评来寄托自己长期压抑的爱。我说不清，对命运应该抱怨，还是感激……我是把诗论、诗评当诗来写的，从诗的也是人生的再体验中，达到一种美的创造的满足。”① 可以说，袁忠岳先生的诗评正是以自己的那颗诗人之心来表达对另一位诗人文字的感受。由此，他的诗评就从诗的文字看到了人的心灵，看到了诗人生命的诗意流淌。

袁忠岳先生的文章从来不追求玄虚的理论话语。他的诗评总是“贴着文本飞行”，写得清晰流畅，如风行水上。最能代表袁忠岳先生诗评特点的是他对孔孚的诗所作的一系列批评文章。1980 年前后，在诗坛沉寂了 20 多年的孔孚开始发表诗作，袁忠岳先生看到了孔孚山水诗的独特艺术魅力，并为其写作了数万字的评论。

袁忠岳先生看了孔孚山水诗中的人性美。他抛弃了那些将孔孚诗作政治比附的看法，指出孔孚的山水诗里充满了人对自然的亲切、崇拜、迷恋，他从孔孚诗作中描写的大海看到了诗人对于人类本源的探求。在诗人孔孚的笔下，山水是有感情的，自然是有人性的。袁忠岳先生认为孔孚赞颂的这些富有积极的、富有人性的自然，也正是对人类自身的赞颂。在孔孚的诗中，自然与人生是统一的。袁忠岳先生透过孔孚诗作中的云缠雾绕、山呼海啸中听见了真诚急切的，自然的富有人性的呼唤②。袁忠岳先生还看到了孔孚山水诗的绘画美，指出在孔孚《山水清音》这本书里的山水诗表达出了山水画的意境、美感。袁忠岳先生借助古代现实主义绘画的技法，阐述孔孚山水诗的三大特点，即“应物象形”“随类赋彩”“经营位置”。

袁忠岳先生在孔孚山水诗里看到了悲剧美，这是他心灵独特的领悟。他在文章中指出：“孔孚的诗在美的意义之外还有社会意义，或者说在自然美、艺术美之外，还有社会美。”③ 这样的一种社会美的特点，正是山水

---

① 袁忠岳：《后记》，《缪斯之恋》，花城出版社，1989 年，第 259 页。

② 袁忠岳：《孔孚山水诗的人性美》，《缪斯之恋》，花城出版社，1989 年，第 101 页。

③ 袁忠岳：《试论孔孚山水诗的艺术特点和社会意义》，《新文学丛刊》1982 年第 3 期。

诗中所隐含的悲剧色彩，是“哀而不伤”的感情。孔孚曾创作一首诗《和海的闲话》：“‘你只有一点不好，/苦！’/‘这不正是我吗？’/海皱起了额头。”袁忠岳在分析这首诗的时候认为：“没有‘苦’，就没有海，没有现在，就没有现在的孔孚，也不会有他写的这些诗。自然，我们并无嗜苦癖，并不希望国家、个人再经历这样那样的灾难，再人为地制造出一些‘苦’来，成就一些诗人……这是有代价的苦，值得自豪的苦，使人奋发的苦，而不是让人悲观绝望、颓废沉沦的苦。这样的苦味，为孔孚诗的悲剧色彩打上了底色。”① 在这样的评论里我们可以看到两颗经历苦难后相互理解的心灵。袁忠岳先生的诗评在对另一位诗人解读的同时，也融入了自己数十年风雨人生的感悟。他是将自己的人生感悟与审美理想全都寄托在诗评中。在《孔孚山水诗的悲剧美》这篇文章中，他主张“今天的悲剧，主要不再是引起‘怜悯与恐惧’，而是激发人们为了爱，为了信念，为了追求真理，为了人格的自我完善，去经受各种苦难和考验，直到献出生命。这是人类最崇高的品质，依靠它，人类经历了种种天灾人祸、千劫万难，从远古蒙昧状态发展到今天的文明，产生了多少可歌可泣的悲剧故事。在人类向着更高的发展境地开拓前进的时候，仍还需这种精神上的擎天柱。孔孚山水诗中的悲剧色彩给人的启示，就在这里”②。这样的一种结论显然是将自我的感情与经历融会其中。袁忠岳先生在诗论里歌颂着“人”，歌颂着“爱”。就是他本人在回顾过往的困难时，也经常会说：“我在那里遇见的都是好人，我过得很好。”

袁忠岳先生的诗歌理论的文章也可谓是文采斐然，他以扎实的理论思维与诗人的激情研究新诗问题。例如他在论述“诗歌的想象”问题时，就有过这样的描写“在诗歌创作中往往有这样九霄云裂、天门开启的瞬间，高飞想象就在这一瞬间出现，只见灵光闪电把漆黑的宇宙照亮，似幻似真，一个诗的世界诞生了。瞬间的想象获得了永恒的生命，它凝固成诗中

---

① 袁忠岳：《孔孚山水诗的悲剧美》，《缪斯之恋》，花城出版社，1989 年，第 114 页。
② 袁忠岳：《孔孚山水诗的悲剧美》，《缪斯之恋》，花城出版社，1989 年，第 117 页。

向着每一个涉猎者启动的心灵之窗——诗眼。”[①] 这种诗意的语言也是生命的流淌。

袁忠岳先生希望把诗当作艺术来鉴赏、来分析、来讨论，以求摒弃任何违反艺术规律的外在干扰[②]。他在关于《新诗的创作与鉴赏》致吕进的信中也提出：“我们不能从鉴赏的角度，在诗歌领域别开一洞天，用新的内容来充实诗歌理论吗?”在他看来，新诗完全可以从鉴赏的角度组建自己的一套理论体系。诗之为诗，有着社会的历史的共同标准。它客观地存在于诗中，也存在于人们的感觉中。难以言传，自可神会；不好抽象，但可直觉。如酒，需要品尝家来品尝一样；诗，也需要鉴赏家来鉴赏[③]。

四

“上园派”是一个关注于新诗基础理论建构的批评流派。张清华认为，“上园派”进行耐心的诗歌批评与清理工作，是具有建设性的，他们无论是在诗坛的外在格局还是内在作用上，都是十分重要的[④]。袁忠岳先生在对诗人诗作鉴赏的同时，也有着非常自觉的理论建构意识，吕进先生评价其“以基础理论见长”[⑤]。最能代表袁忠岳先生理论水平的当属“意境”与“意象”研究的一系列文章。先生的这些文章自觉地实践着“上园派”的主张，即“西方艺术经验的本土化转化”。

早在1980年，袁忠岳先生就为《诗刊》撰写了《意境问题质疑》，开始了对“意境”相关问题的讨论。在这篇文章中，袁忠岳先生提出了三个创见。第一，袁忠岳先生在这篇文章中提出“意境是形象思维的产物，其

① 袁忠岳：《诗的想象》，《缪斯之恋》，花城出版社，1989年，第15页。

② 宋遂良：《情通理达觅诗美——略谈袁忠岳的诗歌评论》，《上园谈诗》，重庆出版社，1987年，第448页。

③ 袁忠岳：《中国新诗的选择》，《上园谈诗》，重庆出版社，第32页。

④ 张清华：《诗歌和命运的脚迹》，《诗学心程》，山东文艺出版社，1999年，序言。

⑤ 吕进：《变革，为了新诗在当代中国的繁荣——卷末语》，《上园谈诗》，重庆出版社，1987年，第474页。

思想意义可说直接取决于作者的世界观，其艺术价值则只能直接取决于作者的艺术想象、构思和遣词能力。用世界观来直接炮制，只能得到概念化的作品，决不是诗，当然也不会有意境了”①。这样一种“把文学的还给文学”的看法在当时的诗歌评论界是极为难得的。第二，他将意境视作是诗独有的艺术特征，而不是“任何形式的优秀文学作品所共有的”，在理论的层面建构诗歌这一文体的独特性。他认为，诗的意境是作者之意与其描绘之境结合且诗的意境更注重境的神。这种扎实的讨论与理论建构也为后来的学者提供了丰富的参考。第三，他总结出意境生成的三个阶段，即：第一阶段，存在于作者的主观意念中；第二阶段，由作者主观到诗的阶段；第三阶段，读者的想象与再创造阶段。对意境的三个阶段总结在当时的背景下也是极具独创性的，尤其是他借助于接受美学的理论，解决传统诗学理论问题，在当时可以说是开风气之先。周德生先生称这篇文章“剔陈见之幽，抉旧解之微，谈形道神，论意说境”②。

对于诗歌的意象问题，袁忠岳先生以长篇宏论《诗歌意象及其运动的两种方式》进行了独到的阐释。他认为“西式研究把意象与意境互相对立，视为不相容关系，着眼于二者之异；中式研究把意象看成意境零件，列为从属关系，立足于二者之同”③。然而实际上“意象”与“意境”的关系是“互相区别、独立，有互相依存、渗透的一种互补关系”。他还将作者的创作与读者的欣赏相互区分，用“两个本体”的说法来阐述意象运动的过程。他认为“第一本体”是从本体包容到符号包容的意象外化过程，这是诗的创作；“第二本体”是从符号包容到本体包容的意象外化过程，这是诗的欣赏。而从“第一本体”的包容到符号的包容再到第二本体的包容，就构成了意象的运动。在袁忠岳先生看来，意象运动是诗歌审美

---

① 袁忠岳：《意境问题质疑》，《缪斯之恋》，花城出版社，1989年，第222页。

② 周德生：《理性与诗情——漫说袁忠岳和他的诗评》，《诗学心程》，山东文艺出版社，第506页。

③ 袁忠岳：《论诗歌意象及其运动的两种方式》，《诗学心程》，山东文艺出版社，第150页。

活动的基本运动形式，而意象的运动方式分为整体与个体。整体的运动构成了意境，个体的运动构成了意象组合的多种形态①。同时，他还分析了中西不同的文化心理结构，借此说明“为什么在提倡‘诗言志’的表现论的中国，却盛行再现式的意境诗；而主张‘诗如画’的再现说的西方，却发展了表现式的意象诗?”袁忠岳先生认为，中国对世界的认识观照，是以万物归一的气一二元论为出发点的，这种以气为帅统辖一切的直觉型的整体思维方式，表现在哲学上是天人相应论，表现在美学上是物我合一观，运用到具体诗歌创作上就是情景交融的意境创造，也就是意象的整体运动方式。而西方对世界宇宙的认识研究上，注重其元素的构成，其思维方式是趋向分解的逻辑思维型的，故而多采用意象的个体运动方式②。袁忠岳先生也认为，这意象两种运动方式并无优劣之分，它们的兼容并存才更有利于诗歌的繁荣。在这篇文章中，袁忠岳先生既展现了比较诗学的宏观视野，又有深入具体作品的微观眼光，明中西之异，成一家之言。

袁忠岳先生对于诗歌的意象问题“穷追猛打”，提出了一系列有创见性的想法，展现出非凡的学术想象力。他提出“诗歌嫁接法”，即将两个意象结合为一个独立意象，并以章德益《西部太阳》为例，指出其中意象的嫁接如“山野之海”“群山的烟波”，这样一些独特的意象可以创造出想象的、主观的、虚幻的生存世界，也为诗人创造性想象提供了广阔的天地③。他还深入探究了诗歌“意象组合”问题，他认为意象的组合有平面的组合与立体的组合之分，立体组合中意象是对位叠合的，而立体组合分为双层结构与多层结构。从意象组合的方式也可以看出诗人的性格，如北岛诗的意象是密集型的，更适于理性结构；而舒婷诗的意象组合呈稀疏型，更长于抒情。通过这样的对比，袁忠岳先生对初学写诗者提出了诚恳

① 袁忠岳：《论诗歌意象及其运动的两种方式》，《诗学心程》，山东文艺出版社，1999年，第155页。

② 袁忠岳：《论诗歌意象及其运动的两种方式》，《诗学心程》，山东文艺出版社，1999年，第159页。

③ 袁忠岳：《诗的嫁接术》，《缪斯之恋》，花城出版社，1989年，第50页。

的建议："应根据内容表达需要去寻求最合适的方式；而不要用不变的方式去套变化内容。尤忌莫名其妙地杂乱无章地堆砌意象，说到底，诗的意象组合不是玩魔方。"①

袁忠岳先生还反驳了"意境只产生于欣赏过程"这一观点。他认为，即使是"言外之意"也是作品中的客观存在，有待于读者去深入地理解、发现、想象，而不是无中生有的创造。只有在诗人与读者的头脑中，意境才以完整的感性形式出现；在作品中存在的是意境的符号信息，但正是依靠这一中介，意境才得以完成从诗人向读者头脑的传递与转换，即在创作与欣赏的一体中生长②。

袁忠岳在对"意象"问题的讨论中始终保持着独立的学术品格，西方的理论话语在他看来只是一种"为我所用"的资源，而更重要的是将其转换为本土化的学术话语。正如敬文东先生的评价"这在当前一味地、毫无批判地接受西方理论的潮流中，不啻是一种异数；但随着时间的流逝，人们愈来愈发现这种异数的重要。"③

五

"上园派"所行走的"路"是稳健的，理性与冷静是他们共同特点，但这种稳健却也构成了这一派的"墙"。"上园派"诗评家古远清先生曾反思过"上园派"的局限性："上园人是谦谦君子。也正因为是谦谦君子，过分追求和而不同，故少了点锐气与锋芒，思辨性、感悟性及灵性在某些上园诗评家中明显不足。"④ 这样的一种"局限性"在袁忠岳先生身上也表

① 袁忠岳：《诗的意象组合》，《缪斯之恋》，花城出版社，1989 年，第 61 页。

② 袁忠岳：《意象只产生于欣赏过程吗?》，《诗学心程》，山东文艺出版社，1999 年，第 147 页。

③ 敬文东：《诗歌的法则——袁忠岳的诗学略论》，《诗学心程》，山东文艺出版社，1999 年，第 523 页。

④ 古远清：《以吕进为代表的"上园派"诗论家》，《上园派研究资料选（上）》，西南师范大学出版社，2018 年，第 64 页。

现得非常明显。他有时也会为了追求客观性而失却批评的锋芒。

当诗坛上“第三代诗人”登场后，袁忠岳先生在《文艺报》发表了《反理性诗歌的出路》这篇文章，用诗意的语言辩证看待第三代诗歌的得失，探求其未来的出路。袁忠岳先生指出“从生命的角度去理解诗歌，把诗看作是完整的生命形式，这是切合诗的本质的”①，并且“较之文质彬彬、温文尔雅、欲说还休的朦胧诗人那白衣秀士式的造反来，第三代诗人的力度给人一种大块吃肉、大碗喝酒梁山好汉的痛快淋漓之感”②。同时，袁忠岳先生也从学理的角度指出第三代诗歌的“悖论”，即理论与实际相隔太远的“弊病”。在那时的中国“反理性是奢侈品”。更何况目前中国社会强调“反理性”的物质条件与心理根据都不足。对此，袁忠岳先生的学生敬文东提出不同的意见：“诗歌在很多时候都是以对时代的反动来完成表达时代的重任的。对于社会的现存的秩序。现存状况并不一定要贴近式的、正面的加以表达，有时疏离式的甚至反面的表达倒更为有效。”③ 古远清先生后来也总结道：“‘上园派’袁忠岳等人对朦胧诗的肯定远非‘崛起派’及时和旗帜鲜明，这导致他们对前沿性的先锋诗歌及其研究几乎是集体失语。”④

一代人有一代人的使命，一代人有一代人的担当。虽然“上园派”在20世纪90年代已经走入了历史，但是他们所留下的学术传统与精神将会一直传承下去。他们提出的“两个转化”，建构的诗歌批评理论，以及“谦谦君子”的学术风度也会一直激励着后来者。

① 袁忠岳：《反理性诗歌的出路》，《诗学心程》，山东文艺出版社，1999年，第47页。

② 袁忠岳：《反理性诗歌的出路》，《诗学心程》，山东文艺出版社，1999年，第48页。

③ 敬文东：《诗歌的法则——袁忠岳的诗学略论》，《诗学心程》，山东文艺出版社，1999年，第518页。

④ 古远清：《以吕进为代表的“上园派”诗论家》，《上园派研究资料选（上）》，西南师范大学出版社，2018年，第63页。

历史的生成与确认：“第三代诗”选本及其批评特征

□季焕 梁笑梅①

内容摘要：“第三代诗”从20世纪80年代文学场的边缘到中心位置，再到20世纪90年代的落潮，激烈高歌抑或沉寂分化的坎坷路程上始终高举选本这一武器，众多具有批评意义的“第三代诗”选本较完整地勾勒了“第三代诗”的发展阶段与演变规律，借助选本批评这一方式为其开展经典构筑和调整诗史定位。在纷繁丰富的“第三代诗”选本中，选取具有典型的时代特征与批评意义的选本，通过对特定历史语境下“经典”的生成逻辑与运行机制等进行线索性的探究，进一步探讨“第三代诗”选本的独特性和既成性。

关键词：“第三代诗”；选本批评；历史生成

一、“第三代诗”选本概述

选本批评是当代诗歌批评的重要方式，以选和编的方式有效地参与到诗歌场域的构筑，诗歌选本与诗歌场域之间构成双向互动关系。就选本编

---

① 季焕（1996－），女，山东临沂人，2022年硕士毕业于西南大学中国新诗研究所，现为山东省临沂市临沂实验中学教师。梁笑梅（1967－），女，重庆人，博士，西南大学中国新诗研究所教授，主要研究方向为中国现代诗学。

纂与创作场域的互文关系来看，“第三代诗歌”选本不仅标志着诗歌场域的形成，选本编辑、命名、分类等批评方式也在建构着“第三代诗歌”创作场域的自主性逻辑，不同发展阶段选本批评方式的变化直接影响选本批评功能多样性的发挥。

（一）具有推介引导功能的选本

在20世纪80年代初的文化环境里，“第三代诗”的兴起面临着严峻的形势。前有“巨人的肩膀”朦胧诗人占据诗坛主流，长期的文化积累沉淀出朦胧诗人成熟且核心的作家群和作品群落，在80年代文学场获得足够的文化资本与文化信誉；后有“归来派”老一辈诗人群体占据诗坛一席之地。初出茅庐的“第三代”诗人试图在已有的诗学格局下开辟一方园地，既有的文学占位使其发展举步维艰。“第三代”诗人利用民刊和自选诗集，使其转换成他们进入有限文化场的文化资本，使其顺利进入80年代文化场，从而得以改善自己的场域位置。

民刊主要指没有正规出版或发行刊号的民间印刷物，它是报纸刊物在特定历史语境下存在的一种特殊的状态，它以宽松的审查制度、便利的发表方式以及发行速度快的优势成为中国先锋诗歌的发展和传播中的重要媒介。从某种意义上，中国当代先锋诗歌史就是一部民刊史①。“第三代诗”的中兴自然也绕不过民刊这一传播媒介。“一切非官方的诗歌先锋无不是在弘扬承继朦胧诗组织社团、自办刊物的‘传统’中成长壮大起来”②，“第三代诗歌”高举反对朦胧诗的诗学观念和审美特质的旗号进入文学场，但在生存方式上却自觉继承了朦胧诗开创的民刊传统。1982年在重庆西南师范学院的聚会上，“第三代”诗人有意识地正式提出“第三代”这个概念以前，“第三代”诗人已经利用民刊发表作品，新的诗学观念与创作已然在萌芽。《次生林》作为“第三代”诗人成立的民刊雏形，钟鸣于1982

---

① 刘波：《“第三代”诗歌研究》，河北大学出版社，2012年，第208页。

② 罗振亚：《亚文化选择：民刊策略与边缘立场》，《朦胧诗后先锋诗歌研究》，中国社会科学出版社，2005年，第30页。

年创办，发表欧阳江河、柏桦、翟永明的诗作，他们的诗歌作品与朦胧派诗人北岛、多多、舒婷等人已经有了较大的区分①。1983 年的《第三代人》是国内书面最早提出“第三代诗”概念的诗歌杂志，也是“第三代”诗人最早的诗歌文本。《现代主义同盟》是“第三代”诗人推介出场的一个重要刊物，后来改为《现代诗内部交流资料》，是一本 1985 年万夏、杨黎、赵野等人主编的民刊②。从作品风格上看，这是中国第一本自行铅印发行的民间诗刊，它是“第三代”诗人作品集结并且推介的重镇，在这本民刊的“第三代诗会”栏目的题记中，“第三代”诗人的命名问题首次以文本形式正式地提出来。

“重要的在每一个社会中，话语的产生同时由某些程序控制、选择、组织和重新分配”③ 在“第三代”诗人群里创建并且借助民刊推介流派与诗人，这在 80 年代的文学环境里并不奇怪。民刊及其活动成为“第三代”诗人选本运作机制中的一个重要纽结点，它们影响着作家的创作，影响官方刊物以及正规出版形态的选本的生产以及出版活动。“第三代”诗人的出场是借助出版大量民刊这一策略，而后依靠集结丰富多样的选本成功推介，象征资本的积累让“第三代”诗群完成了场域内的占位。作为青年诗人的“第三代”诗人在文学场内部处于相对边缘的状态，但发表作品数量又很惊人，于是“第三代”诗人纷纷集结起来，以群体性资费创办民刊，从而获得发表作品的空间，为他们顺利进入文学场域提供路径。这种创建民刊的方式一定程度上建构了“第三代”诗群的“群体性”和“理论先行”的特征。《非非》《他们》《海上》《大陆》《大学生诗报》等都是 20 世纪 80 年代“第三代”诗人组织创建的具有较大影响力的民刊。而以诗群来组织创办刊物的形式要求发表宣言和观念，很多“第三代”诗人都是

---

① 洪子诚、刘登翰：《中国当代新诗史》，北京大学出版社，2010 年，第 247 页。

② 在这里，选刊属于广义形态的选本。选刊区别于首发的原刊，借用学者梁笑梅“次源传播”的价值理论，原刊原本的发行和阅读活动属于一种本源传播，文学选刊和选本现象显然应该属于次源传播。

③ ［美］迪迪埃·埃里蓬：《权力与反抗——米歇尔·福柯传》，谢强、马月译，北京大学出版社，1997 年，第 241 页。

先有了诗歌观念与理论宣言①，这也造成了“第三代诗歌”发展过程中理论与诗歌创作实践之间的缝隙，这与“第三代诗”借助民刊这一传播媒介进入文学场的方式密切相关。

除了民间报纸刊物，民间出版的诗刊选集也属于民刊的一种存在形式，同样是“地下出版物”，没有经过官方审查，这些诗刊选集的选源丰富多样，有来自民间报纸刊物、官刊、公开出版的诗人诗集。民间选刊选集纷纷以自印诗集的形式结集成册，一般只在诗群和诗人内部交流使用。老木 1985 年编选的《新诗潮诗集》就是一部在民间引起了广泛影响的自选诗集。时隔三十多年再回头看这册选本辑录的诗人作品，韩东的《有关大雁塔》《我们的朋友》，翟永明的组诗《女人》，骆一禾的《先锋》，陆忆敏的《美国妇女杂志》，王寅的《想起了一部捷克电影想不起片名》等都已经成为现当代文学史上公认的经典著作。这与编选者独特的诗学眼光和编选标准分不开，对于这本书的编选初衷，老木在《序》中写道：“……但我编选了这本集子，是着眼于诗人从评论家的角度来看待诗歌，看待他们的作品；或者，仅仅是感受。”② 除此之外，1986 年李亚伟、万夏等人编选的《中国当代试验诗歌》、贝岭编选的《当代中国诗三十八首》、贝岭与孟浪编选的《当代中国诗歌七十五首》都是内部出版的自印诗集，编选者以独特的眼光集选了不少优秀“第三代”诗人的诗作。

民刊的独特价值可以从两方面来看，一方面作为“第三代”诗人初入诗坛发表作品的重要保存途径，推介了一大批优秀的“第三代”诗人登入文坛；另一方面民刊对于文学生产的引导，还表现在文学观念上。民刊上发表的“第三代”诗人作品也成了很多官方刊物以及后续正规出版的选本的选源，在 1986—1989 年间，陆续刊发“第三代”诗人作品的报刊有

① 石光华作为整体主义诗歌流派的一员，他在讲述“整体主义”流派的来龙去脉中提道：“办《现代诗内部交流资料》的时候，因为有莽汉主义，当时没有非非主义，我跟宋渠宋炜说，我们也弄一个主义嘛……平时谈得最多的就是整体——整个自然整个生命是个整体，存在本身是个整体。就用整体，整体主义……”

② 老木编：《新诗潮诗集》，内部交流出版社，1985 年。

《中国》《诗歌报》《人民文学》《作家》《山西文学》《关东文学》等①，在80世纪后期形成官方刊物与民间刊物长期共存与遍地开花的局面，一定程度上民刊上发表的“第三代”诗人作品反过来影响了官刊的选择标准。此外，民刊反过来又深深影响着正规出版的刊物，率先在民刊上发表的“第三代诗歌”作品为其提供选源，选入标准及趣味也在影响官刊的价值倾向。罗振亚曾指出，民刊作为一种策略，与新诗的边缘处境，中国的文化体制以及当代新诗的地下生存处境密切相关，与先锋诗人的民间立场紧密相连，同时这也已经构成中国新时期先锋诗歌的基本生存与传播方式②。民刊，不仅仅是一种特殊历史语境下的传播形式，它们反映着“第三代”诗人在80年代先锋诗歌场域内对抗主流积极实验的实践，更是确立了他们坚持艺术至上、独立自由的美学精神和诗学特质。

（二）具有辨体功能的选本

“第三代诗歌”的选本更多的是以正规出版的形态出现，由地下民刊转到公开出版的诗歌选本的开放过程，一方面表现了诗歌环境和意识形态逐渐开放，另一方面也表现了“第三代诗歌”逐渐被公众接受。20世纪80年代中期以后，“第三代诗歌”选本中的一部分综合选本旨在对其创作进行跟踪，对中兴的“第三代诗”进行探索，将其置于现代主义和后现代主义的思潮脉络中加以批评，建构思潮流派的效果十分明显。就选本编纂而言，展示一旦向某个具体的方向发展，就具有了“辨析文体的类别和体性”的可能。辨体功能，某种程度上是与建构流派和思潮相适应的③。这些选本的批评功能集中表现在对“第三代诗”做出及时分析、阐释与归纳，纷繁复杂中虽有交叉重叠与自说自话之嫌，反映的则是对既有文学新格局寄予新变的肯定与期待。

1986年上海文艺出版社出版的文艺探索书系——《探索诗集》，体现

① 洪子诚、程光炜：《第三代诗新编》，长江文艺出版社，2006年，第3页。

② 罗振亚：《朦胧诗后先锋诗歌研究》，中国社会科学出版社，2005年，第30页。

③ 徐勇：《中国当代文学选本编纂体系建设：历史回顾与现实重构》，《学术月刊》2010年第4期。

“第三代诗”选本编纂辨体分类原则，标志着思潮流派选本的出现。这一系列选本的出现与80年代中期文学潮流新变密切相关。选本“探索”“实验”“新潮”“先锋”“现代主义”之命名是文学出现新的倾向之后的批评实践与总结。意识形态的变化、批评观念的引进和文学潮流的分化是这一阶段文学新变的关键原因。改革开放之后，中国的文化环境也发生了较大的变化，新时期思想解放促进启蒙运动，文学的生命力和创造力得到新的绽放。西方的理论潮流随之也蜂拥涌入中国，尤其是在1985年前后，现代主义在当时的历史情境下合法性逐渐得到默许，这也是大批思潮选本涌现出来的主要原因。

1986年上海文艺出版社出版《探索诗集》，这是“探索书系”的系列丛书，还包括《探索小说集》《探索戏剧集》。该选本以“探索”作为诗学导向，收入朦胧诗和“第三代诗歌”作品。“第三代”诗人的诗歌作品有海子的《传说》，韩东的《老渔夫》，王小龙的《纪念》等，风格各异，取向不同。该选本选入的“第三代诗歌”作品，以颠覆现实主义传统的艺术倾向，突出表现了该选本的“探索”命名，以探索为手段，以开拓为目的，这也是编选者对具有现代主义倾向的“第三代诗”特征的概括，背后隐藏着对80年代文学产生新变的大胆预测和期望。除了入选作品上的“探索”，该选本以序言和作品互证的编选方式表现出探索新的文学批评模式的努力。该选本的序言是归来派诗人公刘和邵燕祥二人所作，虽然都满怀热情地对诗歌新的发生表示热情，但依然坚持现实主义诗歌的立场。“作为现实主义诗人，我要做他们的诤友”，在公刘先生眼中，朦胧诗人和“第三代”诗人在内的探索诗人与传统的现实主义诗人分属于两个队伍，两种阵营。可以看出来，这个时期的“第三代诗”的选本编纂只有把“第三代诗歌”的作品纳入以朦胧诗为代表的现代主义潮流之下，才能以潮流之名对其进行诗学占位的合理规划。

如何对待新诗的传统与现代的二元问题，是20世纪80年代独特的景观，也是新时期文学界的分歧所在。1988年徐敬亚、孟浪等人编选的《中国现代主义诗群大观（1986—1988）》无论是从命名还是编选内容上都对这一话题做出了不同的回答。这一选本被公认为是“第三代诗”思潮选本的典型范本，是“第三代诗歌”选本大量繁盛发展的标志。发起者统计，这次诗歌大展汇集了1986年国内诗坛所有的现代主义诗派。该选本选入朦胧诗人群有十二人，包括“第三代”诗人在内的各诗群共有九十五人。编选者把“现代主义诗群”作为选本的命名，并且在序言中也提出这是一本“现代主义诗歌”的鸟瞰。选本对朦胧诗派删繁就简，重点突出“第三代诗”。和《朦胧诗选》相比虽然同样都是构筑对立，《大观》[①] 统纳入现代主义的编纂方式，无疑是以理论的方式将“第三代诗歌”诗学系统化、整体化，在20世纪80年代的诗歌阵地中丢下了一颗惊雷，引爆了亟待重新排序定位的文学场。《大观》利用现代主义构建起朦胧派诗人和“第三代”诗人内部诗学对立，对立点集中表现为学习西方与继承传统的对立。徐敬亚在《大观》序言里的《历史终将收割一切》一文中提道：“我一直十分尊敬朦胧诗对中国现代主义艺术的血泪开拓。”同时在《崛起的诗群》中对新生的“第三代诗”极力肯定，“而朦胧诗对社会对艺术的更大面积泛滥”，“它的果实”“第三代诗歌”否定了它，并推进淹没了它[②]。徐敬亚提出，1985年的现代诗可以分为两大类，他坦言以“整体主义”“新传统主义”为代表的“汉诗”是出于一种理性欣赏，“非非”“他们”为代表的后现代主义倾向体现了“现代诗的巨大潜在力”，徐敬亚以“现代”“西方”的特质为“第三代诗”在诗坛上划开了一条清晰的道路[③]。以“现代主义诗群”命名编纂选入的作品，更多的不是从诗学特征去归纳总结诗群，为对应或承接西方现代化的潮流趋势从自身诗歌形式上找到对接口，现代主义的言说策略更多的成了一种批评武器，“把极端的事物推向极端的办法就是从另一个角度反对它”，在认识论范畴之内由强调两极中的一极转向了另一极，通过构造新的“二元对立”来反叛和超越，也表现出了20世纪80年代现代主义诗歌发展的价值趋向。

---

① 以下《中国现代主义诗群大观（1986—1988）》都简称为《大观》。

② 徐敬亚：《崛起的诗群》，《当代文艺思潮》1983年第1期。

③ 徐敬亚：《中国现代主义诗群大观（1986—1988）》，同济大学出版社，1988年，第3页。

1990年陈超的《中国探索诗鉴赏辞典》以六辑收入现当代129位诗人的探索性诗作403篇，现代诗群包括“象征派诗群”“现代派诗群”“九叶派诗群”，当代诗群列出“朦胧派诗群”“西部诗诗群”，并以“新生代诗群”一辑对于坚、韩东、翟永明、西川、车前子、李亚伟、柏桦、周伦佑、海子、梁晓明等“第三代”诗人进行集结辑录。该选本在现代主义诗歌的诗学脉络中接续了“第三代”诗人的作品，这种编选方式是对“第三代诗歌”的“现代”与“传统”源流做出的历时性评判，而就收入的“第三代”诗人作品而言，这是一种共时的在场的批评方式，在20世纪80—90年代之交的诗学秩序当中，审视“第三代”诗人能否扛得住诗坛大旗。除此之外，在序言中，编选者在诗歌艺术层面对探索诗做了更为明确的指认，指出探索诗的整体特征就是“超前性”和“实验性”。这种整体性的特征具体表现在主张反叛与超越的诗歌精神，主张“内倾知觉”介入生活实践的方式，以流派诗群作为集结形式以及体现现代主义与准后现代主义的审美特质[①]。该选本以正面的方式肯定了“第三代诗”的现代主义诗学特征在中国文化传统和价值体系的继承性和发展性，大展之后“第三代诗歌”以其现代主义或隐露出来的后现代主义的美学精神以及审美特质的展现，成为独立的批评主体。

1994年周伦佑编选的《亵渎中的第三朵语言花———后现代主义诗歌》隶属于《当代潮流：后现代主义经典丛书》，高举“后现代主义”大旗收录了“第三代”诗人20世纪80年代至90年代初的作品。在该选本的序言《第三代诗与第三代诗人》[②] 一文中，周伦佑对这种后现代主义的源流与异变进行了参照，在西方后现代主义诗歌写作的消解中心、拆除深度，本土化、口语化总体策略中强调“第三代诗歌”的非诗、非艺术倾向，这主要是由“第三代诗歌”非崇高、非文化、非修辞（包括非意象）诗学特征发展而来。借助西方后现代主义思潮“影响的焦虑”，“第三代”

① 陈超：《中国探索诗鉴赏辞典》，河北人民出版社，1990年，第11页。

② 周伦佑：《亵渎中的第三朵语言花——后现代主义诗歌》，敦煌文艺出版社，1994年，第1－6页。

诗歌以其独特的后现代特质反叛了朦胧诗所代表的现代主义倾向①，但从后现代主义角度对“第三代诗歌”作品进行编选，一直到90年代才初见啼声且寥寥无几，这种批评理论与选本编纂的缝隙反映了现代诗学理论转换的语境压力。20世纪90年代初期，后现代主义的研究如火如荼，但这主要集中在小说领域，诗学和诗论的研究却不多。从诗歌理论界来看，与后现代小说相比，后现代主义诗歌在中国诗学语境更具“不可译性”，同时还受到翻译的有限性和阅读的难度的影响。学者更多的是从诗歌内部的发展规律去考虑这种后现代主义倾向，对西方后现代主义文学批评和创作的影响则主要表现为“一种艺术精神的激励和一种写作灵感的启迪”②。另外从诗人内部来看，“第三代”诗人自身并不赞同用后现代主义理论对他们的诗歌创作一言以蔽之，反对这种生硬的套用，选本编选与命名自然也就降低了以后现代主义进行统括归纳的欲望。另外，“第三代”诗群包含众多流派与群体，诗学特征丰富且各异，其中具有“后现代主义”特色的诗群重点指的非非主义与他们诗派。在周伦佑编选的《亵渎中的第三朵语言花——后现代主义诗歌》中，周伦佑作为非非主义的核心人物，选家的自身立场与站位是不可忽视的因素。关于后现代主义理论在中国特定语境下的效度与限度问题在文学理论界争论不休，或许这也能说明为什么20世纪90年代以后以“先锋诗歌”命名的“第三代诗歌”选本开始集中地出现：《朦胧诗后——中国先锋诗选》（1990年）、《超越世纪——当代先锋派诗人四十家》（1992年）、《先锋诗歌卷》（1999年）、《先锋诗歌档案》（2004年）。“兼具时间和社会学意义的‘先锋诗歌’，当是那些具有超前意识和革新精神的实验性、探索性诗歌的统称，它至少具有反叛性、实验性和边缘性三点特征”③，比起以后现代性的理论话语统纳“第三代诗歌”的诗学特征，诗人内部以及批评家更偏向于“先锋诗歌”这一概念，与“探索诗”“先锋诗”“后现代主义诗”的命名相比，这一概念无论是在范

① 邱食存：《“第三代”诗歌后现代性研究》，西南大学博士论文，2017年，第26－27页。
② 王宁：《中国当代诗歌中的后现代性》，《诗探索》1994年第3期。
③ 罗振亚：《20世纪中国先锋诗潮》，人民文学出版社，2008年，第34页。

围上还是接受度上也具有更为广阔的适用性。

（三）具有遴选和展示功能的选本

方孝岳在《中国文学批评·导言》中指出："凡是辑录诗文的总集，都应该归在批评学之内。选录诗文的人，都各人显出一种鉴别去取的眼光，正是具体的批评之表现"① 选家鉴别去取，是指编选者以某种文学观念作为指导，对众多诗人以及作品进行遴选的过程，"选"也即含有了选粹取优的意味，而"编"则意在通过灵活多样的编排方式把选出的优秀诗人作品集中展示出来。无论是古代文学选本还是新文学选本，"以选寓评"和"选即是评"都表现出选本遴选和展示的批评意义。

选本遴选和展示的批评过程是多方面因素的合力过程：遴选要考虑作品的价值性、诗人的代表性及选入诗人作品的流派的典型性，选入的多个流派还要考虑不同流派诗人作品数量及质量的分布等等。遴选和展示虽然是选本的基本批评功能，不同选本类型下二者的批评功能具有不同的内涵。展示和遴选功能的侧重，可以通过"选源"（即"外部资源范围"）和"选域"（即"内部覆盖范围"）的比例关系看出。"选源"越窄，"选域"越宽，越侧重于展示。反之，则侧重于遴选②。这也说明二者的侧重更多的是一种相对值的比例。社团流派选本与综合选本而言，综合选本更侧重于及时对"第三代诗"作品进行结辑展示，具有阶段性总结的意图，社团流派选本主要是对流派内代表诗人的代表作品进行选择，选粹择优的意图更为明显，所以遴选过程更具有自觉性③。《打开肉体之门——非非主义：从理论到作品》是非非诗派作品一次全面而规模的出版，本书收有周伦佑、何小竹、叶舟等18位诗人的部分作品，并阐述了非非主义的理论。这本书采取上编为作品卷，下编为理论卷的编选方式，上下卷实践与理论互为参照，以此对选入的非非主义诗人作品对号入座，无疑具有特别的遴

① 方孝岳：《中国文学批评·导言》，生活·读书·新知三联书店，2007年，第12页。

② 肖鹏：《群体的选择——唐宋人词选与词人群通论》，凤凰出版社，2009年，第16－17页。

③ 徐勇：《选本编纂与"第三代诗"的发生学考察》，《南方文坛》2018年第6期。

选性意义与价值。《〈他们〉十年诗选》由杨克、小海主编，对历时十年之久的“他们”诗社进行阶段性总结，编选者小海在选本后记中提道：是想为这份历时十年之久的刊物做一次回顾与小结①。刊物指的就是由韩东最初创办的民刊《他们》，“他们”前期于1984年3月至1986年3月发表过三期，中间经过停刊，1988年7月至1995年发表了4—9期。《〈他们〉十年诗选》出版于1998年，也就是对1984—1995年的九期刊物发表的作家作品进行总结展示，这本选本也描绘出“他们”文学社发展的阶段性脉络。与非非主义有固定的宣言、理论、人员不同，“他们”始终不是一个流派，只是围绕刊物集合的不自觉形成的文学社团。韩东强调说：“‘他们’其实是不存在的，‘他们’就是十来本民刊，‘他们’没有提出过什么共同的理念，从人员上讲，现在有的在写，有的不写了。”正是由于“他们”文学社的非固定性和流动性，促成了遴选的批评性特征，这种遴选集中表现在对诗群成员范围的包容。观察选本可以发现，选入的作家除了韩东、于坚、小海三个核心成员，还选入了“莽汉主义”的马松，“非非主义”的何小竹、杨黎，“星期五诗群”的吕德安、金海曙，“海上诗群”的陈东东、王寅，“四川七君”的柏桦、翟永明、张枣以及90年代活跃于诗坛的新人伊沙，等等。这些“边缘”成员活跃于《他们》刊物并被选入这本流派选本，由此可看出流派选本的遴选与展示的批评特征既有利于推举新晋诗人，也是对“第三代诗”文学发展的阶段性回顾。

《第三代诗人探索诗选》《灯芯绒幸福的舞蹈·后朦胧诗卷》《后朦胧诗全集》《第三代诗新编》《中国现代主义诗群大观》《明月降临：第三代人及第三代人后诗选》等综合选本对阶段性的“第三代诗歌”作品以及流派进行历史集结和展示，具有文学史整合的意味。溪萍编选的《第三代诗人探索诗选》是首个以“第三代诗”命名的选本，展示了173位“第三代”诗人中兴时期的作品，而且选入的作品不包括朦胧诗人和中间代诗人。《中国现代主义诗群大观》对“第三代诗歌”流派进行并置陈列，在

---

① 杨克、小海：《〈他们〉十年诗选》，漓江出版社，1998年，第264页。

选本中有60余家自称“诗派”的群体涌现。这里面既不乏“他们”“非非”“海上”“莽汉”这样有较为固定的刊物、宣言以及诗歌作品的流派群体，也存在“超越派”“自由魂”“色彩派”等这种昙花一现的社团。1993年出版的《后朦胧诗全集》是对“第三代”诗人一次集中而全面的展示，在有限的选源之内，收入了从20世纪80年代初到1993年出现在历史现场亦或有过重要影响的73位诗人，代表作品有1500首、53000多行，毫无疑问的是，没有哪本选本能比《后朦胧诗全集》更具有大幅度大范围的展示。2006年出版的《第三代诗新编》辑录了从20世纪80年代初期到2006年的43位诗人的191首代表作品，2014年出版的《明月降临：第三代人及第三代人后诗选》辑录了20世纪80年代初期到21世纪的96位“第三代”诗人的作品。不同时期不同身份的选家编选的这些选本集中对“第三代”诗人以及作品进行历史化的展示，但对比这些综合选本遴选的诗人作品以及流派情况，综合选本的遴选功能更为凸显，选本形态更为多样，择录编选，依人系篇的编选体例使得入选作家作品达到整饬有序、分门别类的效果。

在“第三代诗”综合选本里，还有一些以不同分类原则存在的选本类型，这些划分标准集中展现了选本的遴选和展示的批评功能。《1998中国新诗年鉴》《九十年代文学书系·岁月的遗照》《年代诗丛》《1999年中国诗年选》《二十世纪九十年代诗选》站在20世纪末21世纪初的时间交汇点，意在对20世纪80—90年代新诗的发展做总结。在这种编选意图的指导下，年选的选源（入选作品的外部空间）和选域（入选作品的内部空间）就比较广。以杨克的《1998中国新诗年鉴》为例，选入的作品横跨代际，收入北岛、舒婷、多多、食指、芒克等，也有20世纪80年代崭露锋芒的于坚、西川、王家新、欧阳江河、西渡等，另外还有20世纪90年代以后进入文学界的新人力量，并且统称为“第三代”。《中国新诗年鉴》的编选方式不仅仅意在做出历史性总结，更是在预测和展望，对21世纪的新诗发展表现出极大的期冀。

二、"第三代诗"选本批评特征

从选本批评与文学批评的关系看，选本批评作为一种文学批评方式，它遵循文学批评的研究方法，体现文学批评的本质性功能①。而一时代有一时代的选学观念，新诗选本又表现出时代新质的嬗变。在具体的社会历史语境下，基于"第三代诗"选本所体现出来的批评新质，衍生出多样的特定形态，集中表现为生成性、开放性、多元性。

（一）生成性

"选本活动是多层级、多样态的，其所构成的是具有历史持续性与历史总体性的经典化过程"②，在经典生成的持续性与总体性的普遍理解上，从时间性与空间性两个方面理解。从时间性的变动看，现代作品的发表与出版时间的相近决定了现代选本具有直接批评的特征，现代选本的批评性表现在，它是一种具有时效性和当代性的文学批评实践③。也就是说，与古代选本相比，现代新诗选本的批评价值更在于密切了当下文学创作以及思潮运动的联系，新诗选本的现代性特征凸显了出来。《第三代诗新编》和《朦胧诗全集》作为"第三代诗歌"流派选本，通过选本界定了"第三代"诗人的范围，表现出强烈的当下意识，参与到当代文学实践发展的秩序中。思潮选本诸如唐晓渡、王家新编选读的《中国当代实验诗选》（1987年），溪萍编著的《第三代诗人探索诗选》（1988年），李丽中编选的《骚动的诗神——新潮诗歌选评》（1988年），李丽中编选的《朦胧诗后——中国先锋诗选》（1990年）、陈超编选的《中国探索诗鉴赏辞典》（1990年）、《超越世纪——当代先锋派诗人四十家》《磁场与魔方·新诗潮诗论卷》等，从这些选本编纂来看，是对20世纪80—90年代诗歌思潮

① 参见邹云湖《中国选本批评》，上海：生活·读书·新知三联书店，2002年。
② 樊宝英：《文学经典理论研究》，山东画报出版社，2007年，第123页。
③ 徐勇：《选本编纂与八十年代文学生产》，人民文学出版社，2017年，第6页。

的一次全面总结，高举新诗潮理论对这一文学现象作出反应，是对文学传统的遵从与打破，更对当下新诗艺术革命的超越与发展。“现代性就是过渡、短暂、偶然，就是艺术的一半，另一半是永恒和不变。”① 在有限的时间规定性下该如何讨论新诗选本的立典批评价值是重要的议题，在较短的选时内进行选本编纂实践，这与经典的历史规定性相矛盾。若把综合选本列选入内，至今发展有三十多年的“第三代诗”选本数量已经多达60多部，选时短，选源窄，选本数量却异常繁多。在众多选本的编纂过程中，虽然“第三代诗”的核心作家逐渐被选本界定了范围，但涉及经典作品的变动差异性就比较大，这一方面是选家不满足于既有的文学观的指导，贡献具有可区分的具有独特性的选家批评话语；另一方面“第三代诗”借助选本构造繁荣的诗歌概貌，更注重借助文学思潮形成遥相呼应之势。

从空间的转接上，20世纪80年代“第三代诗歌”选本批评空间是制造出来的典型，这个批评空间是从预设的层面把“第三代诗歌”作为想象的共同体，先有理论的预设，选本编纂则作为呈现理论的文本实践，通过制造话题以此获得认同。徐敬亚编选的《中国现代主义诗群大观（1986—1988）》就是借助选本批评制造话题与争鸣的典型。选本里集选的异彩纷呈的诗歌流派和社团主要是通过理论主张、诗歌创作的相近性集结，凭借迥异性进行区分。在每个社团流派的作品展示之前都有理论和创作宣言，影响力较大的有：以李亚伟为代表的天然极具想象力与冒险、流浪精神，以诗人自身对世界进行直接干预的“莽汉主义”；以周伦佑、蓝马、杨黎、何小竹等为代表主张创作还原、创作批评与非抽象化处置语言的“非非主义”；以韩东、于坚为代表主张“诗到语言为止”和“平民写作”的“他们”文学社；以默默、王寅、陈东东、刘漫流等为代表书写上海工商业城市，关注城市人的孤独精神状态的“海上诗群”；等等。在几十个诗歌流派群体的艺术自释中，表现个体体验与倡导自由的诗歌观念和艺术形式被

① ［法］夏尔·皮埃尔·波德莱尔：《1846年的沙龙——波德莱尔美学论文选》，郭宏安译，广西师范大学出版社，2002年，第121页。

展现得淋漓尽致，作品反而成了这些诗歌创作理念下的被动写照，在选本空间内以诗歌理念聚焦为“第三代诗歌”打开道路，为其发展做有力的辩护。

（二）开放性

“第三代诗歌”选本批评独异于其他选本批评的重要一点，就是在选本实践中不断消解中心结构，呈现出动态加入的开放性特征，这种开放性可以从两个方面进行理解，一个是人员的流动，一个是边缘诗人的加入。前一方面主要体现在“第三代”诗人名单范围的不确定性。“第三代诗歌”自出场至散场，对于“第三代”诗人的认定始终是处在变动之中的，不像他们的前辈朦胧诗派，已经形成了北岛、舒婷、顾城、江河、杨炼等稳定的核心诗人群，即使在一系列“朦胧诗派”选本诸如《朦胧诗精选》[①]《五人诗选》[②]《朦胧诗名篇鉴赏辞典》[③]及《朦胧诗新编》[④]的不断汰选中，核心成员名单依然处于稳定有序的框架之中。

但是纵观“第三代诗歌”选本批评，在核心成员的认定上就存在较大的歧义。这与“第三代诗歌”所处的社会语境的变动性与混杂性密切相关。比如“莽汉”这一概念是由万夏提出的，在可见的“第三代诗歌”选本代表人物是李亚伟，这是因为莽汉诗提出不到三个月，万夏与胡东停止了这种新诗的写作，李亚伟继续扛起莽汉大旗。另外对于诗人王家新的认定也存在不同的解释。在《朦胧诗选》及《朦胧诗·新生代诗百首点评》中，王家新以《潮汐》一诗被选家归纳于朦胧诗派，而20世纪80年代以来“第三代”诗人的崛起使得朦胧诗派逐渐隐匿于主流诗坛，而被归于朦胧诗派的王家新却依然在诗坛上坚持写作，那这类诗人的位置又该如何在诗坛划分呢？在“第三代”诗人内部编选的《后朦胧诗全集》里的73位诗人名单中，王家新被安置其中，但仍处于被搁浅的尴尬位置。批评家也

---

① 喻大翔：《朦胧诗精选》，刘秋玲主编，华中师范大学出版社，1986年。
② 北岛、舒婷、顾城、江河、杨炼：《五人诗选》，作家出版社，1986年。
③ 齐峰、任悟、阶耳：《朦胧诗名篇鉴赏辞典》，陕西师范大学出版社，1988年。
④ 洪子诚、程光炜：《朦胧诗新编》，长江文艺出版社，2004年。

意识到对于这类跨越代际的诗人的安放问题，在洪子诚的《第三代诗新编》中，王家新赫然在列。在20世纪90年代知识分子写作与民间分子写作论争之后，对王家新等人的诗歌史位置则有了更清晰的划分，陈思和在1999年主编的《中国当代文学史教程》中，单独辑录王家新的《帕斯捷尔纳克》，以“个人对时代的承担”一节将其作为20世纪90年代诗歌的代表人物编选入内。对于其他新诗人的加入，“第三代诗歌”选本的差异更为明显。若分别选取出版在20世纪80年代、90年代及21世纪的三本综合选本《中国当代实验诗选》《后朦胧诗全集》《第三代诗新编》为观察对象，《中国当代实验诗选》中选取的聂沛、潞潞、陈应松、雪迪、微茫等人，《后朦胧诗全集》中的莫非、阿曲强巴、马高明、刘漫流、丁当、童蔚、吉狄马加等人，《第三代诗新编》中的小海、尚仲敏、京不特、海男、阿吾、王家新、沈天鸿等人，综合比较，我们可以看到这三个选本的边缘诗人基本上没有重合。这一特点也表现在很多其他“第三代诗歌”选本上，对于主体诗人的区别度远远小于边缘诗人，在变动与差异当中，很多出现在历史现场的“第三代”诗人被选本过滤，逐渐造成了“第三代”诗人数量虽庞杂，但主体框架却大同小异的内部特征。不同的“第三代”诗歌选本对于核心人物和边缘人物的认定正是现代选本在特定文学环境影响下的写照。也正是因为“第三代诗歌”复杂的存在状态，在多个选本的区别与对立中能够完成历史空间的建构，从而也完成了“第三代诗歌”选本批评的历史意义。

（三）多元性

选本活动由三种视界组成，文本的潜在视界、选家的时代视界与自我的主体性视界，正是这三种视界的兼容与发展影响着选本的质量。从文本视界来看，是文本实践与社会实践的统一，是内部与外部的统一，从文本内在的潜在意义来说，它与诗人自我的个体性视界是密不可分的。“第三代”诗人的诗歌作品集中表现了鲜明的诗学主张和激进的思想倾向，个性强烈的诗人们对诗歌功能与价值做出定义与思考，即使是在同一诗群流派表现出迥异的理论特征。以“非非主义”为例，作为“第三代诗歌”中的一个重要诗歌流派，其成熟且丰富的诗学理论中体现了价值观念与艺术形式结构上“纯诗化”的诗学追求，这一诗学追求由前期非非主义到后期非非主义具有明显的演变，在后非非主义时期，诗人提出纯诗的概念，主张用建构艺术的维度对政治与权力提出彻底的反叛，促进新诗的诗学理论建设与诗性的多样化发展。

如果说文本自身的潜在意义与诗人的个体性视界是对选本的内部建构，选家作为选本批评的主体性要素链接内外部发展，以其独特的文学主张，表现出时代精神的投射与反映。“第三代诗歌”选本“自选”的编纂方式是典型的时代语境下的写照。如果说之前的文学活动经历体验——创作——接受环节，诗人在完成前两个环节之后就结束了自己的任务，“第三代诗歌”选本特殊性表现在诗人作为选家参与到选本批评活动中，这让“第三代诗歌”选本表现出集中的自选与他选相结合的编选方式。“自选”主体既有同处一个时间阶段被组织起来的诗人群体，也有迫切进入文学场域留下声名的个体。“他选”大多是由批评家、学者、出版社等对某一群体的诗歌进行编选。“第三代诗歌”选本批评主体的“自选”行为并非出版社、杂志社等的主动策划，“第三代”诗人能够自费出版选本的背后并不仅仅是有充足的出版资金的支持，更与20世纪80年代至90年代的文学出版机制的变化息息相关。早在1979年12月，国家出版局就重新确立出版工作“为社会主义服务，为人民服务”的基本方针[①]，社会涌起“思想解放”潮流，引发了一系列文学活动的大变动、大变革，文学不再只是附庸于政治的传声筒。其中文学出版不再实行计划经济的“一体化”，出版机构开始向生产型转变，在新时期繁荣而自由的时代思想潮流的变革之下，出版真正有质量有内容的图书成为出版人的共识。无论是民间刊物还是官方刊物，涌现出不少高质量的优秀选本。1983年成都大学生联合会编选的《第三代人》诗集，1986年由贝岭内部出版自印的《当代中国诗38首》，1987年贝岭和孟浪内部编选的《当代中国诗歌七十五首》等选集，

① 张春：《论20世纪80年代以来文学出版观念的变迁》，《学术界》2012年第6期。

1985年柏桦和陈忠陵编选的《日日新》《他们》《海上》《大陆》等民刊，“第三代”诗人借助自选的方式先于“他选”为群体呼喊出更为响亮的声音。1992年社会主义市场经济体制的确立标志着中国市场进入了升腾时期，市场质素深刻影响了社会的每一个领域，文学生产领域的运作发生了巨大的改变。其中，出版社转为自主发行、自主运营、自负盈亏的市场机制逐渐形成。在20世纪90年代，文学活动与市场质素互为交融，选本以其“遴选”与“集优”的批评特征本身被赋予了强烈的象征资本属性与权力话语。比如万夏本身兼具三重身份，既是诗人，又是编者，同时还是《后朦胧诗全集》投资人，此外，选本出版环节还有众多诗人内部参与运作，黄礼孩、潘洗尘、赵红尘等诗人和诗歌活动家也在参与选本出版的投资。杨克主编的《1998中国新诗年鉴》的可观的市场营销量与响亮的影响度便是一场选本市场化策略下的呈现。《1998中国新诗年鉴》的编委会成员有杨克、韩东、黎明鹏、于坚、温远辉、谢有顺、李青果与杨茂东，其中，黎明鹏和杨茂东两人作为诗人在诗坛岌岌无名，他们另一个重要身份便是商人，为《1998中国新诗年鉴》注入资本，参与营销，为此杨克也承认道，“在市场化因素影响下的出版资源稀缺的1998年的中国，能够组成的唯一的工作班子，可能是既能选出好诗，又能使编选成果进入市场的唯一的工作班子”①。从20世纪80年代初中期“第三代诗歌”并没有被代表着象征资本的主流文学期刊大型推介，他们只能借助内部出版的自选本积极地表现自我，到20世纪90年代开始自行出版诗集选本强烈介入文学史，自选的编纂方式为“第三代诗歌”的发展写下生动的注脚，而性质种类多样化的选本为他们的声音、形象供给了更集中、更有力的输出。

① 杨克：《工作手记》，《中国新诗年鉴》，花城出版社，1999年，第518－519页。

梦中传彩笔

——论废名新诗对“温李”晚唐诗风的融会

□杨柳　李斐①

内容摘要：晚唐诗风作为废名的创作“背景”，是解读其新诗的一把钥匙。废名从李商隐、温庭筠诗词的“横竖乱写”中领悟到天然完整、当下直寻的“诗的内容”，这启发他采取顿悟、口占、直致的方式进行新诗即兴写作实践，以朴拙的语言呈现主体心灵刹那间的玄想或幻觉，在新诗写作方式上开辟出一条别样的道路。通过对李商隐用典的阐释，废名建构了他注重“幻想”与“个性”的新诗用典理论，并在新诗中以各种形式化用晚唐诗句作为典故，以此推动新诗用典艺术的革新。废名用典较为隐晦，融入了诗人独特的想象和个性。一旦把握其用典思维，诗人很多被认为“晦涩”的诗就能迎刃而解。废名还尝试将晚唐诗风进行现代转化，通过加入个性化的理解与想象，在新诗中赋予其现代意蕴；或化用晚唐诗意象入新诗，由此促进新旧诗意象体系的融合。透过晚唐“温李”诗风的影响，我们能更深入地理解废名诗歌独特的写作方式与诗意内涵，并进一步

---

① 基金项目：本文为国家社会科学基金重大项目“中国新诗传播接受文献集成、研究及数据库建设（1917－1949）”（项目编号：16ZDA240）；国家社会科学基金一般项目“文学教育与现代中国的意义生产研究”（项目编号：19BZW099）阶段性成果。

杨柳（1988－），男，湖北孝感人，博士，广州大学人文学院讲师，研究方向为中国现当代文学研究、新诗研究。李斐（1989－），女，硕士，广州华商学院文学院助教，研究方向为汉语言文字学研究、对外汉语教学研究。

把握30年代现代派诗人“化古为新”的理论路径与艺术实践。

关键词：废名；新诗；用典；李商隐；晚唐诗风；“化古为新”

在《谈新诗》讲义及多篇诗论中，废名以晚唐李商隐、温庭筠诗词为参照建构了他独特的新诗理论话语体系：通过对温李诗词“内容”的阐释，发掘古诗含蓄深隐的一脉传统；在对温庭筠词幻想性、视觉化、立体性特征和李商隐诗活用典故手法的分析中，为初期新诗语言和表达方式的改进提供经验；推崇晚唐诗感伤缠绵、朦胧迷离的“美丽的悲哀”，为当时现代派新诗的审美形态寻求传统依据①。废名20世纪20年代开始写新诗，最初受胡适白话诗论的影响，诗歌写得具体明白；30年代受现代主义诗潮影响，风格转为晦涩；50年代的民歌体试验又回归通俗平实。针对其30年代创作，朱光潜说：“废名先生的诗不容易懂，但是懂得之后，你也许要惊叹它真好”；“他的诗有一个深玄的背景，难懂的是这背景”②。面对这难懂的“背景”，过去学者多讨论废名诗歌中的佛禅思想、西方文学影响以及“五四”以来的新文学嬗变，反而忽视了其与晚唐“温李”诗风的联系。这或许是因为废名诗的风格过于独特，似乎与晚唐的联系比较间接，不像卞之琳、何其芳那样显而易见。但如果我们将废名的诗与他对晚唐的解读联系起来看，会发现温李诗词也深刻影响着其诗歌创作。冯健男就认为：“这‘深玄的背景’是什么呢？就是禅宗的静观、心象、顿悟、机锋，与李商隐诗温庭筠词的感觉、幻想、色彩、意象的现代化的融合。”③ 以往研究者对废名新诗的阐释多集中在其30年代末至40年代的创作，特别是《理发店》《十二月十九日夜》《街头》《人类》《真理》等名篇上，而对于废名30年代初留存的大量诗作（尤其是1931年自编诗集

① 杨柳：《论废名新诗观与“温李”晚唐诗风》，《学习与探索》2019年第2期。

② 朱光潜：《编辑后记（二）》，《朱光潜全集（第八卷）》，安徽教育出版社，1987年，第547页。

③ 冯健男：《人静空山见一灯——废名诗探》，《文学评论》1995年第7期。

《镜》）关注不足。此时正是废名卜居西山，研读晚唐诗词的时期。晚唐诗风作为废名创作另一重“深玄的背景”，是解读其新诗内涵的一把钥匙，有助于加深我们对废名融会古典的现代主义诗风的理解。

一、追求天然完整的即兴写作

废名试图在李商隐、温庭筠诗词的品读中提炼、证明他所认定的新诗诗质，即“诗的内容”。他认为，“诗的内容”的一个重要特征是天然完整、当下直寻，这成为其诗歌创作的核心价值①。《谈新诗》开篇讲胡适的诗，废名就以《蝴蝶》为例，提出诗人创作时应该是“在这一刻以前，他是没有料到他要写这一首诗的，等到他觉得他有一首诗要写，这首诗便不写亦已成功了，因为这个诗的情绪已自己完成，这样便是我所谓的诗的内容”②。废名也用类似的说法解读温庭筠的词：“温庭筠的词不能说是情生文文生情的，他是整个的想象，大凡自由的表现，正是表现着一个完全的东西。好比一座雕刻，在雕刻家没有下手的时候，这个艺术的生命便已完全了，这个生命的制造却又是一个神秘的开始，即所谓自由……”③ 在废名的理解中，兴起“诗”的原初动机或者说情感、感觉，是天然区别于散文等其他文类的，具有心理本质的特殊性。他试图通过这一发现，从诗质层面区分“诗”与“非诗”、“旧诗”与“新诗”。高玉曾指出：“‘完全’是废名诗学的核心概念，强调‘自然’‘天成’和‘诗的内容’，它既是一种新诗观点，也是一种新诗评价标准。”④ 还有学者提出，废名这种诗学观念根植于中国传统“自然”诗学，强调的是“情感的自然性、感兴的当

① 不少研究者都注意到了废名重视“完整性”与“当下性”的诗学观念，如张桃州（2005）、赵黎明（2010）、杨柳（2019）。

② 废名：《谈新诗》，王风编《废名集·第四卷》，北京大学出版社，2009 年，第 1610 页。

③ 废名：《谈新诗》，王风编《废名集·第四卷》，北京大学出版社，2009 年，第 1635 页。

④ 高玉：《废名诗歌新论》，《河南师范大学学报（哲学社会科学版）》2010 年第 6 期。

下性、境界的不隔性以及主体的自由性”①。其实更具体地说，废名主要是在“温李”诗词的现代阐释中建构他“天然完整”的诗学观念的。这个从晚唐领悟来的“纯诗”论主张，也贯穿了废名的整个诗歌创作。在1948年发表的《关于我自己的一章》中，废名延续《谈新诗》品藻新诗的方式，讲了自己的七首诗②。在该文的开头，废名就不无得意地申明，自己的诗有一个他人所不能及的地方：“我的诗是天然的，是偶然的，是整个的不是零星的，不写而还是诗的。”③ 之后又进一步说：“不但就一首说是完全的，就两首说也是完全的。这就是说，我的诗是整个的。”④ 他不仅将“天然完整”看作自己诗作的最大优点，还将之提升到整体诗歌写作的高度，暗示自己的诗共有一个浑然一体的诗性内核。

废名一向以小说家自居，并不认为自己是专业诗人。他几次表示“我写诗完全是个偶然”⑤，“然而我偶而作诗，何曾立意到什么诗坛上去，那实在是一时的高兴而写了几句枝叶话罢了”⑥。从现存诗歌的写作时间看，废名的诗似乎确是“天然”“偶然”的产物。写诗并不是他持续的、有规律的创作行为，而是一时兴起的激情，是即兴。其诗歌作品的时间分布因此有很强的集聚性。根据王风主编《废名集》（北京大学出版社，2009年版）统计，以1931年为界，是年之前存诗10余首，之后存诗20余首。唯独1931年废名写成《天马诗集》（收诗80余首，后散佚）与《镜》（收诗40首）两部诗集，现存近60首诗作。以现存的《镜》诗集来看，全集40首诗，根据诗末标注的时间，这些诗仅用一个月左右（4月15日-5月

---

① 赵黎明：《废名新诗理论与中国“自然”诗学传统》，《湖南大学学报（社会科学版）》2011年第2期。

② 1944年《谈新诗》单行本出版后，废名1946年返回北大续写四章，其中最后一篇即为自我分析。当代以来《谈新诗》多次出版，均将续写四章并入，视作一个整体。

③ 废名：《关于我自己的一章》，王风编《废名集·第四卷》，北京大学出版社，2009年，第1821页。

④ 废名：《关于我自己的一章》，王风编《废名集·第四卷》，北京大学出版社，2009年，第1824页。

⑤ 废名：《诗及信》，王风编《废名集·第三卷》，北京大学出版社，2009年，第1328页。

⑥ 废名：《天马诗集》，王风编《废名集·第三卷》，北京大学出版社，2009年，第1505页。

18日）的时间完成，其中16日作诗9首，17日作诗11首。可见废名诗兴来时，风飞电起，下笔成章，一旦诗兴消散，也并不强求创作的持续。从内容和风格上看，《镜》中40首诗的确是“整个的”，具有统一的意象体系、相通的意蕴与情思。因为秉持着“业余”的心态，废名没有将抒情言志的表达欲、与文学史相关的雄心或作家身份的使命感过分加诸诗歌文体，“诗”对于他来说是轻盈的、非功利的，因而才是天然的、偶然的。

废名多采取顿悟、口占、直致的方式进行一种即兴诗歌写作，尽量缩短从意念迸发到语言符号编码之间的距离，以求浑然天成、妙手偶得的效果。他说李商隐的诗：“李诗写得很快，多半是乱写的，写得不自觉的”[①]；说温庭筠的词：“在他解放的诗体里用不着典故，他可以横竖乱写，可以驰骋想象”[②]；同时也多次说自己的诗“写得非常之快”“来得非常之容易”“是信口吟成的”[③]。以往研究者多认为废名“顿悟”“妙悟”的思维是学道参禅而来，但其实这是他从晚唐诗词的品读和新旧诗的对比中寻到的独特创作方式。佛家的“顿悟”是悟出世间真理，解脱自身，“一悟即至佛地”（《六祖坛经·般若》），而废名的诗“顿悟”出的不是道理，而是一种超脱俗世的诗意境界。也正因为如此，废名的诗往往既不强调观念的表达，也不在意情感的抒发，只用语言达至某种境界空间，以此动人。比如《止定》：“夜深/人间之鼾息/惊动一枝万年笔。”“万年笔”这个意象让人联想到文学的超越性和神秘性，似乎只有在众人皆睡我独醒的孤独中，文人笔下才能爆发出思接千载的诗意，从极安静的“人间之鼾息”外，听到震耳欲聋的巨响。“梦见窗外一棵树倒了，举头熟视/无已，/我很喜欢这个梦怎么这么轻。”《拔树梦》只讲了一个窗外树倒的梦境，却让人浮想联翩，轻盈又神秘，富有童话色彩。再比如《伊》：“光阴好比一面

① 废名：《“十年诗草”》，王风编《废名集·第四卷》，北京大学出版社，2009年，第1771页。

② 废名：《谈新诗》，王风编《废名集·第四卷》，北京大学出版社，2009年，第1640页。

③ 废名：《关于我自己的一章》，王风编《废名集·第四卷》，北京大学出版社，2009年，第1823、1824、1825页。

镜子似的，/伊来了/相思的日子圆一个梦幻。”写时间如“镜”，照见自己，而对“伊”的“相思”最终化为梦幻泡影，意境迷离感伤、缠绵悱恻。因为是即兴写作，废名的诗大多篇幅短小，以十行以内居多，而且绝大多数都不分节，不太讲求谋篇布局，为的就是最大限度地避免“文生情、情生文”，不刻意敷衍成篇。这类只有几行的短诗只捕捉瞬间感觉、刹那景象，却呈现出阔大或幽深的诗境，情与景浑然一体，很能体现诗人即兴写作的功力。

虽然和30年代现代派整体类似，废名的诗重内心世界的表现，轻外在现实的记录，但却很少以直接抒情的方式去写爱情感伤、人生苦闷或城市人的乡愁。废名偏爱使用最简单的语言，造句建行只留主干，不像其他现代派诗人那样长于修饰、刻意经营音韵节奏。他的诗并非以感官沉浸于有情众生，也不刻意去做思维与脑筋的锻炼，而是专注于呈现主体心灵刹那间的玄想、幻觉或梦幻意象的组合，甚至直接记录人的无意识活动，这都使得废名的诗独具个人风格。比如著名的《十二月十九夜》：“深夜一枝灯，/若高山流水，/有身外之海。/星之空是鸟林，/是花，是鱼，/是天上的梦，/海是夜的镜子。……”诗人将意识流式的心理活动不加修饰地记录下来，写“灯”触发的一系列无意识幻觉与自由联想，在幽玄的幻觉中思接千载、纵横万里。与冷艳哀伤的戴望舒、典丽精致的卞之琳和细腻繁复的何其芳相比，同样受晚唐诗风的影响，重视“天然完整”的废名呈现出简拙朴讷、幽微空灵的风貌。如果我们以灯烛意象的书写为线索，可以进一步对比晚唐诗在不同诗人身上产生的不同影响。灯烛是中国古典诗歌中的常见意象，有着非常丰富的诗意内涵和审美品格。有学者统计，《全唐诗》里写“灯”1563次，写“烛”986次[①]。李商隐也有不少诗写到“灯”这一意象，无不沾染上忧伤冷寂的晚唐韵味：“红楼隔雨相望冷，珠箔飘灯独自归”（《春雨》）；“滞雨长安夜，残灯独客愁”（《滞雨》）。他还有一首著名的咏物诗《灯》，以“灯”为核心展开联想，将多种相关

① 傅道彬：《晚唐钟声：中国文学的原型批评》，北京大学出版社，2007年，第234页。

意象、典故以精巧的结构编织成篇，寄意深远。现代派诗人也尤其喜欢以“灯”为题写诗。戴望舒有两首同题诗《灯》，卞之琳有《第一盏灯》《灯虫》，废名也有两首《灯》。深夜面对一盏孤灯，诗人们的诗情被激发，落笔成篇却各有各的表现。戴望舒联想到众多与“灯”相关的现实生活场景，比如美容院里的灯、节日里的灯，以及帝王陵寝里的长明灯等，讽喻现实的倾向较强。卞之琳则以“灯虫”扑火隐喻爱情悲欢和人生的幻灭感，包含了较多个人化的情感经历。废名评《灯虫》说“以极浓的一幅画，用了极空的一枝笔，是《花间集》的颜色，南宋人的辞藻了”①。废名自己写灯，却是在典故文本构成的精神宇宙中遨游一番后，展开了对“光明－黑暗”辩证关系的哲思：“我的掌上捧了一颗光明，/我想不到这个光明又给了我一个黑暗，——/从此我才忠实于人间的光阴”（《灯》1931）。光明与黑暗互生互倚，也正因为如此，诗人才忠实于人间。废名的诗有镜花水月的空灵，但却并不空虚，最终的落脚点还是实际人生。

废名一味追求天然完整的即兴诗歌写作也产生一些问题，这些问题与新诗建构的历史紧密关联。卞之琳晚年曾批评废名的诗说：“他的分行新诗里也自有些吉光片羽，思路难辨，层次欠明，他的诗，语言上古今甚至中外杂陈，未能化古化欧，多数场合佶屈聱牙，读来不顺，更少作为诗，尽管是自由诗，所应有的节奏感和旋律感。”② 卞之琳是非常注重语言和形式的诗人，受新月派影响很深，讲求经营布局、推敲炼字，执着于创造一种典雅圆融、凝练精致的现代白话诗语③。在他看来，废名追求天然、完整的“自由诗”随意性过强，忽视诗歌音韵、技巧和谋篇布局，牺牲了诗歌文体形式上的美感。放在更广阔的视野中看，卞之琳对废名诗的评价折射出的是古往今来讲求“即兴”与讲求“推敲”两派诗人的不同选择，具

---

① 废名：《“十年诗草”》，王风编《废名集·第四卷》，北京大学出版社，2009 年，第 1786 页。

② 卞之琳：《〈冯文炳选集〉序》，《人与诗：忆旧说新（增订本）》，安徽教育出版社，2007 年，第 185 页。

③ 王泽龙、杨柳：《论卞之琳诗歌的古典语言意识》，《河北学刊》2017 年第 3 期。

体的背景则是30年代新诗发展中“自由”与“格律”、“古典”与“现代”的对立与统一。刘勰在《文心雕龙·总术》中以“博弈”区分两种不同的写作方式：“是以执术驭篇，似善弈之穷数；弃术任心，如博塞之邀遇。”废名和卞之琳恰似站在“博”与“弈”的两端。一个追求偶然的相遇，将诗的美妙放在无限的不确定性中放手一搏；一个讲求必然的达成，认为诗的成功是不断修改、校准所达到的精确。他们在当时各种新诗观念的竞争中做出了自己的选择，今天看来不能简单肯定或否定。废名身处新月派影响巨大的30年代诗坛，在反思“明白清楚”的“胡适之体”的同时，也与新诗格律派进行争论。他把向古诗学格律的称为“高跷”，向西方学格律的称为“高跟鞋”，认为新诗的本质在“内容”而不在“文字”，反对新诗的过分格律化，于是有“诗的内容，散文的文字”和“新诗应该是自由诗”的主张。废名的创作要实践其诗学主张，刻意避免语言文字上的修饰、篇章结构上的布局，加上从晚唐温李而来的含蓄晦涩，就不免导致部分诗作散乱、粗疏，甚至有些不知所云。但是，这些情况在诗人后期的诗作中得到了改善。特别是成诗于40年代的《雪的原野》《人类》《真理》等作品，有完整的结构层次和清晰的逻辑线索，从中可以看出其诗歌艺术的潜在变化。

除了艺术形式、技巧上的问题，在诗意内涵方面废名诗也面临一些质疑的声音。比如，解志熙就认为废名提倡的写诗法“是一种利用自由联想和自由句法的新诗写作法，其实沿袭了古代诗人惯用的即兴式以至‘赋得体’的写诗法，可以把不足的诗情诗意敷衍成一首看似微妙有深意的诗，所写多是古人写了千万遍的那种悠然自得的名士情怀和顾影自怜姿态之翻新而已”①。细读废名的诗，就会发现事实可能并非如此。虽然与古诗“即兴”相通相应，但废名诗中最好的部分，依然是最能够体现其现代性精神的作品，并非仅是古意翻新。除了40年代几首经常被谈论的诗作之外，一

① 解志熙：《“采薇阁”外也论诗——朱英诞的迷盲与现代派诗的问题》，《文艺争鸣》2019年第7期。

些30年代的作品也是力证。如“我把我自己当一块石头丢了——/暧哟，他丢不出这世界！”（《一日内的几首诗》〈1930〉）因为无法掌控自我，主体与自身发生了分裂（“我”变成了“他”），像“一块石头”被抛起。卞之琳的《投》（1931）写了同样的意思：“说不定有人，/小孩儿，曾把你/（也不爱也不憎）/好玩的捡起，/像一块小石头，/像尘世一投。”两首诗都以外在的、存在主义式的目光重新审视人（自我）以及背后动荡的30年代，发现了人被动性地被抛入世界的这一事实，人生于是充满了偶然性与荒诞性。只不过废名更切实，认为无论如何“我”仍在这“世界”之中。除了存在状态的书写，还有对生死的感悟。《无题》一首：“在赴死之前/得到解脱，/于是世间是时间，/时间如明镜，/微笑死生。”几行诗句穿透了空间的时间性、时间的空间性，在时空之镜的返照中领悟生死恒常，于是有豁达、悲悯的“微笑”。这些诗句体现出的对偶然、自我、生死、时间等主题的思考，完全是现代人的经验，绝不能说是古人诗意的翻新。从整体上看，天然完整的“即兴”写作作为一种新诗技术实践，并非为了复古，而应看作废名一贯主张的“新诗应该是自由诗”观念中的组成部分。废名以自己特别的艺术眼光，在新诗写作方式上开辟出一条独特的道路。

二、注重“幻想”与“个性”的典故活用

“为了一定的修辞目的，在自己的言语作品中明引或暗引古代古诗或有来历的现成话，这种修辞手法就是用典。”① 废名对诗歌用典有着深入的思考。除《谈新诗》中第四章《已往的诗文学与新诗》探讨了李商隐诗用典之外，同时期发表在《世界日报·明珠》上的《女子故事》《神仙故事（一）》《神仙故事（二）》《赋得鸡》等篇目，40年代的《谈用典故》和《再谈用典故》两篇长文，都是专门谈古诗用典的文章。针对“五四”文

① 罗积勇：《用典研究》，武汉大学出版社，2005年，第2页。

学革命以来人们对用典的排斥态度，他说：“我们反对典故，并不是反对典故本身，乃是反对没有意思的典故罢了”①，主张新诗应该在创造性地继承古诗用典传统的基础上，进行用典革新。

废名对诗歌用典的思考，也是以李商隐为“坐标”的。李商隐写诗用典成癖，古人有“獭祭鱼”之讽。废名却说：“李商隐的诗，都是藉典故驰骋他的幻想”；“李商隐常喜以故事作诗，用这些故事作出来的诗，都足以见作者的个性与理想”②。废名从“幻想”与“个性”两个方面去阐释、理解李商隐诗的用典方式。前者是以典故为起点展开自由联想，不拘泥于典事原义，使用典故人物重新构造故事入诗。“有时用典故简直不是取典故里的意义，只是取字面。”③ 后者是通过这种自由联想寄寓诗人独特的情感与襟怀，使典故含义产生增殖的效应。废名在《新诗问答》这篇诗论中说：

我首先所引的李商隐的“嫦娥无粉黛”。也正可以这样解释，他望着月亮，却想到粉白黛绿上去了。感觉的不同，我只能笼统的说是时代的关系。因为这个不同，在一个时代的大诗人手下就能产生前无所有的佳作。我还是拿李商隐来说，我看他的哀愁或者比许多诗人都美，嫦娥窃不老之药以奔月本是一个平常用惯了的典故，他则很亲切的用来做一个象征，其诗有云，“嫦娥应悔偷灵药，碧海青天夜夜心”，我们以现代的眼光去看这诗句，觉得他是深深的感着现实的悲哀，故能表现得美，他好像想着一个绝代佳人，青天与碧海正好比是女子的镜子，无奈这个永不凋谢的美人只是一位神仙了。难怪他有时又能想到那里头并没有脂粉。④

---

① 废名：《谈用典故》，王风编《废名集·第三卷》，北京大学出版社，2009 年，第 1458 页。

② 废名：《谈新诗》，王风编《废名集·第四卷》，北京大学出版社，2009 年，第 1641、1643 页。

③ 废名：《再谈用典故》，王风编《废名集·第三卷》，北京大学出版社，2009 年，第 1467 页。

④ 废名：《新诗问答》，王风编《废名集·第三卷》，北京大学出版社，2009 年，第 1322 页。

废名认为，时代不同所以诗人的“感觉”不同，于是“嫦娥奔月”的熟典被李商隐的幻想给翻新了。想象嫦娥窃药奔月之后虽然成仙不老，但却因为脱离尘世、孤独凄清而感到后悔，废名从中看出了李商隐的“哀愁”，并联系其“嫦娥无粉黛，只是逞婵娟”（《秋月》）之句，将“碧海青天”进一步想象成嫦娥的“镜子”。嫦娥既已成仙，所以不施脂粉也没有妆台，只好以碧海青天为镜夜夜自照了。“海是夜的镜子”（《十二月十九夜》）这个想象频繁出现在废名的新诗之中，整部《镜》诗集中“镜”的意象都是以这个想象为基础展开的。李商隐的活用已经偏离典故的原意，废名的联想又更远了一步，这引起了另一位京派理论家叶公超的不满。在1936年发表的文章《意义与诗》中，叶公超几次对废名《新诗问答》中有关李商隐用典的解读提出质疑。针对废名有关“镜子”的联想，他批评到：“读者越想避免自己‘驴唇不对马嘴’的反应 irrelevant responses，就越得用理智的力量，辨别诗中所有的意义与诗中所无的意义，不但能够 feel，还得能够 unfeel，不然他读了‘嫦娥应悔偷灵药，碧海青天夜夜心’，就要以为诗人是在那儿说什么‘镜子’了。”[①] 叶公超的本意是说诗歌文本意义的解读应该合乎情理、在一定的边界之内，不能过度阐释，可他并没有理解废名一贯的对晚唐温李进行现代演绎的特殊方式。废名的目的不在于像古代笺注家那样通过典故、本事的考证把李商隐“解释”得很“通”，而意在激活晚唐诗中可以为新诗所用的、创造性的因子。事实上，就是因为“理智的力量”过度运用，历代笺注者在解释李商隐诗时穿凿附会的情况是比较严重的。比如这首《嫦娥》，何焯说是“自比有才反致流落不遇”，冯浩说是“或为入道而不耐孤孑者致诮也”[②]。因为刻意要和现实处境产生联系，这两种解释不仅生硬，而且都因为太过切实而破坏了《嫦娥》所具有的“借典故驰骋幻想”的诗意空间，反而减损了美感。与之相比，废名论诗常常讲个人化的阅读感受，很多时候他将很多首

① 叶公超（叶维之）：《意义与诗》，《自由评论》1936年第17期。
② 李商隐：《玉谿生诗集笺注》，冯浩笺注，上海古籍出版社，1998年，第718页。

相关的诗联系起来讲一首诗的写作意图，以此进一步拓展晚唐诗丰富的意涵空间，反而更切合李商隐诗的真意，但这种思维往往不能为人所理解。在这一段文字之后，废名又对李商隐咏牡丹的诗发表议论说：

李商隐关于牡丹的诗每每说到夜里去了，《僧院牡丹》诗有“粉壁正荡水，缃纬初卷灯”之句，另外有一首《牡丹》，起头用些夜的典故，最后两句“我是梦中传彩笔，欲书花叶寄朝云”，我想这真当得起西洋评论家所说的 Grand Style，他大约想像这些好看的花朵，虽然是黑夜之中，而颜色自在，好比就是诗人画就的寄给明日的朝阳。这样大抵就是“梦想”，也就是感觉过敏，对于现实太浓，势非跑到天上去不可了。他在另一牡丹诗里有两句“应怜萱草淡，却得号忘忧”，或者可以帮助我们解释这个意思。①

这段话本意在解释李商隐诗中对色彩、画面的通感。所引写牡丹的三句诗，有“粉”“彩”“淡”这样的颜色词，也有“灯”“梦”这样的黑夜意象，《牡丹》中还用了一些和“夜”有关的典故，于是废名有这样的联想和解读。他对“我是梦中传彩笔，欲书花叶寄朝云”这句的解释，偏离了原诗的范围，只就字面意思讲，从“黑夜”过渡到“朝阳”。这又引起了叶公超的讥讽：“这种缺乏脑筋或知识的人，甚至于可以把很通的诗，解释成狗屁不通的诗。例如李商隐的‘我是梦中传彩笔，欲书花叶寄朝云’，有位先生不懂‘题叶’的典故，竟硬在‘书’字下添了一道，又不知‘朝云’是人名，竟把‘云’改成‘阳’，以为这两句诗是说：‘这些好看的花朵，虽然是在黑夜之中，而颜色自在，好比就是诗人画就的寄给明［日］的朝阳。’”② 这里话说得很尖锐，我们需先解释清楚原诗中的典故。《牡丹》句句用典，错综精深，末句“我是梦中传彩笔，欲书花叶寄

① 废名：《新诗问答》，王风编《废名集·第三卷》，北京大学出版社，2009 年，第 1323 页。

② 叶公超（叶维之）：《意义与诗》，《自由评论》1936 年第 17 期。

朝云”是名句，至少和三个典故有关。“梦中传彩笔”典出钟嵘《诗品》，其中记载了“江郎才尽”的故事：“初，淹罢宣城郡，遂宿冶亭，梦一美丈夫，自称郭璞，谓淹曰：‘我有笔在卿处多年矣，可以见还。’淹探怀中，得五色笔以授之。尔后为诗，不复成语，故世传江淹才尽。”① 所以这里的“梦中彩笔”有文采、才华的意思。叶公超所说“题叶”的典故，应是唐人孟棨《本事诗》中记载的顾况与宫女通过流水浮叶和诗的故事，其中有“帝城不禁东流水，叶上题诗欲寄谁”的句子②。“欲书花叶”是取其题叶赠诗寄情的意思。而“朝云”这个典故则更有名，来自楚襄王游云梦之台、梦遇巫山神女的故事，最早见于宋玉的《高唐赋》和《神女赋》中。“朝云”是神女幻化的形象，也是其自称：“妾在巫山之阳，高丘之阻，旦为朝云，暮为行雨。朝朝暮暮，阳台之下。”这个典故非常有名，“巫山云雨”“朝云暮雨”等成语都从这里来。李商隐多次使用此典，而废名也在多篇文章中反复提及《牡丹》里这句诗，叶公超说废名不识“朝云”，恐怕是误解。

我们可以举出几个证据，证明废名在写《新诗问答》（1934）这篇文章时，是知晓“朝云”典故的原意的，文中讲的只是他对李商隐典故活用的、个人化的理解。首先，在 1930 年《骆驼草》上发表的一篇《随笔》中，废名就讨论了这句诗的典故活用，他说：“高明的作者，遣词造句，总喜欢捡现成的用，而意思则多是自己的，新的，这也是典故存在的理由之一。‘我是梦中传彩笔，欲书花叶寄朝云’，李义山咏牡丹诗中的句子，我以为其中有非其人道不出的意境，词句的自然现得他不费力罢了。”③ 这里已经指出这句诗翻新了典故，只是意思说得不显豁。第二，在《谈新诗》中废名分析过李商隐《过楚宫》：“巫峡迢迢旧楚宫，至今云雨暗丹枫。微生尽恋人间乐，只有襄王忆梦中。”他说：“他（李商隐）用故事不同一般做诗的诗滥调，他是说襄王同你们世人不一样，乃是在幻想里过生

---

① 钟嵘：《诗品》，何文焕辑《历代诗话（上）》，中华书局，2017 年，第 15 页。
② 孟棨：《本事诗》，丁福保辑《历代诗话续编（上）》，中华书局，2017 年，第 6 页。
③ 废名：《随笔》，王风编《废名集·第三卷》，北京大学出版社，2009 年，第 1214 页。

活哩。”[1] 依然是讲李商隐对巫山神女典故的活用和想象，说明废名完全知晓此典故的来历。第三，一个比较有力的证据是，1934 年 4 月（略早于《新诗问答》发表的时间）废名发表的诗歌《花露》中，他这样写道：

我知道是夜里，
一心想念朝云，
月儿就在那里寂寞了，
我一望见她
我凄然泪下，
惨淡西子镜，
自挂思维树。

可以发现，废名化用了他对“我是梦中传彩笔，欲书花叶寄朝云”这句诗的理解，说在“夜里”“一心想念朝云”，“朝云”在这里既是和“夜”相对的意象又是美人之名。而“月儿就在那里寂寞了”“惨淡西子镜”则与他对“嫦娥应悔偷灵药，碧海青天夜夜心”的联想相关，孤独的美人在夜空里揽镜自照，“镜子”依然从水的联想中来，只不过将“碧海青天”换成了西湖。于是这里又融入了“欲把西湖比西子，淡妆浓抹总相宜”的典故，朝云、嫦娥和西施三个传说中的美人形象终于在一首新诗中通过废名匠心独运的用典重叠在一起，表达效果上产生了一种如梦似幻的惆怅感。借由“朝云”典故的讨论，我们发现了在《朝露》这首以往不被注意的小诗中，废名受李商隐用典的启发，于新诗用典实践方面所做的可贵尝试。

至于废名为何在《新诗问答》中要将“朝云”讲成“朝阳”，笔者认为，这可能与他对李商隐其他几首诗的联想相关。在《赋得鸡》（1936）这篇文章中，废名将李商隐《东南》《天涯》《乐游原》《代赠二首（之一）》《丹丘》这几首诗中“日”的意象联系起来，分析李商隐写“日”

---

① 废名：《谈新诗》，王风编《废名集·第四卷》，北京大学出版社，2009 年，第 1644 页。

以及与之相关的“羲和”典故，往往“由一个夕阳忽而变为一个朝阳，最为难得”①，并赞赏李商隐对于神话典故的活用。废名将这“夕阳－朝阳”的阅读心得投射到“我是梦中传彩笔，欲书花叶寄朝云”这句诗中，才有了“黑夜”与“朝阳”对照的说法。在1948年的文章《再谈用典故》中，废名还对这句诗念念不忘，把之前的见解又讲了一遍：“这是写牡丹的诗，意思是说在黑夜里这些鲜花绿叶俱在，仿佛是诗人画的，寄给朝云，因为明天早晨太阳一出来便看见了。没有梦中五色笔的典故，这种意境实在无从下笔。朝云二字也来得非常之自然，而且具体。”② 30年代“京派”文学圈内互动频繁，废名作为学生辈，常“上清华园访叶公超先生”③，在主编《骆驼草》期间，与叶公超往来非常密切，交谊深厚④。无论废名是否看到过叶公超的批评文字，最终他坚持了自己的理解。有学者引叶公超的批评以证明废名“少读书而好求甚解”“对诗本身则往往缺乏准确判断”⑤，恐非公允之论。当然，比这种争论更值得探究的是，除《花露》外，废名还从不同角度展开想象，在多首新诗中化用了“我是梦中传彩笔，欲书花叶寄朝云”的意思：

我的朝阳好似一窗月亮。

于是我嫣然一笑，

---

① 废名：《赋得鸡》，王风编《废名集·第三卷》，北京大学出版社，2009年，第1383页。

② 废名：《再谈用典故》，王风编《废名集·第三卷》，北京大学出版社，2009年，第1467页。

③ 废名：《悼秋心（梁遇春君）》，王风编《废名集·第三卷》，北京大学出版社，2009年，第1827页。

④ 据学者眉睫（梅杰）考证：“叶公超、废名、梁遇春和石民的友情在废名主编《骆驼草》时期和梁遇春逝世前后表现得最令人羡慕和感叹。那时废名、梁遇春因叶公超的缘故与《新月》关系密切，以致叶公超晚年还说废名是‘新月派小说家’。叶公超与废名的关系早就突破了单纯的师生之谊，他很尊重废名不一般的文学才华和影响，在北平他多次向苦雨斋老人询问废名的情况，并登门拜访废名，还将自己的《桂游半月记》手迹赠与他。”见眉睫：《黄梅文脉》，海豚出版社，2017年。

⑤ 解志熙：《“采薇阁”外也论诗——朱英诞的迷盲与现代派诗的问题》，《文艺争鸣》2019年第7期。

我又把它画作朝阳了。

——《朝阳》

我倚着白昼思索夜，
我想画一幅昼，
此画久未著笔，……

——《画题》

梦中我画得一幅好画，
我想明天早晨我一定好好的展开看一看，
伊笑道，
“你还是做了一个梦！”
我说“这画是赠给你的。”

——《赠》

想着伊望空指一下，
“那是一颗什么星？”
于是我就想到夜的神秘，
它怎么会画那么一幅好画？

——《伊的天井》

这些诗句，乃至《画》《梦中》等同属于《镜》诗集的作品，我们单独去看其中的任何一首，多少都有些令人费解。但现在将这些诗联系起来看，就会发现其中都涉及“昼－夜”“画”“梦”“朝阳”等意象，而且隐喻了一个相似的情节：“我”这一抒情主体在“夜晚”产生“梦”，将“梦”画成“画”，等到“白昼”时赠予“朝云”。这是一个与写作行为本身相关的“原型”书写，蕴含着诗人对“我是梦中传彩笔，欲书花叶寄朝云”更深入的理解。废名反复演绎这句诗，足见其喜爱程度，也足见晚唐诗对其新诗创作影响之深。

从以上的分析中，我们不仅可以看到废名对李商隐“借典故驰骋幻想”“只是取字面”的独特理解，还能够发现，废名将这种活用典故的方式融会到了自己的诗歌创作当中，试图通过创作实践开拓新诗用典的疆域。但因为废名诗歌用典“标出性”较弱、信号词不明显，同时又具有偏离原意的主观性，所以常常被忽视。一旦把握了他注重“幻想”和“个性”的用典思维，废名很多被认为“晦涩”的诗就能迎刃而解。比如，以往研究者经常提到，废名解读自己的《掐花》（1934）一诗，说首句“我学一个摘花高处赌身轻”来自吴伟业的《浣溪沙·闺情》：“断颊微红眼半醒。背人蓦地下阶行，摘花高处赌身轻。”其实，他的另一首《眼明》（1931）：“我拧着闲愁掐一朵花，/撚在手上我明眼的看，/也算是在我的黄昏天气里/点一点胭脂。”也化用了这句古诗。只是闺中少女的“断颊微红”变成了“胭脂”，而“眼明”则又化用了韩愈《题榴花》中“五月榴花照眼明”之句。明白了两个典故的暗用和连用，《眼明》所表达的意境也就豁然开朗。诗人在黄昏中掐花、看花，花的颜色和黄昏的颜色一同映照在脸上，主体与客体于是在美的享受中交融了。再举一例，《飞尘》（1936）这首诗作为废名后期诗歌的代表作，虽然经常被提起，但少有人注意其用典的频密：

不是想说这空山灵雨，
也不是想着虚谷足音，
又是一番意中糟粕，
依然是宇宙的尘土——
檐外一声麻雀叫唤，
是的，诗稿请纸灰飞扬了。
虚空是一点爱惜的深心。
宇宙是一颗不损坏的飞尘。

其中，“空山灵雨”是古诗文中常见的组合，司空图《二十四诗品》中论“自然”，有“幽人空山，过雨采苹”之语，也可能来自许地山散文集的名称①。“虚谷足音”原为“空谷足音”，因为要避开前句同字，所以改“空”为“虚”。原典出自《诗经》与《庄子》，后来合成一个成语，比喻难得的音信、言论或事物。这两个用典是较为明显的，但废名使用时都只取字面意思，用来形容文学世界的空灵、幻美与虚无，与典故原意无甚关联。“意中糟粕”语出宋代王炎《次韵分宁罗簿赠行二首》：“妄意糟粕中，啜哜得馨旨。”诗人觉得自己诗歌中那个空幻的世界并无意义，是“糟粕”“尘土”，于是随着鸟叫将诗稿焚烧。这里“纸灰飞扬”又用了袁枚著名的《祭妹文》末尾语句。最后两行“虚空是一点爱惜的深心。/宇宙是一颗不损坏的飞尘。”境界阔大。“深心”为佛家语，《维摩经》中有“深心是菩萨净土，菩萨成佛时，具足功德众生来生其国”等语句，大概可以理解为“初心”“深信之心”。在“虚空”（这里与首两句“空山”“虚谷”相呼应）中执着坚持，哪怕宇宙不过飞尘般渺小、无意义，它也是“不损坏”的、值得“爱惜”的。《飞尘》全诗八行，竟然有五行用了典故，而且大多都是只取字面意思的典故活用。类似的情况在废名其他诗歌中也经常出现，几乎是他诗歌创作的一种习惯写法，比如《灯》（1931）、《醉歌》（1931）、《泪落》（1934）、《灯》（1937）等诗歌，都通过串联典故推进诗意的行进。30 年代现代派新诗用典革新打破了古典诗歌典事生成规则，在现代性审美中捕捉中外文本的碎片，扩大了诗歌用典的取材范围；以更为复杂多元的主体意识，塑造了在众多“他者”声音交织下的“自我”形象；试验多种用典形式，在“浑然无际”之外，创造出“陌生新奇”的用典效果②。如果对这些典故活用不加理会，恐怕很难真正理解废名诗歌的“晦涩”。

---

① 许地山（落花生）的散文集《空山灵雨》（商务印书馆，1925 年）是 20 年代现代散文领域的代表作。废名喜爱许地山的作品。在《关于我自己的一章》中废名讲自己的诗《掐花》，就提到了对许地山小说《命命鸟》情节的联想。

② 杨柳：《论现代派新诗的用典革新》，《江汉学术》2020 年第 4 期。

三、晚唐诗歌意境、意象的现代转化

李商隐活用典故的诗法不仅启发了废名的新诗用典实验，还引导他尝试以不同方式将晚唐诗风进行现代转化。余光中曾断言："古典的影响是继承，但必须夺胎换骨。"[①] 上文举例，废名在多首新诗中重新演绎李商隐"我是梦中传彩笔，欲书花叶寄朝云"之句，其实已经超出了用典范畴，是点化古诗意境入新诗的写法，类似古人所说的"夺胎换骨"。"不易其意而造其语，谓之换骨法；窥入其意而形容之，谓之夺胎法。"[②] 在古诗中，尤其是唐宋以后，点化前人诗句、翻新诗意或语言进行再创作是常见现象。新诗草创时期，尝试者们为求"新"质，刻意避免与旧诗发生直接关系，走过了一段"放脚体"的白话诗时期。"因为初创时的新诗极力摆脱旧影响而茫然不得出路，空有新的形式却并未创出新的技巧与内容，以至于大半都是古今中外杂糅而又古今中外都不是的一种诗。"[③] 30 年代现代派诗人看待传统的眼光发生了变化，因为已经与传统逐渐疏离，反而开始亲近传统、更理性地面对传统。废名很敏锐地发现了当时诗人们传统观的转变："他们现在作新诗，只是自己有一种诗的感觉，并不是从一个打倒旧诗的观念出发的，他们与中国旧日的诗词比较生疏，倒是接近西方文学多一点，等到他们稍稍接触中国的诗的文学的时候，他们觉得那很好。他们不以为新诗是旧诗的进步，新诗也只是一种诗。"[④] 正因为具备新旧平等的视野，30 年代现代派诗人频频从古典诗歌中寻找灵感，尝试用新诗点化古诗意境。戴望舒成名作《雨巷》（1928）"读起来好像旧诗名句'丁香

---

① 余光中：《先我而飞——诗歌选集自序》，《散文（海外版）》1997 年第 10 期。

② 释惠洪：《冷斋夜话》，王大鹏、张宝坤、田树生等编选《中国历代诗话选（1）》，岳麓书社，1985 年，第 360 页。

③ 柯可（金克木）：《论中国新诗的新途径》，《新诗》1937 年第 4 期。

④ 废名：《新诗问答》，王风编《废名集·第三卷》，北京大学出版社，2009 年，第 1320 页。

空结雨中愁’的现代白话版的扩充或者‘稀释’”①，他的《深闭的园子》(1932) 是叶绍翁《游园不值》的现代改写。何其芳的《关山月》(1931)、《休洗红》(1931) 重新演绎了古典思妇诗。卞之琳组诗《无题》(1937) 五首显然接续了李商隐无题诗的意境与风格。同样的，废名也尝试从意境和意象两个方面，以新诗重新演绎古诗，对其钟爱的晚唐诗进行“夺胎换骨”。

废名擅长将古诗抽离出其原有的文化背景和语境，通过个性化的理解和想象，赋予现代意蕴，从而沟通新旧诗意境。废名非常欣赏李商隐的七绝《曼倩辞》：“十八年来堕世间，瑶池归梦碧桃闲。如何汉殿穿针夜，又向窗中觑阿环。”这首诗讲了东方朔的传说，又联系了汉武故事，说东方朔窥王母下凡，同时也偷看到了一同前来的上元夫人即阿环。废名称赞这首诗的用典和意境：“这样用神仙故事，中国诗人里难有第三者。”“总之诗人做诗又是一回事，等于做梦，人间想到天上，天上又相思到人间，说着天上乃是人间的理想，是执着于人间也。”② 在《灯》(1931) 中，废名化用了“又向窗中觑阿环”的意境：“伊正在那里照镜，/我本是游戏，/向窗中觑了这一位女子”。之后又写了一首《无题》(1931)：

梦中我梦见人间死了，
这个境界正好比一个梦，
伊手上还捏着一个东西在那里玩，
偷偷我看了一眼
正是伊给我的光明。

① 卞之琳：《〈戴望舒诗集〉序》，《人与诗：忆旧说新（增订本）》，安徽教育出版社，2007 年，第 193 页。

② 废名：《神仙故事（二）》，王风编《废名集·第三卷》，北京大学出版社，2009 年，第 1380、1381 页。

如果不知来历，很难明白这首诗在写什么。结合废名《神仙故事(二)》中的内容，我们知道这首《无题》其实是李商隐《曼倩辞》的夺胎换骨。《东方朔别传》中说东方朔乃岁星下凡，在人世间不受重用，死后回到天宫，岁星于消失十八年后重新亮起①。所以李商隐写“十八年来堕世间，瑶池归梦碧桃闲”，在人间时梦到天上瑶池，返回天庭后尘世间的遭遇也宛如一梦。废名以第一人称代入东方朔的视角重述这一经历，“梦中我梦见人间死了，这个境界正好比一个梦”，连用三个“梦”字，连接李商隐的诗意，渲染亦真亦幻的氛围，也是人生如梦的意思。《汉武内传》记载七月七日西王母降于宫中，随后美貌卓绝的上元夫人即阿环也降临，与汉武帝交谈②。《博物志》记载王母降临与帝对坐，“时东方朔窃从殿南厢朱鸟牖中窥母”，被王母发现③。李商隐将这两则记载联系起来，“如何汉殿穿针夜，又向窗中觑阿环?”戏说东方朔本为岁星下凡，又何必在人间偷看天上的美人呢？这个场景写得妙趣横生，原本虚无缥缈的神仙故事顿时有了人情味、烟火气。废名抓住“偷看”的情节，在李商隐的基础上进一步想象“正是伊给我的光明”，意思是人生虽然如梦，但这偶然的相遇却成了值得留恋的人间“光明”，诗意一转成为对爱情的追求。于是我们才明了，此诗以“无题”为题，不仅明示和李商隐的联系，还切合了其情诗的题材。

在接受美学中，“被作者创造的艺术作品是客观文本，即第一文本；而经读者阅读、欣赏、理解后所衍生的新艺术形象是主观文本，即第二文本。第二文本是接受美学真正关注的对象，因为它强调作品与读者的联系，隐喻了作品与读者的‘对话’。它不仅蕴含了原作者的艺术观念、创作意图，更包含了读者的情感逻辑与主观解读”④。如果将李商隐的《曼倩

---

① 李商隐：《玉溪生诗集笺注》，冯浩笺注，上海古籍出版社，1998 年，第 735 页。

② 李商隐：《玉豀生诗集笺注》，冯浩笺注，上海古籍出版社，1998 年，第 735 - 736 页。

③ 张华：《博物志全译》，祝鸿杰译著，贵州人民出版社，1992 年，第 204 - 205 页。

④ 刘卫东、时毅：《文本译介中的跨文化意蕴》，《南宁师范大学学报（哲学社会科学版)》2021 年第 4 期。

辞》看作第一文本，废名的《无题》看作第二文本，其中的“对话”关系便显现出来。李商隐用《曼倩辞》演绎了神仙故事，自比东方朔，寄寓久遭贬谪的感伤，是以仙境写残酷现实。废名用新诗演绎《曼倩辞》，抛开了其中的现实性（东方朔与李商隐的人生悲剧），实际上已经和东方朔故事毫无关系，通过突出梦幻、死亡与爱情的主题，将这出古典戏剧演绎成了浪漫的现代邂逅，而同时又深深浸透着晚唐诗风标志性的情深绵邈、迷离倘恍的氛围。文本与文本之间的生成、主体与主体之间的互通，搭建起了废名与晚唐、新诗与旧诗的桥梁。

从意象的选择和建构方面看，废名新诗中反复出现的一些核心意象都是从古诗中转化而来，除了表现诗人的感觉和个性之外，还与古典诗歌有着深刻的文化关联。孙玉石曾总结废名诗歌说：“他的诗吸收西方潜意识的自由联想，点化古典诗歌的意象，参悟禅家道人的哲思，在跳跃性极强的意象和言语中，婉转传达出隽妙深澈的诗意。”① 新诗草创之初，白话诗人们虽然还是选择从“蝴蝶”“星”“鸽子”“月”等古诗写了千百年的常见意象入手，但却尽力褪去负载其上的文化积淀，取消象与意之间约定俗成的习惯联想，新诗意象内涵于是被刷新并重新建构。胡适《蝴蝶》中的“两只黄蝴蝶”与古诗中的“蝴蝶”意象并没有直接的承续关系，而是“如现象学家一般，悬搁了蝴蝶的已有寓意，只是直观命名眼前所见：蝴蝶在白话汉语中只剩下自己，一个等待新的隐喻空间的自己”②。然而，在废名的新诗里，常用的诸如“镜”“灯”“花”“海”“坟”等超时空、具有原型意味的意象都是直接从古诗中转化而来。他几乎不使用纯粹原创的新意象，主要是化用古典意象入新诗，由此促进了新旧诗意象体系的融合。

例如，废名频繁地在诗歌、小说中使用“坟/墓”的意象，如《玩具》《坟》《小园》《墓》《花盆》等诗都有坟墓意象。古人凭吊怀古、悼亡追

① 孙玉石：《导言　我思想，故我是蝴蝶……》，谢冕主编《中国新诗总系（1927—1937）》，人民文学出版社，2009 年，第 28 页。

② 姜涛：《从“蝴蝶”“天狗”说到当代诗的“笼子”》，《诗刊》2018 年第 16 期。

思的诗常写到坟墓，这个意象在早期现代诗人笔下并不多见。废名因为非常欣赏庾信“霜随柳白，月逐坟圆”（《周骠骑大将军开府侯莫陈道生墓志铭》）之句，所以在写作中常常联想、引用，以展现他所谓“厌世诗人”的冷寂、幽暗、凄美的情调。如“我看见地下一座坟墓，/草色芊芊墓正圆”（《玩具》），这里的“墓正圆”显然脱胎自庾信。从这个角度看，坟墓意象在废名诗中与“死亡”主题的关系其实不大，更多地与一种冷僻的审美情趣相关。又例如，以“秋水”喻指“镜子”又引申到女性的眼波（秋波）是古诗中常见的写法。韦庄《秦妇吟》中有“西邻有女真仙子，一寸横波剪秋水。妆成只对镜中春，年幼不知门外事”的句子；李贺《美人梳头歌》中有“双鸾开镜秋水光，解鬟临镜立象床”之句。废名将其化用到新诗中来，有《秋水》一诗：“我又想那秋水，/我想它怎么会明一个发影？”

“镜子”作为废名《镜》诗集中的核心意象，有必要进一步细加分析。前文提到，废名将李商隐诗中“碧海青天”解读成嫦娥的“镜子”，建立了“水－镜－美人”三个意象间的联想关系，生成了“对镜梳妆”的场景。这个场景在古诗中经常出现，是用来展现女性之美的典型意境。比如《孔雀东南飞》中有“新妇起严妆”的大段铺陈；《木兰辞》中花木兰归家后“当窗理云鬓，对镜贴花黄”；苏轼的《江城子》中，想到亡妻的场景是“小轩窗，正梳妆”；更不用说温庭筠花间词里最引人注目的景象：“照花前后镜，花面相交映，新帖绣罗襦，双双金鹧鸪。”废名曾说温庭筠“他写美人简直是写风景，写风景又都是写美人了”①，这“美人”与“风景”的交融正是在对镜的场景中完成，镜中的形象既是虚像又是现实的反映，“镜子”增添了观察现实的另一重角度，也在虚实相生之间丰富了变幻莫测的诗意空间。

古诗中的“对镜梳妆”大多统摄于男性对女性的凝视之下，尤其在花间词等绮艳诗词中，女性形象塑造的主要功能是刺激感官、娱人眼目。富

---

① 废名：《谈新诗》，王风编《废名集·第四卷》，北京大学出版社，2009年，第1638页。

贵艳丽的女性妆容、起居陈设描写读来令人心荡神摇，具有欲望化的特征。30年代不少现代派诗人借鉴古诗词中“对镜梳妆”的意境入诗，对其进行现代改造。卞之琳《妆台（古意新拟）》就用灵动、俏皮又富有哲理意味的语言，以第一人称写一位现代女性在对镜梳妆时的心理动态。“装饰的意义在于失却自己”，“我完成我以完成你”，“对镜梳妆”于是成为女性反观、塑造，最后确认“自我”的过程。废名也有一首同题诗《妆台》，在“水－镜－美人”意象组合的基础上进一步展开想象：

因为梦里梦见我是个镜子，
沉在海里他将也是个镜子，
一位女郎拾去
她将放上她的妆台。
因为此地是妆台，
不可有悲哀。

原本处于被观赏地位的女性此时是从主体“我”的“梦”中被召唤出来的，“我”不是旁观者，而愿意化身“妆台”朝朝暮暮为女郎映照。废名自己解释这首诗“本意在妆台上只注重在一个‘美’字”①，所以说“不可有悲哀”。短短几行诗，既显出些浪漫，又带着点庄严，其中有献身、陪伴、守候的意味，同时也蕴含着诗人自我建构的主体意识。《镜》诗集中还有不少类似的意象建构：“如今我是在一个镜里偷生，/我不能道其所以然”（《自惜》）；“我不愿我的镜子沉埋，/于是我想我自己沉埋”（《沉埋》）；“我微笑我不能将此镜赠彼女儿，/常常一个人在这里头见伊的明净”（《镜》）。“镜子”意象在这里除了与古典诗歌传统有紧密的联系之外，恐怕还和佛家著名偈言“身是菩提树，心如明镜台”有关。“镜子”

① 废名：《关于我自己的一章》，王风编《废名集·第四卷》，北京大学出版社，2009年，第1823页。

能容纳整个世界，展现整个世界，同时也自成一个独立世界。讨论至此，不得不让人联想到艾布拉姆斯《镜与灯》中的论述：“从模仿到表现，从镜到泉，到灯，到其他有关的比喻，这种变化并不是孤立的现象，而是一般的认识论上所产生的相应变化的一个组成部分。这个认识论就是浪漫主义诗人和批评家关于心灵在感知过程中的作用的流行看法。”① 虽然这是针对西方浪漫主义文学的概括，但我们也能借此观察废名乃至30年代现代派诗人艺术观念的变化。无论是“传彩笔”，还是“镜”与“灯”，它们都以曲折、隐晦的方式从晚唐诗词中被借用过来，改头换面进入新诗，成为30年代诗人的心灵喻体，反映着现代派诗人眼中的现代生活。这些穿越时空的意象也继续发挥着它们的符号功能，成为连接新诗与古诗的意蕴枢纽。

结　语

温儒敏在谈及新文学与传统关系问题时曾说：“‘五四’文学革命在否定了传统文学的制度，重建新的文学秩序的时候，实际上发现了小说、戏剧和白话文学的潜在传统，在否定了儒家的正统地位的同时，实际上肯定了长期被压抑的诸子的传统。”② 如果按照这样的逻辑，废名等30年代现代派诗人对“温李”诗风的重新发现，也是在温柔敦厚的“诗教”传统之外，肯定长期被压抑的“晚唐”传统。废名对晚唐诗风进行了“本质化”的认定，他并不认同古人“初盛中晚”四分法所依据的“文气”说，而是认为晚唐诗与前代有“题材”“人情”或“感觉”上的区别。“王昌龄的诗就是王昌龄的诗，是他那个时候的诗，即世所谓盛唐，写的便是奉帚平明。李商隐的诗就是李商隐的诗，是他那个时候的诗，即世所谓晚唐，写的便是瑶池阿母。两首诗，不但同样是绝句，而且是同一个韵，我们读之

---

① ［美］M·H·艾布拉姆斯：《镜与灯——浪漫主义文论及批评传统》，郦稚牛、张照进、童庆生译，北京大学出版社，2015年，第61页。

② 温儒敏：《现代文学传统及其当代阐释》，《中国现代文学研究丛刊》2008年第2期。

感着不同，乃因为题材的不同，即人情之变化，非诗的本身有什么‘气体’之可言也。”① “……这是诗的内容的变化，这个变化是一定的，这正是时代的精神。好比晚唐人的诗，何以能说不及盛唐呢？他们用同样的方法做诗，文字上并没有变化，只是他们的诗的感觉不同，因之他们的诗我们读着感到不同罢了。”② 基于这样的认识，废名着意融会晚唐诗歌意境到自己的新诗写作当中。

废名新诗与中国古典诗歌传统的关系，恐怕比我们以往想象的更为复杂、紧密。与戴望舒的象征和卞之琳的智趣不同，废名追求的是古典诗“不涉理路，不落言筌”的境界，靠即兴的顿悟连接千古诗思，用传统的、具有原型意味的意象来暗示情感，有意远离了“五四”以来知性、抽象的一派新诗。通过对晚唐诗典故、意象和意境的融会，废名新诗呈现出与古诗相通的“自然化”人格主体和“意在言外”的审美品格，某种程度上可以看作是传统民族文化精神的复归。这不仅再次证明新诗并非与古典“断裂”而是有着深刻的血缘关系，而且预示着我们对新诗“历史”的理解、对新诗阐释方法的探索还有待继续深入。

从文本的传播接受方面看，废名的诗看似非常个人化，其实却与古诗共享一个公共的意义空间，其诗意的生成与接受形态也与中国古典诗歌一脉相承：创作者主观通过对原文本征用、改写而创造出新文本语境，原文本与改写后的一连串新文本之间存在多个相互生成的意义层次，必须在与原文本对读、充分了解“互文本”的情况下才能充分理解新文本的含义。“五四”新诗革命以来，随着诗歌写作、接受以及学术生产方式的转变，读者似乎普遍认为，与传统建立紧密联系不是新诗的主要功能，新诗与以往文本的关系，也不需要再以“笺注”这种陈旧的方式去展现了。于是新诗阐释失却了古诗“笺注”的传统，不再像古诗那样被放置在互文的网络中去细致解读，更不可能再出现古代那种“千家注杜”的盛况。诗人和读

① 废名：《诗与词》，王风编《废名集·第三卷》，北京大学出版社，2009 年，第 1393 - 1394 页。

② 废名：《新诗问答》，王风编《废名集·第三卷》，北京大学出版社，2009 年，第 1321 页。

者共享的意义空间越稀薄，交流就越困难。为了弥合诗人与读者之间的信息鸿沟，卞之琳、朱英诞等现代诗人甚至为自己用典较多的诗添加大量注释以方便读者阅读，例如卞之琳《距离的组织》、朱英诞《远水》等。从这个角度看，废名新诗主动与古典传统建立互文关系却被视为“晦涩”，其实某种程度上是新诗阐释机制不协调的表现。废名在解读李商隐绝句《月》时曾感叹：“大凡想象丰富的诗人，其诗无有不晦涩的，而亦必有解人。”① 可以理解为一种对未来读者的期许、对诗人与读者间理想关系的想象。朱光潜说：“诚实是诗人的责任，努力求领悟是读者的责任。”② 通过分析废名诗中隐含的典故、化用的古诗词，我们发现，晦涩的诗并非无解，但需要读者找到与诗人重合的意义空间。透过晚唐“温李”诗风的影响，我们能更深入地把握废名诗歌独特的写作方式与诗意内涵，并进一步探究30年代现代派诗人“化古为新”的理论路径与艺术实践。深入认识30年代现代派诗歌乃至整个现代新诗与传统的关系，亦是新诗“解人”的责任。

① 废名：《讲一句诗》，王风编《废名集·第三卷》，北京大学出版社，2009年，第1429页。
② 朱光潜：《谈晦涩》，《朱光潜全集（第八卷）》，安徽教育出版社，1987年，第547页。

臧克家佚诗七首钩沉

□董运生①

内容摘要：臧克家在中国新诗史上留下了丰厚的诗歌作品，然部分作品由于年代久远、发表零散等原因，未被《臧克家全集》收录及研究者注意。《狂风暴雨之夜》等七首佚诗的发现和整理，不仅有利于丰富完善臧克家诗歌作品，亦有利于更加全面地把握臧克家中华人民共和国成立以前的诗歌创作和心路历程。

关键词：臧克家；佚诗；诗歌创作；心路历程

臧克家是中国新诗史上的重要诗人，《臧克家全集》虽已于2002年出版，但仍有一些诗作因年代久远、发表零散等原因而未被全集收入。研究者们为辑佚工作付出了大量努力，使不少沉寂的诗作得以与读者重新见面。近年翻检旧刊时，笔者陆续发现了《狂风暴雨之夜》《小小歌妓》《红白浆汁》《在轰炸中诞生》《那一天——有赠》《九行》《听典型报告》等七首署名臧克家而未被《臧克家全集》收录的中华人民共和国成立以前作品。笔者结合臧克家生平、文艺观及其他相关诗作，基本可以判定这七

① 董运生（1986－），男，河南南阳人，东南大学哲学专业博士研究生，重庆三峡学院文学院教师，主要研究方向为美学和中国现当代文学。

首诗歌为臧克家作品，七首诗歌中除《听典型报告》被《臧克家研究资料》列入“臧克家著作系年”以外，其他诗作暂未发现被研究者提及。钩沉这些佚作，不仅有利于丰富臧克家诗歌作品，也有利于研究者更好地从整体上把握诗人创作情况。

《狂风暴雨之夜》于1929年12月30日发表于天津《大公报》副刊《小公园》，诗作采用象征的手法，以“夜幕”“恶魔”等意象写出了“狂风暴雨之夜”的阴森与恐怖。诗人也对弱小者的生存境遇给予了关注，在这凄惨恐怖的环境下，弱者过着虽生犹死的生活，黑暗势力却将罪恶建立在对弱小者生命的践踏之上，诗人以“白骨”“高峰”等意象对黑暗势力的邪恶及其对弱小者的沉重压迫予以了控诉和批判。黑暗势力虽然强大，但诗人并不消沉，他满怀激愤地呼唤以“狂风”“暴雨”来推倒旧世界，在东方丝丝光明中迎来人类的新生。臧克家多次谈及在山东省立师范读书期间，郭沫若撼动了他“整个灵魂”[①]。在这首诗中，读者很容易发现诗人充溢的乐观和激情，这与他在首部诗集《烙印》中所体现出来的“坚忍”是有着明显区别的。在臧克家诗作中，1934年10月发表于《文学评论》的《问》一诗在内容与风格上与《狂风暴雨之夜》较为接近，《问》是诗人在保留1926年旧作原意基础上修改而成的。据臧克家《问》后附言所述，1926年旧作是感于军阀张宗昌的黑暗统治及其对思想文化的压迫摧残而作。旧作原貌如何现已不得而知，然诗中“浓夜”“冷风”“魔鬼”“新路”等关键性意象和令人窒息的黑暗却和《狂风暴雨之夜》极为相像。不同之处在于，《问》以发人深省的三个问句表现了诗人在令人窒息的黑暗中的极度苦闷和呼唤光明道路引路人的迫切，《狂风暴雨之夜》则明确给深处黑暗重压中的人以在抗争中迎接新生的希望。在诗体上，《狂风暴雨之夜》一节四行，诗句较为均齐，韵式上较为严谨，略显拘束中不难看出作者诗体建设的自觉和努力。在《狂风暴雨之夜》中，有部分字句尚不够精练，也存在着一些类似口号式的呼喊，艺术上显得还不够成熟，结合该

---

① 臧克家：《臧克家全集》第6卷，时代文艺出版社，2002年，第296页.

诗与诗集《烙印》的“坚忍”大不相同的情感上的激越乐观，及其与《问》一诗原作内容上的关联，可以推断该诗很可能为臧克家早期诗作或系在早期诗作基础上修改而成。在《臧克家全集》中，严格意义上的20世纪20年代诗作目前仅收有《静默在晚林中》（写作于1929年11月16日）一首，该诗带有一定的浪漫唯美色彩，主要描述了诗人在深秋晚林中由感悟自然景色而产生的超脱情怀。《狂风暴雨之夜》的主题、风格与《静默在晚林中》截然不同，该诗的发现丰富了诗人早期的诗歌作品，对臧克家多次谈及的早期创作中曾受郭沫若影响较大形成了印证，也可从中窥出其诗体建设的自觉和努力。

《小小歌妓》于1934年5月31日发表于《中央日报》副刊《文学周刊》，诗作以白描手法展现了小歌妓的悲苦生活，对比的广泛使用是该诗的重要特色。唱歌本该是一件快乐的事情，然而当为了生计被迫唱歌供人取乐时则变成了一件可悲的事，诗作以表面上的乐事写实际上的哀情，两相对照之下倍增其哀痛。《狂风暴雨之夜》中，小歌妓身高与桌子高度、唱歌者年纪与不相称的打扮、唱歌者的苦与听歌者的乐、小歌妓的父母与小歌妓的收养者等形成了多个角度的对比，比照之下小歌妓的悲苦生活赫然目前。该诗创作时间不详，但诗中对底层小人物的关注和同情及白描、对比等手法的运用，与《两个小车夫》《小婢女》等诗作具有较强的内在关联性和一致性，呈现了臧克家用诗歌揭破黑暗现实的努力。

《红白浆汁》于1939年7月19日发表于香港《大公报》副刊《文艺》，诗作中叙事镜头逐渐由城外推向城内，并最终聚焦于日机轰炸给磨豆腐人家带来的巨大创痛，借死亡者的红血与白色豆浆两种色彩所形成的强烈对比，对日军的暴行进行了愤怒的揭露和控诉。在诗中，诗人也对底层民众的穷困生活处境予以了展现：就着城墙搭起来的茅草屋、老两口仅能度日的生计、一件穿了十五年的棉袄、罄尽所有置办的新棉袄。从他人“有什么万贯家财值得留恋”的责备里，我们不难读出老头子并不是不知道轰炸的危险，他被炸死是由于对财产的守护。在生命安全与守护财产的选择中，诗作进一步凸显了底层人民生比死更难的艰辛处境。失去了相依为命的老头子，老妇人“为什么不一起炸死”的呼号凄厉而沉重，她此后的生活该何去何从，等待她的又将是怎样的命运和人生，我们不得而知却也不难想象。在该诗的最后，臧克家提及诗作写于南阳轰炸后。自1938年7月第五战区战时文化工作团成立到1939年7月去安徽敌后采访，臧克家曾多次到过南阳，《红白浆汁》即当创作于这一时期。该诗诗行相对均齐，诗句不事雕琢且呈现出一定的口语化特征，这与抗战开始后诗歌逐渐朝大众化方向发展有一定的关系。该诗是一首短叙事诗，诗人较为具体地介绍了轰炸经过与卖豆腐人家的悲惨遭遇，借平民死于轰炸这一事实表达了对日军暴行的愤恨之情，然而由于没有较好地处理叙事与抒情关系，诗歌中叙事详细有余而抒情不够含蓄有力。残酷的现实刺激着诗人，臧克家战地生活中的“战歌”摆脱了《烙印》时代的过分拘谨与雕琢，然而也在一定程度上显得“粗糙，犷野，热情，它服务于政治比服务于艺术的更多”①。在抗战这一特殊环境下，诗歌“张扬‘炸弹’和‘旗帜’的社会功能”②，有其内在历史合理性，对于唤醒民众，提高民族向心力、凝聚力和战斗力无疑有着重要的作用。1939年3月由重庆生活书店出版的《泥淖集》中所收臧克家1939年1月15日于南阳惨炸后写下的《轰炸后》一诗可视为《红白浆汁》的姊妹篇，不同之处在于，《轰炸后》整体上展现了日机轰炸后的惨景，表达了“千万人的仇怨”，而《红白浆汁》则聚焦于轰炸给一个家庭带来的苦难，于细节的凸显而外更增强了作品的感召力。

《在轰炸中诞生》于1940年10月7日发表于香港《大公报》副刊《文艺》，诗作展现了一名婴儿在敌机轰炸中诞生的场景。战争吞噬着生命，新生命又在战争中不断诞生。婴儿落地时极端恶劣的轰炸环境，是抗战环境下生之艰辛的真实写照。婴儿是新的生命力，啼哭声与马达声形成了鲜明的对比，诗作在显示生命力顽强的同时，也借新生的婴儿象征了中华民族必将在战火中获得新生。在臧克家诸多抗战诗作中，该诗颇有意

---

① 臧克家：《臧克家全集》（第9卷），时代文艺出版社，2002年，第61页。
② 吕进：《现代诗学的两个课题》，《重庆三峡学院学报》2002年第1期。

味，平淡之中寄寓了必胜的信念和新生的憧憬。诗作发表时，报刊还配发了杨隆生展现敌机轰炸场景的木刻《下种!》，敌机抛下了炸弹，也播下了为正义和民族而战的火种。《在轰炸中诞生》与《下种!》构成了巧妙的互文关系，诗与画的联姻既展现了战争的残酷和侵略者的滔天罪恶，也彰显了中华民族抗击侵略者的坚定决心与对民族必将获得新生的强大信心。

《那一天——有赠》于1943年6月发表于《经纬》杂志第1卷第11期，诗作记录了诗人某个星期天与友人在江边游玩的经历。从诗歌所展现的气候特征、自然风貌等来看，该诗当创作于1942年8月14日臧克家到达重庆之后。抵渝后，臧克家借住于中华全国文艺界抗敌协会宿舍，无业的情况下以写作为生，由于没有积蓄且当时通货膨胀极为严重，诗人生活相当艰苦，这一情况直到1943年夏初余心清将其介绍到赈济委员会下属难童教养院辅导大队工作才有所好转。山城多雾，而战时国民党统治中心的政治高压给雾增加了另一层内涵。难得的阳光一扫雾的气息，呈现出山青水绿的自然风光，也给人以爽朗的心境。对于偏爱农村和山水自然的臧克家来说，坐上马车远离城市的世尘无疑是一种美的享受，更何况还有朋友、诗歌相伴。中国文化中有寄情山水的传统，文人墨客更是时常在流连山水中挥洒诗情："登山则情满于山，观海则意溢于海。"[①] 看着船只树叶般在江面上往返，诗人觉得自己的心地也一如江面那样宽广，在江山之助中，诗人实现了心性的陶冶和情感的升华，"向外发现了自然，向内发现了自己的深情"[②]。《那一天——有赠》一诗可谓苦中作乐，"有赠"二字中有对美好记忆的珍视，也有对幸福生活的向往。四年重庆生活给臧克家留下了诸多回忆，在1944年4月14日写的《当记忆在它头上飞翔——赠雪垠》一诗中，诗人亦提到了与声色犬马的都市生活相比，他更喜欢与姚雪垠一起在嘉陵江岸边看夕阳下的江潮、帆船等情境。《那一天——有赠》《当记忆在它头上飞翔——赠雪垠》两诗在内容上有一定的关联，它们与

---

① 王运熙、周锋：《文心雕龙译注》，上海古籍出版社，2010年，第132页。

② 宗白华：《宗白华全集》（第2卷），安徽教育出版社，2008年，第273页。

臧克家诸多描写自然、记述友情的诗作一道见证了臧克家对友情的珍视和对自然风景的热爱。

《九行》于1948年3月发表于《艺虹》杂志第1卷第5－6期，诗题当因全诗共9行而命名，然而诗歌发表时却因版面限制被排成了11行，应予以注意并纠正。该诗属于讽刺诗，诗人以简笔刻画了表面上为三种实际上同属于一类的惧怕黑暗现实的典型人物，无论他们自己不敢触碰亦不许别人去触碰现实，或惯于黑暗亦不让他人得到些许的光明，还是在现实面前自欺欺人的表现，都呈现出了他们在黑暗现实面前的胆怯和无力。《九行》作为讽刺诗略显直白平淡，少了《宝贝儿》《胜利风》《"警员"向老百姓说》等作品的俏皮、幽默，影响了讽刺的力度。无论诗人是否有意，值得注意的是，该诗是臧克家诗歌中甚少出现的以诗歌行数命名的作品。

《听典型报告》于1949年8月发表于《诗号角》杂志第7期，诗作记录了臧克家听一位曾经反动后改过自新者所作报告的经历，依诗作内容并结合臧克家生平来看，该诗当作于诗人1949年3月30日抵达北平之后。在1949年4－5月间于北平写的《看到的，听到的，感到的》（组诗）中，有一首题为《听英雄们报告》的诗歌，臧克家在诗中对出身平凡而又做出不平凡业绩的英雄们予以礼赞，并充分肯定了共产党领导下社会、人民面貌发生的重大改观，其中较为明显地蕴含有人民创造历史的意识。《听典型报告》和《听英雄们报告》形成了照应，两诗都是臧克家在新的历史语境下主动适应新生活的体现，不难从中看出诗人向党的文艺方针靠拢而在创作上做出的自觉调整。

臧克家坚持诗歌源于生活的创作观："诗的花，是开在生活的土上的。"①《狂风暴雨之夜》《小小歌妓》等新发现的七首佚诗贯穿臧克家中华人民共和国成立前的整个创作历程，其中不难发现诗人关注现实、展现生活的热情。在诗体建设上，臧克家有"新诗文体建设的重镇"之称，这七首佚诗与臧克家其他诗作一道呈现了诗人诗体建设的自觉和努力。七首

---

① 臧克家:《臧克家全集》（第9卷），时代文艺出版社，2002年，第45页。

佚诗艺术水平上有高下，然而它们的发现，不仅有利于丰富完善臧克家诗歌作品，对臧克家中华人民共和国成立前诗歌创作有更加全面的把握，亦可以更好地从中窥见时代变化中诗人所经过的心路历程。

笔者在尽可能保留七首佚诗发表时样态基础上，依臧克家诗歌写作习惯，对发表时因版面限制产生的不当诗行划分进行了一定调整，并对诗中明显错误及与当今书写规范不同之处进行了必要的校订，兹将七首佚诗辑录于后，以就正于读者。

狂风暴雨之夜

夜幕深垂着森严的恐怖，
恶魔放浪着得意的歌舞，
宇宙溺入了凄惨的黑海，
再找不出一丝儿暖意！

弱者的白骨搭起了罪恶的高峰，
血雨淋漓浸润着痛创的悲情，
人生葬埋在墟墓的骷髅中，
隐隐低咽的鬼声透露着枯杨的悲鸣！

怒吼的狂风摇震着哀号的林木，
暴雨激荡着海涛翻腾，
黑暗放射了临死的返照，
长夜漫漫儿终会有明！

狂风，吹吧！

吹倒荒凉人生的支柱:①
暴雨，打吧!
打破墟墓的幽灵之门:②

东方露出了丝丝光明,
那是人类新生的象征,
朋友们，努力吧,
暖和的太阳会普照我们的生之前程:③

小小歌妓

人比短卓④高不了多少,
一双领扣也是松着,
难为煞薄衫也裹不出酥胸,
厚的脂粉糊不住烂缦的笑,
她唱，吃力得声音都在颤动,
听他⑤唱的却都轻松的笑了。

这笑的含义她全不知道,
知道的是，没了爸娘
人家用饭把她养活,
给她穿上这一套衣裳,
还教会这一曲清歌,⑥

---

① 此处“:”应为“!”。
② 此处“:”应为“!”。
③ 此处“:”应为“!”。
④ “卓”应为“桌”。
⑤ “他”应为“她”。
⑥ 此处“,”应为“。”。

红白浆汁

解除警报的汽笛，
在半空欢腾长吟，
呼唤郊野的人群归来，
充实这座空洞的城心。

拖起铁铸的双腿，
拍一下印身的土花，
心里有一个疑惧：
“灾星落到了谁家?”

走进北门。向西一箭地，
人体圈成一个瓮，
老妇人做了悲剧的主角，
无头的泪丝系住了观众。

三间茅草屋
支起个家庭，
就着城墙作屋墙，
藉它挡住了北来的风。

一盘石磨，一头毛驴，
老两口子卖豆腐，
生活逐着磨石转，
浆里来水里去。（注一）

一领破棉袄
穿了十五年，
油腻给漆得亮光，
厚厚的足有一钱。

老头子发个大愿，
今年新制了一件，
（罄尽了多年的积累，
加上人家订“年豆腐”的钱。）
毛驴子也换副新脚，（注二）
辛苦了这久，可要好好的过个新年。

谁知炸弹偏不长眼，
开花在背后的城垣，
土块一声吼叫，
把个小家庭震得稀烂。

当飞机在头顶嗡嗡叫
他恋着家不肯走远，
“有什么万贯家财值得留恋？”
不要这么责备吧，他生活得多可怜！
立在檐下，飞来了铁片，
身子倒下去，头挣上了天。

小毛炉跪在土石下，
低垂头，瞑起双眼，
绳套一头系着脖颈，
一头系着石头的磨盘。

乳白豆浆在地下横溢，
和红色的人血交流在一起，
新棉袄裂开了白嘴，
在土石重压下哭泣。

“再过两天就是新年………①，
天啊，为什么不一起炸死？”
老妇人在倾卸她悲伤的重载，
不顾眼前人是陌生还是邻里。

注一：言仅可糊口，无多余也。
注二：铁驴蹄子。
于南阳轰炸后。

在轰炸中诞生

炸弹落地时，
你也落地了，
冷风做②被褥，
大地是产床。
火舌
舐开你的眼光，
铁雷
给了第一次声响。

① 此处“………”今应为“……”。
② “做”应为“作”。

染半身红血，
蜷缩在墙根，
母亲昏迷的眼
牵着低飞的机群。
马达
把地上的音形全僵化了，
而你，却挣手挣脚，
呱呱作新生的啼叫。

那一天
——有赠

那一天，在灰色记忆的领空里划一道亮光，
就像那一天的太阳，
揭去了云雾的面纱，
它漂白了江心，
也把山的青水的绿，
爽朗的乐趣给了我们。
坐上马车，
我爱马蹄同大地的合奏，
我爱那匹红马，
怕世麈追上来，
它跑得那么欢快。
十几个人
把一间小房子填满，
像被故事引入了迷境的孩子，
大家静听你朗诵一个最动人的诗篇。
（“莫扎尔特”你的声音，

在每个人心上抖颤,①)
闲踏着青山的脊背,
享受这个星期天,
太阳把我们的影子
投下叫人望着晕眩的崖岸,
船只像树叶,
在江面上往返,
我们觉得自己的心地
也有大江那样的宽………②
那一天已经远了,可是,
一闭眼,它就像一道阳光
亮到了眼前。

九行

害怕音响的人,
掩起别人的耳朵,
还要塞住所有的嘴。

惯于黑暗的人,
他扑灭着火,
想伸手摘去天上的星。

虚怯的人,
把手盖在眼睛上,

① 此处“,”应为“。”。
② 此处“………”今应为“……”。

或者用姿态壮自己的胆子。

听典型报告（注）

他站在播音机前，
面对着几千个听众，
头顶着青天，
背起毛主席高大的像。

他站在那里，
像一个政治家，
攻击他的政敌，
话说的那么激昂，又那么狠毒！

一句话像一个耳光，
打得紧，也打得响，
隐藏的全揭露出来，
不怕屎盆子往外端。

他是在攻击一个敌人，
这个敌人就是昨天他自己，
群众给他热烈的鼓掌，
像为一个新人催生。

注：以前思想或行动反动的人，经过学习改造，重新做人，将过去自己所作①的事，向群众坦白。

① “作”应为“做”。

“鼓点体”与街头诗的大众应用

——论田间的“在地性”转向

□黄英豪　魏巍①

内容摘要：田间在创作中后期逐渐放弃“鼓点体”诗歌的创作，并认为其中期后的格律体式诗歌创作并不比“鼓点体”逊色。评论家对“鼓点体”诗歌的推崇主要源于“鼓点体”诗歌的缺陷，即以碎片式的组织方式为特征的自由体式更易于在战时发挥“鼓动性”的现实效用。正因为“鼓点体”诗歌具独特性的“缺陷”，与“街头诗运动”在晋察冀边区的“在地性”探索需求相契合。在“平剧改良”“墙头诗”“罗斯塔之窗”的启发下，田间诗歌由早期的“象征隐喻”转变到“叙事”趋向，又恰因诗人“叙事”与“史诗”式的“大众化”创作需求，使其转向“五言句”诗歌的创作体式。

关键词：田间；街头诗运动；鼓点体；晋察冀边区；五言句

诗人田间因其“鼓点体”诗歌的创作在20世纪三四十年代的诗坛引发反响，在众多文学史中，研究者将“鼓点体”诗歌作为诗人田间最为显

① 黄英豪（1995－），男，浙江瑞安人，西南大学中国新诗研究所硕士研究生，主要从事新诗研究。魏巍（1982－），男，重庆酉阳人，博士，西南大学中国新诗研究所副教授，硕士生导师，主要从事新诗研究。

著的标签加以渲染，如《中国现代文学三十年》:“田间鼓点式的诗对抗战时期诗歌散文化、民间化倾向无疑是一个新的创造与推动。它在形式上十分自由，又自有鼓点式的节奏。”① 再如王瑶先生认为：“在他的诗中，充满着爱国主义的热情和革命人物的形象。他以闪电般的突击的情感，构成了他的崭新的粗犷的风格，以朴素有力的字句来体现出充沛的战斗意志。”② 另有诸如朱栋霖、孔范今、丁帆等研究者在其编著的文学史中将“鼓点体”诗歌中的革命激情与节奏短促等特征作为田间在现代文学史上的定格表现。田间以其“鼓点体”诗歌在众多文学史书写中得获一席之地，但田间本人却对“鼓点体”的诗歌形式有不同的看法，当诗人在以“格律体”为主要创作体式的创作后期回顾他早期的创作时，认为“鼓点体”诗歌“无法控制的情绪，就是缺乏锻炼”，而激情的表达，“要有完善的轨道”③。

质言之，众多文学史与新诗研究中对田间诗歌创作特征的概括与实时的创作“现场”存在空隙。至少在诗人的不同的创作阶段中，所谓的“鼓点体”诗歌的创作分布是不均匀的，“鼓点体”诗歌这一标签并不能完全覆盖诗人田间的创作面貌。那么，“鼓点体”诗歌的创作轨迹大致呈现怎样的态势？“鼓点体”是否仅仅指向诗歌形式或者情绪上的表征？鼓点式的诗歌与街头诗之间具有什么样的关系？为什么田间后期会放弃早中期鼓点式的诗歌形式特征？

一、“鼓点体”诗歌的组织形式与缺陷

田间以一个新诗创新者的形象登上诗坛并引起广泛关注，其于1935年12月由上海诗人出版社出版的《未明集》由左联宣传部部长王淑明做序，

---

① 钱理群、温儒敏、吴福辉：《中国现代文学三十年》，北京大学出版社，1998年，第570页。

② 王瑶：《中国新文学史稿》，上海文艺出版社，1982年，第400页。

③ 田间：《写在〈给战斗者〉的末页》，田间：《田间诗文集》（第一卷），花山文艺出版社，1989年，第349页。

并指出诗集中诸如《我厌恶这春天》《祭冬天》《这一天》《滴港》《铁工厂》《阿比西利亚颂》等诗歌之“诗形的雄放，与内容的充实”①，肯定了田间在自由体诗方面的探索。田间于1936年出版的《中国牧歌》进一步受到胡风的推崇，胡风指出田间的诗歌中“有感觉、意象、场景的色彩和情绪的跳动”，既不是说理分析，也不是新闻记事，而是“具体的生活事像在诗人的感动里面所搅起的波纹，所凝成的晶体”，这是“诗的大路”②，这主要是针对田间诗歌内容方面的充实进行论述的，如他认为田间诗歌中“三分之二以上的是歌唱了战争下的田野，田野上的战争。他歌唱了黑色的大地，蓝色的森林，血腥的空气，战斗的春天的路，也歌唱了甜蜜的玉蜀黍，年青的油菜，以及忧郁而无光的河”③。田间在《中国牧歌》的创作中探索着自我的情绪与北方人民抗战斗争的交融，他的诗歌中渗透着田野和农村的悲苦，但这种悲苦反而激起斗争的血性，如《我的田野在疯狂》一改以往描绘“田野”的恬静与乡村生活，在更贴近现实的维度上，表现出血腥、肃杀的斗争意识。正如诗集最后的跋语《诗，我的诗呵!》所说的，他的句子是充满“愤怒”，是燃烧的，这些情绪与力量是从故乡的“风”“田野”“暴风雨”“饥饿的岁月”“失去的东北的土地”④ 中来的。这与胡风所主张的“诗人的力量最后要归结到他和他所要歌唱的对象的完全融合”⑤ 有同工之处。

胡风注意到田间诗歌形式的特征，即“造句上力求简直”⑥，这指的是田间在《中国牧歌》中“鼓点体”的创作形式，但胡风所指出的这个特点并非是从“推崇”的角度上说的，而是通过“鼓点体”的创作形式，胡风分析出田间诗歌的不足之处：1. “鼓点体”诗歌不能体现出作品内容的完

① 王淑明：《序》，田间：《田间诗文集》（第一卷），花山文艺出版社，1989年，第4页。

② 胡风：《序》，田间：《田间诗文集》（第一卷），花山文艺出版社，1989年，第89页。

③ 胡风：《序》，田间：《田间诗文集》（第一卷），花山文艺出版社，1989年，第88页。

④ 田间：《诗，我的诗呵！（跋语）》，田间：《田间诗文集》（第一卷），花山文艺出版社，1989年，第149页。

⑤ 胡风：《序》，田间：《田间诗文集》（第一卷），花山文艺出版社，1989年，第89页。

⑥ 胡风：《序》，田间：《田间诗文集》（第一卷），花山文艺出版社，1989年，第89页。

整性，“读者肚子里很难浮起一个饱满而明悉的意象”。2.“鼓点体”充满“一个字一行，两个字一行的形式”，在打破一种形式主义的同时被另一种形式主义所迷惑，并且还具有滥用新词，以至于“时常不管字或词儿的原有涵义，依着一时的感觉放在别人不容易理解的地位上面，犯了诗人最易犯的毛病”。以胡风的看法，田间在《中国牧歌》中初步形成的“鼓点体”的创作风格固然有其独特性，但内容却不圆满，“感受力和想象力所凝成的花朵”不足以取得最大艺术力量的结果①。简言之，田间“鼓点体”的诗歌在擅于捕捉灵光一现的印象式、感受式片段的同时，也缺乏足够充分饱满的诗歌深度与广度，因此“鼓点体”诗歌在摆脱诸如“新月派”新诗形式主义束缚之后，也陷入另一种“形式主义”的困境。

袁勃也曾在其《评田间〈中国牧歌〉》中指出《中国牧歌》“主题的积极性要粉碎一切形式主义的老套，但弄成一字一行，两行一首”是不妥当的，这造成每一首诗不论“感情是如何充溢，可是往往在读者的脑海中，像一颗明亮的流星，划过天河便失去晶莹的痕迹”②。茅盾也在《叙事诗的前途》中对田间“鼓点体”诗歌的这种特质做过分析：“田间的《中国牧歌》俏劲有余而深奥醇厚不足，有象木炭画那样浑篇的佳作，但也有只见勾勒未成间架的败笔”，如由《中国牧歌》中的短章拓展而成的《农村底故事》中，一字二字成行的手法充满着斗争的精神，但过犹不及，“结果得到的只是‘负’。”③

在几乎同时期的闻一多看来，“鼓点体”的诗歌特质能给读者带来情绪上的鼓动性，1943 年，闻一多在编著《中国新诗选》时，经朱自清推荐接触到田间的《给战斗者》，紧接着撰写《时代的鼓手》评论推崇田间的诗歌：“它摆脱了一切诗艺的传统手法，不排解，也不粉饰，不抚慰，也不麻醉。它不是那捧着你在幻想中上升的迷魂音乐。它只是一片沉着的鼓声，鼓舞你爱，鼓动你恨，鼓励你活着，用最高限度的热与力活着，在这

---

① 胡风：《序》，田间：《田间诗文集》（第一卷），花山文艺出版社，1989 年，第 89－90 页。
② 袁勃：《评田间〈中国牧歌〉》，《袁勃诗文集》，云南人民出版社，1981 年，第 197 页。
③ 茅盾：《叙事诗的前途》，《文摘》1937 年第 1 卷第 3 期。

大地上……”① 但众多文学研究者所认为的“闻一多因受到田间的影响而放弃了其一直坚守的诗歌形式主义立场”这一理解是存在偏差的，如他在40年代创作的“楼梯式”诗歌：

新中国的
　学者
　文人
　思想家
　　　　　——《教授颂》

伊尹
　吕尚
　　管仲
　　　诸葛亮
　　　　　——《教授颂·（一）政治学家》②

实际上与马雅可夫斯基的楼梯式更为接近，但与田间的诗歌体式相差颇巨。从其创作上看，闻一多并未放弃诗歌形式主义上的追求，他对田间诗歌的肯定也很大程度上是出于“鼓舞你爱，鼓动你恨，鼓励你活着”的现实效果。

可见无论是闻一多还是胡风等人，他们对于田间“鼓点体”诗歌的态度并非是从“技艺”的精良方面出发，而是在“鼓点体”诗歌的鼓动性的现实效用出发，对田间的诗歌进行肯定，甚至于他们对于“鼓点体”诗歌的技艺并不持非常肯定的态度，反而在一定程度上给予“非难”。因此，光从“形式”方面探索“鼓点体”诗歌是远远不足的，“鼓点体”诗歌的

① 闻一多：《时代的鼓手：读田间的诗》，《生活导报》1943年11月13日，第28-29页。

② 闻一多：《八教授颂》，《闻一多全集》（第1卷），湖北人民出版社，1993年，第262-263页。

特质重点并不在于其破碎形式方面的症候，而表现在其内在的诗歌情绪组织思维与惯性，并由这种内部组织架构生发出的特定“鼓动”效用。“鼓点体”的诗歌形式并非是在形式上的一种“精良”表现，反而是作为一种具有“现实效用”的“缺陷”而被众多诗评家所重视。

但是这种“鼓点体”诗歌在田间整个诗歌创作生涯中所生发的影响是有限度的。在田间的第一部诗集《未明集》中，“鼓点体”形式的诗歌特质还未充分显现，诗歌形式较为整齐，在一些诗歌中的气质更为舒卷，并未像之后出版的《中国牧歌》一样直白而富有力量感。如《我厌恶这春天》中不断显现着悲郁的词调：“抑郁的音乐”“红艳的玫瑰渴着血”“只丧钟敲醒了死者的灵柩”①；再如《残废的战士》《栗色的马》《送贫赋》《都市的晨》等诗篇中诗行偏长，更显整饬，区别于“鼓点体”诗歌的急促而富节奏感特质。但在《未明集》中，田间业已挣脱自格律诗运动以来逐渐僵化的诗歌形式，诗行构筑自由，并不限于长短，正如诗人在其《我怎样写诗》的代序中所说的：“我不会夸张，不会庸俗的颂扬，把女人的脂粉，抹在我的笔尖上；作病样的歌唱!”更寻求“我没有忘掉自己，—忘掉自己生长在这世界中”的充实②。在整部《未明集》中，刻意进行押韵的诗歌仅占少数。从《中国牧歌》开始，《中国农村底故事》《给战斗者》乃至抗战时期书写的一系列街头诗与小叙事诗，再到《亲爱的土地》《铁的子弟兵》等长诗，以激昂的情绪为主导，贯穿起一系列有力的闪光式片段。但以 1943 年毛泽东发表的《在延安文艺座谈会上的讲话》前后为分界线，田间逐渐摒弃其“鼓点体”自由诗体式的创作形式，偏向于民歌化与格律化。

---

① 田间：《我厌恶这春天》，《田间诗文集》（第一卷），花山文艺出版社，1989 年，第 8 -9 页。

② 田间：《我怎样写诗》，《田间诗文集》（第一卷），花山文艺出版社，1989 年，第 5 -7 页。

二、街头诗与“鼓点体”的大众式契合

“鼓点体”的诗歌形式上的缺陷也能带来独特的效用，而这种“鼓动”的效用在1938年田间到达晋察冀边区之后，随着田间与魏巍、邵子南、柯仲平等人以“战地社”的名义发起街头诗运动达到高潮。在发起街头诗运动之前，田间曾和柯仲平讨论起西战团曾经实验过的戏剧改革，也曾讨论马雅可夫斯基在苏联运作的“罗斯塔之窗”，以及中国传统中已有的“墙头诗”。

田间所指的“戏剧改革”是西战团曾经在西安发起的“改良平剧”，丁玲在主导西北战地服务团的时候，曾主编出版十种西北战地服务团丛书，如：

一、丁玲：《河内一郎》（1938年7月，生活书店）

二、张可、史轮、醒知：《杂技》（1938年7月，生活书店）

三、田间：《呈在大风砂里奔走的岗卫们》（1938年7月，生活书店）

四、张可、醒知、东篱：《杂耍》（1938年9月，生活书店）

五、西北战地服务团集体创作：《西线生活》（1939年，生活书店）

六、丁玲：《一年》（1939年3月，生活书店）

七、史轮、裴东篱等：《白山黑水》改良平剧（1939年4月，生活书店）

八、丁玲主编，劫夫、史轮、敏夫著：《战地歌声》（1939年4月，生活书店）

九、劫夫、田间、史轮：《战地歌声》（二）（1940年，生活书店）

十、丁玲：《一颗未出膛的枪弹》（1946年3月，知识出版社）

这些作品试图进行文学的“大众化”探索，而在平剧改良中，大多是利用旧形式，发挥其更为普及的大众化优势。田间在发起“街头诗运动”之前所提及的《白山黑水》由裴东篱、史轮执笔剧本，周巍峙、李劫夫改

良音乐唱腔，又由美术家胡考设计服装，主要是用平剧的形式讲述敌后游击队的故事，故事叙述黑龙江海伦县日伪县长李思源在家仇国恨的驱使下摆脱自身的软弱性与妥协性，最终联合抗日联军剿灭日军。巍峙在改良平剧配乐时主要采用“中国风的旋律，尽量避免洋化”，也选用了“一二民间舞曲”，他注意到传统平剧角色在唱词时都会以嘈杂的锣鼓声起头，演出角色需要等待锣鼓敲完，“等胡琴过门”才可有所动作，但是在此期间，人物角色只能呆立于舞台上，严重影响剧中人物感情的连贯性，因此他主张以话剧的乐曲体式改良平剧中配乐与剧情的不协调之处，但也求保存平剧原本的风味①。史轮认为应当在平剧的用语方面进行改良，如“大胆使用现代进步的大众语素”，也要表现时代的精神，用话剧的手法改良“旧剧的圈套”②。不仅如此，丁玲等人还主张在布景、服装、道具、脸谱等方面改良，但其坚守“站在不离开歌舞剧的原则内来改良它，所以它的音调、色泽、形态、线条都需要谐和，内容情调一致”。在剧本方面，“内容应坚持持久抗战争取民族解放为主题”，在时代主题的统摄下，如脸谱等创造新型，《白山黑水》中日本人的造型便是“用武士道的脸谱……代表日本帝国主义之凶恶”③。

虽然西战团的团员自身也认为这些改良因条件所限，存在诸多不成熟之处，但是他们在不懈改造、利用原有民族形式进行的“大众化”实践直接启发了田间等人所发起的“街头诗运动”。因为在民间原本就存在民谣民歌等诸多大众形式，“在一些庙宇墙壁上，游客也往往留些诗句”，太平天国运动时，“就有一些诗写在墙内”。从新诗的发展来看，如何促使中国新诗走出书斋，就“必须大众化，要作一个大众的歌手”④，但更为紧要的

① 巍峙：《平剧配乐的经验谈》，史轮、裴东篱等：《白山黑水》，生活书店，1939 年 4 月，第 72 - 77 页。

② 史轮：《关于〈白山黑水〉的制作》，史轮、裴东篱等：《白山黑水》，生活书店，1939 年 4 月，第 79 页。

③ 丁玲：《略谈改良平剧》，史轮、裴东篱等：《白山黑水》，生活书店，1939 年 4 月，第 82 - 93 页。

④ 田间：《田间自述（三）》，《新文学史料》1984 年第 4 期，第 104 - 111 页。

则是抗战与民族存亡之际的现实需求。如“街头诗运动宣言”中所说：“有名氏无名氏的诗人们呵，不要让乡村的一堵墙，路旁的一片岩石，白白地空着。也不要让群众会上的空气呆板，沉寂。”① 因此“街头诗”本身有其实际的现实效用，并鼓舞群众将街头诗自觉运用到实际工作和斗争中去。

田间对“街头诗”下过定义：“什么是街头诗？它是一种短小通俗、带有鼓动性的韵律语言。”② 胡风认为街头诗“不外是作者从人民对于政治事变的突发的感应里面把政治动员融化进去了的鼓动小诗”③。因而“街头诗”的一大重要目的便是达成“鼓动”，以“街头诗”的传播空间来看：“街头诗，不限于‘街头’，凡是有人烟之处，即乡村的墙上，路边的石头上，都能工作起来。”④ 虽然近代中国的出版业发展迅猛，但是却不能脱离传统的审稿、编辑、印装、发售等线性的传播模式，而这种线性的传播模式使得印刷媒介成为具有封闭性的知识传播体系，而“街头诗运动”的兴起在一定程度上打破了传统的精英知识分子的话语垄断地位，乃至成为“大众化”的极佳媒介，进而为新诗拓展出新的“公共空间”。

但街头诗得以广泛传播与运作要考虑到其受众的知识接受水平，田间也曾意识到“群众能懂得街头诗，虽然这懂得的程度有限，但是如果能把街头诗朗诵出来，很少不能懂的，除非不是街头诗”⑤。这就为街头诗的具体形式提出限制性的要求，如街头诗将紧急动员的政治性口号“形象化了，诗化了，同时又以短小的，精悍的，明快的，像小匕首出现各处”⑥。因此街头诗的形式要求与田间“鼓点体”自由体诗的形式特征较为契合。

---

① 田间：《田间自述（三）》，《新文学史料》1984 年第 4 期，第 104－111 页。

② 田间：《田间自述（三）》，《新文学史料》1984 年第 4 期，第 104－111 页。

③ 胡风：《关于诗和田间的诗》，《胡风全集》（第 2 卷，评论 1），湖北人民出版社，1999 年，第 600 页。

④ 胡风：《略观战争以来的诗》，《胡风全集》（第 2 卷，评论 1），湖北人民出版社，1999 年，第 551 页。

⑤ 田间：《田间自述（四）》，《新文学史料》1985 年第 1 期，第 100－109、122 页。

⑥ 田间：《田间自述（四）》，《新文学史料》1985 年第 1 期，第 100－109、122 页。

在田间所作的“鼓点体”诗歌中，极少使用繁复的形容词和附加语，如《哨兵呵》：

多少武器
多少生命
都在等候着你！
当你发现了仇敌，
一切，一切，
都马上出击……

在这首短而急的街头诗中，田间没有使用过多的形容词，只保留了必要的前缀，如“多少”、“仇敌”的“仇”、“马上出击”的“马上”，简单而精准的诗歌结构将抗战时的紧张感与“弓在弦上”的危殆映现出来。再如《警告》：

假使全中国不团结，
等于把大门打开，
让敌人随便地进来，
给他们抢劫，
那我们有多少人，
就要沦为亡国者；
被关在铁窗里，
或者在荒野上徘徊……

这首街头诗中延续着田间“鼓点体”式的诗歌创作习惯，以“流星式”的情绪拓印在“铁窗”与“荒野”冰冷的意象上，虽然依旧缺失完整性与饱满，但削除了多余的附加词之后，显得有力及激荡。田间创作的“街头诗”还习惯于以情绪或情节的转折勾勒突转的画面，最终将全诗的重点落足在诗歌的结尾，或戛然而止，或以省略号留有余味。如《去破坏敌人的铁道》：

到晚上——
那时候
我们
去破坏敌人的铁道。

勇敢地
多拔些
钉子，

多毁
几条……

（据说：
那拿红灯的，
他不报告。）

在这首诗歌中，田间书写一条“破坏敌人铁道”的情节，在前面三节中，语调充满紧张感与危机感，依照前几节情节的惯性延想，或许会在战士中造成一定的牺牲情况，但总体语调平平，无非是呼吁战士们或者群众去拔敌人铁道上的钉子，但是在最后一节的括号中，诗人附加上一个小情节：敌人中也有我们的群众，在语调一缓的同时充满戏剧性，进一步起到鼓舞群众的作用。再如《多一些》：

“多一颗粮食，
就多一颗消灭敌人的枪弹！”

听到吗，
这是好话哩！

听到吗，
我们
要赶快催促自己
到地里去！

要地里
长出麦苗。
要地里
长出谷穗。
拿这些东西，
当作
持久战的武器

(多一些！
多一些！)

多点粮食，
就多点胜利。

诗歌起头便抛去一系列不必要的修饰与引入，直接点名“粮食”与“枪弹”之间的关系，但问题在于，如何向群众解释“粮食”能与“枪弹”对等的关系，在中间几节鼓点式的叙述之后，诗歌的最后一节揭开“谜底”——“多点粮食，就多点胜利”，令人有豁然开朗之感，将抗战的胜利与群众力所能及的努力相勾连，起到策动与激励的作用。再如以“假使……”，“假如……”等“假设性”情节起头的诗歌：《警告》《提高警惕》《创办合作社》《假使我们不去打仗》《坚壁》中，将重要的转折情节要素放置于结尾，予以强调，以凸显强劲有力的鼓点式气魄。

三、从“象征隐喻”到“广场叙事”

田间街头诗的创作进一步发展其早期的“鼓点体”诗歌形式，但与其早期的创作相比，产生了不一样的间隙与变化。在其早期的诗集《未明集》《中国牧歌》中，充满着情绪式的隐喻与意象，如《祭冬天》中构建的“春天”与“冬天”季节性的比照，以隐喻中国局势的变化与人民的处境。再如《母亲的泪》《妻的梦》《没有太阳的街》《都市的晨》《流浪人的家》等诗歌中还残存着模仿的痕迹，“可以看到闻一多、臧克家明显的影响”①。而在《中国牧歌》中，虽然初步形成诗人独特的风格特征，但是田间习惯于在更广阔的象征境遇上对外部世界进行感受式的书写，如《没有春天》《夜谣》《五月的夜》《路》《家》《唱给田野》《北方》等，在这些诗歌中，具体的名词不是指向具体的叙事性事物，却频繁隐喻着家国情怀，在富有感受力的同时却缺少一定的细节，缺少生命的实感。田间在其早期的诗歌创作中更偏向于其激昂主观思想感情的宣泄，这与其接触郭沫若的诗歌有一定的联系。如熊辉先生所说：“郭沫若‘狂飙突进’式的诗风对他的启示最深。”② 同样是重视诗歌内在情绪的自然消长，但田间在其中后期却认为“鼓点体”诗歌缺少节制，使得情绪泛滥，以导致诗句形式的随意性。

胡风曾评价田间的诗歌创作总是碎片化的，以至于无法给读者心中留下鲜明的连贯性与深刻性，据此，胡风判断田间的诗歌缺少完整性与深

① 洪子诚：《形象的具体性与历史概括——田间诗歌艺术的一个问题》，《中国现代文学研究丛刊》1986 年第 2 期，第 96－110 页。

② 熊辉：《论田间自由诗创作中的“韵律”元素》，《常熟理工学院学报》（哲学社会科学）2021 年第 1 期。

度。但如何导致这种所谓的“弊病”，可能并非是因为缺少锤炼与锻造，而是作为感受型的诗人，情绪影响着诗人对外部的感知，这也导致诗人对外部意象的攫取带有随意性与心血来潮的冲动。胡风认为田间是第一个抛却了知识分子身份认知的诗人，但是其早期的创作带有非常明显的知识分子风格，与所谓的“大众化”与“叙事化”有一定的距离，闻一多也曾评价田间：“田间的知识分子气，胡风说抛弃了，我看也没有完全抛弃。”①

在田间街头诗的创作中，诗人很明显地减少了其早期象征性手法的运用。从上文所分析的田间街头诗中“小情节”的运用可以看出，诗人对于“叙事化”追求愈加强烈，甚至发明了“小叙事诗”的诗歌形式。这种形式从田间1938年年底抵至边区后开始使用，写于1939年“大龙华歼灭战”之后的《“烧掉旧的，盖新的……”》一诗中描写最后一个敌方军官躲进人民的房子中，以人民财产为威胁负隅顽抗，借机杀害了前来劝降的“老乡”，但房子的拥有者——“一个老头子”却宁愿牺牲自己的财产也要歼灭敌人，亲手烧毁自己的房屋，虽然诗人试图表现劳动人民“舍小家为大家”的觉悟与口号式事理，但全诗未曾使用说教式，而是描摹“老头子”的诸多细节，寥寥几笔勾勒出真实具体的歼灭战场景。再如同样作于1939年前后的《一百多个》《曲阳营》《攻击》等小叙事诗，从真切的细节出发，塑造出的是具有不可替代特征的人物及场景，如上列举的小叙事诗延续着田间“鼓点体”的诗歌特征，字数字行排列不齐，内在的情绪节奏却铿锵有力。

从“象征性手法”的运用到“叙事化”追求的转变与田间1938年前后从上海的知识分子场域经武汉再北上前往抗战边区的经历有相当密切的联系。1938年初春，田间与艾青、聂绀弩、萧军、萧红、端木蕻良、孔罗荪等人北上山西临汾，参加了由丁玲领导的西北战地服务团，在1938年夏天，西战团抵至延安，田间自述道：“我是身着八路军军服，作为一个战

① 闻一多：《艾青与田间》，《联合晚报·诗歌与音乐》1946年第2期。

士，满身泥土，热情沸腾，前来这革命的胜地，向中国的光明欢呼。”① 在此期间发起的“街头诗运动”就是出于“新诗如何才能到群众中去”的考量而发起的。

在街头诗运动发起之初，田间曾与柯仲平谈及苏联马雅可夫斯基的“罗斯塔之窗”，但诗人在诸多场合中都否定了他曾经接触过马雅可夫斯基的“楼梯式”诗歌，更不是“罗斯塔之窗”的模仿者，田间声称第一次看见所谓“罗斯塔之窗”的具体诗歌形式是在 1955 年（《海燕颂》）。但在左联还未解散之前，即 1934 年左右，诗人在“上海参加革命工作和初学写诗时”，当时他看过一点“有关苏联马雅可夫斯基的论文，对诗如何到广场去，诗如何在‘罗斯塔之窗’等等”②，可见马雅可夫斯基对田间的影响更多存在于其所提倡的“罗斯塔之窗”与文论。

早在 20 世纪 20 年代，学界对马雅可夫斯基就有所关注，胡愈之、沈雁冰、瞿秋白、蒋光慈、李一氓等人都曾介绍过马雅可夫斯基，或者翻译过他的诗歌作品，而此后的三四十年代，这一苏联诗人在左翼文学界有很高的知名度，如中国诗歌会成员任均就异常推崇马雅可夫斯基。1934 年，田间参加左联，开始诗歌创作并成为中国诗歌会成员，在此期间，田间也参加了左联刊物《新诗歌》《文学丛刊》《每日诗歌》的编辑工作。因此，田间能较为便捷、深入地接触到马雅可夫斯基“诗歌到广场去”的思想以及“罗斯塔之窗”的实践活动。

在十月革命之后，为了鼓动全体无产阶级与剥削者做斗争，苏维埃政府加大对俄国先锋派作家及艺术家的支持力度，在当时“俄国内战时期的宣传画主要针对的受众是占俄国人口比例六分之五的农民，而当时文盲比例更是占全国总人口的 90%”③。因此图像传播在宣传斗争策略上具有一定

① 田间：《田间自述（三）》，《新文学史料》1984 年第 4 期，第 104－111 页。

② 田间：《给〈战斗者〉重印补记》，《田间诗文集》（第一卷），花山文艺出版社，1989 年，第 353－354 页。

③ 赵子豪：《革命神学的圣画像》，徐宗懋：《十月革命：宣传版画与国际报导精选》，台湾：商周出版社，2017 年，第 8 页。

的优势性，而俄罗斯电讯局（Russian Telegraph Agency）出版的“罗斯塔之窗”（Rosta Windows）便是相当典型的宣传画项目，即使用4－12格漫画来宣传陈告近期的政治事件。

内战时期宣传画即时性的功能性需求要求制作者与艺术团队要在相当短促的时间内制作一幅贴合时事的作品，正如马雅可夫斯基所说：“除了电报和机关枪的速度，别的不能和它相比。”① 1919年10月，马雅可夫斯基加入俄罗斯电讯局，与契连姆内赫、马柳京组成团队，在极短的时间内完成共计五百幅宣传画作品，而“罗斯塔之窗”的作品中超过90%的文字出自马雅可夫斯基之手，他曾在1927年回忆道：“‘罗斯塔之窗’的出现，意味着一个艺术家团队靠双手为全国1.5亿人民服务，意味着在一瞬间，新闻变成了图像，法令变成了对句……意味着看到海报的红军士兵在冲向战场时，嘴里默念的不是经文，而是口号。”② 因此，“罗斯塔之窗”所要求的作品要素不仅在于即时性，更重要的是通俗性以及朗朗上口，以适应广大群众的知识水平及全国人口中的文盲比例情况。

四、小叙事诗中的转变与“五言句”

值得注意的是，一样是作为小叙事诗被田间收入《抗战诗抄》（1950年），作于1946年前后的《贫农和酒》《下盘》《进城》《寡妇》等诗歌所表现出的形式特征却完全不同，整体上注重句尾押韵，诗行排列整齐，呈现出更为明显的民谣式特质，其中或有运用五绝的古体诗结构，如“肩上搭着被，手上提着衣，去寻我的哥，一走一千里”（《进城》），又如“她家那长工，心中一阵冷，又一阵烧，半天没话说。从此，二人如夫妇，房中有喜笑；院中的花，落下有人扫。”

---

① 赵子豪：《革命神学的圣画像》，徐宗懋：《十月革命：宣传版画与国际报导精选》，台湾：商周出版社，2017年，第9页。

② 赵子豪：《革命神学的圣画像》，徐宗懋：《十月革命：宣传版画与国际报导精选》，台湾：商周出版社，2017年，第10页。

在田间前后小叙事诗的转变中可以看到其明显的趋向是逐步自觉改造其习惯的鼓点体诗歌形式，转而致力于民歌民谣较为整饬的格律体创新。这关涉于诗歌如何吸收、使用及组织群众语言的问题，如田间意识到其早中期的“鼓点体”诗歌形式过于零散，“虽然有时可以适合作者的情绪，但对诗意的表达，意境的集中不便，广大群众的阅读方面，不能说迎合其习惯，但要求阅读方便一些，这无疑是正当的”①。田间时常感受到“自己有时过于激动，短行太多，但写得太短促，而在情绪较为平静时，应使感情高度的集中凝练”②。诗人为达到良好的鼓动效果，他主张“诗不但只使人民听懂，还应让他们能背诵”③。因此，诗歌的易上口性与流畅性的韵律便成为田间在抗战中后期逐渐抛却“鼓点体”诗歌创作形式的主要原因。

如田间在1940年创作的《亲爱的土地》，是长达2500多行的叙事长诗，它曾被“铁流社”油印出版，胡风在读到《亲爱的土地》时，认为：“田间终于向五言体屈服了。他费了大力用五言句写成了一个长篇叙事诗《亲爱的土地》，油印成了厚厚的一本。他要用这歌颂解放了的土地和做了土地主人的人民，但他无力运用（谁也无力运用）的这个五言句把他的感情束缚得失去生机了。”④ 胡风甚至认为中华人民共和国成立后，田间创作的五言押韵长诗《赶车传》“和现实生活里面的人民的跃动的感情是并非同一性质的……歌唱了祖国黎明的诗人田间，勇敢地打破了形式主义束缚的田间，由于不能完全由他自己负责的原因，终于被形式主义打闷了”⑤。实际上，《亲爱的土地》虽然并不是如胡风所说的完全五言句式，但确实运用了大量的韵律性格式，如第一部《种子》的开头：

---

① 田间：《田间自述（二）》，《新文学史料》1984年第3期，第94－106页。

② 田间：《田间自述（三）》，《新文学史料》1984年第4期，第104－111页。

③ 田间：《田间自述（五）》，《新文学史料》1985年第2期，第78－87页。

④ 胡风：《〈胡风评论集〉后记》，《胡风全集》（第3卷，评论2），湖北人民出版社，1999年，第602页。

⑤ 胡风：《〈胡风评论集〉后记》，《胡风全集》（第3卷，评论2），湖北人民出版社，1999年，第603页。

刘大妈
把一颗种子
埋在地下……

现在
这颗种子
开了花

（多少人呵
都爱它！）

这样事情
在别人看来
好像神话

（连刘大妈
也莫名其妙）

只有种子
只有种子
自己会知道……

诗人在开头就确定了全诗的格律体式的基调，在上述诗节中，前部分普遍押“a”韵，后部分转“ao”韵，整体上富有节奏且朗朗上口，如果说这部长诗的前部分依旧保留了一些“鼓点体”诗歌的诗行分布特征，那么在其中后部分中，诗行结构趋于整齐，或有些接近于胡风所说的“五言句”。田间在创作出《亲爱的土地》之后，被“铁流社”初次出版，在此后的几十年，诗人一直未将其正式出版或收入诗集，根据其自述：

记不清是哪一年了，我在封面上批着“废本”两个字。又记不清是哪一年，由于觉得诗中的女主角——女村长王桃的形象，我舍不得放弃它，在“废本”的旁边，又注上“待改”。这一次，我打算将来有机会时，替它搬一个家。这就是说，不是改的问题，而是要重写，或者把它作为资料。①

田间将《亲爱的土地》归为“废本”，是因为他认为其中的一些章句并不能“上群众之口”，他声称，并不是能上群众之口的诗歌就是好诗，但是“有这种可能性，总是好的”②。在1945年发表的《戎冠秀》中，已完全蜕变为“五言句”，田间也颇为满意：“长诗《戎冠秀》和《赶车传》，在人物的刻画上，和语言的使用上，比这种情况好得多。”③《戎冠秀》创作于1945年，发表于晋察冀边区的《新群众》刊物上，在1946年秋天，当田间从红土山调往雁北之时，“路过农村的一座民校，那民校的墙上，竟把我写的《戎冠秀》全诗写上”④。可见其民谣体式的诗歌在群众中的影响甚广。随后《戎冠秀》被多次印刷发行。1950年，此诗被第四次印刷时，全诗由自由体式的诗歌变为更接近于民歌民谣的格律体式。由此后的创作趋势看，诗人或许可能对《亲爱的土地》中的语言与形式并未彻底蜕变为“五言句”而遗憾。

胡风认为田间在中华人民共和国成立后创作的《赶车传》与现实的人民跃动的感情并非是同一性质，其实他所批评的重点并不在于《赶车传》的格律体形式上，更多意指田间在创作《赶车传》等作品时的立场发生了变化。1942年，毛泽东在延安文艺座谈会上发表讲话之后，田间在诗歌创

① 田间：《写在〈给战斗者〉的末页》，《田间诗文集》（第一卷），花山文艺出版社，1989年，第348页。

② 田间：《写在〈给战斗者〉的末页》，《田间诗文集》（第一卷），花山文艺出版社，1989年，第348页。

③ 田间：《写在〈给战斗者〉的末页》，《田间诗文集》（第一卷），花山文艺出版社，1989年，第348页。

④ 田间：《田间自述（七）》，《新文学史料》1985年第4期，第105－121页。

作上萌生出更多的史诗化倾向与政治性取向。

《赶车集》前后共涉及三个版本：1. 1945 年写出长诗《赶车》（又名“减租记”）；1946 年由晋察冀文协的文艺月刊《长城》第一卷第二期发表。2. 1948 年，田间修改《赶车》，定名为《赶车传》，1949 年 5 月由新华书店印刷发行。3. 1959 年与 1961 年，作家出版社出版《赶车传》上下两卷。张学新曾考证过《赶车传》不同版本中的回目与章节之间的变动，最大的变动是第三个版本[①]，将《赶车传》置为上下两卷七个部分：“赶车传”“蓝妮”“石不烂”“毛主席”“金不换”“金娃”“乐园”中的第一部。其三个版本之间的变动依据在很大程度上是依据政策的实施来确定的，如解放战争、土地改革、转战延安、进驻西柏坡、人民公社运动等。

陈旭光在重读《赶车传》中分析，在第一版《赶车传》经过修改之后，诗歌的语言修辞“由民间化的民歌体向文人化或半文人化的‘知识分子写作’大幅度靠拢，句式更趋整齐（主要是六言和五言）；言辞更加‘文人化’，原版本中大量出现的骂人的‘猪’等字眼，或删除，或改为‘狼’。在想象、抒情方式及意象取譬上，更不用说后六部了，也离原生态的民歌体越来越远”[②]，质言之，田间此间的创作与独特而具体的群众生活实感渐行渐远，与象征性的、政策性的图解愈加接近。

余　论

田间曾指出：“有人认为，《给战斗者》和《赶车传》，是截然不同的东西，这也未免说得有点过分。我可不赞同这样的见解。”[③] 将一个诗人的创作转变分裂开来确不可取，如果将诗人的创作生命断裂观视，那么分析

---

① 张学新：《田间〈赶车传〉的版本》，《出版史料》2009 年第 1 期，第 52－55 页。

② 陈旭光：《个人话语·历史叙述·“中间性”——重读〈赶车传〉》，《诗探索》1996 年第 1 期，第 38－49 页。

③ 田间：《写在〈给战斗者〉的末页》，《田间诗文集》（第一卷），花山文艺出版社，1989 年，第 349 页。

其转变也就毫无意义。文学史书写与研究中，仅取诗人田间“鼓点体”诗歌一端，亦有“一叶障目”之嫌。将田间的创作生命拉长来看，“鼓点体”诗歌的优势与其在“街头诗运动”中大放光芒的表现很大程度上是因为其“缺陷”，胡风、茅盾、袁勃、闻一多等人认为田间的鼓点体诗歌有其可取之处，主要聚焦于鼓点体诗歌的自由体式特征不会束缚内容的表现，并以此达成富有“鼓动性”的现实效用，即能更贴近于人民本位立场中跳动的情感。虽然评论家们认为田间的鼓点体诗歌缺陷在于过于分散，诗歌的情绪不能深入与拓展，但这种“缺陷”却正好适应了战时战区速写性的宣传需求。

田间在抗战后期也意识到了其“鼓点体”的这类“缺陷”，但他选择回归到形式主义中去，以及恢复早期创作趋向中的象征性、隐喻性手法的运用，这同样是为了让诗歌形式更好地配合政治性图解的内涵表达，因为在1943年毛泽东《在延安文艺座谈会上的讲话》发表以后，田间前往基层从事政治工作：任孟平县委宣传部部长，雁北地委秘书长、宣传部部长，张家口市委宣传部部长，冀晋区党委《新群众》杂志社社长等职位。

而《戎冠秀》《赶车传》以及一系列格律体式的小叙事诗正是在这一段政治生活中生产出来的。因此诗人的每一段创作都有其历史的“当下性”特质，而诗人似乎对其中后期转向后的诗歌体式更为看重，那么是否还可以将“鼓点体”作为田间的标签反复陈略？胡风等知识分子似乎更加欣赏田间转向前的“鼓点体”诗歌，但从《戎冠秀》等作品在大众中的反响来看，韵律性的“五言句”却更符合田间“到广场去”的新诗设想。因此，摆脱看待“新文学”的“标签式”目光，切入文本与历史语境的“在地性”中重审“新文学”，或许可以重构中国新诗研究的历史图景。

神义上帝与人义自我抵牾中的爱情演绎

——穆旦《诗八首》新解

□卢伟填①

摘要：穆旦《诗八首》是爱情诗中的经典，诗歌中“他/它”的不同界定可以解读出诗歌二重文本结构——神义世界与人义世界。在神义的上帝干涉下，穆旦的爱情认知呈现出原始经验和驯化面貌两种态势的交织，两种精神状态共同展现了穆旦爱情的焦虑与快乐。进入人义论构建自我秩序和价值以后，穆旦的爱情体验又受到了理智与情感、灵魂与肉欲的挑战，诗人借诗歌多种声音发掘现代人建构自我和阐释自我的路径，抒写了人类自我搏斗过程中的爱情道路。穆旦在两种体系的统摄下，慢慢探索出了灵肉一体、孤独本质的爱情境界。

关键词：穆旦；《诗八首》；神义论；人义论

郑敏评价穆旦诗作《春》曾写道：“穆旦的爱情诗最直接地传达了这种感觉：爱的痛苦，爱的幸福。”②《春》创作于1942年2月，同月，穆旦创作了《诗八首》，24岁的穆旦洋溢着青春的热烈和奔放，也带着这个年

---

① 卢伟填（1997－），男，广东揭阳人，西南大学文学院硕士研究生，主要研究方向为中国现当代文学思想与文化。

② 郑敏：《诗人的矛盾》，杜运燮等编：《一个民族已经起来——怀念诗人、翻译家穆旦》，江苏人民出版社，1987年，第33页。

龄应有的苦闷和不畅，《诗八首》也指向了爱情的喜与悲，这种青春的体验夹杂着生命理智和情感冲动，原本的爱情意味升华到对生命本质的思考，成就了穆旦爱情诗的独特性。

从20世纪80年代穆旦“再问题化”以来，《诗八首》一直被奉为爱情诗中的经典，也被认为是新诗史上最难解读的爱情诗之一。T·S·艾略特认为，诗人“在最佳状态时总是致力于寻找各种心态和情感的文字对应物”①。这告诉我们，解读《诗八首》应该还原诗人创作诗歌这一文体时的语境，诗句之间顺序并不严密，即诗歌内部的逻辑常常需要回溯或超前联系不同诗句才能解读出来，加上设喻多带有较大的跳跃性，诗意艰难晦涩，按照穆旦的话，“总不外乎那么‘一团诗意’而已”②，《诗八首》是复杂又统一的文本，应该作为一个整体加以观照。另一个值得注意的现象是，穆旦在40年代后期将自己的部分诗作翻译成英文，其中《诗八首》也在译本之列。《诗八首》原诗语义凌乱，诗境迷离，而英译版本诗意通畅，逻辑清晰，解读《诗八首》应该离不开原诗与自译诗的对照。那么，穆旦《诗八首》与传统爱情诗最大的不同在何处？穆旦在其中投注了怎样的人格写照和人类思考？诗歌中反复出现的“上帝”“我底主”与“他/它”者构成了何种关联？

一、“他/它”的界定与诗歌的二重结构

《诗八首》不像传统诗那样去表现爱情的缠绵激情和温存缱绻，诗歌出现了大量异质性因素，诗人跳跃的思维和晦涩的用词加大了阅读的难度，特别是以第三者存在的“他”和“它”的穿插使用，使得诗歌总体上给人一种对象模糊、作用不明的感觉。段从学指出穆旦早年诗歌中存在着

① ［英］T·S·艾略特：《艾略特诗学文集》，王恩衷编译，国际文化出版公司，1989年，第32页。

② 穆旦：《致郭保卫二十六封》，《穆旦诗文集（2）》，人民文学出版社，2006年，第190页。

“传统神义论向人义论的现代性转型”[①] 的过程。“传统神义论”是指人类借助“上帝”的正统地位认知和阐释未知的、混沌的世界，但“上帝”的存在也反过来规制了人类的思考，“现代人义论”正是要推翻上帝权威的隐性制裁，建立起以“人”为价值和意义的现代标准。“相对用神义作为现世制度与人心秩序的正当性根据的‘神义论’而言，第一次现代性就是‘去魅’神义正当性转而为人性‘合理化’的‘人义论’。”[②] 在神义论世界的秩序的规约下，穆旦诗歌中反复抒写着对外部世界的恐惧，段从学认为，这是“源于诗人与世界之间的异己性关系，它是诗人面对一个不安全与不可信任的世界时生成的源始经验”[③]，对外部世界的恐惧促使诗人向内寻找一个“自我”，通过对自我存在的肯定来消除异己的威胁，实现对旧有体制的挣脱和疏离，“开始了自己为自己创造意义的秩序的历程”[④]。

穆旦由“传统神义论”转向“现代人义论”是一种精神上的突围，这种生命体验不仅表现在穆旦的精神结构上，也使穆旦笔下的爱情产生了分化，出现了“神义世界”和“人义世界”的二重结构。“我”和“你”处于“神义世界”向“人义世界”渗透和转换的过程，“你”“我”之间的双向运动构成了爱情，而“他/它”是一种斥力，对抗着你我爱情的生成和延续，考验着你我的爱情，使这份爱情呈现出不稳定的状态。因此，解读《诗八首》，关键在于界定“他/它”者的主体指向：

1.“他”代指上帝，“它”则为爱情本身。

上帝是神义世界的主宰，王佐良指出，“穆旦对于中国新写作的最大贡献”，在于“创造了一个上帝”[⑤]。“这个上帝形象中蕴含的某些价值观契合诗人心中的社会理想，这个上帝是对西方文明的移借，用以解决世俗

---

① 段从学：《穆旦的精神结构与现代性问题》，人民出版社，2014 年，第 17 页。

② 赵一凡、张志扬、章国锋、金元浦、周宪、陶东风、余虹、程正民：《现代性与文艺理论（笔谈）》，《文艺研究》2000 年第 2 期。

③ 段从学：《穆旦的精神结构与现代性问题》，人民出版社，2014 年，第 2 页。

④ 段从学：《穆旦的精神结构与现代性问题》，人民出版社，2014 年，第 3 页。

⑤ 王佐良：《一个中国新诗人》，《文学杂志（上海 1937）》1947 年第 2 期。

社会存在的问题。"[①] 在《诗八首》中，诗人并没有对这个上帝虔诚地顶礼膜拜，相反，上帝不断地向你我的爱情发来挑战，不断地投来嘲笑和讥讽，瓦解了诗人的爱情意味。可以说，穆旦诗歌中的"上帝"是文学的，不是宗教的，"他"是"自然界和一切生物的创造者"的一个存在，一个"人格化"了的"抽象概念"[②]。爱情是穆旦诗歌表现的主题，正如"它"在诗歌中一直流露出清新自然的美感体验，是初涉爱情的少年对"美"的沉醉，然而穆旦却在结尾处指出爱情"对我们的不仁的嘲弄"，是对年少轻狂的爱情感觉的否定，这种沉迷和痴狂构成了对爱情永恒神话的颠覆。

因此，在神义世界结构中，上帝拥有某种神权权威，他左右爱情的走向，使得"我"的爱情体验随着世界的进化呈现出原始经验和驯化面貌两种态势的交织，其中"原始经验"是对爱情的背离，两性之间的猜疑、失语、相斥和怠倦动摇了"爱情神圣不可侵犯"的信念；而"驯化面貌"是指人类接受现代理性的教化而表现出的和谐宁静的爱情形态，渴望通过对人类理性的皈依和肯定达到对理想两性关系的建构。作为主体的"我"，其感受也因此表现出"质疑爱情"与"寻求爱情"两种精神状态的撕裂与斗争。从这个意义上出发，《诗八首》表层结构可图示为：

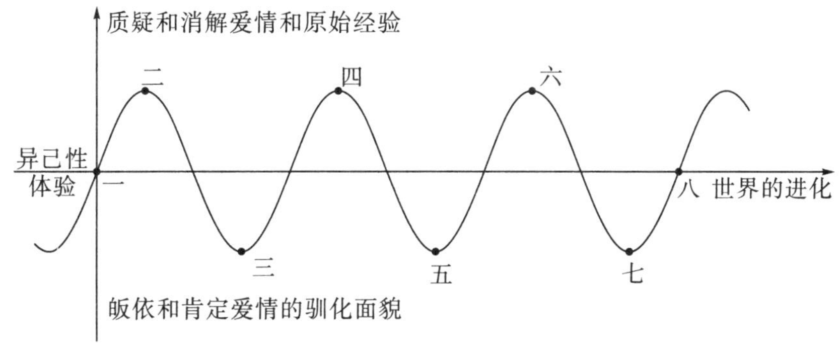

图 1　神义世界下阐释的诗歌形态

---

① 叶琼琼：《神与魔：穆旦诗歌基督教意象的隐喻性分析》，《湖北大学学报（哲学社会科学版）》2020 年第 4 期。

② 杜运燮：《穆旦诗选·后记》，人民文学出版社，1986 年，第 154 页。

诗歌呈现出正弦函数结构，在坐标系里中，横轴正方向是世界的进化，显然，在这一体系中，世界并未进化到人义论的境界。纵坐标正半轴是爱情消解的力量，即前文论述原始经验下的爱情认知，负半轴是爱情生长的力量，是穆旦皈依人类理性而生发出的驯化面貌。第一首诗歌位于坐标系原点，代表爱情初始的零点时刻，异己性体验刚要生发出来的时间。而第二首至第七首两两错开，分别书写上帝制约下的爱情的焦虑和冲动与以人类理性所向往的情爱的和谐和快乐。焦虑与快乐构成了主体性内部的争吵，成为解读诗歌外部世界的重要因子。第八首诗回归到两个对抗性因素——焦虑与快乐——的原点，但此时爱情已经走向了尾声，即将进入人义世界，去阐发人的价值下的爱情理念。

2. “他”指诗人的另一个“自我”，“它”则为本能的生理冲动。

脱离了神义论的束缚，穆旦开始了对个人秩序和价值的构建。《诗八首》中多次出现“我”与“他”之间的对话，在人义论的支撑下，“他”可以理解为另一个我，即“自我”的存在。这个“自我”滤去了上帝的光环，“不能完成他自己”，由“我”所分化出来的“自我”是“不完整、不稳定甚至带有争论性的”①，而穆旦正是诗歌侧重于对这一“自我”的探索：

穆旦对“自我”从不盲目地加以肯定与推崇，反而着力表现“自我”的矛盾、痛苦、困惑与冲突，他笔下的“自我”永远是残缺、分裂、不稳定的。正是这种对“自我”的审视与怀疑，通过自我叩问抵达生命的存在，通过生命存在复活文字，以筑构抽象而具体、民族而自我、物质而肉身、自圆而开放的诗歌世界，彰显穆旦不同于前辈和同辈诗人的特殊性、现代性。②

---

① 梁秉钧：《穆旦与现代的“我”》，杜运燮等编：《一个民族已经起来——怀念诗人、翻译家穆旦》，江苏人民出版社，1987 年，第 43 页。

② 方长安：《中国新诗（1917 - 1949）接受史研究》，中国社会科学出版社，2017 年，第 422 页。

换言之，自我的存在，一方面对“我”的行动产生了限制，另一方面却帮助“我”修复了对爱情完整的体认。此外，“它”在诗歌之中的出现总伴随着爱情的甜蜜和温存的感觉，一种“感性化，肉体化”[①] 的视觉效果。原本在神义论的指导下，“它”是爱情美好的象征，人的价值取向渗入之后，爱情的本质——肉体的欲望和欢乐——开始浮现出来，“它”由爱情变成了“性本能的生理冲动”。诗人通过探索自我在人义世界生成意义，讨论了成熟的爱情的“肉欲”本质，规避了两性之间的精神交流，将爱情上升到了对生命本质的思考——爱情只是一个生命对另一个生命本能的冲动，是理性和欲望交织作用下的一场游戏。

在人义世界，“你”、“我”、另一个“自我”和“性本能的生理冲动”各自都是独立的个体，他们都有自己运行的轨道，即便他们相互影响和催化，但是“我”的价值判断仍有独立性，体现在诗歌叙述中自主立场和反抗姿态。但由于诗人自我建构了以人的价值为取向的爱情认知，使得这一思考开始真实化和复杂化，衍生出多向度哲学命题的思考。可图示为：

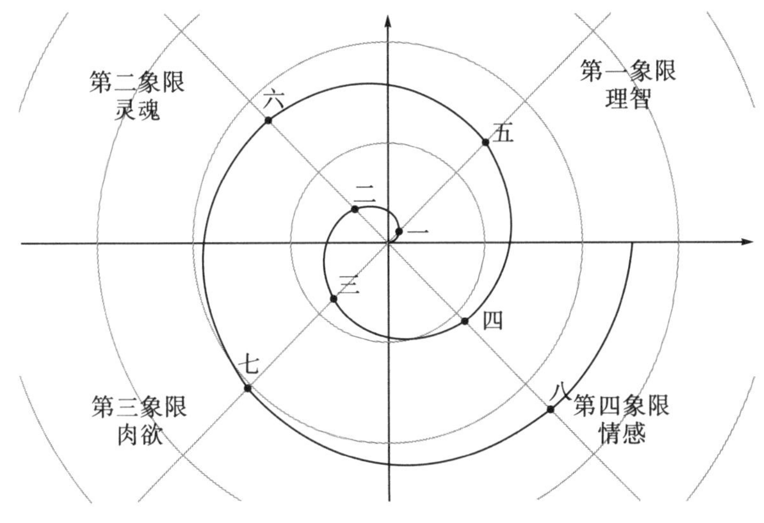

图 2　人义世界下建构的诗歌形态

---

① 王佐良：《穆旦：由来与归宿》，杜运燮等编：《一个民族已经起来——怀念诗人、翻译家穆旦》，江苏人民出版社，1987 年，第 4 页。

如图所示，诗歌内部世界呈现出螺旋线结构，坐标轴的四个象限分别代表了理智与情感、灵魂与肉欲两对不同的哲学范畴。“以全部的灵、肉、心、智投掷于爱的体验中，深入发掘现代爱情的真谛，不惜剥落从古至今层层包装的脉脉柔情的面纱——穆旦爱情诗的独特贡献，首先是在这里。”① 由此建立的模型可以理解为人义世界之中诗人在爱情周期中不同的角度产生对爱情内部结构的不同的认知。与正弦结构不同，诗歌第一首逃逸出极点，不受原有规则框架的束缚。在人义论机制的运行下，诗歌的每一首都在讨论爱情之中不同的价值意义，诗歌的内部结构要解决的问题是：在爱情观产生极端分化的情况下去窥视诗人精神内部何种机制导致了自我和性本能同时给爱情施压。

内部结构是对表层结构的颠覆。在神义世界中，原本穆旦所皈依的以人类理性创造爱情平和有致的秩序被解构了，所谓的爱情氤氲的美好温存只不过是年轻时代肉欲的自然流露，如果爱情按照这样的人类建构的理性规则成长，那么会在不久的将来过早地进入坟墓。相反，原有的对异己性世界的隐约的焦虑和对自身位置与方向的迷惘才是爱情的现实面目，人类正是在这种“丰富而且危险”道路中尝到了爱情的果实，而穆旦击溃秩序化的爱情认知的心理动力便来源于此，这种力量也形成了穆旦辩证地看待爱情的“近乎冷酷的自觉性”②。

二、神义世界：异己性体验下的爱情认知

诗人郑敏在《诗人与矛盾》一文中指出，诗歌写作是围绕矛盾展开的，分析穆旦诗歌可以“抓住作为它的主体的矛盾”，“观察着这些力量在

① 李方：《穆旦与现代爱情诗》，《东北师大学报（哲学社会科学版）》1998 年第 4 期。

② 袁可嘉：《诗人穆旦的位置》，杜运燮等编：《一个民族已经起来——怀念诗人、翻译家穆旦》，江苏人民出版社，1987 年，第 13 页。

诗的进展中是如何行动的"[1]。诗歌表层结构显然是围绕着主体性的焦虑和快乐展开的，主体性的情绪又对应诗人在爱情中的不同体验。这种正弦结构的使用清晰地展现了穆旦在神义世界的支配下内心两股力量的纠缠，用穆旦自己的话说，"你给了我们丰富，和丰富的痛苦"[2]。

（一）

你底眼睛看见这一场火灾，
你看不见我，虽然我为你点燃，
唉，那烧着的不过是成熟的年代，
你底，我底。我们相隔如重山！

从这自然底蜕变程序里，
我却爱了一个暂时的你。
即使我哭泣，变灰，变灰又新生，
姑娘，那只是上帝玩弄他自己。

诗歌第一首是穆旦叙说爱情的基调，从结构图上，第一首歌虽然发生于爱情的初始时刻，但并非爱情的初始阶段，它阐发的是体验过爱情之后开始生发出异己性体验的时刻。原本"我"爱慕"你"被诗人巧妙地写成了"你"点燃了"我"（though I am enkindled by you[3]），此处原诗是"虽然我为你点燃"，"为"应是被动用法，即"我"被"你"点燃。熊熊大火燃烧着你和我的"成熟的年代"（Ah，that which is burning is but mature

① 郑敏：《诗人的矛盾》，杜运燮等编：《一个民族已经起来——怀念诗人、翻译家穆旦》，江苏人民出版社，1987 年，第 30 页。

② 穆旦：《出发》，《穆旦诗文集（1）》，人民文学出版社，2006 年，第 86 页。

③ 穆旦：《诗八首》原诗作者英文自译，《穆旦诗文集（1）》，人民文学出版社，2006 年，第 81 - 84 页。本文英文自译皆出自此文献，后文不再注明出处。

years)，蔓延成一场无法遏制的火灾，火灾把你我相隔数重山之远。诗人用一个“be but”的结构，就把这种无奈的心情勾勒出来，即“你”完全看不见“我”的存在，穆旦的爱情正是筑构在这种不平衡的基础之上，一个人对另一个人的爱的视而不见，这也是爱情走向成熟的“自然底蜕变底程序”（the process of Nature's metamorphosis），爱情质变的过程是其自然生长周期。正因为如此，“我”爱上的并不是与你我爱情共同生长成熟的“你”——“你”恰好是暂时的，是静止的——不具有运动意义（I happen to love a temporary piece of you）。happen 一词带有“碰巧，恰好”之意，使诗歌蒙上了一层“爱情受命运左右”的意味，下文“上帝”出现的意义也在于此。我们的感受不在同一轨道上，诗人因此循环往复地陷入无限的痛苦和醒悟之中，他把这种无休止的“哭泣—变灰—新生”（I weep，burn out，burn out and live again）归咎于上帝的游戏，上帝制造了“我”的痴狂和“你”的蒙昧，他“亲手制造的矛盾，只是上帝的自我的嘲弄”①，不对等的情绪释放直接构成了诗人对爱情的复杂心理，既渴望得到双向的爱情交互，又惧怕对方的无动于衷。在穆旦笔下，传统的坚贞不渝、淑女君子的爱情被解构为“成熟身体的相互需要”②，人类总试图用精神恋爱去掩盖肉体的欲望，而为自己对爱情的追求正名化。穆旦正是要撕碎这种虚伪的面具，所谓“成熟的年代”，就是丢弃了稚嫩的才子佳人梦，赤裸裸将欲望最本质的一面呈现出来。诗人是借由“上帝”这个存在来揭露人类的谎言，既然人类善用痴狂掩饰内心的情欲，那么就让爱情的对方接收不到炽烈的爱情信号，以蒙昧对抗伪装。

（二）

水流山石间沉淀下你我，

---

① 孙玉石：《解读穆旦的〈诗八首〉》，《诗探索》1996 年第 4 期。

② 黄丝雨：《穆旦〈诗八首〉对传统爱情意境的颠覆》，《广西社会科学》2005 年第 7 期。

而我们成长，在死底子宫里。
在无数的可能里一个变形的生命
永远不能完成他自己。

我和你谈话，相信你，爱你，
这时候就听见我底主暗笑，
不断地他添来另外的你我
使我们丰富而且危险。

诗歌第二首转向爱情体验中的异化面，我们在“山石水流”自然的孕育下生长，但你我生长的环境是一个“死底子宫”——没有生机没有能量的濒死密室。穆旦20世纪40年创作了诗歌《我》同样提及了子宫的意象，“从子宫割裂，失去了温暖，是残缺的部分渴望着救援，永远是自己，锁在荒野里”。诗歌描写了诗人被迫从群体分离而出的孤独感，表达了“对人与世界的融合关系的渴求，对‘子宫’所蕴涵的完整性、原初性的世界渴求”①。两年后他创作《诗八首》再次提及子宫，已经不是渴望回归母体供给生命养分的轨道，而是看到了母体秩序的崩溃，此时的诗人借胎儿的生长暗喻你我爱情的成长，爱情活在一个已经死亡的世界里，诗人对这个世界带着犹豫和质疑。正如胎儿是一个“变形的生命”（an ever changing and growing thing），你我想要在这个过程中不断地嬗变，滤去热恋的浮躁，沉淀下保存爱情的力量，却遭到了他的介入——“我底主”嘲笑我的主动、我的坚定和我的爱，“他”让你我失智，变成“另外的你我”，使我们的爱情迅速变质，永远不能如愿以偿，完成自己。在英译诗中，“水流山石间沉淀下你我”和“不断地他添来另外的你我”，穆旦都使用了“precipitate”这一动词，该词同时具有“自然沉淀”和“突然降临”两种

① 李章斌：《重审穆旦诗中“我”的现代性与永恒性》，《中国现代文学研究丛刊》2013年第3期。

意思，这里构成了前后文的呼应，自然状态下的爱情生长是和缓健康的，神义论的上帝干扰下的爱情瞬息万变甚至面目全非。可这“另外的你我”（another you and me）究竟是往正方向抑或往负方向变化，诗人并未回答，前路充满“丰富”（rich），也充满“危险”（dangerous）。穆旦认为，有些爱情是会变质的，生成一个畸形的生命折磨着你我，爱情的生命也是充满悖论的，变形的同时就是放弃完成自己的过程，诗人再次揭露了爱情辩证的真实。

（三）

你底年龄里的小小野兽，
它和青草一样地呼吸，
它带来你底颜色，芳香，丰满，
它要你疯狂在温暖的黑暗里。

我越过你大理石的理智殿堂，
而为它埋藏的生命珍惜；
你我的手底接触是一片草场。
那里有它底固执，我底惊喜。

“穆旦诗歌中的‘野兽’充分体现了他从小就已形成的反叛意志，是‘本我’的隐喻。”① 诗人逆着上帝的意志，接受来自“你”的爱的信号，“你”的爱就像一只小小野兽，带着青涩的呼吸和丰沛的情感，带着生命能量的任性舒适地依偎我们这个热血的年龄里（The growing little animal that nestles in your age）。“野兽”在英译诗中被置换成“小动物”，诗人感受到了爱情的美好，“颜色，芳香，丰满”（your color，fragrance，and

① 北塔：《穆旦：从“野兽”开始》，《江汉论坛》2007 年第 3 期。

fullness）指诗人享受着爱人生命最本质的状态，这种体验令人癫狂，而“温暖的黑暗”也在暗涌着。诗人努力穿越大理石般的层层障碍的规则，他将把被埋葬的岁月重新释放出来（I'll dig through your granite temple of Reason，And there，his long buried years will rescue）。上文提及了“你”对“我”的视而不见是一种蒙昧的状态，相对于“我”的痴狂，蒙昧也是一种理智的表现。诗人正是要挖通“你”那冰冷的理性神庙，将“成熟的年代”拯救出来。在穆旦看来，爱情是共享的，“我”已经接收到了“你”的爱意，“我”便会将“我底惊喜”传送给“你”，爱情的往来就像毛茸茸的草场，愈发生长，蓬勃盎然。这种互动是“它底固执”（his insistence），也是“我”的固执。在第三首诗中，所有原诗中出现的“它”（it），在译诗却使用了“他”（he），这是一种人格化策略，赋予了爱情生命而去挑战原有的“他”（上帝），这里的“它”的行动指向其实是“我”的意愿，是“我”开始逃脱上帝的安排，用自己的意愿去履行爱情的职责，“我”也因此尝到了爱情的甜头，但“在爱的接触中，女的仍有她的羞怯、婉拒和执着”①，所有复杂的情感都归结为爱情的“固执”。穆旦描绘了恋人之间相互试探，相互挑逗的画面，这种肉体上的接触给“我”带来的获得感远大于精神恋爱，年少轻狂的爱情就是这种感受的传递和增生，这首诗里诗人最大限度地沉溺在爱情的滋润中。

（四）

静静地，我们拥抱在
用言语所能照明的世界里，
而那未形成的黑暗是可怕的，
那可能的和不可能的使我们沉迷。

① 孙玉石：《解读穆旦的〈诗八首〉》，《诗探索》1996年第4期。

那窒息我们的
是甜蜜的未生即死的言语，
它底幽灵笼罩，使我们游离，
游进混乱的爱底自由和美丽。

经过热烈的追求和试探性的前进，你我终于相拥，享受爱情的宁静。“言语所能照明的世界”（In this small world illumined by our words）是指相爱的人开诚布公，推心置腹，互相明白彼此所需。但就在这种平静之下，诗人又转向了对爱情的不信任，“未形成的黑暗”（unshapen darkness）和“甜蜜的未生即死的言语”（Those sweet words that died before their birth）限制了你我，甚至要夭折我们的爱情。“黑暗”和“言语”作为重复出现的意象，其指代意义虽不明确，但却带着“一种警觉”的“矛盾感”[①]。“黑暗”是温暖的，是未成形的，又是可怕的，它的所指为恋人沉迷于彼此的温柔之中是危险的，“黑暗”是一种诱惑，一方面刺激着你我的感官，另一方面它的一切“可能和不可能”（possible and impossible）都会使我们无法自拔。“言语”原本是恋人之间沟通的符号，一旦未说出口，胎死腹中，双方的龃龉便在这种隐忍之中生根发芽，总有一天会长成巨大的藤蔓“窒息我们”（Those that choked us）。诗歌第四首，爱情的危机再次出现，诗人的爱情体验再次回到消解爱情的原始经验，但诗人的情绪并非完全抵抗爱情的恐惧感，他在质疑之中又接受了“爱底自由和美丽”（Love's beauty and freedom）。爱情像鬼魅一般散发着魔力，也带着混乱，让我们无意识地游进爱情的规律中。

（五）

夕阳西下，一阵微风吹拂着田野，

① 孙玉石：《解读穆旦的〈诗八首〉》，《诗探索》1996年第4期。

是多么久的原因在这里积累。
那移动了景物的移动我底心
从最古老的开端流向你，安睡。

那形成了树木和屹立的岩石的，
将使我此时的渴望永存，
一切在它底过程中流露的美
教我爱你的方法，教我变更。

诗歌第五首诗人目及所见仍是明亮的宁静的世界，日落、晚风、田间，一幅和谐温暖的景象。仿佛这是对第三首诗歌的续写，而中间插入的第四首诗歌仅是诗人在爱的港湾中臆想出的危险。“我”的目光开始投注在“你”的身上，“你”就是“移动了景物的”（What has moved the scenery）一股力量，“我底心”也开始“从最古老的开端流向你”（From the earliest beginning flowing unto you），这两句诗从空间和时间两个维度写“你”的美丽，“我”在爱“你”的过程中看到了爱情流露出的美，它就像聚光灯一样，无论空间如何切换，无论时间如何流淌，我始终聚焦着你，在乎着你。爱情的美同时也“教我爱你的方法，教我变更”（Show me the way to love you，and to change），孙玉石认为，这其实是“教我成熟，教我更懂得，更忠实于‘你我’的爱情”[①]，穆旦在此，再次地成为爱情的信徒，“我”爱“你”的原因也随着时空转换慢慢积累，水落石出，化作一片安宁的境地，为“你”提供安睡的软榻。也正因为情感的浓烈和真挚，“我”开始渴望爱情永恒存在，像高耸的林木和屹立的岩石，永存世间，万古常青。然而，回读第四首诗可以发现，永恒的渴望是一种虚妄，如果你我真是“蒲苇纫如丝，磐石无转移”，那么爱情为何“使我们游离”，这里，爱情永恒似乎成了一个不攻自破的伪命题。

---

① 孙玉石：《解读穆旦的〈诗八首〉》，《诗探索》1996 年第 4 期。

（六）

相同和相同溶为怠倦，
在差别间又凝固着陌生；
是一条多么危险的窄路里，
我制造自己在那上面旅行。

他存在，听从我底指使，
他保护，而把我留在孤独里，
他底痛苦是不断的寻求
你底秩序，求得了又必须背离。

爱情是否具有永恒性？穆旦并没有直接回答这个问题，他抛出了一个现象——同质化危机——两个人相处中同样的习性同样的生活最后会变为彼此的厌倦，过大的差异又会招致无效甚至无用的沟通，“爱之力就被双方的‘相同’与‘陌生’所拉拽、摩荡，如此来回摇摆着，重复着”①。这就是一条“危险的窄路”（such a dangerous narrow path），诗人发现自己已经在路上踽踽独行。穆旦再由相同与否引出了秩序和混沌的对立问题，“我”想要打破上帝存在的制约，脱离神义论的价值理论，让现有的秩序“听从我底指使”（at my beck），这是一个背离常规的行动，“我”经历过爱情的几次变动，已经知晓爱情是非永恒的，但“我”知其不可为而为之，得到的结果是上帝保护着“我”，使我免受“窄路”里无数的危险的侵扰，却也让“我”尝到了爱情的“孤独”（leaves me forlorn）。这是爱情的两个极端，一面是幸福美好，一面是落寞孤寂，写到这里，穆旦已经将人世间的曲折的爱情体验完整呈现，爱情的异己性体验正是由于人类妄想

① 肖伟胜：《爱的灼热与孤独的自我》，《当代文坛》2003 年第 1 期。

用理性构建属于自己的价值世界，却被无尽的精神矛盾反噬。上帝的痛苦正是他创造了人，人背叛了他。实际上，穆旦诗歌中的“上帝”处境也是十分尴尬的，一方面上帝以其专制裹挟着“我”的爱情的生长，生成不可僭越的权力壁垒；另一方面，穆旦又在“祈求一个‘上帝’，来解除内心的‘惧怕’”①，在这个意义上，上帝的痛苦实际上是“我”的孤独的折射，我不断地寻求适用人类爱情的新的秩序，但逃离了一个围城又被另一个围城困住，穆旦的爱情体验交织着心酸、无奈和悲剧，也有透露着玄学意味，不停地往返于背离秩序，寻找依托的循环之中（To alternately conform and oppose to you）。诗人背离秩序，寻找依托是为了“你”，可见穆旦在爱情中不断出现趋于“你”和背离“你”的矛盾心理。

（七）

风暴，远路，寂寞的夜晚，
丢失，记忆，永续的时间，
所有科学不能祛除的恐惧
让我在你底怀里得到安憩——

呵，在你底不能自主的心上，
你底随有随无的美丽的形象，
那里，我看见你孤独的爱情
笔立着，和我底平行着生长！

进入寂寞的夜晚，即使外边狂风骤雨，即使“我”仍有遥远的路途，即使“我”可能在未来永续的时间里丢失了有关“你”的记忆，这些“恐惧”就像鬼魅附着在我的身上，无法抹去，但此刻的“我”得以在

① 易彬：《穆旦与中国新诗的历史建构》，中国社会科学出版社，2010年，第26页。

"你"的怀里安睡，就是最大的慰藉。诗歌第七首借着第六首有关爱情永恒性的逻辑继续阐释，永续的时间不仅仅一个时间跨度，也指"人在永恒的时间之河中的生命短暂给予人的恐惧感"①，但经历了爱情的挫折和磨难之后的诗人显然不再执着于矢志不渝、永葆青春的爱，"我"更想珍惜的当下的"你底怀里得到安憩"（Let me find consolation in your bosom）。诗人由此引出的是爱情应该执着永恒还是追求当下的选择，而对于这个问题，"我"看见的是人生而孤独的真相，你底我底，你我的爱情"平行着生长"（Where，parallel to my passion of love，I find，Yours is growing so lonely），虽然我们的肉体依偎在一起，但是彼此的爱情却永不相交地延伸。我在你"不能自主的心上"（in your heart that's never self-controlled）意味着"爱情的自主、自动，根本上又是被推动、被动、'不能自主'而且难以阐释的"②，自主与被动交错之际，"我"注目的仍是"你"的"美丽的形象"，说明在爱情之中，即便坎坷与挫折袭来，但不忘令人忘怀的正是爱情的美丽，即使前路仍有丰富的孤独等待着"我"，可"我"愿意与"你"的孤独"平行着生长"，安静地陪伴。穆旦笔下皈依和肯定爱情的力量在这里得到了升华，真正的爱是"互为依存又互不依赖的爱"，是"坚强的人生之爱"，"爱的双方，应该是两颗独立支持的'巨树'"③。

（八）

再没有更近的接近，
所有的偶然在我们间定型；
只有阳光透过缤纷的枝叶
分在两片情愿的心上，相同。

---

① 李俏梅：《穆旦〈诗八首〉细读》，《诗探索》2001年第Z2期。
② 王毅：《细读穆旦〈诗八首〉》，《名作欣赏》1998年第2期。
③ 孙玉石：《解读穆旦的〈诗八首〉》，《诗探索》1996年第4期。

等季候一到就要各自飘落，

而赐生我们的巨树永青，

它对我们的不仁的嘲弄

（和哭泣）在合一的老根里化为平静。

叶落归根，爱情交响曲已至尾声。与第一首诗“我们相隔如重山”相比，此时你我已经无限接近，两心相合。“所有的偶然在我们间定型”（For chances have determined all between us）又是一句玄语，诗人认为，你我一路走来，所有不解和契合都像是莫名的偶然注定，将你我定型在这条轨道中运行，而今心心相印平行生长，也像是偶然中的必然。在这首诗中，上帝又隐身了，我们再一次回到了最初的子宫——孕育你我的自然，爱情的巨树沐浴着阳光，枝干长出了“缤纷的叶子”，寓意你我“情愿的心”终于萌生新的生命力量，穆旦不再规避爱情，也没有带着对爱情的憧憬，行文至此，爱情已经拥有自我成长和成熟的力量，它接轨了大自然的规律，产生了自己的生命周期，“季候一到”凋零的不只是爱情，也是人的生命，爱情的有限性并入了生命的有限性，生命随着季候飘落，爱情对我们投来“不仁的嘲弄”（his malicious mocking），是对人类奢望永生的爱情的否定，这里再次出现“他”（he）和“它”（it）的混用，穆旦已经成功地脱离上帝神义束缚，上帝由人格化对象变成物化存在体。“它”并不知道“赐生我们的巨树永青”，“巨树”（huge tree）在这里是一种精神隐喻，人类的精神恋爱是在领悟了爱情的非永恒性和无秩序性，选择了孤独的陪伴和共同的羽化，最终在爱情扎根之处平静地离去，进入下一个生命循环。诗人似乎是带着悲观色彩的，爱情的孤独本质令人哭泣，但它的消逝和重生却带有更加丰富和深厚的内蕴。

穆旦诗歌中用正弦函数来结构全诗并非只有《诗八首》独篇，写于1940年11月的《五月》最具这一特征，《五月》采用双声部叙述，通过旧体诗与新体诗的交织穿插形成强烈对比，古典语境的悠扬轻慢与现代世界的突进激越分别构成诗人被围和突围两种生存状态，两个不同时空的

“五月”共同形成了穆旦内心极大的矛盾和痛苦。《鼠穴》展现了祖先的两面象征意义，一面成了现代人崇仰的精神和“社会的砥柱”，另一面化为骷髅发出霉烂的异味，这种好与不好都遗传在我们身上，我们成了“啃啮所有新芽和旧果”的鼠辈。《森林之魅》以交错的口吻叙述了“森林”鬼魅神秘的死亡象征和“人”闯进原始丛林的生存压迫，诗人将1942年野人山经历抽象化，戏剧性地再现了可怖的自然对人的身体和精神的双重摧残。换言之，这些诗歌都存在两条明显的心理线索，心理的斗争外化为诗人矛盾的情绪、境遇和命运，诗人反复地变换主体感受正是书写这种痛苦心境的艺术化处理。事实上，穆旦清楚地看到了现实的参差，但他仍在努力编织一个美丽的梦，可是梦境就像包不住火焰的纸，自焚了，破碎了，穆旦一边用诗歌修复这个梦，一边嗤笑自己荒诞的行径，最终他体验到的却是这种赤裸苦难下真实的沉重感。《诗八首》也正是基于这种先验认知，它所表现的，“是爱情生活不可克服的深刻矛盾和把爱情作为一个短暂生命阶段来看待的爱情观念”①，诗人将爱情视为审视的对象，不仅揭开了爱情是肉欲的本质，也击碎了自古以来人类对爱情永恒青春和两心欢悦的执念，他告诉人们，爱情是孤独的，是无法永存的，试图用僭越的方式挑战上帝设立的秩序而人为地去追求一种静止的模式，只会给你我带来重重的危险。穆旦能在爱情的生命周期的尾声获得了精神的支撑，正是因为他承受住孤独，在咀嚼着生命的短暂和爱情的有限的同时，拒绝沉湎在上帝权威的虚无和绝望中。

三、人义世界：灵肉冲突，心智失衡

在穆旦挣脱神义论框架、挣脱上帝的制约的过程，他并不否认爱情中那些甜蜜温馨的记忆乃至肉欲搏动的想象，甚至他认为这就是青春该有的

---

① 蓝棣之：《论穆旦是的演变轨迹及其特征》，杜运燮等编：《一个民族已经起来——怀念诗人、翻译家穆旦》，江苏人民出版社，1987年，第62页。

样子，“光，影，声，色，都已经赤裸”①，但他告诉人们：这不是爱情，真正的爱情是两个人言语不明导致抵触，两个人过于同化以致疲惫，两个人不能自主造成孤独。可以看到，穆旦在同外部世界抗争是清醒的，也是无力的——他不再尝试去越轨上帝的规制，而是通过清楚的爱情认知达到旧有体制的脱身。当他成功地进入人义论架构的世界时，穆旦周遭的环境变成自我内心的角逐，面临着人的自我搏斗：

> 自我搏斗与同外部世界的抗争构成了人的基本矛盾，而人类的苦难不仅来自外部世界的压迫，更源于人类自身的缺憾：作茧自缚或自私成性。面对苦难，反抗的无力导致了退避哲学的兴盛，忍字泛滥，终至于麻木冷漠，丧失自我。②

自我搏斗比同外部世界抗争更加复杂和严肃，人性的弱点在斗争面前暴露无遗，承受苦难的无力致使人类的退缩和隐忍，但穆旦不同，他与生俱来的受难意识使他凝重地肩起了现实的压抑和抗争的苦痛，即使是在爱情之中，穆旦也是饱受爱情惶惑和灼烧的那一个人，“爱情毫无浪漫色彩，反而表现的痛苦、艰难、无可把握。这是在残缺、孤独的生命意识和现代体验之下对爱情的一种观照和反思”③。因而在这种高强度的情绪刺激下，诗人对爱情的认知走向分裂，强化了迷离的两性关系中刺骨的疼痛张力，模糊了甜蜜的交互和爱意的沟通，因此，我们看到即使诗人在抒写用人类理性克服上帝樊篱向爱情争渡而去的时候，仍有“未成型的黑暗”不断续地跳跃出来，反复提醒穆旦，这并不是理性。也正是基于此，当我们依据“现代人义论”去回看《诗八首》的爱情历程时，会发现诗人讨论的并不只是人在爱情面前所面临的“质疑爱情”和“皈依爱情”的两种抉择，还包含着人从身体到精神多维度的割裂与爱情的怅惘和虚妄的体验。

---

① 穆旦：《春》，《穆旦诗文集（1）》，人民文学出版社，2006 年，第 74 页。

② 张同道：《带电的肉体与搏斗的灵魂——论穆旦》，《诗探索》1996 年第 4 期。

③ 邓招华：《现代新诗文本细读与诗学阐释》，人民出版社，2018 年，第 235 页。

"审美现代性的诉求，就是现代人试图摆脱宗教力量，自己为自己创造合法性的努力之一。在对自身力量的信任中，现代人派生出了高昂的自我感。"① 但穆旦不同，在试图摆脱上帝万有引力的同时却意识到人类建构理性体系的脆弱性，在这个过程中穆旦对爱情的信任被消解，而对爱情的否定被加强。诗人笔下的"自我"也因而十分卑微和被动，自我只是诗人完整地认知爱情的一个工具，"我"与自我的关系不断变换于服从与超越之间。

艾略特在《诗的三种声音》指出，"第一种声音是诗人对自己说话的声音——或者是不对任何人说话时的声音。第二种是诗人对听众——不论是多是少——说话时的声音。第三种是当诗人试图创造一个用韵文说话的戏剧人物时诗人自己的声音；这时他说的不是他本人会说的，而是他在两个虚构人物可能的对话限度内说的话"②。《诗八首》是一组爱情诗，对象是诗人爱慕的"你"，艾略特说："一首优秀的爱情诗虽然可能只是写给一个人读的，但是总想让别人也听到。"③ 即诗人的告白构成了诗歌的第二种声音，而《诗八首》一个显著的特点是，诗人的自白即是告白，穆旦在诉说自己"丰富的痛苦"的同时也是在表达对"你"的"怯弱的温存"④，诗歌的第一种声音与第二种声音重叠，这种声音讨论诗人的心智失衡问题，较为集中地表现在诗歌第一首、第四首、第五首和第八首。《诗八首》另一个特点是，"我"退出了诗歌叙述中主体位置，由上帝、自我、性本能等他者构成复调诗学形态。"我"在诗歌中仅有行动，没有言语，我的言语是通过上帝、自我和性本能完成的，在一定程度上，三者之间的对话构成了诗歌的第三种声音，主要体现在第二首、第三首、第六首和第八首，讨论了诗人在爱情体验中的灵肉冲突。两个声部合并构成了螺旋线结

① 段从学：《中国新诗的形成与历史》，人民出版社，2020年，第31页。

② ［英］T·S·艾略特：《艾略特诗学文集》，王恩衷编译，国际文化出版公司，1989年，第249页。

③ ［英］T·S·艾略特：《艾略特诗学文集》，王恩衷编译，国际文化出版公司，1989年，第250页。

④ 穆旦：《春底降临》，《穆旦诗文集（1）》，人民文学出版社，2006年，第216页。

构，反映了穆旦建立自我秩序和价值后，一种蜿蜒迂回而又渐向开朗的爱情道路的出现以及诗人在不同生命处境中的爱情交困。

在诗歌的第一声部中，诗人的爱情受制于理智与情感的失衡，理智是人类主体由神义束缚走向独立思考而衍生的一种精神状态，当这种所在固化为人类某一属性时，被称之为“理性”。情感所对应的人类思想中“感性”的分泌物，代表人类思考时感官的、情绪的一面，而当理性的权威被树立以后，感性的力量就被不断地弱化。康德认为，“应当思考的是，相对于理性在世界事物上的系统运用，我们应如何使用这个原始根据、或不如说使用它的理念”①，即理性应该成为人类更好地认识世界的台阶，而非捆绑了人类对爱情的认知。“你”虽然在爱的火灾面前表现得十分理智，但在两性关系中却处于混沌状态，相反，“我”的痴狂行为却是在维护热恋中应有的感性化的一面（第一首）。在这种失衡面前，上帝通过与“自我”的游戏让“我”看清了眼前的“你”不过是暂时的，这种暂时性也遮蔽了诗人的理智，让“我们拥抱在”感性的世界里，性本能让我们游离于理性之外，感情的热烈泛滥在感官的体验之中（第四首）。爱情的大起隐匿着大伏，忽然之间你我在互相探知以后又冷静下来，进入爱情的静穆与彻悟。因此，在这里我们感受着自然和煦的微风，即使性本能依旧活跃，但“我”学会的却只是“爱情的美”和“爱你的方法”（第五首）。理性和感性都失效了，诗人在平静中悟出了爱情的真知：爱情有限，而爱情的价值趋于无限（第八首）。《诗八首》中，诗的第一种声音和第二种声音同时是诗人的自白与告白，也是瓦解理性权威的力量，“理性承认了自己在构造最终体系上的矛盾或左右为难”，但也正是因为理性“勇敢地认可了自己的这种有限和矛盾”②，它才得以传承。同时，穆旦又将感性的心理空间转移到对人的价值和爱情的秩序的重构，即穆旦在爱情的体验中感悟到生命的孤独，但以拒绝爱情的浮面的欢娱与自足的姿态去忍受孤独，

① ［德］康德：《纯粹理性批判》，邓晓芒译，人民出版社，2004 年，第 541 页。

② 刘东：《西方的丑学——感性的多元取向》，北京大学出版社，2007 年，第 87 页。

以受难者的身份去面对真正的命运。诗人认为，爱情的认知首先要依赖于理性的升格和感性的转变，通过同时摒弃上帝权威和理性权威的盲目崇拜从而转为对生命本质的探寻，穆旦进入人义论后建立自我的合法性就体现在此。

波德莱尔说："在每一个人身上，时时刻刻都并存着两种要求，一个向着上帝，一个向着撒旦。祈求上帝或精神是向上的意愿；祈求撒旦或兽性是堕落的快乐。"[①] 波德莱尔讨论的是人类走向自我解放和人格独立的另一个困境——灵肉冲突。而穆旦十分敏锐地看到了这个问题，而在处理这个问题时，穆旦却有意地将"我"放置在边缘，而放大上帝、自我与性本能的声部，由三者完成灵魂与肉体的对话。在"我"试图"和你谈话，相信你，爱你"的过程，"我"被爱情的本质蒙蔽，以为这是自然爱恋的生成和驱使，但第一首诗已经说明推动我靠近你的只是"成熟的年代"，只是"我"对"你"本能的性冲动。上帝在这时候发笑，"自我"现身，"他"如同一面镜子照出了"另外的你我"，阻止"我"陷入爱情的陷阱(第二首)。第二首诗很严肃地讨论了，恋人在互相靠拢的过程中被肉欲所欺骗的精神恋爱，许多"危险"就源自相爱的人误将欲望的冲动看成灵魂的沟通。但诗人并没有及时醒悟，他陷进青春的野兽中欲望的漩涡中，但穆旦把这场捕猎写得"纯正优美"[②]，也写得颇有节制，这只"小小野兽"将我捕捉到你的"温暖的黑暗"里，我们的肉欲共同压制了灵魂的搏动，享受着性本能带来的沉迷（第三首），穆旦在这里"打破旧有的关于肉体的种种偏见，而确立一种全新的生命模式"[③]，肉体可以成为歌颂的对象，欲望是可以宣扬的存在。肉欲的混乱也会带来灵魂的不安，当"自我"无法引导"我"重归灵肉和谐时，"自我"也开始寄生了"我"的痛苦，"他"把"我"封锁在孤独之中，而自己去寻求爱情的秩序——一种"以

---

① 转引自［法］波德莱尔：《恶之花》，郭宏安译，广西师范大学出版社，2002 年，第 69 页。

② 李俏梅：《穆旦〈诗八首〉细读》，《诗探索》2001 年第 Z2 期。

③ 易彬：《穆旦评传》，南京大学出版社，2012 年，第 260 页。

诚挚的自我为基础，写出他的心灵的抒情，以感官与肉体思想一切，使思想与抒情，灵与肉完全浑然一致，回返到原始的浑朴的自然状态”①（第六首）。“自我”求得了秩序又背离，因而诗人只能自己踏上了对抗灵肉冲突的道路，他终于看到，“所有科学不能祛除的恐惧”中“我”仍然爱着“你底随有随无的美丽的形象”，穆旦体悟到：爱情的美是灵智和肉性的混杂，是孤独和牵绊的合成，既是永恒存在的也是稍纵即逝的，带有刺激和阴郁，带有成长与死亡（第七首）。波德莱尔对“美”如是评价：

如同任何可能的现象一样，任何美都包含某种永恒的东西和某种过渡的东西，即绝对的东西和特殊的东西。绝对的、永恒的美不存在，或者说它是各种美的普遍的、外表上经过抽象的精华。每一种美的特殊成分来自激情，而由于我们有我们特殊的激情，所以我们有我们的美。②

人类所受难于灵魂与肉体撕裂的精神苦痛，在穆旦看来，这就是爱情一种“绝对美”的形态，灵肉冲突是人类普遍的生存困境，人类正是在这场强烈的较量下释放肉体的重量而走向灵魂的重生。换言之，穆旦在进入人义世界之后，重新定义了人的精神内部结构的秩序，现代人饱受灵肉之苦是因为秉持重灵魂而轻肉体的苦行僧观念而使肉体长期处于压抑状态，穆旦反其道而行之，他是通过夸大肉体的感觉来给现代的灵魂泄压，在一定程度上实现了灵肉的和谐。另一方面，穆旦的“特殊的东西”也在于“灵与肉是一元的”③，他笔下的爱情是在灵魂和肉体的行径方向达成一致的前行，诗歌的第三种声音交织地描写灵魂的爱情和肉体的爱情，两者的意义是一致的。

诗歌的两个声部汇合了三种声音，三种声音共同构造了穆旦诗歌中人

---

① 唐湜：《穆旦论（续完）》，《中国新诗》1948 年第 4 期。

② ［法］波德莱尔：《波德莱尔美学论文选》，郭宏安译，人民文学出版社，1987 年，第 300 页。

③ 吕周聚：《论中国现代主义诗歌的智性美》，《理论学刊》2013 年第 6 期。

义世界的“螺旋线结构”。从逃逸出上帝制裁为起点，人类就开始在自我搏斗中生成现代的品质，现代人所面临的两个哲学的“天问”——理智与情感，灵魂与肉欲——在诗歌中得到充分的讨论，爱情的斗争在这一方坐标轴里回旋婉转，渐渐扩散，这与爱情体验中“丰富而且危险”的痛苦不谋而合。随着诗人思绪的游动，螺旋线结构越来越开阔和明朗，向无限远处延伸。正如李怡评价穆旦以《诗八首》为代表的这类诗歌：“不断穿插着自我生存的种种‘碎片’，不断呈示自身精神世界的起伏动荡，历史幽灵的徘徊与现实生命的律动互相纠缠，纷繁的思绪、丰富的体验对应着现代生存的万千气象。”①《诗八首》体现了在人义世界中的现代人寻找自我灵魂的艰难和困惑，“自我”在这个过程带着残缺和分裂的身体去体认理智与情感的悖谬，体认灵魂与肉欲的统一，“自我”是在人类获得精神解放的同时修复了本体。性本能则在演化的进程中批评地、反省地接受了“我”和“自我”的非统一性，冲破了人们固有的肉体认知，拥抱灵魂的自由和清醒。穆旦能在一组诗歌中讨论如此庞大的历史命题，在于他巧妙地将语境置换为爱情，放弃了对莺莺燕燕的爱情假象的戏弄，而将现代人类爱情的斗争注入自己的视野中，即使诗人最终寻到了爱情永生孤独的本质，即使穆旦找到了爱情灵肉一致的意义，但他是“怀着沉重与无奈”②告别了肉体的欲望，继续着他漫长又无止境的与巨树老根永眠。

四、结　语

穆旦本人晚年在点拨陷入恋爱苦恼的年轻人时，曾举《诗八首》为例：“那是写在我二十三四岁的时期，那里也充满爱情的绝望之感。什么

---

① 李怡：《论穆旦与中国新诗的现代特征》，《文学评论》1997年第5期。

② 钱理群：《中国现代的堂吉诃德和哈姆雷特——论七月诗派和九叶诗派诗人》，《文艺争鸣》1993年第1期。

事情都有它的时期，过了那个时期，迫切感就消失了。”① 正如诗人巧妙的设喻，“那烧着的不过是成熟的年代”，年代燃烧殆尽，那“爱情的绝望之感”也就消散了。虽然穆旦轻描淡写地略过了年轻时爱情中交织的理智、痴狂、龃龉、无奈、孤独和平静，但是那种深刻的爱情记忆总会在重读《诗八首》的时候复现。《诗八首》写的仅仅是一种很普通的青春的经历，穆旦却为之倾注了生命的冲动和原始的情思，对爱情的思考也是放置在更为宏观的人类精神史上来讨论的。

应该说，《诗八首》在新诗史上具有独树一帜的突破意义：其一，诗歌解构了传统爱情诗苦恋相思、缠绵悱恻的含义，而这一传统可溯源至唐代李商隐，到了现代又衍生出了浪漫情思和智趣意味，因而穆旦与三十年代的徐志摩和卞之琳也区分开来。其二，首次以男性身体描写爱情体验中丰富的痛苦，首当其冲的是爱情中带着性苦闷的情绪，诗人放大了肉体的感觉，灵魂仿佛无处安放，但随着诗人爱情体验的延伸，灵魂一步步走向诗人的中心。其三，穆旦创作《诗八首》时处于诗人舍弃他者秩序，建构自我价值的时期，诗人止是在上帝的规制下看到了人类理性的盲目，基于这种先验经历，穆旦是通过不完整的“自我”修复本体来达到人类自身价值的重构的。《诗八首》拥有一个开放的生命形态，穆旦理清了纷乱的力量的制衡，觅得了自我的言说空间，也因此诗歌具有更丰富的阐释意义。

① 穆旦：《致郭保卫二十六封》，《穆旦诗文集（2）》，人民文学出版社，2006 年，第 186 页。

反讽、解构与形而上：论郑敏《诗人与死》的智性书写

□易文杰①

内容提要：在1991年，面对挚友诗人唐祈的非正常死亡，郑敏发表了《诗人与死》这首超越了挽歌的挽歌。本文尝试通过对郑敏《诗人与死》的文本细读，挖掘其意象含义，分析其智性书写：一、对“短二十世纪”的历史暴力持以含蓄而精妙的反讽；二、对知识分子的乌托邦冲动与幻想进行有距离的冷峻审视，并运用德里达的解构主义思想进行解构；三、对死亡进行哲理化的形而上思辨，富含道家的智性之美，并与冯至的诗句构成互文。诗歌的智性书写具有内在的理性强度，与具有生命感染力的抒情一起，构成了诗歌丰厚的审美意蕴。

关键词：郑敏；九叶派；《诗人与死》；反讽；智性书写

面对历史暴力与灾难，诗人何为？文学如何能见证巨大的历史创伤？阿多诺曾说过一句意味深长的话：“奥斯维辛之后，写一首诗都是野蛮

① 易文杰（1997－），男，广东省湛江市人，厦门大学台湾研究院文学研究院硕士研究生，研究方向为中国现当代文学。

的。"[①] 伊格尔顿则在《批评家的任务》中针对阿多诺这句话说道："一方面，艺术作品在奥斯维辛之后开始享有某种无法令人容忍的特权；另一方面，艺术必须继续下去。它一定得找到某种方法，就像阿多诺和贝克特所做的，利用艺术内部的一种沉默，讲述一切的不公与苦难。"[②] 的确，面对历史暴力与灾难，诗歌应当利用艺术内部的一种沉默，讲述一切的不公与苦难。

郑敏发表于1991年的《诗人与死》则是这样的杰作[③]。自《诗人与死》发表以来，就引起了不少关注。现有研究中，关于郑敏《诗人与死》的单项成果也并不缺乏，较为重要的如：《读郑敏的组诗〈诗人与死〉》（徐丽松，1996）是诗歌研究者与作者郑敏本人的对谈，谈及了此诗的写作背景，并在对谈中一首一首地解读了这首组诗。《郑敏〈诗人与死〉细读》（邱景华，2013）作为《诗人与死》的第一篇细读，从互文性和长诗结构两个视角，进行精微的分析。《无声的极光：郑敏十四行组诗〈诗人与死〉解读》（刘燕，2015）则通过文本细读的方法，指出这首诗使用了反转、反讽、悖论、隐喻、神话等创作手法，以里尔克式"十四行组诗"的形式书写了20世纪中国现代知识分子的悲剧命运，在语言学的审美自足与社会学的责任承担、现代主义的张力与后现代主义的解构之间获得了微妙的平衡。

以上的研究成果各有要点，材料详尽，但对郑敏《诗人与死》中的智性书写探讨都不够充分。笔者拟在以上成果的基础上进一步探寻郑敏《诗人与死》中的智性书写。

---

① Adorno, Theodor W. *Prisms* (*Studies in Contemporary German Social Thought*). Trans. Shierry Weber Nicholsenand Samuel Weber. Cambridge: The MIT Press, 1983: 34. 转引自曾艳钰：《本·方登〈漫长的中场休息〉的后现代战争书写》，《当代外国文学》2018年第4期。

② ［英］特里·伊格尔顿，马修·博蒙特：《批评家的任务—与特里·伊格尔顿的对话》，王杰、贾洁译，北京大学出版社，2014年，第57页。

③ 《诗人与死》最初收录于郑敏诗集《早晨，我在雨里采花》（香港：突破出版社，1991），卷五大标题为"诗人与死"，小标题为"组诗十九首"。《人民文学》1994年第1期发表该诗时，诗题误作《诗人之死》，一字之差，却与诗人意旨相去甚远。这首诗后收入《郑敏诗集：1979—1999》（人民文学出版社，2000年）时，诗名重改为《诗人与死》。参见刘燕、周安馨：《结构—解构视角：〈诗人与死〉的时空意象与拓扑思维》，《江汉学术》2022年第2期。

一、对历史暴力含蓄而精妙的反讽

《诗人与死》的智性书写的第一方面，是在 1990 年，对“短二十世纪”历史暴力含蓄而精妙的反讽。

布鲁克斯和沃伦在《现代修辞学》中如此界定反讽：“反讽总是涉及字面所讲与陈述的实际意思之间的不一致。表面上看，反讽性陈述讲的是一件事，但实际的意思则大为不同。”[①] 在新批评的视域中，反讽这一修辞，表面上是褒扬而实际上是贬低，表面上是贬低而实际上是褒扬，是由于受到语境的压力而造成意义扭转而形成的所言和所指之间对立的语言现象，也即语境对一个陈述语的明显的歪曲。作者通过反讽刻意隐藏自己的褒贬，让读者在看似矛盾而含混的叙述中产生思考，比单纯的褒贬具有更为丰富而深广的意蕴。

汪晖在《短二十世纪》中指出：中国的二十世纪堪称一个“漫长的革命”的年代[②]。是的，20 世纪中国的历史堪称中国革命的历史。20 世纪的中国经历了人类历史上所有样式的革命。革命的正面意义当然不可否认的，但是某些扩大化、极端化的运动也造成了不可挽回的创伤，譬如官方权威文件《关于建国以来党的若干历史问题的决议》中否定的严重扩大化的反右派运动与“文化大革命”运动。王德威的《历史与怪兽》则指出：20 世纪中国文学中历史暴力及其文学书写，直指现代性进程中种种意识形态与心理机制加诸国人身上的规范和训诫。现代性（modernity）与怪兽性（monstrosity）相伴相生，现代性有时反而更需仰仗暴力以正其身[③]。

在暴力革命浪潮曾汹涌一时的“短二十世纪”，经历了剧烈的各种革

---

① Cleanth Brooks & Robert Penn Warren：*Modern Rhetoric*，New York，1979：291.

② 详见汪晖：《去政治化的政治：短 20 世纪的终结与 90 年代》，生活·读书·新知三联书店，2008 年。

③ 参见［美］王德威：《历史与怪兽：历史，暴力，叙事》，台湾麦田出版社，2004 年。

命与动荡的中国知识分子承受着许多悲剧的命运，比如说非正常死亡。当然，除了中国知识分子面临着死亡的威胁，许多古典的灵韵，许多精妙的文化艺术也在上文所述某些扩大化、极端化的运动中被历史暴力所扫除，正如本雅明在《历史哲学论纲》中意味深长的那段话一般，“保罗·克利的《新天使》画的是一个天使看上去正要由他入神注视的事物离去。他凝视着前方，他的嘴微张，他的翅膀张开了。人们就是这样描绘历史天使的。他的脸朝着过去。在我们认为是一连串事件的地方，他看到的是一场单一的灾难。这场灾难堆积着尸骸，将它们抛弃在他的面前。天使想停下来唤醒死者，把破碎的世界修补完整。可是从天堂吹来了一阵风暴，它猛烈地吹击着天使的翅膀，以至他再也无法把它们收拢。这风暴无可抗拒地把天使刮向他背对着的未来，而他面前的残垣断壁却越堆越高，直逼天际。这场风暴就是我们所称的进步”①。

这也就是郑敏《诗人与死》所反讽的对象。当然，由于诗作写于历史转折点上特殊的1990年，是对暴力的历史的深沉回望，诗篇的反讽必然显得含蓄，与此同时，必须指出的是，诗歌所沉思的，不只是诗人挚友唐祈之死，而且是诗人唐祈的逝去以及和诗人唐祈一样都在对待知识分子与知识艺术的不公中逝去的人与事。这也就是为什么郑敏说，“这组诗的题目是《诗人与死》，可发表时却变成了《诗人之死》应该是与死，与死的原因，是死对于我来说本身就是一个重要的主题，可以独立于诗人，但又与诗人的死有关……这首诗写的时候意图是讲诗人的命运，在我们特有的情况下我们诗人的命运，也可以说是整个知识分子的命运，同时还有我对死的一些感受。”②

与郑敏先生论述的有细微不同，在笔者独立的阅读感受看来，《诗人与死》对历史暴力的反讽，除了最重要的命题——知识分子被摧残的命运外，如果考虑到诗人选取意象之丰富的包孕性，还涉及了与知识分子相伴

---

① ［美］汉娜·阿伦特编：《启迪：本雅明文选》，张旭东、王斑译，生活·读书·新知三联书店，2008年，第270页。

② 徐丽松：《读郑敏的组诗〈诗人与死〉》，《诗探索》1996年第3期。

随被摧残的美好艺术，还包括被摧残的美好的爱情、婚姻，被摧残的历史文物。正如新批评所说，优秀诗歌的标准之一是“含混”“复义”。中国古典文论中“蕴藉”也是优秀诗歌的重要标准之一。

笔者选取诗歌的第一章细读，来论证这一观点：

是谁，是谁
是谁的有力的手指
折断这冬日的水仙
让白色的汁液溢出

翠绿的，葱白的茎条？
是谁，是谁
是谁的有力的拳头
把这典雅的古瓶砸碎

让生命的汁液
喷出他的胸膛
水仙枯萎

新娘幻灭
是那创造生命的手掌
又将没有唱完的歌索回。

在诗歌一开始，诗人就对暴力进行了含蓄而精妙的反讽。诗句第一节一开始，诗人就用一种沉着的语调追问“是谁，是谁”“折断”冬日的水仙。第二节，诗人又以同样的质问句式，再次追问“是谁”砸碎典雅的古瓶。“冬日的水仙”是华兹华斯《我心飘荡如浮云》中的“水仙”意象，象征着欢乐；“典雅的古瓶”则是济慈《希腊古瓶颂》中的“古瓶”意象，上面画有新婚的两个年轻人。因而说“新娘幻灭”。

在笔者看来，“被折断的水仙”与“被砸碎的典雅的古瓶”则有三重隐喻：

1. 隐喻诗人的挚友唐祈的逝去。

2. 隐喻在20世纪历史暴力中和唐祈一样无辜逝去的诗人知识分子群。

3. 隐喻在20世纪历史暴力中被粗暴对待的文学与艺术。

新批评主将布鲁克斯曾著《精致的瓮》一书，书名则来自济慈的诗名“精致的古瓶”，象征封闭而自足的文本。“水仙”意象和“古瓶”意象，都是诗人所创造的美，而这种浪漫主义的美在历史怪兽的暴力下显得如此脆弱。此外，“水仙”与“古瓶上的青春伴侣”还让笔者联想到青春、爱情与家庭，“古瓶”还可指典雅的文物，但是，这些在“有力的”手指与“拳头”下都被轻易地折断与砸碎。

值得玩味的是，诗人运用了一个并不是贬义的词“有力的”来形容“手指”“拳头”，是对严重的历史暴力之鲜明反讽：这些充满力量的手指、拳头，并不成为保护水仙与古瓶的力量，反倒成为摧毁水仙与古瓶的力量，让生命的汁液喷出，青春成为“没有唱完的歌”，这是何其吊诡、悖谬。

那么，这种力量来自哪里呢？是谁施加了这种力量呢？篇末给了开头的追问一个回答：是那创造生命的手掌/又将没有唱完的歌索回，即是创造生命的“造物主”，又把生命收回。这和英国诗人布莱克的《老虎》构成了隐秘的互文性，“说制造老虎和制造绵羊的是同一个人，是同一个上帝，他制造了强暴也制造了善良”①，表达的是：历史风暴下，强者的历史暴力摧毁了这些脆弱的美。

诗篇的开头，奠定了全诗的反讽美学。诗篇第二首同样对历史的暴力进行了反讽，“这里洪荒正在开始/却没有恐龙的气概”，历史暴力带来的惊天动地的大改变只是让现实变为远古的洪荒，而这种非人的暴力本身还

① 转引自郑敏：《哲学与诗歌是近邻》，北京大学出版社，1999年，第438页。

不如恐龙。这种反讽虽不直接，但比直接的控诉更为有力。

而在长诗的其他篇章，诗人更是多有对历史暴力的委婉而又富有感染力的反讽。如组诗第八首："美妙的碎裂，无数的枝梢/你毕生在体会生命的震撼/你的身影曾在尸堆中晃摇/歌手的死亡拧断你的哀叹。"诗人以枯树枝的断裂，隐喻艺术家生命死亡——唐祈的朋友，右派歌唱家莫桂新之死。这令人哀叹的死亡，诗人却说这是"美妙的碎裂，无数的枝梢"。这种反讽，更显示出诗人的哀痛。诗人更把唐祈的非正常死亡与历史暴力下其他知识分子的非正常死亡互相联系起来，拓宽了长诗的诗学深度。此外，"你茫然考虑是不是这里的一切和世间颠倒/你的行囊要重新过秤/然而鬼们告诉你不要自欺/现在你正将颠倒的再颠倒/世间从未认真地给你过秤"等篇章也讽刺意味十足，凸显唐祈一生所遭遇的不公与悲惨，此处不赘述。

综上所述，面对20世纪中国暴烈的历史暴力及其带来的悲剧，郑敏采用了反讽的修辞策略，给意象注入了智性的光芒，表达虽然含蓄内敛但更为沉稳有力，使诗歌的审美意蕴更为充盈丰厚。

二、对知识分子的乌托邦幻想有距离的冷峻审视与解构

诗人不仅对"短二十世纪"的历史暴力持以含蓄而精妙的反讽，而且对知识分子的乌托邦冲动与幻想进行有距离的冷峻审视，并运用德里达的解构主义思想进行解构，这构成了诗歌突出的智性之美。邱景华认为："她不仅在诗中对唐祈和众多非正常死亡的知识分子持悲痛的同情态度，而是要深入探究造成他们非正常死亡的原因：并不仅仅归结于外在的强权和暴力，而是认为他们盲目信奉的理想主义，是导致其悲剧的主要内因。"[①] 郑敏也自言："（读了解构主义以后）……重新认识了我们人类走过的和我个人走过的路，那都是对于一种永恒的东西，对一种形而上的东

① 邱景华：《郑敏〈诗人与死〉细读》，《诗探索》2013年第1期。

西充满着幻想，要把乌托邦建立在世界上，最后是非常血腥的，牺牲了多少人。所以这首诗也表现了我们为了一种盲目的幻想、盲目的理想付出了多少代价，应该清醒了。对那种崇高的追求啊，对阶级性那种纯洁的幻想和对人性纯洁的幻想，这就是我们人类的理想主义的基础。我并不反对理想，但把理想主义看成是真实的是很危险的。”① 诗人在诗篇中指出：理想主义自有其正面意义与积极的力量，但当20世纪的中国知识分子把理想主义变成对乌托邦的盲信、幻想与冲动而不加以严肃的反思时，乌托邦本身就有着在“纯化”与“一体化”中吞噬知识分子的危险。

诗歌中有大量的篇章体现了这一主题。如诗篇第二首，“没有唱出的歌/没有做完的梦/在云端向我俯窥/候鸟样飞向迷茫”。没有唱出的歌与没有做完的梦，仍然在云端向作者俯窥，这句诗承接第一首的死亡书写，暗指知识分子们的乌托邦梦想即使遭遇了挫折，即使本人冤死，仍然尚未醒悟，尚未断绝。“候鸟样飞向迷茫”更加深化了这一主题：知识分子因为对乌托邦的盲信，丧失了理性反思的能力，也丧失了重审乌托邦的能力。

诗篇第三首也是如此，“伊卡瑞斯们乘风离去/母亲们回忆中的苦笑/是固体的泪水在云层中凝聚/从摇篮的无邪到梦中惊叫”。这一首的这一节引用了古希腊神话中少年伊卡瑞斯的典故：少年伊卡瑞斯想逃离克里特岛，于是父亲代达罗斯给他用蜡和羽毛造了翅膀，并千叮万嘱让他注意飞行的高度，但是他在飞行中以为自己是天神，竟想要接近太阳，于是越飞越高——最后因飞得太高，双翼上的蜡遭太阳融化，不幸跌落水中，摔死了。从这个故事中，我们不难看出：郑敏解构了唐祈和众多非正常死亡的知识分子们的乌托邦神话，“伊卡瑞斯们”指的是他们因以狂热的激情，盲目地追求乌托邦而导致的悲剧。

诗篇第四首、第五首同样。“那双疑虑的眼睛/看着云团后面的夕阳/满怀着幻想和天真/不情愿地被死亡蒙上/那双疑虑的眼睛/总不愿承认黑暗/即使曾穿过死亡的黑影/把怀中难友的尸体陪伴/不知为什么总不肯/从

① 郑敏：《诗歌与哲学是近邻》，北京大学出版社，1999 年，第 445 页。

云端走下/承认生活的残酷/不知为什么总不肯/承认幻想的虚假/生活的无法宽恕”。“难友”指的是被打成右派的歌唱家莫桂新，和唐祈同在一个农场。唐祈曾向郑敏讲述莫歌唱家的死难经历：有一次，农场杀了两头猪让大家吃，因长期挨饿，大家猛吃，后来发生了流行痢疾，死了不少人，莫桂新就死在唐祈的怀抱里。有的人还没有死，每天晚上都有人进来踢一踢，说这是“明天的货”①。尽管诗人唐祈目睹知识分子病友在那个极端时代的残酷死亡，但是他总不肯承认乌托邦的虚妄，仍然怀揣着真诚的热情，然而，“命运的荒诞作弄/选中了这一片热情/写下它残酷的幽默”，唐祈承受了大半生的动荡，最后又不幸死于庸医。真诚的乌托邦梦想与残酷而荒诞的现实之间产生强烈的对比，不禁令人深思。

诗篇第十首亦然，“我们都是火烈鸟/终生踩着赤色的火焰/穿过地狱，烧断了天桥/没有发出失去身分的呻吟/然而我们羡慕火烈鸟/在草丛中找到甘甜的清水/在草丛上有无边的天空邈邈/它们会突然起飞，鲜红的细脚后垂/狂想的懒熊也曾在梦中/起飞/翻身/却像一个蹩脚的杂技英雄/殒坠/无声”。诗人用“火烈鸟”隐喻追逐乌托邦的知识分子，“终生踩着赤色的火焰”则象征这些知识分子以乌托邦激情终身追求红色革命的道路，“穿过地狱，烧断了天桥”，经历了无数坎坷，但仍然保持着知识分子的尊严，“没有发出失去身分的呻吟”。然而，因为特殊的历史，这些追逐乌托邦的知识分子却远远没有火烈鸟那么幸运，没有甘甜的清水，有时连温饱都难以保障；没有无边的天空来翱翔，被放逐在边地承受荒寒，饱受迫害与摧残。因此，诗人将“我们”这些追逐乌托邦的知识分子比喻为“狂想的懒熊”，最后不幸的命运只是无声殒坠。“杂技英雄”一词颇具反讽意味：在没有英雄的年代里，怀着英雄主义、救世梦想的知识分子最后只是“杂技英雄”。这令笔者想起了北岛那同样富含理性力度的诗句，“在没有英雄的年代里/我只想做一个人”。诗人以冷峻的目光审视着“极端年代”怀揣乌托邦激情的知识分子的苦难命运，并做出深刻的反省。

---

① 参见郑敏《诗歌与哲学是近邻》，北京大学出版社，1999 年，第 428 页。

诗篇第十五首亦同，“你的理想只是飘摇的蛛网/几千年没有人织成/几千年的一场美梦/只有走出祭坛的广场/离开雅典和埃及的古城/别忘记带着你的夜行时的马灯”。唐祈和20世纪中国知识分子所信仰的由理性构筑起来的乌托邦的深刻反省和批判，也是对长诗第4首的呼应和深化。郑敏指出，他们所信仰的乌托邦，从古希腊、埃及几千年以来，从来只是一场虚妄的美梦。

“几千年来的美梦”“雅典的古城”隐喻柏拉图《理想国》中以理性主义构筑的理想乌托邦。然而，这种理想国以理想为名，许诺人们美好的生活，却造成了不知多少悲剧。唯有“走出祭坛的广场”，离开“古城”，带上马灯，面对现实，方为正道。诗篇第十八首把这种审视上升到了极致。“他们用时间的极光刀/在我们的身体上切割/白色的脑纹是抹不掉/的录像带，我们的录音盒/被击碎，逃出刺耳的歌/疯狂的诗人捧着淤血的心/去见上帝或者魔鬼/反正他们都是球星/将一颗心踢给中锋/用它来射门/好记上那致命的一分/欢呼像野外的风/穿过血滴飞奔/诗人的心入网，那是坟”。诗人直接指出，唐祈和20世纪中国知识分子对乌托邦的真诚信念，最后陷入了疯狂。那真诚地献给乌托邦的淤血的心，最后只能当作皮球来踢，被踢进坟里，而看客们还爆发出一阵阵欢呼——这是何其反讽与悖谬。

“莎士比亚把每个人物写得栩栩如生，我们不可能怀疑其同情心，但莎士比亚却与他们的人物保持距离。这样，莎剧表示的就不是莎士比亚的主观性，而是‘表现了整个世界’，这就是居高临下的‘反讽精神’，用弗赖的说法就是‘距离的客观态度’。”[①] 面对挚友唐祈的死亡，诗人显然是悲痛的，也通过诗篇抒发了自己的哀痛。但在抒情之外，她并没有沉溺在泛滥的伤痛之中，而是用理性节制情感，有距离地审视唐祈和其他知识分子的乌托邦理想，并加以深刻的解构，使诗歌不陷入泛滥情感的泥潭，在具有生命感染力之外，还充盈着智性之美，深沉而幽妙。

① 赵毅衡：《新批评》，中国社会科学出版社，1986年，第186页。

三、对死亡哲理化的形而上思辨

在对历史暴力与知识分子的乌托邦情结作出反省之外，郑敏《诗人与死》中对死亡哲理化的形而上思辨，同样构成了全诗智性书写的重要组成部分。这种思辨使诗歌在获得历史与现实的纵深之外还获得了哲思的高度。

正如刘燕所言，郑敏诗歌中有大量书写死亡的篇章，并且对死亡有着深沉的哲思，她指出了郑敏诗歌中的死亡意识与里尔克的相似之处，“像里尔克一样，郑敏将‘死亡’视为自身生命的一个乐章，既无所谓‘此岸’，亦无所谓‘彼岸’，只有伟大的统一而给予坦然的接纳。与此同时，她又好奇地想和这种神秘的人生经验建立在世的友谊，时不时地尝试着与亡灵们进行友好的对话，从生命的终点反观生命的旅程与历史的奥义。生命与死亡的‘双重灵境’赋予郑敏诗歌俯瞰个体生命意义的历史高度，在语词所凝固的美的形式中呈现中国诗人所经历的悲情人”①。

的确如此，在《诗人与死》中，郑敏当然有对挚友唐祈的非正常死亡的深切悲痛，“让一片仍装满生意的绿叶/被无意中顺手摘下丢进/路边的乱草水沟而消灭/无踪，甚至连水鸟也没有颤惊”“眼睛是冰冻的荷塘/流水已经枯干，我的第69个冬天/站在死亡的边卡送走死亡/天边有驼队向无人熟悉的国度迁移”。

但是，作为卓越诗人的郑敏也不止于悲痛，而是还有对生死有着深邃的形而上哲思与超脱的态度，她将死亡看作是生死转化，万物轮回的一个部分，“整体不过是碎片的组成/碎片改组，又产生新的整体/短视的匠人以为到了终极/围上眼睛，任肢体在大地横陈/蚕与蛹，毛虫和蝴蝶的交替/洒在湖山上，像雨的是这个‘自己’”。在诗人看来，挚友的死亡意味着

---

① 刘燕：《无声的极光：郑敏十四行组诗〈诗人与死〉解读》，《中国现代文学研究丛刊》2015年第10期。

真正的解脱，将带来永恒的自由，“诗人，你的最后沉寂/像无声的极光/比我们更自由地嬉戏”。

这蕴含着中国传统的道家哲思的智性之美，彰显出郑敏晚期诗学对中国古典传统的重视。刘燕指出：郑敏的诗学思想与人生思想深受道家思想影响，她用道家思想看德里达，并“秉承了老庄的淡泊名利、虚无恬淡、简朴少欲的道家智慧”[①]。而《诗人与死》中对生死的超脱思考也与道家超脱生死的智慧有着异曲同工之妙。

郑敏和冯至一样深受里尔克影响，这使郑敏的诗句也与冯至《十四行诗集》中对生死的超脱态度形成互文。郑敏的《诗人与死》与冯至的《十四行诗集》不仅在形式上相似，而且在生死观上也有着相似之处，“什么能从我们身上脱落/我们都让它化作尘埃/我们安排我们在这时代/像秋日的树木，一棵棵/把树叶和些过迟的花朵/都交给秋风，好舒开树身/伸入严冬；我们安排我们在自然里，像蜕化的蝉蛾/把残壳都丢在泥里土里/我们把我们安排给那个/未来的死亡，像一段歌曲/歌声从音乐的身上脱落/归终剩下了音乐的身躯/化作一脉的青山默默”[②]（《十四行诗集》其二）。两人的诗句对生死的态度都是超然的。

综上所述，郑敏的《诗人与死》在书写死亡时，除了对逝去生命的哀痛之外，还有对死亡形而上的深邃思辨，蕴含着中国传统的道家哲思的智性之美，也与冯至《十四行诗集》中对生死的超脱态度形成互文。在1991年，面对着挚友诗人唐祈的非正常死亡，郑敏发表了《诗人与死》这首超越了挽歌的挽歌：在抒情之外，她既对“短二十世纪”的历史暴力持以含蓄而精妙的反讽，又对知识分子的乌托邦冲动与幻想进行有距离的冷峻审视与解构，以及对死亡哲理性的形而上思辨。诗歌的智性书写具有内在的理性强度，与具有生命感染力的抒情一起，构成了诗歌丰厚的审美意蕴。

① 刘燕：《郑敏诗学中解构思想与道家的关联》，《文贝：比较文学与比较文化》2013年Z1期。

② 冯至：《十四行集》，解放军文艺出版社，2000年，第2页。

论昌耀诗歌的旷野记忆与“西部”想象

□吴梦涵　蒋登科①

内容摘要：文学地理学视野下的昌耀诗歌具有地域性和超地域性。从驰骋青海旷野到回归青海省文联，再到游走于西北地域，昌耀对“西部”的想象是先溯回过去，同构青海经验与文学创作，再以此为原点展开“西部”空间的建构。诗坛在20世纪80年代逐渐兴起“新边塞诗群”创作和“西部诗歌”时，昌耀的诗已经呈现出“向内转”的趋势，文学景观中的西部风物随即被诗化的抽象、音乐的感觉取代。诗人还将存在与语言关联，使想象的“西部”具有“现代”特性，这正是对“西部诗歌”艺术、精神的创造性转化。

关键词：昌耀；地理记忆；诗歌空间；“西部”精神

文学地理学研究中的文本空间具有虚构性、哲学性、社会性、开放性、传播性等等②，有多种建构方式和多重解读方式。本文所指的“青海”

---

① 吴梦涵（1992－），女，重庆人，2022年硕士毕业于西南大学中国新诗研究所，现为重庆市渝北区盛景天下小学教师。蒋登科（1965－），男，四川巴中人，西南大学中国新诗研究所教授，主要研究方向为中国现代诗学。

② 梅新林、葛永海：《文学地理学原理（上卷）》，中国社会科学出版社，2018年，第368页。

与“西部”空间聚焦于艺术的叙事性、虚构性、精神性。回忆中的青海旷野是青海经验与创作的同构，具有叙事性；想象中的“西部”，尤其是“青藏高原的形体”，是时空交错的艺术构思，具有虚构性；而通过话语建构的纯粹精神空间，是昌耀在创作后期的尝试，具有哲思性。他在70年代后的创作视野不囿于青海地理，而是由青海向外拓展至甘肃、新疆等西北地区，并依照经验、记忆、诗学观念建构文学空间，突出其“历史感”“宇宙感”和开阔的诗境。这也是诗人考察西部地理，探索个人地理学①，获取生命意义的途径。但昌耀在创作后期切断了与地理的联系，致使诗歌中缺失地理要素，甚至出现语言“溃不成军”（《图像仪式》）现象。因其由文本空间转向对纯粹精神空间的关注，用看似杂乱无序的语言结构象征语言本体意义上的精神失序。

一、地理记忆：青海经验与创作的同构

1980年，昌耀在《山旅》中以“山河故人”自居，道出自己对故土——让他安身立命的青海——的相思。这一时期，他创作了一系列有关地理记忆的诗作，追忆身居旷野的人生经历并舒展乡愁，也实现了对诗艺的突破。“记忆”这个术语若指人类特有的行为，表示记住或想起；若指抽象事物，意为对过去事物的印象。文学地理批评中的“地理记忆”，则将记忆的范围收缩至特定时空，是作家基于特定地域中人、物的感觉与印象的艺术构思②，这属于形象记忆。笔者认为，形象记忆与人、物产生联系的情景记忆、指向态度体验的情绪记忆等各类记忆，共同构成了特定时空中的地理记忆。诗歌的力量就是推动思想融合记忆③，从中国古典文学中的追忆地理之作到中国现当代文学对地方经验的强调，追忆是文学的重

① 耿占春：《自然、地方与诗歌》，收入吉狄马加主编：《通向世界的门扉：首届青海湖国际诗歌节诗人作品集》，青海人民出版社，2007年，第56页。

② 邹建军：《文学地理学关键词研究》，《当代文坛》2018年第5期。

③ ［美］哈罗德·布鲁姆：《读诗的艺术》，南京大学出版社，2010年，第8－9页。

要母题之一。作家在追忆的过程中强化与地方有关的情感，或实践着自己对形而上的生命意义的追寻。在诗艺的层面，这些原始的地理记忆犹如一颗充满灵感的璞玉，诗人运用构思将其打磨为艺术之器。但不同于传统叙事作品强调情节，强化时间属性，昌耀是通过“在记忆里游牧”（《山旅》）的叙事修辞强化文学空间的象征性及其意义。

（一）快乐与痛苦纠缠的记忆

回到青海省文联后，昌耀很快进入创作高峰期，1979 年便发表长达 500 多行的《大山的囚徒》。作为诗人的心灵秘史，它标志诗人开始以回忆的方式书写过去，即便其中一些为旧作的改写，也带有回忆成分。在“记忆里游牧”的《大山的囚徒》连同《慈航》《山旅》《雪。土伯特女人和她的男人及三个孩子之歌》，构成了诗人的自传系列。有关地域的记忆总是处于特定的时空里，早期诗作中的“我们”转换为彼时诗歌里的“我”，意象和情境的构造与诗人在青海各地劳作的经历吻合，增强了其自叙性，大量感官动词的运用也强化了空间中的地域性。但在分析昌耀的地理记忆前，需了解这些记忆的情感动机，即促使诗人展开回忆的原因。

作为 20 世纪 70 年代“归来者”中的一员，昌耀在这一时期的自传性诗歌中探寻真理的主题与艾青、牛汉、梁南、公刘等诗人的创作汇聚成一条抒情河流。但不同于赋予诗歌意象厚重的历史感和隐喻性以反思现实，昌耀编织了两条抒情线：一条是通过再现地域经验以反刍记忆，倾诉自己对那一地方的深情；一条是试图走出命运“怪异”的圈子（《山旅》）以重申正义，揭示真理。在这一层面，地方不是温暖、令人安心的，而是具有囚禁的属性，根源在于“必然的历史”。它使诗人“佩戴铁的锁环枯守栅栏/戏看蚂蚁筑巢十余秋”（《归客》）。两条抒情线并行相交为诗人对地域复杂的情感、态度。

人文地理学研究中的一个重要概念——“情结”，用以解释人对地方的特殊情感。比如段义孚提出的“恋地情结”，即对储藏美好记忆的家园的依恋[1]，迪伦·特里格提出的“地方恐惧”[2]，还有罗伯特·塔利从弗洛伊德精神现象分析中提取的“不舒服”感[3]，它们都是在特定时空中产生的心理体验。从这一角度分析归来诗人的创作心理，则应该由此回归文本，将不同历史语境下的文学现象与作家迁移行为联系起来，考察不同记忆书写背后的文学共性。摘掉政治帽子、结束劳作从各地区重返诗坛的诗人们对那片地域、那些地方不仅有眷恋之情，还有挥之不去的痛苦，就是“处所意识”的一种表现。比如受政治运动迫害而落下梦游症的牛汉，现身于三个版本的《梦游》情境中，徘徊在痛苦的沉沦与挣脱之间，又写下“我是中国的伤口”（《伤口》），以比拟的手法将私人的心理之痛融入众人之痛、时代之痛。邵燕祥将记忆中不可言说的痛苦化为盐的意象。这种对“处所”有意识的精神状态、情感体验和居于其中的自我意识，阐释了人对地方复杂的情感体验。而“处所意识”影响了昌耀的地理记忆及诗空间的建构。

归来诗人们的地理记忆中缠绕着快乐与痛苦。昌耀在流放中学会了燃烧腐殖土取暖、冰上播种、雪上收割等生存技能，依恋感的产生和强化源自在此地的人际交往。他也感到痛苦，因为触发这些流放的根本因素本不美好，过劳的体验连同耻辱感使他的记忆中总是充斥着梦魇似的画面。其地理记忆中的特定时空、特定场景，是对真实地域、真实经历的变形。诗人在场景的突转中构成地理叙事并着重于抒发情感，获取心灵的慰藉。这些融合了叙事与抒情要素的长诗，内含大量本土元素、心灵独语，以及对命运这一抽象概念的层层剖析，确定了它们在诗坛中的不可替代性。然而这些记忆并不独属于昌耀，而是为一个群体、一代人所有。分析昌耀的地理记忆及其叙事，既是在共性中寻找个性，也是从个性里提炼共性。

---

① 段义孚：《恋地情结》，志丞、刘苏译，商务印书馆，2018 年，第 136 页。

② 方英：《空间转向之后的存在、写作与批评——评塔利的《处所意识：地方、叙事与空间想象》，《外国文学》2021 年第 3 期。

③ ［美］Robert T. Tally Jr.，*Topophrenia*：*Place*，*Narrative*，*and the Spatial Imagination*，Indiana：Indiana University Press，2019，p. 40.

（二）"在记忆里游牧"的叙事

地理记忆是地理诗的灵感之源，表现这种记忆的途径之一便是叙事诗。如罗伯特·塔利所说，在某些方面，叙事是用来描绘人类经验的真实和想象空间的方法①。受快乐与痛苦的记忆驱动，昌耀创作出一类具有地域特征与艺术价值的诗作。然而传统叙事遵循时间法则，人、物、情境在时间的统摄下，以顺序、倒叙、插叙等顺序呈现。地理叙事则从时间的一维中挣脱，时间只作叙述的背景，诗人着重于挖掘地理意象与物象构成的场景及其象征意义。随着场景的迅速转换、拼接，其情感在宽广的地理空间中驰骋。

且看《慈航》：象征爱与死亡的船从荒原驶来，停靠在土伯特人土地上，时空交错的故事由此展开。从第三节到第十一节，诗人着意于塑造九个意义场景：流浪者寻至灵魂的栖息地，向女子裸陈旧伤；融入部族，品尝劫后余生的快慰；在这个地方初尝爱情的甜蜜和为人父的快乐；在旷野独坐，回首往事；女子芳心萌动，向他投去爱的暗示；在净土上，人与自然和谐共处；他与她享受夜的抚慰；在土伯特人的沐浴礼上，他向她做出爱的宣誓；婴儿降生源于爱的繁衍。九个意义场景的呈现并未遵循时间逻辑，而是依靠空间的变化完成以"爱与死"为主题的叙述，时间则隐退为一条可供参考的线索。

昌耀在场景中填充大量具有隐喻性的物象，诸如"箭簇""奶渣""兽皮褥垫"，突出人物形象与交代情节。以第五节为例，"缥缈的哈达"喻为土伯特人对"我"的接纳，而"我"将这份归属感交给妻子。"星光之曲""黎明的花枝""婴儿的乳香"是对生之希望的转喻，也为下一行诗句里新生命的诞生做铺垫。

看似毫无逻辑的场景以一条条或隐或现的因果链条为串联：第五节中因为他的主动，爱的仪式才得以完成。整首诗则从第三节开始构建回忆空

① ［美］Robert T. Tally Jr., *Topophrenia: Place, Narrative, and the Spatial Imagination*, Indiana: Indiana University Press, 2019, p. 49.

间，引发回忆的原因是因为第二节中道出的“不理解遗忘”，所以要“回首乡关”。《慈航》里的许多小节可视为独立的喻体，如同电影拍摄中蒙太奇手法。诗人将相连或相叠的场景相互对照、穿插，达到比喻、象征的效果，其中又穿插不具情节性的描述，比如以“众神”为主题的第四小节，旨在赞美草原居民。如此，叙事和描述之间的关系就像文本和图像之间的关系、时间和空间之间的关系，其作用在于使情节推进和场景描绘相辅相成，叙事和抒情相辅相成[①]。“善恶角力”的故事的叙述由此完成，并在最后一节以展示莲花指这样颇具佛教隐喻色彩的场景升华“慈航”的含义，即在记忆的河流中航行，并在想象的乌托邦中获取形而上的爱。诗的末尾也与开篇呼应，每个小节组合起来便成为一个意义圆环。总之，《慈航》将地理元素、小说的叙事元素和诗歌的抒情功能巧妙融合，诗人站在叙事逻辑之外完成了一次隐秘而动人的叙述。

《山旅》中异彩纷呈的地理场景同样动人。诗的第二节，逃命的“我”与“林莽”“峭岩”等外在景物以及象征具体时间的“夜色”，构成相对完整的叙述，更是一副山野行进图。其中，“陶器作坊”与“我”构成诗歌场景中的近景，远景的搭建则交由雄奇的自然景物完成，雪峰、绝壁、黑河等景象被诗人注入博大胸臆后成为情感的象征物。于是，这一记忆空间中的冰冷的雨夜是惊心动魄的：

> 转瞬，冰凉的雨滴已是悄然袭来，
> 闪电的青光像是一条扭曲的银蛇，
> 从山中骑者那惊马的前蹄掠过
> 向河谷遁去。

但暴风雨过后是另一番景象：

① 沈天鸿：《现代诗学形式技巧30讲》，昆仑出版社，2005年，第98页。

高山的雪豹长嚎着
在深谷里出动了……黑河，在它脚下
唱一支粗犷的歌向北折去……

“黑河”是蜿蜒在青海省海北藏族自治州祁连县境内的一条河流，如原野牧人般粗犷，冲刷河中乱石向前奔腾。冬日气温低，河面结着厚厚的冰，雪豹横跨而过。这些掺杂了真实景象与艺术想象的场景储存在诗人的记忆里，通过“我记得”这一陈述语串联，任意“拼接”，构成一副融合情景记忆、形象记忆、语义记忆的地理卷轴，对应副标题中“山河”“人民”和“历史”。其中，“人民”这个具有政治色彩的词在诗歌中是为表现诗人的集体意识，而昌耀在集体记忆中融入个人化的物象、意象和处于特定地域的场景，使集体和自我达到巧妙的平衡，这样也超越了程式化的书写模式。

通感系统也在这一时期的诗作中发挥作用，丰富了记忆的意义。记忆中，“雪鸡”的白羽毛和红鸡冠使诗人想起野外的“白雪”和“野火”，继而想象出“火的温暖”。火对人类的记忆而言具有强大威力，象征人类隐秘心灵最深处的家园意识①。诗人用“火的温暖”强化自己对此地的归属感。他也从老牛的叫声里感受到归属感（《雪。土伯特。三个孩子之歌》）。在地理记忆中，虫鸣与月影的重叠（《山旅》）不仅是对听觉和视觉经验的组合，更为突出内心的直觉，直觉于现实境遇带给自己的紧迫感，突出了听觉层面“追捕的脚步”声和视觉层面的“幽光”（《大山的囚徒》），或从自然中悟到生命的含义，所以目视沉默的马会感动（《山旅》）。

昌耀对劳作经验的叙述则遵循线性逻辑。《山旅》是在特定的历史情境中生成，那山野夜色、点缀其间的炉火，冶炼厂的工人构成时代隐喻：

---

① ［法］巴什拉：《梦想的诗学》，刘自强译，生活·读书·新知三联书店，1996 年，第 241 页。

在青海农业开发史上的某一段，八宝农场被列入国家和地方政府进行农业规划的蓝图中。为把牧场建设为农田，这里积聚了来自全国各地的劳动者，其中就有“戴罪”的昌耀。炉火飘出碉堡，烟雾弥散了整个河谷①。因此其“寄存在这大山之后的记忆”属于一代人。之后他在诗中感慨着“黄金般的岁月”已逝，至今“唯独南天雪峰依然……”道出自己对地理记忆差异的辨识——记忆中的自然之物在时空中定格为符号；但人文之物，诸如飘摇的经幡、牛毛帐幕、黄铜祭器所象征的山野民族则在时空中变换形态，不断繁衍生息。

人们关于一个地方的记忆可以存在于遗址中，存在于族群带有鲜明文化特质的手势上，或呈现在一个地方的图片上②，亦可刻在诗句中。诗人的地理记忆不断将思乡之情发酵，使他回到西宁城区拥有了更为舒适、稳定的生活后，却强烈地思念着过往的荒原、孤旅，化作《乡愁》里的感叹。文学地理学视野下的记忆，既是诗人进行抒情的基本要素、艺术构思来源，也体现了青海在文本中被建构为充实的记忆空间的过程，既突出了地理特征，也具有强烈的人文属性、时代性。

二、“青藏高原的形体”时空艺术

时间和空间关系的历史产生了令人着迷的故事③。诗歌中的时空结构亦产生深邃博大的艺术效果和思想意蕴。1982 年 5 月，诗人从青海出发沿河西走廊走访陕西、甘肃、新疆等地，展开了对“乡途”（《在山谷：乡途》）溯古通今的时空想象，创作出以《所思：在西部高原》为开端联通《青藏高原的形体》系列的六首诗歌。在时间的维度上，诗歌囊括了从远

① 燎原：《昌耀评传最新修订版》，作家出版社，2016 年，第 163 页。

② ［美］Robert T. Tally Jr, *Topophrenia*: *Place*, *Narrative*, *and the Spatial Imagination*, Indiana: Indiana University Press, 2019, p. 52.

③ ［法］Bertrand Whestphal, *Geociticism*: *Real and Fictional Spaces*, Translated by Robert T. Jr. New York: Palgrave Macmillan 2011. p. 10.

古时代到夏朝、春秋战国时期、北魏，再到汉代、唐朝；在空间维度上，诗歌地理包括北方草原、雪域、沙漠、垦区、黄河干流，范围则从甘肃到西疆。时间和空间的任意组合，构成了雄奇、恢宏又充满意义的“西部”。

（一）在时间向度关注生命的意义

通过将不同时期的人物、事物、事件并置，昌耀笔下的“西部”串联起时间上的过去、现在和将来：历史上的西羌人及营地，吐蕃人及火种，吐谷浑人及水罐，蒙古骑士象征过去，与现在意义上的探空气球同时存在于一维的时间平面上（《青藏高原的形体之六》）；而现在意义上的“铁轨驰骋的街衢”，曾是“过去”周穆王西行驻跸、匈奴贵族牧马、汉时都尉屯田之处。被时间雕刻的宗教符号“卐”和“古碑刻”“汉五铢钱”（《旷原之野》）作为线性时间链条上某个阶段的对应物，让原本抽象的时间形象可感。

昌耀关注时间。他从部落的迁移、朝代的更迭中发现了运动的绝对性、历史的必然性、现实时间的线性，因为一切由时间统摄。他在行走中解码地域性知识——不同民族的文字符号、衣着文化等。处在时间场里的人却可以延长或缩短心理时间，既可以定位在某一瞬，也可以延长至无限，所谓“刹那已成永恒”即说明心理时间是自由的。同时，物理时间和心理时间的感知指向我们对自身所处位置的把握，诗人在想象的空间中也获得了博古通今的力量：

> 路的一端在迢远的荒古隐没，另一端伸向了旷茫无涯的未来
>
> ——黎明的高崖，有一驭夫朝向东方顶礼

关注时间本质上是关注生命①，因“生命敏感的区域：是时间”（《玉蜀黍：每日的迎神式》）。而如何在有限的时间内获得主体的永恒性，诗歌给出答案：拓荒者的勇武。昌耀从进化的人类史上获取拓荒精神，将其与

---

① 沈天鸿：《现代诗学形式技巧 30 讲》，昆仑出版社，2005 年，第 137 页。

民族精神联系，视作寻根的本质。“寻根”是20世纪80年代中期作家们共有的民族文化心理。“文化寻根”一词来源于小说，但新诗早一步涉及文化寻根的主题，旨在从历史文化中寻找强化心理的智慧，直面当下无所归依的困境。为此，作家们也用跋涉的行动支撑心理的寻根。

诗人们迎风行走的形象进入文学空间，成了意志行为的象征①。在1988年创作的《内陆高迥》一诗中，昌耀通过言说西部寻根者的形象言说自身。这一悲怆的旅行者形象无疑强化了昌耀诗歌的地域属性。此时，相比于因80年代中后期文化寻根热而开始深入西部的汉族作家，他已经以土著的身份与之展开对话。在找寻精神力量的路途上，西行者们从地方资源中汲取创作的养分。背井离乡，面对严峻的气候、复杂的地形地貌和生动的神话故事、深邃的历史文化，他们燃起对生命原始力量和意义的追寻。

在这里“寻根”是寻生存的根，当个体投向完全敞开的空间时，获得了充分的自由感，也于广阔的时空中咀嚼着孤独。他们也通过苦行僧式的实践，为无意义的生活注入意义。这既是对象征文化传承的时间的关注，也是对生命的关怀。久居西部的昌耀深知西行的寂寞，因此自称作“欢乐佛”，自觉灵魂的寂寞与他人相通。“欢乐佛”在《慈航》中语境里与“苦行僧”相对，指诗人在那个地方获得的愉快、亲密体验后的身份设定。《内陆高迥》中的“欢乐”也具有地方经验的意味，他人未必能够体会到昌耀曾经的快乐与归属感。

个体置身于沉寂、广阔的空间中，凸显了自身的渺小。他曾步行在前不见古人后不见来者的内陆，唯有目之所见的远山和沼泽陪伴，这正是为挑战命运、反击苦难做出反应。1998年敦煌文艺出版社出版的昌耀诗集封面名称《一个挑战者步行在上帝的沙盘》，便是诗人的反躬自视。而这场兴起于80年代的文化现象进入“西部”空间，也是昌耀对文坛的响应。他塑造的是作为生命现场的“西部”，干渴的西行者、望天豪饮的西行者

① ［法］加斯东·巴什拉：《水与梦》，顾嘉琛译，岳麓书社，2005年，第179页。

透过枯槁的城堡反观历史，在与自然的搏击，与历史的对照，与自然的融合中重生出征的勇气（《听候召唤：赶路》）。

（二）在空间向度获得个体的自由

静极——谁的叹嘘？
密西西比河此刻风雨，在那边攀缘而走。
地球这壁，一人无语独坐。

——斯人

《斯人》是昌耀创作风格转向的明显标志，也折射出诗人趋向无限、虚实相生[①]的空间观。诗人以极致的静境起笔，发出疑问："静极——谁的叹嘘"，其中"静"是为了"空"，诠释了中国传统美学中空纳万境的艺术造诣。诗人创造了一个看似无意义的、无限的空间，又以人的"叹嘘"打破空间之静，亦即打破无限宁静的平衡，使意义的天平向"叹嘘"蕴含的失落感倾斜；紧接着用"密西西比河此刻风雨"将时间空间化，意在突出空间之广；第三行的意味场景再一次让诗歌恢复了"静"的平衡，在空间上也与"地球那壁"的密西西比河对称，通过动静结合增强诗的结构平衡感。整首诗的意义正在这平衡的艺术中完成，"一人无语独坐"也是在柳宗元"万千孤独"的情感基础上融入了关注人类生存的现代诗学品质。

昌耀笔下的"西部"具有"宇宙性"[②]，即人处在宇宙之维中，时间中断意识扩张，这时思想贴近对世界原初的"梦想"——从心灵深处爆发的文学想象。它丰富了地域的"意义"[③]。对世界的原初想象是通过不断扩大的意识完成的，身处西部蛮荒的空间中，人向世界敞开，于是诗人发出

① 沈天鸿：《现代诗学形式技巧30讲》，昆仑出版社，2005年，第140－143页。

② ［法］加斯东·巴什拉：《梦想的诗学》，刘自强译，生活·读书·新知三联出版社，1996，第218页。

③ 陈本益、向天渊、唐健君：《西方现代文论与哲学》，重庆大学出版社，1999年，第205页。

“谁与我同享暮色的金黄然后一起退入月亮宝石”（《内陆高迥》）的疑问。而这也深深影响着许多诗人的时空转换式写作[①]。

“能空、能舍”才可“能深、能实”，艺术心灵中最幽深、悲壮的表现[②]，亦增强了诗境的宏阔。在技法上通过融合外部视角和内部视角，搭建意象之间的意义结构，使抒情主体在与西部风物合二为一，也增强自己对“西部”的情感连接。因此昌耀如同一架勘测机器测绘土地、岩石等一切外物的形态，并自觉成为物，通过呈现他们的地理特性增强对物理空间的感观力，“一切可被理解。一切可被感应”（《旷原之野》）。此外，诗人在忘我的状态下完成对现实古迹的凝视，这有助于超越对物质本身的把握而进入超然的精神境界，于是凝视古迹可听到“祁连山的悸动”，听到灵“魂的清唱”，它们超越了时空限制，“直为百代永存”（《忘形之美：霍去病墓西汉古石刻》）。

虚拟空间和现实空间并行、重叠、交错构成意念之境，在昌耀80年代的诗歌中较为常见。为期近两年的跋涉，诗人不断地塑造着时空交错的“西部”，以唤醒自己身处故土时的灵感。因此，其笔下身处城市的牧人透过现实看到熟悉的草原之景，他们“以多路纵队在大街与机动车群比肩而行”却“听不懂——‘小鸭牌双缸洗衣机到货！’”为指向的现实，现实场景又与“听到了故乡的河床在身后摇曳”（《青藏高原形体》之二）为指向的虚拟场景重叠，突出了“西部”空间的主观性[③]。而这是通过抒情主体的意念完成，在诗的表述中以“听到”这样的动作为标志，从实中探虚、以实观虚。昌耀还透过现实里歌剧院前庭的女性形象强化空间的虚构性，女性形象和“曾经播种的土地”（《青藏高原形体》之三）具有相同孕育的属性，而诗人对声音的捕捉昭示它只为虚境，“雷霆”“土地的苏醒”“我的心悸”均源自意念。

---

① 甘建华：《昌耀在丹噶尔古城》，《散文百家》2017年第9期。

② 宗白华：《论文艺的空灵与充实》，上海人民出版社，2005年，第51页。

③ 梅新林、葛永海：《文学地理学原理（上卷）》，中国社会科学出版社，2018年，第423页。

心灵的声音贯穿《青藏高原形体》系列诗歌。诗人用声音贯通了空间的实与虚：实是民间传统节日里人群舞动的场景发出的声音，虚是诗人内心的声音——画壁上传出的狩猎号角声。诗人转而又将思绪转入现实空间对九间殿内情景产生玄思，藏传佛教跳舞仪式的特征是以“蹩蹩足音起落”的声音形式呈现。与近处实境里的足音相对比的是虚境里空山男女的杂沓足音，一近一远遥相呼应，虚实相伴。这就是诗人寻求的“音乐感觉”，而诗歌空间就是填充诗意的容器（《我的诗学观》）。

诗歌的时空美学为作品赋予深远的历史感、辽阔的宇宙感和深邃的境界[①]。昌耀诗歌中时空关系由意象结构完成，意象相互作用产生意义就是深邃的诗境，以响应深广的心理时空[②]。于是，诗歌里的人类在夜晚看到两百亿光年之外的星和某时某日铁道边扬起煤屑的妇人虽处于不同的时间和空间中，却因诗人的想象而有了交集：

此夜，宇宙格外的明。说——
二百亿光年之外有颗独燃的星。
但我忘不了铁道边，那个从落烟
簸扬煤屑的妇人，
弯起的双臂
像依依的柳

——腾格里沙漠的树

“此夜”“宇宙”“两百亿光年”“星”“铁道”“妇人”指向具体的时间和空间，其中夜晚与宇宙的距离，两百亿光年与星的距离，铁道与妇人的距离构成特定的物理时空，而夜晚与妇人、宇宙与铁道、两百亿光年和此夜构成了心理时空。昌耀巧妙地将其组合在一起构成一个现实时空和心

① 李元洛：《诗美学》，人民文学出版社，2016 年，第 293 页。
② 姜耕玉：《新诗与汉语智慧》，东南大学出版社，2013 年，第 44 页。

理时空交错的“意义场”，不仅增强了诗歌时空的广延性，也将意义主旨置于这纵横交错的时空关系中：从此时在此地生发出对于宇宙幻境的想象，和对记忆中由老妇人构成的温馨场景的怀念，且意义重点在于后者，即表达令自己难以忘怀的是记忆中的人、事。

“青藏高原的形体”六首诗在三个月内一气呵成，是昌耀的时代宣言。作为青海经验的延续，其视野又比青海开阔，境界更深远、宏大。这正是通过时空交错的艺术构建的“西部”空间，内含诗人对历史、生命、空间的关注。然而在1993年写成的《意义空白》一诗中，诗人将诗歌中的时空压缩使“千古人物在一个平面演示一台共时戏剧”。作为其话语状态转向后构造心灵空间的倾向，时空压缩往往伴随诗歌地理要素的减少直至缺失。

三、“西部”诗艺与精神的创造性转化

文学语境中的“西部”，是融合文学、文化、地域意义的综合性概念。其艺术风貌从古演变至今，经历了古典边塞诗、现代西北抗战诗、“新边塞诗”、“西部”诗几个主要阶段。尤其是在文艺争鸣的80年代初，杨牧接力周政保命名的“新边塞诗派”，进行了更为详尽的论述。他强调此派创作中“新”的时代气息，“新”的社会节奏，“新”的思想意象，“新”的艺术手法①。彼时，有关西部的诗歌在精神一致性的统摄下，又呈现出个性化的美学特征②。

这一时期，“新边塞诗群”的创作具有承上启下的作用，后逐渐融入“西部”诗行列，使当代“西部”诗拓展为更丰富的概念，比如提出“西部氛围”的林染，以自觉的西部意识透视东方民族的文化心理及当代意识③。整体来看，“新边塞诗群”的创作及“西部”诗以广阔的西北土地、

① 姜红伟：《“新边塞诗派”崛起的来龙去脉》，中国作家网2022年3月24日。

② 李震：《当代西部诗潮论》，西安出版社，2017年，第17页。

③ 林染：《林染抒情诗选》，青海人民出版社，1988年，第229页。

边塞生活为背景，通过现实主义手法或象征主义手法描绘西部，歌颂抗战精神，弘扬抗战力量，或者挖掘西部蓬勃的生命力，回望历史，放逐想象。

昌耀也视大西北山川风物和独特的历史为宝贵的创作灵感，因此其笔下的“西部”具有宏阔的历史感与空间感。但他认为诗歌亦可超越地域、时空、民俗的限制，以至于人种差异的外在障碍都将变得不那么重要（《我们仍是泥土的动物》)。这是诗人于1996年参与四川举办的“中国·西岭雪山诗会”后的思考。他强调人类生存的乡土性，也强调以超越的姿态挖掘诗歌纯粹的精神价值。通过隐喻的笔法，昌耀使西部风物成为内在心理危机的象征物，又打破诗歌的空间语法顺承内心的失序，或拉长诗歌的声音表达“现代”情感，或通过语言的冲动增强语感，在语言的层面抵达存在。因此，地理要素的缺失并非脱离真实地理，而是在诗歌中内化地方精神，表达超越地域的生命观、生存观，实现精神的突围。

（一）精神突围的方式：将危机与信仰客体化

将内在危机以隐喻的方式客体化①，是昌耀精神突围的方式。他编织了诸多梦境，诸如《黎明中的书案》《她》《悒郁的生命排练》。这些梦境将原本抽象的概念转化为形象可感的画面。梦境中爱人与“我”的对话揭示了诗人在现实中的情感危机、无家可归的处境，以及出版诗集受阻、与诗坛产生龃龉的现状，所以他要继续攀登，愈接近山峰愈能达成舍生取义式的人生突破，而这正是“每一生命都为着自己的存在而尝试可能的生存选择”(《悒郁的生命排练》)。

同样以赶路为主题的《听候召唤：赶路》则意象纷呈：

我遥望红色海流不断升起来的暗影依时序幻化流变渐远如
我们无闻的岛屿，如村烟纷扬零落……

---

① 张枣：《现代性的追寻》，亚思明译，四川文艺出版社，2020年，第55页。

隐喻的笔法将自己的创作困境、生存焦虑、欲寻精神突围的急切赋予西北风物和特定群体，那些在太阳沉落时仍坚持赶路的人，是诗坛上某一类诗人群像，太阳的涌动意味创作冲动的涌现，诗人以坚定的语气道出自己重整旗鼓的勇气，实为跨越磨难后的精神宣言。《燔祭》中有这样具有隐喻性的场面：象征原罪的蛇与正义之火博弈，意为必然的考验。为此，身体要经受不断的“烘烤”以至于衰老。核心意象“火”既指向“流放”时炼钢铁产生的极端体感，也意为思想的煎熬与痛苦，诗人谓之“承受酷刑”（《烘烤》）。他将自身视为献祭的羔羊，具有必须体验痛苦的决绝，因此生命的苦难具有了殉道意味。但此处的“道”是与真理有关的信仰，具有“天降大任于斯人”的必然意味。这也是独属于一代人的精神仪式，昌耀在对抗痛苦中强化了自己的精神力量，将痛苦转化为精神的超拔：“屈辱诸多。进退维谷。唯大智无言……”（《螺髻》）在直面痛苦的过程中，获得了自我解脱的快意（《近在天堂的入口处》）。

回归到青海省文联后，昌耀的创作思想明显出现了类似于宗教的“燔祭”元素，对应了他所处外在环境和心境的变化。诗人认为中西方宗教凝聚了善的力量，可影响人的善行①。因此西部寻根者的行为就是献身于自身信仰，通过“宗教祭仪”（《内陆高迴》），增强面对新生活，守护诗歌阵地的动力。这里的“西部”已经超越了具体的地域限制，是融合了自然之本、人性之善与时代精神的开放空间。

写诗也是精神“燔祭”的一种。昌耀将诗歌视为高尚情思寄托的容器，“是美的召唤、品尝或献与”（《酒杯·命运之书》）。这种精神则具化为诗歌中的旃檀树（《古本尖乔鲁沙尔》）意象、慈航意象、金箔意象。此外，昌耀诗歌中的“玛哈噶拉”是佛教语境下强力意志的象征，昌耀视其为善的本体。玛哈噶拉面具是宗教意义上故土、家园的符号，人凝视它的这一行为就是寻求与藏族文化的勾连，想象中佛教之神诵念咒语的声音就是地方的声

① 张晓颖：《摘掉荆冠他从荒原踏来诗人昌耀访谈录》，收入董生龙主编《阵痛的灵魂》，青海人民出版社，2000 年，第 127 页。

音，强力意志的召唤使诗人“陶醉”并开始了精神上的又一次寻乡。

《图像仪式》则是为了印证“语言溃不成军”时诗人如何处理意在言外的精神特质。其中，太阳、月亮、冰、火这类宇宙元素在文本中交叉出现，是支撑文本意义结构的核心意象，亦是诗歌中景和幻象联结的基础。通感的手法再一次运用在此处：“冰湖坼裂的叹息”源自听觉系统，“一种拥抱”源自触觉系统，“一种火的颤栗”则同属于感觉系统，但又不同于其时经验世界中的体验，而是精神世界里的“超验感知”（《91 年残稿》）。诗人道出“冰湖坼裂”的最终意义——“只有体会了极致的快意和痛苦之后才得以享有这份存在主义意义上的庄重”。这是诗意象意在言外的触发体验①。

在 20 世纪的现代诗歌中，将存在与语言关联是其特征之一②。昌耀作于 90 年代的梦境之诗如鲁迅的《野草》，是元诗构思。昌耀将话语状态作为存在的标志，这样言说生命的状态：

一种话语，生命稀释的酒精
就在意识的最为郁闭的深境自燃……
常常，话语像灯的状态却是一种苦闷

——话语状态

存在的焦虑以话语的形式强行涌入精神空间，并试图搅乱原本平和的话语状态，以表现精神的迷乱、孤独。通过提取物质性语言纯粹的语义，昌耀使诗歌中的幻象和景象成了精神性的象征，承载着他求索意义（《意义的求索》）和寻找精神家园（《91 年残稿》）的目的。这与《野草》中的言语困境相通的体验，既出于昌耀对《野草》语言与思想深刻隽永的趋向，也暗合了不同时代诗人对文学现代性追寻的逻辑。昌耀在 1987 年所作

① ［法］加斯东·巴什拉：《空间诗学》，龚卓军、王静慧译，世界图书出版公司，2017 年，第 14 页。

② 张枣：《现代性的追寻》，亚思明译，四川文艺出版社，2020 年，第 80 页。

的《诗的礼赞》一文中谈到了艺术抽象的问题，认为它与“现代感”和“意识的觉醒”达成默契。这为其之后在创作中追求诗化的抽象、音乐的感觉以及对生命的言说埋下了伏笔。因此地理要素在隐秘的、现代的诗性空间中逐渐缺失，是诗人向内心开掘精神资源的一种表现，诗歌语言空间被破坏、被压缩意味生存的破坏、压缩，两者互为证明①。

（二）抒发情感的需要：声音拉长与语言冲动

构造诗歌的形式旨在构造形而上的精神空间。以1986年创作的《内心激情：光与影的剪辑》为隐性标志，诗人向“意识最为郁闭的深境”（《话语状态》）前行，因此越来越频繁的散文化句子也是一种新的尝试，有别于以往的“西部”诗。

散文化的创作并不遵循诗歌语言的空间语法，即打破能指形式中音韵、音节等，和所指形式中语段、语义等诸要素构成的应和体系②，是诗人为了表达情感而“勿为形役”的尝试（《〈纪伯伦的小鸟〉——为〈散文诗报〉创刊两周年而作》）。换言之，他在后期创作的诗歌中将声音拉长，以多重声音交织等方式达到抒发情感，凸显意义的需要，是另一种不遵循语言能指与所指规则的空间语法。

诗歌中不停顿的句子可以延长发声气息，产生相应的情感效果③。诗人在90年代的部分创作就是通过长句子拉长发声气息，以表达听见心灵之声的神圣感、神秘感：

啊，我感觉那是天堂里的艺术家按照一种独出心裁的构思，将一摞白瓷盘三三两两疏朗有致地摔碎在玉石大厅从而伴生的音质样本

---

① ［英］安格哈拉德·桑德斯：《文学地理学：重构关联》，《世界文学评论（高教版）》2016年第1期。

② 姜永琢、李心释：《论诗歌语言的空间属性及“语法”表现》，《南京理工大学学报（社会科学版）》2019年第1期。

③ ［美］海伦·文德勒：《打破风格》，李博婷译，广西人民出版社，2020年，第96页。

1个短促的“啊”承接其后不停顿的23个字，层层递进，最后通过31个字一气呵成，酣畅淋漓。尤其是这31个字中由“三两”“疏朗”“摔碎”一声和三声音调达成发音的和谐，模拟出瓷盘轻轻落在地上的声音。此外，长句穿插短句则又在换气之间顺应描述象征空间的需要：

无尽的深巷，绿苔斑驳的泥墙一如夹峙其间的绿苔斑驳的土路……
无尽的深巷，而且是窄窄的。

——深巷·轩车宝马·伤逝

站在深巷口向里望去，诗人用21个字组成的诗句表现“深巷”的纵深感，在缓慢的节奏、拉长的音节中，娓娓道来自己身处巷口时的身心感受。然而，这深巷窄得只能容一人走过，跳行的短句猝然打破深巷的幽深感，在换气时为之后的议论做好形式与内容的铺垫。拖长的声音也可以表达纷繁思绪或暗示思想消沉。从诗歌形式的层面来看，昌耀比之同时代的西部诗人，探索出更多元的抒情形式。

拉长的声音也出于语言的冲动①，情绪如悬崖上的瀑布奔流直下。且看《听候召唤：赶路》中的19个“啊”横亘在诗行，表现了搏击的生命样态：

啊啊啊啊啊啊啊啊啊啊啊啊啊啊啊啊啊啊啊
北去的白鹤在望月的络腮胡须如此编队远征

以张大嘴巴的姿势发出“啊”声，向天空呼号，语言的冲动就是原始诗意的冲动（《诗的礼赞》）。这是诗人对语言的感受力，暗合了80年代

① ［法］加斯东·巴什拉：《空间诗学》，龚卓军、王静慧译，世界图书出版公司，2017年，第14页。

“第三代诗人”所追求的通过语言抵达存在的目的①。

昌耀后期的创作中也存在“元诗”倾向。在言说中，诗人与语言之间既相互拉扯又彼此融合②。正如鲁迅在《野草·秋叶》里设置三种声音以突破自己的语言困境，昌耀也运用抒情与叙事两种声音交织的言说策略，指涉自身从失语到开启新的言说过程。《地底如歌如哦三圣者》一诗以和缓的语气描述身体随乐曲节奏摆动着的青年盲人和体魄高大、背影坚毅的独脚老人，而男孩跑过，口呼“呜呜”的急促声音加快了叙述节奏。他们构成了一场绝对、充实、具体的事件，构成了不可分割的存在。当“我”从三人之间穿过，自我意识被唤醒，抒情的声音缓缓道出“我遂着意停留片刻：缱绻于忧怀”。此时，三人的状态便成为元诗意义上的话语状态，用以指涉诗人与现世相互依存的关系。“元诗”这个概念指诗人用诗的主题、内容等象征艺术探索的过程，《地底如歌如哦三圣者》就是将艺术探索的三种途径、三种精神状态比作三种状态的人。

在《感受白色羊的一刻》中，“我”的声音与叙述的声音汇聚成美妙的旋律，诗的最后一节用孤独的白色羊的惊叫指涉此时的思维方式：“正体悟一场既定的历险。”他说出“你是一只信守沉思的白色羊”，也是在挖掘自己存在的意义。诗人并不强调人的物质特性，而着重于表现人极强的感受力，比如感受羊在那一时刻的状态，感受江水给予诗人张扬的生命体验，甚至是一种恐怖的力量（《荒江之听》）；哪怕是一片折叠的金箔，将其夹在手指间摩擦发出的声音亦能引发智性思维（《折叠金箔》）。这种“绝对内在的感觉”③ 就是抒情的声音，与叙述者的声音和“我”的意识交织，成为昌耀寻找新的话语模式之后的突破。

（三）三重人格的辨认：塑造三个“我”

直面“悖论式的生存实际”（《91 年残稿》），也是创造性转化“西

① 翟月琴：《20 世纪 80 年代以来汉语新诗的声音研究》，社会科学出版社，2018 年，第 117 页。

② 张枣：《现代性的追寻》，亚思明译，四川文艺出版社，2020 年，第 80 页。

③ 张伟栋：《论昌耀后期诗歌的“白色书写”》，《文艺争鸣》2021 年第 3 期。

部”诗歌精神的一个方面。在同时代的“西部”诗中，抒情“我”与诗人多位一体，但昌耀创造性地在诗歌里设置了三个“我”：本我、自我和超我，对应三重人格：受本能欲望驱使的人格、压制欲望与接受现实规则的人格；遵从内在的道德与良知，努力实现人生理想的人格。三者在诗里又各具形象，本我是以影子的形式存在，拥有“躯干黑棕榈般端庄”的形象（《影子与我》）。它是诗人的真实面貌，在现实中经历一切，做出无意识的行为。与本我相对的是作为自我的“我”，也就是文本中的抒情主体，具有主体意识。《影子与我》一诗表明，只有自我才能辨认本我，也象征着意识对无意识的观察和警示。《非我》中，人在影子中行进，本我与自我既靠近又疏离，除了抒情主体的“我”，无人察觉到影子的存在，这是对自我辨认本我的隐喻。而超我，是诗人精神超脱后的心理状态，具有“玻璃人体”的“异我”形象（《燔祭》）。

在本我、自我与超我之外，昌耀又塑造了“他”，也是诗人的本我。所以昌耀诗中存在着多重视角，通过自我对本我的观察、对话，增强了艺术表现力的同时，也间接地凸显了物质与精神的融合，《慈航》就是典型的自我和本我双重交织的一首诗。在这首回忆地方经验的诗中，诗人以全知全能的视角向读者讲述“本我”在荒原中的经历，再以自我的身份领悟出善恶角力的真理。值得注意的是，这首诗与此前《影子与我》类似，存在主体分裂的情况——诗人自我辨认出本我，并将自己对于人生快乐和圆满的追寻交给本我实现，自我则殉道般地做出兰花指。“兰花指”原是古代男子的手势，用以显示自身的男子气概。但在这首诗的语境里，它具有佛教中禅修的隐喻，即通过精神的磨炼以获得内心的宁静。这里的“苦行僧”“欢乐佛”并非宗教意义上的身份，而是诗人“自我”对“本我”的身份所指——人在历经磨难后获得了精神的升华，一种大慈大悲的参悟。所以昌耀将接纳本我和自我的地方喻为“极乐界”——一个没有苦痛的地方，表现出渴望心灵安定的强烈意愿。此诗中充斥着类似于佛教的元素，正是昌耀从中获取精神力量后的变化。“彼岸”在佛教中意为超脱生死的境界，顺应着这首诗的主题“慈航”：人驾一叶孤舟在浩渺的人生之海中前行，他最重要抵达的终点是精神的超拔。

诗人强化了超我的人格力量，于是将写作与死亡视作生命的整体。《悬棺与随想》不仅将死亡诗作压力，也是张望、义务、默契。由悬棺引发的思考，与现实中自己正经历的病痛呼应。昌耀称死亡为人生最隆重的一环，直陈不惧怕死亡，反而将自己与渴望生命长久的“你们”区分开来。“压榨自己”是人在走向死亡的终点前的精神进击，所以死亡是“安详、无虑、无畏”的（《迷津的意味》）。而在《僧人》中，那个自喻的僧人从肉体的痛苦和道德的鞭挞中体会着向死而生的“被抽筋似的快意”（《僧人》），也是出自抒情主体的本意。昌耀称其一生写就的诗歌为生命跋涉的足迹，写诗是生存的一种方式，而死等同于生（《20 世纪行将结束》）。诗人对死亡的论述也侧面揭示了自己的生命观——“从生到死充满了苦斗精神”（《答记者张晓颖问》）。在青海获得的敏锐感受力，使昌耀善于从现实境地中感受世间万物搏动，并由此领悟，有关死亡的书写就是在这种情境下形成的。在这个意义上，将死亡的被动性与写作的主动性合起来构成完整的诗意人生，是昌耀对地方精神的转化。正如与雄鹰雪豹为伍的游牧民族、高原居民，昌耀在诗途的跋涉中完成了一次次艺术和精神的突围。其人生经历与诗创作交织而成的精神充实了中国诗人的精神谱系。

但在文坛，昌耀没有强调自己诗歌的地域性，也未自称是“新边塞诗派”中的一员。这与他刻意保持和诗人群体或远或近的关系有关，也源于其创作观念，即借助诗歌超脱人生（《诗的礼赞》）。因此他对西部地域、西部诗人群体的关注和对现代生活情状的隐喻性诉说，超越了以往“西部”诗的视野。他在后期创作中融合传统与现代、集体与自我的悖论式要素，为诗歌赋予了更丰富的思想内涵。此外，他的某种“元诗”倾向也突出了“西部”诗的“现代”特征。对此，有的研究者提出这一“现代”特质中的地理要素缺失是否会导致诗歌丧失地方感，从而与华夏大地失去实质交融，缺乏诗意连接[①]。然而跳出地域书写的框架，可以扩大诗歌的格局，贴近人类共通的精神。构造形而上的精神空间，不仅是“非地方”或者“类地方”[②] 的艺术面貌，也诠释了一个诗人的使命与格局。

① 汪树东：《地方感的丧失与重建——论当代生态诗歌对于新诗的建设意义》，《汉江论坛》2021 年第 1 期。

② 朱军：《“地方”终结了吗：空间理论的辩证思考》，《文艺理论研究》2020 年第 3 期。

在平民世界采撷诗意的浪花

——张新泉诗歌平民化风格的建构策略

□古姗　蒋登科①

内容摘要：在中国当代诗坛，张新泉是一位有着鲜明风格的诗人。他致力于表达当今的民间声音，书写普通百姓的日常生活，表达对外界的思索与体察，流露对当今普通人的生存状态和命运的关注。他习惯于凝视尘世里容易被人忽视的细枝末节，把“低处”当作自己的籍贯，心甘情愿地“在低处歌唱”。基于此，张新泉完成了一系列平民人物造像，在很大程度上丰富了中国当代诗坛平民人物肖像的大画廊。张新泉对普通平民的描摹有力地拉近了诗歌与受众之间的距离，对这些生动鲜活的人物形象及其内部精神图像的把握和刻画成为张新泉诗歌的一大特色。诗歌题材与书写对象的选择在构建其平民化诗歌风格上大有助益，并成为张新泉建构其诗歌平民化风格的重要策略。

关键词：张新泉诗歌；平民化；平民意识

① 古姗（1996－），女，重庆人，2022年硕士毕业于西南大学中国新诗研究所，现为重庆市江北区江北嘴实验学校教师。蒋登科（1965－），男，四川巴中人，西南大学中国新诗研究所教授，主要研究方向为中国现代诗学。

张新泉的成长之路在很大程度上影响甚至决定了他的诗歌风格，决定了其诗歌的笔触总是落在低处的人生世相和寻常生活的褶皱之中。他习惯于凝视尘世容易被人忽视的细枝末节，把“低处”当作自己的籍贯，心甘情愿地“在低处歌唱”，让自己的声音扎实地从生活的地表浮出。“平民文学现实感强烈，饮食男女、世俗生活及情感是平民化文学最乐于表现的内容。”① 以诗歌文本的内蕴观之，平民化诗歌着重表现外部的、现实的和普遍的事物，其与贵族化诗歌中惯常所见的内隐的、个人的和超越的世界大相径庭。于平民化风格的诗歌而言，创作题材上对平民生活的青睐是必由之路，同时在这条路径上应当侧重关注平民的生活及情感。此处，个人的、主观的情感被大幅度地隐去，他者的状态得以显现，这可以算作“平民化”诗歌与其他诗歌较大的不同之处。当诗人不再将自身作为剖白的主要对象之时，选择哪些内容作为入诗的题材及书写的对象是其面临的首要问题，而描写内容的最终选定则在一定程度上取决于诗人的生活经历、审美取向和情感倾向等因素。

一、“在低处歌唱”：寻常题材中的诗意

张新泉诗歌中鲜明的“在低处歌唱”的态度映射着他的诗学理念，暗示着其诗歌风格的走向，并传递着用诗歌表达自身“平民化”风格的诉求。将张新泉的诗歌与他的家庭、经历和个性及才情互为参照，不难发现创作内容的选择在其诗歌风格的构建方面占据的重要性。张新泉的生存经验及其内心对平民的亲近，决定了他的诗歌的笔触总是落在低处的人生世相和寻常生活的褶皱中，他习惯于凝视尘世里容易被人忽视的细枝末节，把“低处”当作自己的籍贯，心甘情愿地“在低处歌唱”②，让自己的声音扎实地从生活地表浮出。

---

① 查振科：《论现代诗歌的贵族化与平民化》，《社会科学辑刊》2009 年第 2 期。

② 张新泉：《张新泉诗选》，四川文艺出版社，2002 年，第 155 页。

然而，这并非意味着张新泉的诗歌仅仅是依靠取材于日常情景、为平民人物塑像而得以与读者亲近，其诗歌中非常重要的内容在于他由这些具体的场景和情节生发出的思考，思想的注入使之避免了粘黏于现实表面的肤浅。本章从张新泉诗歌内容出发，讨论其诗歌如何习惯于在寻常生活中选择题材，并通过诗人的诗心和诗技将生活中平常得难以引人注意的题材点化成诗意的句子，又如何通过塑造各色普通人形象来表现对生活、对社会、对生命的体验与思考。

（一）亲切之物的扣动

诗歌的“平民化”有多种指向，可以指读者是平民的诗歌，可以指诗人是平民的诗歌，还可以指作品方面与平民有某种关联的诗歌。对不同义项的选择将带来对问题的不同理解，最终呈现研究过程的差异和讨论侧重点的不同，由前文所述可见本文所指的“平民化”风格中囊括了多种指向。需要注意的是，不同的指向之间并非泾渭分明互不相关，反而在诸多角度呈现出犬牙差互的现象，但在彼此的交叉之中仍旧有所倾斜，文章侧重分析诗歌作品方面与平民产生关联的特征，它包含对作品题材、主题、语言等方面的辨析。本节以诗歌题材为中心，结合张新泉诗歌文本探究其诗歌题材与平民化风格二者之间的联系。

对尘世生活中寻常事物的把握和书写构成了张新泉诗歌中的鲜明特征之一。就题材上来说，张新泉的诗笔触碰到了普通平民生活的诸多角落，这些十分具有生活烟火气息的题材是普通平民日常的生活状态，是普通读者最熟悉最倍感亲切的事物。诗歌应当“关心小人物的命运，关怀社会底层。他们是大多数，他们将最终代表这个国家的物质文化水平”①。张新泉在由自身生活经历锻造而成的审美观念和诗学理念的指引下，在由小人物汇聚织就的生活的网中选择创作题材，并在对这些题材进行思考与书写的过程中传递出民间的生存暖意和平民精神，折射出个人的哲思和智性，这对其诗歌整体的平民化风格的建构有着不容忽视的重要作用。

---

① 红松：《2001年中国诗歌年鉴》，海风出版社，2002年，第61页。

以《烤薯店》为例：

食客几乎全是打工的
店外北风胜飕飕
店内热气弥漫
中间一个大烤炉
烤薯，也烤各地方言
………
我想我注定是民间的土著
离沟垄最近
离宴席很远①

在大多数人眼中，街角处寻常的烤薯店恐怕不大能够引发诗兴，甚至很难被人注意。然而在张新泉的眼中和笔下，这是一处流溢着温暖、充满着亲切的存在，诗中的烤薯店不再仅仅是一间寻常的烤红薯的店铺，它在此时被赋予了一种象征意义，象征着民间简朴平淡生活中的安适感。在这种安适感的笼罩之下，带着“各地方言”远道而来聚合在此的人们得以暂时忘却俗世的纷扰和等级的差别，恼人的是非利弊和令人疲倦的虚假面具都在“烤薯店”的腾腾热气之中消散开去，人似乎返璞到了平平淡淡的本真状态。对于久处都市浮嚣樊笼而深感厌倦疲累的人而言，在生活的荒原或寒冬中遇到这样一间生机蓬勃热气弥漫的“烤薯店”，无疑是一份莫大的惊喜。诗歌最末一节中“我想我注定是民间的土著/离沟垄最近/离宴席很远”犹能见出诗人对民间事物的亲近，其间流溢出一种平实的心境和超逸的情致，与田园隐士陶渊明的“采菊东南下，悠然见南山”在意味上有着跨越时空的相通之处。

在《朋友》中，难得的一个朋友相聚把酒言欢的夜晚，兴尽之后，杯

① 张新泉：《张新泉诗选》，四川文艺出版社，2002年，第218页。

盘狼藉之后，各自分散，各自跌跌撞撞地回家，留下“孤独的朋友在旅舍”。浸泡在社会中愈久，浮沉在生活中愈久，就离曾经和友人通宵达旦“善意的挖苦和攻击”“唱快乐或者忧伤的歌”的日子愈远。身体与精神在这逐渐远离朋友、远离过去、远离激情与热力的过程中步步溃退，而这溃退的姿势便昭示着多数人面对生活这张巨大的网时的无奈。张新泉懂得奔波求活者的疲累，亦懂得如何为其送上体贴适宜的抚慰。

另有《代你扫墓》①，这首诗的题材的选取较为独特，却并非罕见。清明节为逝去的亲人扫墓属于司空见惯的一类事物。随着生活节奏的加速，生活的状态变得紧张忙碌，但这些忙碌并不全是被迫背负，而是人们在自觉与不自觉中丢失了辨别方向、辨别孰轻孰重的能力而陷入了忙碌的假象与无意义。清明节原本是专门追思已逝亲人的重要日子，在这一天为离开人世的亲人扫墓是沟通此岸与彼岸的传统方式，但眼下，人们忙着应聘，忙着应酬，忙着算计，忙着攀附，为着滚滚的物欲而成了随波逐流者。仿佛所有人都在忙，忙得抽不开身，忙得忘乎所以，乃至在清明节时花钱雇人办理扫墓事宜，专门的对接服务也由此诞生，“代你扫墓，代你置烛烧香/代你感恩，代你嚎啕痛哭/代你把不能前来的缘由/表达得感人肺腑”，诗人的陈述式笔调看似客观冷静，内里实则有波涛暗涌。诗作最后一节：“你问收费标准？/洒一滴泪，十二元/磕一个头，三十五/（一切以录像为主）/我是这家的经理/免贵姓处，处子的处”。初读之下不禁一笑，待定睛回神却感慨丛生：一切都在飞速的前进，我们的身体与心灵几乎不曾停歇地在前进的齿轮中奔忙，以至于在追逐的路途中常常忘却了低头看看自己的内心——这于每个人而言最为贵重的东西。俗世中的金钱、名利、权力……日渐占据“鸢飞戾天者”与“经纶世务者”的精神，而将原本应当坚守的纯真、良善、平和……驱逐出境。张新泉在这类诗歌中从小处着手，从平凡的题材切入，在看似平淡的事物与平静的叙述中熔铸精巧的哲思。从这个角度来看，张新泉诗歌的“平民化”与所谓的诗歌的“贵族

① 张新泉：《张新泉诗选》，中国青年出版社，2018年，第141页。

化”殊途同归，有着异曲同工之妙。

“由于长期生活、劳动在民间，是社会中最平凡的一员，因而喜怒哀乐都贴近普通百姓……那些具体的形而下的现实生活不但没有局限我思考的深度和广度，反而为我的诗歌写作注入了鲜活、结实、朴素的潜质。”①早期的生活经验不仅没有限制张新泉的视野，反而令他浸染在鲜活的现实之中，与形而下的现实生息与共。他善于关注、捕捉生活中诸如此类的寻常场景、事件和人物，更善于从中生发联想和哲思，二者结合的效果好比一家店铺同时拥有足够吸引眼球的橱窗，橱窗的布置令人驻足，店内上乘的货品则使驻足者流连忘返。其间所呈现的不是最易被认为是平民化风格的两种倾向——低俗化、粗鄙化和日常化、生活化，而是真正写平民生活，真正表现平民化的内蕴。将诗歌的平民化风格引入低俗与粗鄙的领域透露出对平民的轻视，同时也是对“平民化”的误读。日常化与生活化在表面浮荡着平民化的气息，内里却显露着以自我为中心的倾向，在面对情感和对现实的关怀时显出淡漠的神色。张新泉的诗笔钟爱于寻常巷陌以及此处的生活，他选取人们生活中的亲切之物时而深入其间，时而驻足旁观细心打量，亲身经历令他熟悉“低处”的生活状态，亦能够懂得其中的精神，故诗歌的表现鲜活而生动，题材的精准捕捉与诗思的融合共同构建了张新泉的诗歌平民化风格的景观，摇曳着真实且扣动人心的光芒。

（二）自然之声的摇撼

“在中国当代诗坛，平民知识分子的诗人并不少，但像张新泉这样，对当今平民百姓注重的‘小事’与个人体察，作深广的反映、表现，能使读者觉其所写决不止于琐碎、细小，并产生深刻印象的其他诗人，我们还不曾一见。”② 张新泉用普通人生活中的琐屑小事作为创作的题材，并从中生发感慨，令读者印象深刻，但事实证明，他的目光与诗笔并不局限于对尘世生活的探索与体察，他那充满温情又不乏冷峻的眼神既打量着人与人

---

① 张新泉、陶佳桂：《行吟在民间》，《晚霞》2007 年第 23 期。

② 袁仕萍：《论张新泉 20 世纪 90 年代诗歌的平民情怀》，《襄樊学院学报》2007 年第 6 期。

的世界，又为自然界的生灵所吸引，窗前的飞鸟、闹市中被贩卖的老狗、树下凋零的落叶，等等，都进入张新泉的眼中，撩动诗人的思绪。

“那只站在阳台栏杆上的鸟/在黄昏，它向我倾诉/心中的伤痛和牵挂”①，有人能听懂飞鸟的语言吗？大概还没有人掌握这样的技能，诗人也不能。可张新泉就在一天下午的窗前遇到了一只叽叽喳喳，样子很急切的鸟儿，诗人是柔情的，即便听不懂鸟儿的话却仍旧认真地倾听认真地猜想，并告诉它之前他救下的受伤的小鸟已被另一只鸟带着往东边飞了。这是一种人与飞鸟、人与自然的和谐。但随即发现，诗人的意旨并不仅在于此，报缝里的寻人启事令诗人恍然大悟的同时又惴惴不安，原来下午在阳台栏杆上的鸟儿是寻亲者，它的那一声声叽喳是在“向我倾诉心中的伤痛和牵挂”。这既是在写飞鸟的寻亲之急之苦之痛，亦是在写丢失亲人者的寻亲之急之苦之痛，诗人由鸟到人，由人及鸟，人与鸟平等共生，拥有同等程度同等地位的欢乐与痛苦，这暗含着诗人众生平等的生命观。

蜻蜓，自然中寻常的小小生灵，又极容易被人忽略的小小生灵。面对蜻蜓，或许人们最多想起“蜻蜓点水”，或者也想起蜻蜓轻如薄纱的两翼、视野开阔的一双大眼睛，想起杨万里“小荷才露尖尖角，早有蜻蜓立上头”的才趣，或许较少由蜻蜓生发出深沉的思索和感悟。张新泉恰恰喜欢在常人的盲区中发掘趣味，见出哲思。蜻蜓在诗人的笔下化身成“一架有生命的直升机”，但它不往寒冷且风大的高处飞，它喜欢“自然优雅的静”，喜欢四处看看走走停停，它单纯得不识陷进，不谙世事，它在刀刃上驻足站立，这份澄澈懵懂无知无畏令人汗颜。蜻蜓“对一朵花，一潭水”只是点到为止，绝不投入，在诗人眼中，这是蜻蜓的生存策略和智慧。写蜻蜓的单纯懵懂，是为衬托出世界的危险。乍看之下，诗人在细致地观察、描写蜻蜓，而实际的内涵已经远远超出了蜻蜓本身。静心观之，诗行间还氤氲着诗人的性格、气质和禀赋。这首诗与张新泉的其他诗作在整体风格上保持一致，用语浅白、朴素，没有艰涩之感，又具备令人反复

① 张新泉：《人生在世》，花城文艺出版社，1992年，第78－79页。

咀嚼的含蓄，给人留下了足够的想象空间。

在《狗在哭》中，一只老狗“直直又闷闷”地哭，它揪心揪肺地哭了三天却无人搭理、无人劝阻、无人安慰。诗人见此凄凉情形，发出直逼灵魂的问询：“狗和人的悲痛/真有贵贱之分？/狗放悲声时，人就没有/寒凉刺骨？”人对狗的冷漠何尝不令人联想到人与人之间的隔膜？当街上有人走来寻求帮助时，常有人因为戒备，因为防御心理而选择视而不见听而不闻袖手旁观，“各人自扫门前雪，莫管他人瓦上霜”逐渐成为社会中较为常见的处世态度，诗人对此感到寒心、失望，甚至有些愤怒，张新泉借老狗的哭声向漠然的人发出直击心灵的一问。这只老狗的哭声是叩击每个人心灵的敲门声，有人求助在外，这道门开还是不开？无论飞鸟，或蜻蜓，抑或是深夜中无助的老狗，它们是否发出过声音，它们在何时何地发出过何种声音，于奔走在“生活的流水线”上的人而言，这些大抵并不重要，屏蔽自身生存圈之外存在的事与物的声响或许是不少人主动与被动掺杂后的选择，张新泉则在一定程度上抵抗了这一强力的胁迫，内心的平和与关怀为其倾听自然界的震响撑开了一道罅隙。

相较于那些缥缈、宏大、深邃的诗歌题材，张新泉诗歌的选材显示出了一股鲜活质朴的生活况味。他的诗歌中极少或宏阔或隐晦或深奥的书写，多的是对已逝过往的回想，对点滴记忆的捕捉，如《归来的蒲公英》《小小的秋千板哟》《只要你还活在世上》《我还保留着这只陀螺》等；多的是由转瞬的场景或念头生发出的想象和哲思，如《沉思的帆》《心迹》《飞来一只蜻蜓》《落发的日子》等。此外，诗人还以诗歌的方式记录了他曾遇到的各色的人和物，被贩卖的山羊、孤独的舀鱼人、悠闲的放筏者，穿梭在大街小巷中的清洁工人、寺庙里的跛足老人、四处奔走养家糊口的弹花匠……诗人显然有着一双敏锐而温情的眼睛。如果张新泉没有获得这份敏锐的感受力的眷顾，而缺乏细微精确地感知目中所见耳中所闻的人、事、物的能力，那么，他的诗歌中便不会出现这些平凡得足以令人一瞥而过不起波澜的场景和思绪，甚至可以说，缺乏这份感受力和情怀而徒有张新泉的人生经历仍然不会产生打动人心的张新泉的诗歌。

二、“为亲切塑像”：穿梭在现实与诗歌之间的平民人物

张新泉凭借他的平民化书写赋予了自身清新质朴的气质，塑造了生动的平民群像。他从个人经历出发而不囿于个人经历，避免了“完全沉浸在材料里”[①] 而难以从个人生活的表象中摆脱出来的困境，将目光大量地投注在普通人身上，不仅描写人性的弱点，同时将更多的心力倾注在人性的真善美之上，并对之进行艺术的放大，在诗歌中用文字和内部的节奏进行表现，令读者能够在诗意的世界找到与自身经历或气质契合的部分。张新泉通过这样的方式向寻常百姓靠近，完成了形形色色姿态各异的平民造像，在很大程度上丰富了中国当代诗坛平民人物肖像的大画廊，与此同时，张新泉对普通平民的描摹有力地凸显了平民意识，彰显了平民精神，表达了对平民的关怀，进而引发读者的强烈共鸣，拉近诗歌与受众之间的距离，这些生动鲜活的人物形象成为张新泉诗歌的一大特色，对普通人物形象和内部精神的描摹刻画在构建其平民化诗歌风格上大有助益。

（一）江河湖海，水上住客

张新泉做过码头搬运工、当过纤夫，他步入社会之后最初始的人生便翻滚在波涛汹涌的江河之上。“被七月　烤过/被数九　冻过/被汗　咬过/被水　泡过/被逼成刀锋　把礁石砍过”[②]，那些在他的人生历经中亲眼见过，乃至亲身体验过的形象在他的诗歌中有着十分鲜明的表现，他甚至据此在中国当代诗坛完成了一系列水上汉子的造像。拉纤的纤夫、打鱼的渔夫、独居的滩夫……都带着咸湿的汗水和真切的苦痛与笑容魂穿张新泉的诗笔从滚滚江水滔滔河流中徐徐走入读者的视野。这些热血滚烫的江湖汉子让读者触碰到了生活与现实的真实质感，在张新泉的诗笔之下，读者不

① ［德］黑格尔：《精神现象学》（上卷），贺麟译，商务印书馆，1981 年，第 40 页。
② 张新泉：《野水》，中国文联出版社，1989 年，第 135 页。

见因文本形式求新求变而带来的疏离，也不见因思想深奥语言晦涩而产生的阻力，所读所感是尘世烟火的亲切，是疲累中的陪伴、鼓励与慰藉。

“人字窝棚/住你　住江风/门前的那匹滩/被你的目光/射得喊疼……只有你的咒骂/滩能听懂/滩是魔鬼　魔鬼/用漩涡之口　吞去了/你的父兄……//在仇恨里对峙/对峙又依存/船来时　你俯身背纤/把艰难的岁月/背成一张弓……”① 在《滩夫》中，诗人以旁观者的视角勾画了一个独居在人字窝棚，整日与江风为伴、与江水相搏的滩夫形象。跟随诗人的指引，我们见到目光灼人、口出咒骂之语的汉子，他与江水为敌（因江滩的漩涡吞去了他的父兄），同时他又与之相依（他的生计全靠着这条江）。全诗流露出“滩夫”的生存之艰苦，意志之坚韧，在偌大的天穹之下，小小人物身处其间不过微尘而已，但他仍旧以领受和不服输的矛盾姿态“伏身背纤/把艰难的岁月/背成一张弓”，这是十分具有画面感与冲击力的诗句，命运曲折却隐忍坚毅的人物形象由此呼之欲出。诗人着眼微观，用笔凝练，数行之下道出了对滩夫生命苦痛的体察，人与自然二者间残酷又略带温情的复杂关系也由此得到启示。

“纤道不是风景线/不是名人录/没有红红绿绿的轻松给你看/匍匐的影子尽是些仰不起面的故事/尽是些喝劣等酒的民谣”经过诗笔的点染，纤夫的形象和内心的体验似乎被注入了精魂，显得鲜活真实。《拉滩》一诗更是真切地道出了滩夫的艰辛、血性和命运，甚至直抵纤夫的内心：“在滩水的暴力下/我们还原为/手脚触地的动物//浪抓不住我们/涛声嚎叫着/如兽群猛扑……是的　这就是匍匐/一种不准仰面的姿势/一种有别于伟岸的孔武”②。张新泉高度准确地抓住了纤夫生活的基本姿势——匍匐，这样的匍匐是与血汗、与悲怆相连接的姿势，这姿势的背后顶着生存与命运的重压，面前是灼热的岩石和泥土，是求生的意念荡开的一阵一阵的热浪。张新泉自己便是从这些苦水中一步一步蹚出来的，所以在他的眼中和笔

---

① 张新泉：《野水》，中国文联出版社，1989 年，第 14 页。
② 张新泉：《野水》，中国文联出版社，1989 年，第 11 页。

下，绝不会将之视为可供欣赏的风景，他表现的是对纤夫生存环境的同情、不满，也包含着对这些韧性十足的水上汉子的赞美。诗集《野水》中近乎三分之二的篇幅都在描画这类形象，或远观或局部特写。只要越过文字的表层，潜入诸如此类的诗意形象内部便能够捕捉到大量被还原的现实形象。张新泉凭借个人的亲身经历潜入这些江河汉子的精神内部，并在他们身上探寻到具有代表性的生活感受和情感体验，从而以此为基点触碰到更多有着相似经历和体会的人的内心与神经。这是以强大的忍受力直面生命坎坷的平民人物造像。

“只有那个来自乡间的白发女人/和那个来自江边小镇的老妇/才说你不是一堆黄土　你是一条船/一条饮烈性酒的船/一条用号子文身的船/航行在记忆之河　多情而矫健……”① 这是一首人物关系较为复杂，情节颇有戏剧性的一首诗。诗中或隐或现地包括三个层次的人物关系，由明到暗，从外至内，可依次列为：第一，抒情主人公“我”和纤夫的关系。诗人本身有做纤夫的人生经历，他对这一群体的生存状态和内心世界的把握具备足够的理解力和同理心，全诗正是在诗人如此切身的观照下成型的。第二，纤夫和两个女人的关系。这两个女性对已经逝去的纤夫怀有深厚的情谊，只有她们说死去的纤夫“不是一堆黄土　而是一条船/一条饮烈性酒的船/一条用号子纹身的船”，纤夫在她俩的记忆中“多情而矫健”，纤夫只存在于这两个老姐妹的记忆中，除了她俩，无人领会，无人记得。纤夫以滩涂为家，漂泊无定，“她”和“她”与他的爱情注定要用等待和寂寞做底色，偶尔难得的温存成为他们支撑彼此面对生活的“冷言流语”的力量。如今，爱人永逝，留下来的人仍守护着曾经的依恋和回忆，每年清明节的祭扫成为她们加固记忆与情感的方式。第三，“乡间的白发女人”和“江边小镇的老妇”的关系。这两个女性原本是不会相交的平行轨道，但纤夫勾连了她们之间的联系，使她俩在对方的存在和影响下从青春步入老年，甚至走进坟墓。按照常理来说，这两个女人是情敌，是对头，不管

① 张新泉：《野水》，中国文联出版社，1989 年，第 87 页。

她们年轻时是否知晓或嫉妒过彼此的存在，此时白发如烟的她们更像是相互依偎、互相取暖的老姐妹。在交错的人物关系之下，诗人最终打量的是这些人物的命运，是像他们一样几乎一生都无人问津、无人关注的大多数人的命运。

这不仅仅是纤夫与两个女性的情感，诗中流露出的面对“生活”这样一个庞然大物所带来的压迫感、追求个人幸福与存在空间和价值的无力感，以及小人物之间纯粹真诚的感情能够在一定程度上激荡出多数普通人内心的震颤。甚至可以说，诗人是从芸芸众生的大千世界中提炼出了这三人之间真挚、珍贵、恒久且刻骨铭心的情感，将之作为一种代表，一种典型。这份情感并不只局限于字面上所见的男女情爱，它可以指向在这个人世间领受磨难、孤独、凄楚，同时又渴望着平凡的幸福与确幸的人们彼此依恋报团取暖的更广阔、更宏大的情感，以这一视角观之，诗人张新泉无疑为自己的诗歌赋予了一轮广阔、悲悯、崇高的光晕。这是在生存的重压之下寻求依靠与慰藉的平民人物造像。

“只有篝火如旧/呼呼的江风如旧/望夫石深陷的眼窝里/噙一滴结茧的乡愁……历史近在咫尺/能看清他咬着的那支/悲怆号子，和老脸上/纤道织就的皱纹”①。老去的纤夫独坐在篝火旁，看着舞动的火苗回望自己前半生的生命历程，曾经的激情、狂热和憧憬如今都已如潮水般褪去，历经的风和日丽和波涛汹涌也蜷进了历史的记忆之中，成为定格的“礁石”。那滴“结茧的乡愁”泪噙在老纤夫的眼底，道出了他此生终究如浮萍漂泊无定，生存的苦水中总有他挣扎沉浮的身影，待到岁月爬上眼角时，周遭变得宁静，甚至有些寂寥，过往的漂泊与沉浮皆如云烟，默默伫立在生命后半段的节点中的纤夫却远离甚至丢失了年轻时的“故乡”，这“故乡”是真切的故土，也是曾经的热忱和梦想，即便有的“故乡”我们从未抵达。也许，在不同时空的角落里，都有人和老纤夫一起为自己消逝的和那未曾抵达过的“故乡”黯然神伤。这是领略过生命风景，在人生的暮色中品尝

① 张新泉：《野水》，中国文联出版社，1989 年，第 26 页。

过往的艰辛苦痛与幸福喜乐的平民人物造像。

张新泉借助对一系列水上汉子外部形象和内在心理的描摹和刻画，揭示了多数普通人的生命历程及精神演变的路径，同时又借助这些看似普通的人生传递一种生活的态度。他从热情澎湃，不惧坎坷的青年纤夫写到渴望依靠、寻求慰藉的中年纤夫，再落笔到在孤独中回望一生的老年纤夫，只数首诗间而令处在不同人生阶段，有着不同人生状态的平民人物造像完整、生动、栩栩如生地一一呈列，这些由张新泉打造而成的口吐热气、血脉流动的雕像成了辨别诗人气质和风格的专属标志。值得一提的是，面对这些通体充溢着阳刚之气的水上汉子，张新泉却没有用同样雄浑粗犷的嘶吼来书写，相反地，他在此透露出一种难得的细腻与平和，一种沉淀与静思过后的厚重感。由此，平民化不再仅仅停留在诗歌风格的义项上，而更多的指向一种正视现实的态度，一种直面生活的勇气。这种对人生物象见微知著、细品慢咽的风格亦延续至他对市井烟火的观察与书写之中。

（二）平常巷陌，市井烟火

当张新泉从江河湖海走进筒子楼以后，他诗歌中的人物也随之发生了变化，那些黝黑孔武的水上汉子渐渐隐去，都市中更丰富多样的各色人物愈加凸显。在城市街头巷尾的穿梭中，在市井烟火的熏染里，张新泉不变的是他打量周围、观察生活的方式和朴素真挚的创作态度和写作风格。由于自身的生命体验，来到城市的张新泉依旧保持着“向民间事物俯首”的本心亲近平民阶层，他以深入其中、感同身受的姿态关注普通人和他们的生活。走街串巷的小贩、远道而来的寻亲者、拾破烂的人、弹棉絮的人等等，都被纳入诗人关切的目光之中。

“带红枣的人/朝街边的一排宿舍/瓮声瓮气地喊/喊谁的小名//……带红枣的人/也不知走错路没有/也不放下袋子揉揉肩/就那么喊　瓮声瓮气地喊/就像站在自家的枣树下/喊一颗枣——那么随便”①。挎着两袋新鲜红枣的老人从市郊的山区走来，探望住在城里的亲戚。这是汇入人潮中不会

① 张新泉：《张新泉诗选》，四川文艺出版社，2002 年，第 159 页。

引人注意的一个老人，像所有在街上走路的人一样。但也许是老人“瓮声瓮气”的呼唤声吸引了诗人，又或是老人脸上“有劲”的笑容捕获了诗人，总之，诗人的目光停留在了这个风尘仆仆的带红枣的老人身上，并跟随老人的脚步和声音而移动。老人肩上的红枣大概是他新从树上摘下来的，怕车轮颠簸，他一路步行，小心翼翼地呵护着新鲜的红枣。令人动容的是，这两袋鲜枣不是老人背到城里来卖的，诗人在此处用的词是“带”，老人要把家里新摘的红枣亲自带给城里的亲戚，“带”与“卖”一字之别而朴素的关心与情谊全出，恰恰这份真挚的关心与情谊在都市的喧闹中显得如此微妙又如此珍贵。张新泉作诗的选材与用词依旧浅切平白，却常常从寻常点滴中见真意，颇耐人寻味。

“第一场秋风起时/他们就上路了/男人扛着弹弓走在前面/女人背着孩子和简单的行李/踏着祖祖辈辈/进城的足迹……年年都是这样”①。诗人关注到了以弹棉花为生计的一家人。每年秋风起时，棉花成熟，一家子便收拾行囊，像他们的祖祖辈辈一样反复踏上从乡间到城里的路。他们“起早贪黑”，脚踏实地、温良平静地生活着，在城里人的瞳孔里，“他们是声形并茂的传奇”，他们走过来围观，围观弹棉花的人，围观在水泥地上打滚的孩子，甚至围观“晾在行道树间原色的土布衣”……与其说城里人在围观弹棉花的人和一切与之相关的事物，不如说他们在围观各自心里对朴实淳厚的向往，抑或在围观对已经逝去的曾经拥有过的淳朴、简单的追忆与惦念。在城市车水马龙人来人往的嘈杂中，大概每个人心底都留存着一份对单纯、宁静、温暖、亲切的生活的期盼，即便这种生活中携带着单调、重复，甚至乏味。张新泉的笔触总是留驻在这些看似稀松平常平淡无奇的小人物身上，其实这背后潜藏着诗人温柔、质朴的目光，流溢着诗人内心的温热，对平民生活的深切体悟，而非流于表面的对市井烟火的罗列，也许这才是“平民化”的内核所在。

---

① 张新泉：《人生在世》，花城文艺出版社，1992 年，第 119 页。

张新泉诗歌平民化与“贵族的平民化的尝试”[①] 之间存在明显差异。张新泉诗歌中显露出的平民姿态与平民关怀不是“自上而下”的，而是在个人经历和真挚情感的基础上实现了创作主体与写作对象之间的平等对话，诗人用平等的眼光看待一切人和事物，剔除了自高处可能投来的同情或鄙夷。一般情况下，面对城市里的拾荒者，人们要么投去同情的怜悯的目光，要么神色鄙夷敬而远之，要么熟视无睹置若罔闻。张新泉不一样，与这三种姿态都不一样，在他看来，拾破烂是一项工作（这本来就是一项工作），从事这项工作的人喜欢“三人一群”“五个一伙”，他们文化不高，穿着潦草，但每天按时上班，分工明确，专心致志，遵纪守法；他们对污秽一视同仁，绝不露出“轻蔑的表情”；他们有时唱歌，对着垃圾桶哼上几句。在诗人的观照下，一群认真工作认真生活的可爱之人跃然纸上鲜活生动。

诗人仿佛时刻关注着这些在尘世中认真求得生存的人，带红枣的人、拾垃圾的人、小街上的孕妇……统统都在诗人柔软的心间。对于小区里的清洁工人韩二哥，“爱吹口哨的韩二哥”，背井离乡从农村来到城市赚钱养家的韩二哥。诗人也能清楚地知道他的工作态度、他的工资、他的喜好、他的好人缘，以及他对乡下妻子的惦念。当韩二哥因“打捞池中的漂浮物”不慎落水溺亡后，诗人抱着真挚的怀想写下诗行，是对韩二哥的吊唁，亦是对命运弄人的扼腕叹息。“那妇人坐在暗处/手里攥着一把零钞/她的目光尽头/一个瘸腿的小女孩/在红灯前的汽车长龙里/艰难地蹦跳”[②]。街上的行乞者，身在暗处的乞讨者背后的黑手，在诗人温情又冷峻的目光中无处遁逃，张新泉为瘸腿乞讨的小女孩心痛，为搜刮者的行径感到憎恶，但却无能为力。这个世界存在着的、隐藏着的丑陋与肮脏、不幸与痛苦在阴暗的角落里滋长、肆虐，“暮色中的都市正酒绿灯红/今夜，我阳台上的花卉/将集体失眠，并拒绝含苞”[③]。张新泉以诗歌为剑为戟，为弱者

① 潘婷：《贵族的平民化尝试——俞平伯新诗研究》，苏州大学硕士学位论文，2010 年。
② 张新泉：《事到如今》，中国青年出版社，2018 年，第 13 页。
③ 张新泉：《事到如今》，中国青年出版社，2018 年，第 14 页。

鸣不平，为受欺侮者歌哭，为在挫折与苦痛中倔强挣扎的人加油鼓劲。

“我们顺着他的笔触游走，不但能通过那曲里拐弯的长长街巷和蜂窝似的楼房几乎看到中国当代都市中小民百姓全部的生态场景，而且还能意外地看到我们自己……从某种意义上说，张新泉的这种诗歌，甚至实现了只有小说这一体裁才能做到的表现当代生活的丰富性。”① 张新泉在写平民、写市井生活，更是在写自己的内心、写一种平民心态，一种领略世相百态、历经大小波澜后的沉静与豁达。也就是说，这些诗歌内部被注入了诗人张新泉的精神、秉性和品格，每一个从诗行中走出来的人都浸染了诗人的心性。由此，我们从中感受到的不是民间生存体验一如既往地传递出的简陋、粗糙，抑或酸楚、艰辛、悲哀、沉痛，恰恰相反，这些人健壮结实，自力更生，迎难而上，坚韧倔强，这正是民间生存的真谛，张新泉领悟到了其中真意，他因之能够体察入微，笔笔到位，雕刻出形形色色姿态各异情绪饱满的平民群像。读者走进张新泉的诗歌世界，在某些时刻便如同走进自己的生活，所见所闻所思所感都令人倍感亲切。

结　语

读罢张新泉的诗歌，一个个沾着汗味、泥土味，江河湖海的水腥味和市井烟火味的人物鲜亮亮活生生地立在眼前，这些人物形象在更广阔的意义上，甚至包孕着、萌发着、启示着抽象的精神和人格。他们的脸上带着生活不易的印痕，可没有人面露悲戚。罗素在访问中国时，同样发现了中国平民阶层的这一生活状态：“我记得有一个热天，我们一行人出游，坐轿登山。山道崎岖难行，轿夫十分辛苦；到了旅行的最高峰，我们就休息十分钟，让轿夫也可休息一会儿。他们于是就坐成一排，取出烟管，互相取笑，仿佛世间万事都已无了牵挂。”②

---

① 燎原：《民间和声与生存暖意——张新泉诗论》，《中国诗歌》（第 11 期），人民文学出版社，2010 年，第 125 - 131 页。

② ［英］罗素：《中国问题》，秦悦译，学林出版社，1996 年，第 158 页。

从某种角度来看，我们可以将轿夫和张新泉笔下的平民人物的处世之道视为一种自然和生物的态度，这种说法固然有据可依，但不免显得冰冷，不如将之视为一种苦中作乐或一种面色宁静地划着断浆和破船前行的态度。张新泉的诗句中亦透露出对这种态度的倾斜，他有同情之心，亦有赞美之姿。他像是一位远方的朋友，也像是一位同行的赶路人，但绝不像“导师”或“名人”，也无意降临启示。张新泉知道，自己正是民间的一员，所以他不设防备地袒露着胸怀用身处其间的姿态描写民间的人、事、物，书写平民生活中那些或令人忧愤，或给人感动，或使人深思，又或容易被人忽略的事物，在看似平凡且浅易的表达之下潜藏深厚的平民情怀，在看似对生活琐事的关注之下隐含对更宽广更深层意义追寻的努力，从而避开了“诗歌在艺术上失去活力，在精神上沦为大众消费时代的同谋”①的危险。对现实的深切体验与真切关怀为张新泉的诗歌注入了灵魂，从而拓宽并深化了诗歌“平民化”风格的意义，最终在诗句中表现出浓郁的烟火和灼人的热浪，传递出一种情感的升华和精神的感召。

从生活的苦海中一步步走来的张新泉，熟稔民间的悲喜，深切体会到“民间性”“平民化”的真义，所以他将自己放置在民间的激流之中，借助刻骨的人生经历让自己沉入这条河流的底部。这样的情怀是足以动人的。回首张新泉的诗歌之路，回首张新泉的人生之路，恍惚之间似乎触碰到一种冥冥之中自有安排的命运感，他的家庭、教育、经历、个性以及形成的知识结构和情感认知使得他在创作时不需要卸下所谓的文化心理负担。在张新泉和他的诗歌世界中氤氲着的平民意识、民间情怀并不是他为了体验生活、深入生活，为了在诗坛中表现出另一番气质而故作姿态。他向来如此，几乎是一种近乎宿命的必然。

① 西渡：《写作的权利》，《最新先锋诗论选》，河北教育出版社，2003 年，第 78 页。

一种传统的先锋性：论张枣早期诗歌的词物书写

□郑慕华　余祖政①

内容摘要：张枣早期诗歌大多具有一种梦境感和幻景特色的惘然之美，与其当时所摸索出的词物书写关系息息相关。张枣经过反复的摸索寻找到了“一种传统的先锋性”的调式。这种发声方式是抒情的、偏重阴柔唯美的美学，常通过人与人之间的情感演绎来进行辨证和确认，所以张枣在写作中常通过“我”与“你”的双边互动关系构建一种“缺失——追寻”模式。这一模式的生成和张枣的青春期心理、诗歌抱负、理想自我等多种因素相关，也为其后来的诗歌写作定下了空白、消极的基调。

关键词：张枣；传统；词物书写

张枣，出生于20世纪60年代，成名于80年代，写作生涯近二十年，但却仅仅留下一百五十多首诗。但正是这一百五十多首诗，被诗歌界高度评价。北岛称张枣为“中国当代诗歌界的奇才”②，诗评家江弱水高度评

---

① 郑慕华（1998－），女，湖南祁阳人，2022年毕业于西南大学中国新诗研究所，现为湘潭大学附属实验学校教师。余祖政（1977－），男，河南信阳人，博士，西南大学中国新诗研究所副教授，主要研究方向为中国当代诗学。

② 北岛：《悲情往事》，宋琳、柏桦编：《亲爱的张枣》，中信出版集团，2010年，第101页。

价："新诗一百年里面，前五十年卞之琳写得最好，后五十年张枣写得最好。"① 张枣对汉语现代诗歌独特的见解，对母语敏锐的感知力，对西方文化的深度把握，对两者之间的试验和熔点，都让他的诗歌呈现出与当代其他先锋诗人不同的风格。因为张枣诗歌背后文化传统的复杂性，德国汉学家顾彬认为"与其说张枣是二十世纪中国最好的诗人之一，我更想说张枣是二十世纪最深奥的诗人"②。因此，从源头上厘清张枣写作显得格外重要，以此窥见诗人张枣的写作路径。

一、调式：一种传统的先锋性

张枣从事诗歌写作的时间正是诗歌的黄金时代，是无数文艺青年心生向往的20世纪80年代。当时，"文革"的社会思潮和文学思潮刚刚过去，诗歌面临拓荒和清理废墟的艰巨任务，但是又同样令人热血沸腾。对极"左"思想的抵制和反抗，包括"朦胧诗"在内的"地下文学"或"潜在文学"都引起了极大的关注，思想启蒙活跃，外来思想涌入，知识分子们都充满着敢为天下先的勇气和使命感。80年代的青年们充满着冲动、激情和狂热的理想主义，他们大胆、冒进、解构地在诗歌的园地里耕耘。在文学史论述中，80年代的诗歌场域常被分为两个阶段：朦胧诗和后朦胧诗。前者是一种集体主义的审美，后者是个人主义的发现，这两者之间的差异经常被归纳为"古典浪漫主义与现代/后现代主义、集体与个体、意识形态与个性话语间的对立冲突"③。前者以反抗的姿态对"太阳象征"的话语进行抨击却又陷入政治裹挟的泥淖时，后者一批年轻人正以日常的诗意冲撞精神启蒙叫嚣着闯进来时，张枣怀揣着古典的诗歌意象将三四十年代中

① 首届张枣诗歌学术研讨会会议纪要，《南方文坛》2018年第4期。

② ［德］顾彬：《综合的心智——张枣诗集〈春秋来信〉译后记》，《作家》2009年第9期。

③ 姜涛：《偏执时代的十字军行动——关于八十年代青年诗歌》，《中国青年研究》1996年第4期。

断的“传统”重新引进诗歌的大门。

张枣在“文革”后期开始写作，在幼时和数学老师的斗智斗勇中体会到：文学是一次行动。在80年代进入大学之后，在那个萨特、弗洛伊德、尼采争相阅读的年代，张枣的心中有一股强烈的精英意识：文学可以改变世界。所以张枣很早就有诗歌自觉意识，并主动进行诗歌写作和参与诗歌活动。从湖南进入川渝地区求学，是他文学生涯当中的第一个重要的文学事件，也由此开启了他的早期写作之路。

细读张枣前期的诗作，学习外语的张枣诗歌探索的方式是抱着石头过河。张枣在二十岁出头，已经自觉地向中国古代文化和西方文学借法。张枣的阅读资源一方面是西方诗人庞德、艾略特等大师的作品，一方面是中国最为璀璨的诗的文明，但这两方面都是碎片化的、不成体系的、根基不稳的，所以其早期诗作里有颇多不算成熟的尝试：长诗《危险的旅程》借用希腊诗人埃利蒂斯的引言，试图进行形式的创新和突破时，插入的“关关雎鸠，在河之洲”突兀而生硬。《星辰般的时刻》中“你是一段肢解的流水，夜晚用你绞死我”宛如青春期的非主流文学，堆积着浮泛的词汇让人云里雾里。《留言条之一》没有给读者提供任何可供诗歌展开的具体信息，读者无法进入诗歌的内部世界……这些作品都显示出了当时作为诗歌学徒的张枣的困境。到1984年，张枣的写作开始有所突破，不知是否有受大师弗罗斯特的影响，“一首诗中有活力的部分是以某种方式同语言风格和文句意义缠在一起的音调……没有音调语言便会失去活力，诗也会失去生命”①。张枣意识到“诗歌要辞色美，离不开一种调子（一种组织说话的语态）”②。但是那种调式是什么呢？经过长达6年沉默的学徒期写作，某天在歌乐山散步时，友人背诵起屈原的《山鬼》，张枣获得顿悟，这种调式是和文化寻根有一定的关系，是来自湘山楚水的“楚文化的，是抒情的”，是和“原型的汉语诗人和集体记忆”相关的“一种传统的先锋性”。

---

① ［美］理查德·普瓦里耶、马克·理查森编：《弗罗斯特集》，曹明伦译，辽宁教育出版社，2002年，第875页。

② 张枣著，颜练军编：《书信访谈卷》，四川文艺出版社，2021年，第168页。

于是在诗观的指引下，张枣如获得了神笔的马良，在 1984 年相继写下了《早晨的风暴》《苹果树林》《镜中》《何人斯》等作品，在诗歌中找到了他梦寐以求的声音。

这四月的风暴又纤美又清洁
转瞬即逝，只留下一些气味
一些气味带来另一些气味
不住地围绕我，让我思绪万千。

——《早晨的风暴》

只要你们想起一匹满脸心事的蓝马
你便顿悟沉默是不可避免
植物本来都不爱说话
只是让蝉儿辞别早晨的爱情。

——《苹果树林》

在这短短几句诗中，可以看出张枣是善于化境的高手。张枣的词语并不奇崛古怪，但是当大量的修饰词汇联结在一起，形成了一种独特的丰富。短短的几行诗给人以无限丰富的联想：四月的风暴为什么是纤美和清洁的？为什么会转瞬即逝？遗留的气味是什么？是芬芳的、清新的、甜腻的还是浓稠的？这类似于一种“无意的记忆”，唤起记忆的契机是偶然的，但是重现记忆本身就是迷人的？再比如，不可能拥有人的行为的蓝马为何是满怀心事的？为什么回忆必然要和沉默联系在一起？植物与说话，蝉儿与爱情，这些事物的并置并不会产生一种杂乱的拼贴感，而是黏着被一种统一的情境所统帅，并形成了甜美、精微、细腻的诗调。

意境、意象、时空转换，是张枣早期诗歌最引人注目的因素。张枣的早期代表作《镜中》就具有此类的特点。《镜中》采用了首尾呼应的结构，“只要想起一生中后悔的事”就为诗篇定下了一个喟叹的基调，“后悔”这种具有强烈共通感的情绪极易引发个体的共鸣。梅花与后悔勾连在一起构造了一副极具视觉传达效果的画面，唐人高适的“借问梅花何处落，风吹一夜满关山”，宋人蒋捷的“都道无人愁似我，今夜雪，有梅花，似我愁”都是将梅花和惆怅、愁肠、后悔等情绪联系在一起达到动人的效果。两个“比如”的假设语气又让诗句走向了无数敞开的空间，“看她游泳到河的另一岸”“登上一株松木梯子”“游泳”和“登”都是两个动词，使整个画面更加鲜活。“危险的事”一般是美丽的、神奇的、令人跃跃欲试的，这个女子的形象既具有古典的如“梅花”般娴静的气质，同时又具有现代女子的活力、张扬的一面，“不如看她骑马归来”，“骑马归来”是一种力与美的象征，“骑马倚斜桥，满楼红袖招”，青春年少、骑马、爱情，多少少年人的渴望。这时期的张枣也常用“骑马”的意象，如“铁轨上枣红马飞奔”（《南岸第一次雪花》）；“马匹悠懒，六根辔绳积满阴天”“马匹婉转，长鞭飞扬”（《何人斯》）；“我梦见你抵达/马匹啸鸣不已”（《故园》）。“游泳”“登梯”“骑马归来”的少女却在宫廷生活中转换成了“面颊温暖”“羞惭”之人，皇帝在这里可能是作为爱人的形象得以出现，也有可能是一种不得不屈从的强权，“一面镜子永远等候她，让她坐到镜中常坐的地方”，镜子的等候和人的等候具有同构性。“镜子”和“女性”两者之间从古至今就有某种隐秘的共通性，“女为悦己者容”是以“镜”为中介，自恋自怜也常以镜自照。“望着窗外”，本来“她”为景中人，却身份置换成了观景者，“只要想起一生中后悔的事，梅花便落满了南山”，“南山”这个词体现了诗的复杂多义。南山既可和重庆的景点“南山一棵树”联系在一起，又可以和“采菊东篱下，悠然见南山”古今相接，前者指向诗歌的具体事理，后者指向了一种时空的维度。南山和梅花相接，使得整句诗有了一种幻景的美，充满了“宇是空间，宙是时间”的宇宙意象。同时，诗的尾句和首句形成了呼应，“梅花开始落”到“梅花已落满”的时间延续的过程，一个女子一生中美好的场景进行了快速的压缩和置换，从明媚的年少岁月到深闺的哀愁通过精巧的几句诗跃于纸上。在后悔的背后，不仅是“她”对于自己年华的惋惜，也有诗人隐含着的对美的脆弱、消失的叹惜。

如果认真留意张枣早期的诗歌，不难发现张枣的诗歌很少仅限于当下的“此时此刻”，诗歌总是有一种“想起”“曾经”的过去完成时态，如“隔壁的女人正忆起/去年游泳后的慵倦”（《杜鹃鸟》）；“我想起我遥远的中学时代”（《早晨的风暴》）；“你却可能听见唐代的声音/而且，玉栏旁一次逃跑和得救”（《苹果树林》），这种写作极易把读者拉入一种时间的链条之中，好像一个人独自面对着历史的长河，虽然没有陈子昂那种“前不见古人，后不见来者”的宇宙茫茫，但也让人忽觉某种美好的东西逝去了剩下的一种怅惘的空悠悠。这种写作方式涵盖了一种“追寻失去的时间”的题旨，是“人类把握过去已逝时光的方式，也是把过去纳入此在的方式”①。借用罗兰·巴特的说法，即张枣善于制造一种“情境”，“当人们在稍纵即逝的语流中辨认出过去曾经阅读过、听说过或感受过的某种东西时，种种情境便会显现出来。情境是被确定的（像符号一样），可待追忆（如某一景象或某个故事）”“每个情境的核心都有一个句子……其能动原则并不在于它说出来了什么事情，而在于它发出什么音”②。张枣早期的写作就指向了写作的命脉：重要的不是说什么，而是怎么说，选择了哪种语调和语气说。像一道闪电击中无数读者的《镜中》，就把后悔这种沉重而抽象的情绪说得质地轻盈且唯美旖旎，而这，源自诗人对生活细节有着充沛的感知力和对语言的美感有着恰到好处的分辨力。相比柏桦所说的“一声感喟，喃喃地，很轻”“一种卡尔维诺说的包含着深思熟虑的轻”③，张枣的写作，更为恰切的形容可能是钟鸣所提到的“温柔”，是可以“从个人延伸到人类生存的意识和知解力来理解”④ 的音势。

张枣利用原型的汉语诗人和集体记忆找到的声音，传统的先锋性与古代诗教的“温柔敦厚”相近。这“温柔敦厚”直指诗歌抒情的本质，这也

---

① 吴晓东：《从卡夫卡到昆德拉：20 世纪的小说和小说家》，生活·读书·新知三联书店，2018 年，第 45 页。

② ［法］罗兰·巴特：《恋人絮语：一个解构主义的文本》，汪耀进、武佩荣译，上海人民出版社，2009 年，第 2 页。

③ 柏桦：《张枣：“镜中”的诗艺》，《东吴学术》2010 年第 3 期。

④ 钟鸣：《笼子里的鸟儿和外面的俄耳甫斯》，《当代作家评论》1999 年第 3 期。

造就了张枣诗歌疑问句式居多，口吻亲昵，像友人的私语，将读者拉向近旁，语气缓和且不带任何强制性。在不言而喻的情况下对方甚至无需应答，只需做出必要的情感反应即可。就像《南京》中，“我坐起，在等着什么”“我想”“我坐在这儿”“我坐着”“我冥想远方”，第一次出现的“我坐起”就确定了诗歌的叙事时间，而后面与往日的朋友相见的场景，显然是“我坐起”这个行动之前的事情，在一次次“我坐着”的这个动作重复出现，诗歌的情感推动着向前。张枣诗歌所要表现的，是这种“瞬间的情绪”，而这种情绪的表达方式，是一种情绪过滤之后的温柔。这一时期的写作，就算是以弃妇诗为底本改造的现代同名诗《何人斯》也充盈着一股“怨而不伤，哀而不怒”的意味。爱情、诗人相交带来的友情之悦、可供施展天赋的舒适环境，使张枣的诗歌虽然有晦涩迷离和智慧多思的倾向，但有一股天然的清新明丽之感。

二、缺失：“我”和“你”的双边互动

张枣通过不断的尝试找到了自己诗歌的调式之后，如何借助形式层面来完成“词是词，物是物”是第二个需要解决的问题。需要说明的是，关于张枣诗歌早期的写作，研究者往往关注于张枣所说的“我潜心做着语言的试验”（《秋天的戏剧》），关注张枣是如何通过富有质地的生活细节来构建了诗歌的“轻”和“甜”，但是更为准确的是，张枣所寻找到的“一种传统的先锋性”的抒情调式决定了张枣必须在语言运用层面得像一个做菜的厨师一样，对菜品（诗歌）的色、香、味、形、器、效都要有足够的要求和反思能力。张枣写诗数十载，成诗作品少，是因为他在心里已经设定了诗歌的标杆，诗是情动于中形于言的；语言要求浑融流畅、圆润婉转；读来有一种奇异的芬芳，拥有“迷人”的特质；读完之后有余音绕梁的效果。

张枣意识到了语言的重要性，虽然还没有像后来般意识到诗人具有一种命名事物的能力，但是已非常注重通过语言来展示事物之间的连带和牵

引关系，常常在诗歌之中借助各种在场/不在场的形象进行的意义滑动。如以抒情主体“我”和恋人之间的关系写成的《纪念日》，恋人似乎有着具体的穿上棕色的裙和青格衬衫的形象描写，但是“你偶然如一个象征”，“无数个你，无数个你/使每次见面都神秘”，又将形象放置在一场绮丽的想象之中，在这想象过程中，“我”经历了种种猜测：是否是抽烟的恶习导致的感情危机？抑或是两人相处之间语言的碰撞？还想到了感情破裂之后的吞服“安眠药的脸”，或者有没有一种更为美好的可能“重新开始”，在这一连串心理流动的过程中，一个多情而又孱弱的“我”便塑造了出来。逝去的岁月、等待、爱而不得，这些普遍性的感情都在《纪念日》中汇集在了一起。张枣正是通过“关系”（即缺位的形象）来确立了抒情主体“我”的形象。

“等对方来到我等待的地方时，其实我这里早就创造了他/她。对方若不来，我照样会凭臆想构造他/她——等待是一种狂想。”① 同时这狂想也确立了“我”。就像张枣在《题辞》一诗所展示的那样：诗的首句便是捶下了张枣写作的目的，“呈现给你”，表明诗歌的写作展开有着明确的对象，“我”的写作是为“你”而写，但“你”的形象是缺位不固定的，可能是爱情，是恋人，是“不欢而散的声音”；可能是友情，是朋友，是“他愿意在这个夜晚跟我讲和”；可能是“英雄”，是“我”理想中的人物，是一个比此刻的“我”见解才华更为非凡出众的人物；可能是“传统”，但被封印在了书页之中，需要在饮食起居、日常生活之中追寻和营救。“你”的无限变化确定了此刻“我”所处的位置和对象，从而展现一个具有流动变化、无限阐释可能的“我”的形象。马丁·布泊认为人能说的基本词有两重，即“我—你”这一对词，“我—它”这一对词。“我—你”这个基本词只能用整个的生命说。“我—它”这个基本词不可能用整个生命说②。张枣很早就开始意识到了“我—你”这一词的重要性，并成

---

① ［法］罗兰·巴特：《恋人絮语：一个解构主义的文本》，汪耀进、武佩荣译，上海人民出版社，2009 年，第 31 页。

② ［德］马丁·布泊：《我和你》，浙江人民出版社，2017 年，第 4 页。

为早期诗歌写作的重要策略之一。“你”可以看作指涉性的具体生活之中的真实人物：张枣的女友娟娟，张枣的知音柏桦，或者生活中的朋友；或是事物的指代，如“仇恨死亡的蝴蝶”或“中弹的飞鸟”或“徒劳而美丽的星辰”；但更多的是作为一个倾诉对象存在的客体成为诗歌的某种象征，是临镜者“我”的一种镜像或者作为一种象征性的“他者”的存在。张枣在“我”和“你”的基本词的基础上发展出了独特的人称变化技巧，这也运用在他的早期名篇《何人斯》和《灯芯绒幸福的舞蹈》之中。

《何人斯》是张枣在《诗经·小雅·何人斯》的基础上改写的同题诗，在保留了抒情者“我”因介入者（何人）的出现，诗中的倾听者/对话者（直接他者“你”）陷入了情感的僵局的基础上进行了新的加工。张枣在“一种传统的先锋性”的调式的基础上，用“韶华流水”“纸窗”“星宿”“锅”“鲜鱼开了膛”等古典感极强的语言精准地勾勒着男女感情之间的温暖与冷厉，借用“鲜桃”“晚餐果皮”“外衣留着灰垢”“香烟袅袅上升”等有生活质地的小细节营造了一种真实感，又用了疾风灌满甬道的比喻展示出了男女之间情感的缝隙与冷却。诗歌的最后一节，不知名的“何人斯”似乎和第二人称的“你”发生了一种身份置换，“你逃也逃不脱，你在哪儿休息/哪儿就被我守望着”带着一种决绝的宿命论的执着姿态，和前文中细腻温柔的低声诘问完全不同。“你”和“我”形成了一种新的双边互动关系，“你”的身份是由我认同而确立。如果不限于简单的男女关系解读，而让“你”和张枣一直念兹在兹的“传统”相联系在一起，即“你”（传统）则是需要我们去不断确认和追溯的东西。现代人面对的是一个庞大的传统，是中国上下五千年的摧残的文明，可以是《诗经》的现实主义，《楚辞》的浪漫主义，是建安风骨或魏晋风流，是李白式的情感流泻或杜甫式的沉郁顿挫，是白居易式的通俗易懂或李商隐式的朦胧晦涩……传统无限敞开但又在历史长河中正在消逝，张枣试图完成衔接和拯救的工作，所以“你看见什么东西正在消逝/我就会告诉你，你是哪一个”。张枣诗中的“我”和“你”具有一种虚构性，是传递其“思”的一种策略，其背后的准确意义是可以流动的。虽然“你”和“我”出现在诗歌所设的具体情境之中，但却有一种普遍性，读者可以经由日常生活经验进入诗歌文本的浅层层面获得语言的审美愉悦，也可以通过智性思考、细细揣摩后获得一种更大的通约性的深层探究。

因听柏桦讲述女同学换上秋装的故事而写成的《灯芯绒幸福的舞蹈》可以分为两部分，前一部分的“我”是以男性的口吻，后一部分是以女性口吻。以“灯芯绒”为中间物，互为主体性地展开对话。虽然在诗中并没有出现第二人称“你”，但是在成诗的过程中，是借“我”和“你”的关系而展开的。前一部分中，张枣借助“看—被看”模式确立了两人所处的舞台位置，抒情主体“我”在观看“她”跳舞，“她”本该成为“我”的视觉重心，但是“我”的目光却在不断偏移，注意力也在被不同的事物引诱：各种器皿搭成的舞台、锣鼓喧天的声音、灯光所投射的“她”的影子以及比“她”姣美的式样更吸引“我”的灯芯绒外套。男性中心主义跃然纸上。后一部分中，女性抒情主体“我”的声音更为冷静自持，“我”只是作为“他”理解世界的中介而存在，他看到的是一个空洞的“我”的形象。女性并没有因为被裁判和审视而勃然大怒，反而以守护者的姿态捍卫自己的真实。“艺术的永恒起源是：形象浮现在一个人的面前，要通过这人成为作品。”① 形象浮现在诗人眼前，使诗人调动起自己的生命能量，通过恰切的语言又将幽影般显现的形象说出，作品便出现了。

与此同时，值得注意的是，诗人所描写的这种“缺失”，不仅是指诗中无法确立身份的具体形象的人，也可以指向为树立人物关系而创建的不确定的外部环境。如多次出现的气味，“一些气味带来另一些气味”（《早晨的风暴》）；“你只是一个瞬息，你被无数瞬息牵引”（《苹果树林》）；“你在停步时再次闻到自己的香味”（《十月之水》）；以及常常出现的声音，“一个贴得很近的回声”（《四月》）；“一个月亮般的声音”（《纪念日》）；“多少埋伏的口唇在卜算你？”（《苹果树林》）……气味和声音消散了，整个形象也就消失了，“我—你”之间的关系情境也就不复存在。

① ［德］马丁·布泊：《我和你》，浙江人民出版社，2017 年，第 12 页。

三、追寻：传统与理想自我

如果将张枣的前期写作用准确的化学公式来表达，简略来说可以看作一个词与物分居两端，“空白”充当重要催化剂的化学公式。“一种传统的先锋性”确定了张枣用词的选择，而“我—你”人称之间的缠绕和缺位关系是诗歌物的层面的书写。为何张枣会产生如此大的缺失感呢？为何在“我”—“你”的双边互动之间有明显追寻意识呢？又为何使得个体普遍感受到的“空虚”“虚无”的“空白”主题开始隐现呢？

笔者大致从以下几个方面来试图分析：首先，张枣从事写作的时候正是十九、二十岁的年龄，带着后青春期写作的鲜明特点，情绪体验日益增多，但同时消极的情绪体验累积。如其早期诗歌六首就鲜明地体现了青春期的各种特征：《红叶》中渴望燃烧和热烈，《影》中描写了孤独和虚无，《雪》隐喻的讲述了爱情，《给一颗无邪的心》里有青春期的挣扎和搏斗……后来的作品《那使人忧伤的是什么》也是被一种说不清道不明的忧伤情绪笼罩，所引起的追问和迷离之感类似于徐志摩的《我不知道风是在哪个方向吹》，在这首诗中，“书”成了忧伤的载体，但是这忧伤并不是因为“书”本身，而是“书”曾经在腊月里给了“我”阳光般的温暖和养分，激发了我对葡萄藤、少女及自己化身为英雄的渴望，激发了“我”对闪闪发光的未知世界的憧憬，但是燃起的激情冷却下来掉入平淡无波的现实之后，只留下怅惘和忧伤。这种情绪类似于青春期敏感多思的年轻人，带着些少年人的激情和活力又易觉受挫而情绪纤细。诗歌没有明确的意义指向，展示的是惘然的思维过程。敏感多思的青春期特质，再加上所寻找的诗歌调式也是偏于楚文化的、抒情的，所以极易生出一种“美丽的哀愁”，这也是为何初读张枣的诗人，极易被其诗句背后的袅娜飘逸所吸引的原因。

其次，与张枣追寻传统的诗歌抱负有关。张枣在川渝的环境中找到了一大批可以诗歌交流的好友，如柏桦、钟鸣、翟永明、欧阳江河等人。柏桦回忆张枣“他谈得最多的是诗歌中的场景（情景交融），戏剧化（故事化），语言的锤炼，一首诗微妙的底蕴以及一首诗普遍的真理性”①。这种诗人群的频繁交流活动使得少年人渴望受到关注的心态极易受到满足，并且能够使得诗人的创作获得快速的、及时的、有效的反馈，因而在朋友间的肯定、批评、激赏中使得张枣的诗歌快速精进，也使张枣确立其与调式一脉相承的“原型的汉语人和集体记忆”② ——即追寻传统的主题。张枣在早期阐述过自己的诗观“任何方式的进入和接近传统，都会使我们变得成熟、正派、大度”③。其诗歌有很多一眼可见的中国元素，《危险的旅程》中的“万里长城”；《杜鹃鸟》中“半片湘绣”“中国少年”“一条黄色的河流”“仲尼的白头巾”；《苹果树林》里“唐代”“玉栏”等。古典诗意有自身的典范和惯例，一不小心就易掉进同质化的写作之中，但是纵观张枣的诗歌，虽然搬弄过《诗经》《楚辞》《易经》和李商隐的诗等各种书面文献资源，但是并不会给读者一种落入窠臼之感。张枣并不像对民族传统文化直接发掘的诗人杨炼、江河等诗人一样以繁复密集的意象和意象群来演绎宏大理念，构造出具有史诗性质的作品，而是通过人与人之间的情感演绎来进行辨证和确认，这也是张枣诗歌显得轻巧的原因。借男女爱情的各种各样的形式和外壳来追寻传统：“她”和皇帝构成了《镜中》；以弃妇诗进行的现代改造形成了《何人斯》；一位拥有“宫殿春叶般生，酒沫鱼样跃”的皇帝和一位神女相会的故事演变成了《楚王梦雨》；此后，传统主题也在张枣的诗歌中不断演变，借士为知己者死的荆轲和太子写下《刺客之歌》；借中国和西方之间的文化典故串联写下《历史与欲望》。典故、用词、古诗词中的内在精神和气韵等形成张枣诗歌独特的风貌，“传说、神话以至来源于文学的某些虚构图景对他有极强的吸引力，它们也因之成为张枣的诗思源头”④。值得注意的是，张枣找到的传统，和青春期心

① 宋琳、柏桦编：《亲爱的张枣》，中信出版社，2015 年，第 15 页。

② 张枣著，颜练军编：《书信访谈卷》，四川文艺出版社，2021 年，第 168 页。

③ 张枣著，颜练军编：《诗论卷 2 · 讲稿随笔》，四川文艺出版社，2021 年，第 237 页。

④ 丁帆主编：《中国新文学史》，高等教育出版社，2015 年，第 151 页。

理以及所寻找的调式是一致的，是偏重阴柔唯美，是一种脆弱的、失败的美学。这种诗歌审美取向更注重语言本身的质地，偏重于情感的宣泄，不长于逻辑上的推理和思辨。在古典诗歌里接近李商隐的诗和李煜的词，在现代诗歌的术语里更接近“纯诗”，虽然细腻地描写了日常生活富有质地的部分，但背后仍然抗拒一种实在的物质性，常运用想象进行物质世界的斗争。“我早期的作品充满了幻美的冲动和对辞色结构的迷醉，表达的是对周围世界‘脏、乱、差’的蔑视。”① 而这，和其青春期写作的复杂多变的心理体验相关，也为其后来“消极主体”的“空白”感受集群埋下了伏笔。“空白”注定无法与感情饱满、基调高亢，文质取半，风骚两挟的昂扬进取以及热烈奔放的青春旋律相一致。

除了传统之外，理想自我与现实自我之间的巨大落差也是诗中流露出缺失和多思的“空白”的原因。早期的“理想自我”还不涉及更大的哲学层面的话题，更近似“现在的要比过去的好，未来的要比现在的好”的观念。这理想自我没有具体的形象，而是通过不同层次不同方面体现出来，是一种夸大自体或理想化自体。有时是对一种智慧的追寻，一种更为温柔敦厚、从容大度的品质的追寻；有时是一种诗歌上的诗歌抱负，是“一遍又一遍地叨念自己的名字”。以《深秋的故事》为例，此诗是一场抵达江南的乌托邦的想象。江南风景，常为人所称赞的是春色。耳熟能详的就有白居易的《忆江南》“日出江花红似火，春来江水绿如蓝”，韦庄的《菩萨蛮》“春水碧于天，画船听雨眠”，但是张枣却将“自古逢秋悲寂寥”的秋景和美丽的江南放在了一起营造了一种“梦里不知身是客，一晌贪欢”的情景氛围。全诗通过“她”如导游般的细语牵引展开，采用移步换景的方式将江南的古典风景穿梭其中。但张枣的发力点显然并非景，而是人。自古以“江南”之名所写的诗文，多风流倜傥，才子气重，宜发生才子佳人海誓山盟的故事。但在张枣这里，江南的老人，那些老人们充满智慧和理性及思辨思维，是如菊花般清晰且芬芳的存在。江南多才子，“江

---

① 张枣著，颜练军编：《书信访谈卷》，四川文艺出版社，2021 年，第 167 页。

南”成为诗歌的隐喻，成了追求诗歌的梦想和追求具象化的理想国，张枣希望能在江南“一遍又一遍地念叨自己地名字”，则意味着渴望一种属于诗的吴侬暖语，一种更温柔细腻的声音；也同时意味着渴望加入大诗人大才子的行列；意味着诗人的自我丰富和完善，就像其在《秋天的戏剧》里庄严的宣告：“活着就是改掉缺点/就是走向英勇的高处，在落叶纷纷中/依然保持我们躯体的崇高和健全。”

最后，值得指出的是，由于阅历、阅读、心理等多方面的原因，诗歌写作本身的狭窄和困顿也在困扰着他。早期纵使有很多佳作，但是许多的“意象”在反复使用之中丧失了鲜活的生命力，成了乏善可陈的通用词汇。《星辰般的时刻》中的“星辰”变成了《早晨的风暴》“昨夜我见过一颗星星”和《南京》的“昨夜的星辰锥满松林间”；“皇帝我紫色的朋友为我哭泣”成了《镜中》“低下头，回答着皇帝”。《危险的旅程》中“苹果树　苹果树　那诗人说”成了后来标题《苹果树林》，“霜雾中的这只杜鹃鸟　抬起头”成了《杜鹃鸟》……所以张枣多年后回忆自己出国的选择时，谈论其写下的“英雄戏拟”之作《刺客之歌》，直言荆轲刺秦所拥有的勇气和决心，就是自己出国所拥有的心态。荆轲刺秦的“自我戏剧化”象征着文学的行动的“心理姿态”，也就是张枣选择“进入一种更加孤独的层次，我必须知道西方为什么形成那样一种文学，形成那样一种文学帝国”“我梦想发明一种自己的汉语，一个语言的梦想，一个新的汉语帝国”① 的原因。

张枣从事写作的时期，正是思想最为活跃交锋的 20 世纪 80 年代，当时的“朦胧诗”是社会的主潮。在他们那一代人看来，“朦胧诗”是特定社会思想解放运动的产物，是意识形态的产物，带有着时代暴力的规定动作，诗歌是诗人们抗衡意识形态的工具。当代诗歌想要反抗“朦胧诗”所形成的诗歌传统叛逆前行，则必然发起挑战。当诗坛还在被宏大叙事和集体抒情主义所裹挟的时候，张枣已经注意到母语和传统的重要性，意识到

① 张枣著，颜练军编：《书信访谈卷》，四川文艺出版社，2021 年，第 200 页。

语言不仅仅是语言本身，也包含着每个人具体的环境、纠葛、饮食起居。于是，在诗歌中进行文化寻根和营造富有美感的生活细节，捕捉到生活之中“甜”的元素，与传统的先锋性交织在一起形成独特的诗歌吸引力。后来的张枣因留学德国，孤悬海外，人生境遇和诗歌书写方式都发生了巨大的改变，但是其早期诗歌里那种传统的先锋性，营造出的亲切私密的情感空间，以及语言背后所传达出的主体、自我和内心生活，一直吸引着读者们不断求索。

在村庄里抒情

——论余秀华诗歌与横店村的血脉关系

□王梦笛　向天渊[1]

内容摘要：“横店”是诗人余秀华的出生地和居住地，也是其诗歌中的抒情场和描摹主体。诗人与横店村具有深刻复杂的精神联系——它的晨昏变化是诗人创作灵感的源泉，它亦代表了平庸荒败的农村生活；诗人对外界的渴望、对身体命运的抗争以及对爱情的追求都播撒于此，而在精神上已然逾越；城乡冲突在火车、农民工家庭、新农村建设等语象上若隐若现，经历了出走与回归的诗人更为艰难地接受着村庄的改变和消隐。

关键词：余秀华；村庄；写实；逃逸；城乡

湖北诗人余秀华，因诗作《穿越大半个中国去睡你》一夜之间爆红于网络，人们惊异于粗俗诗名与充沛诗意所形成的巨大张力，同时也因为余秀华“脑瘫”“农妇”的身份与诗歌气质的极大反差对其倾入了更多的关注。2015 年余秀华推出了两部诗集——《月光落在左手上》和《摇摇晃

[1] 王梦笛（1997－），女，湖北宜昌人，西南大学中国新诗研究所硕士研究生，主要从事中外诗歌比较研究。向天渊（1966－），男，重庆巫山人，博士，西南大学中国新诗研究所教授、博士生导师，主要从事比较诗学研究。

晃的人间》，不久她被选为湖北钟祥市作家协会副主席。2016 年又一部诗集《我们爱过又忘记》出版，2017 年由范检执导的以余秀华为主角的纪录片《摇摇晃晃的人间》在内地上映。诗歌改变了余秀华的人生，使她从一个处于偏僻村庄的社会边缘人转变为 2015 年前后新诗界的中心人物，且由她引起的诗歌风暴至今未曾停歇。余秀华的生平、身份以及具有美感的诗歌为普通大众津津乐道，诗歌文本中丰富的审美价值、思想内蕴及社会意义也为众多学界研究者关注。正如学者刘聪所说："她的诗歌确实打动了读者的心灵，唤起了读者情感的共鸣，甚至于在当代诗歌愈发远离抒情本体、汲汲于空洞的理性架构的风气中，实现了诗歌之抒情性和审美性的回归。"① 余秀华在出生地——湖北钟祥市石牌镇横店村生活了三十八年，"横店"作为余秀华前两部诗中的抒情场地，也很大篇幅占据了描摹对象和抒情主体的位置。本文将以余秀华诗中的"横店村"为切入点，以探究这一村庄对余秀华的人生及诗歌的多重含义，兼论及"村庄"本身的诗歌美学意蕴及命运指向。

一、经历与写实——具有实感的村庄图景

余秀华在散文《我的乡愁和你不同》中写道："我是一个只有家乡而没有故乡的人，这一度是我比那些有乡愁的人更犯愁的事情。所谓的故乡是当你离开生你养你的地方以后，回过头来对你老家的称呼。但是我从来没有离开过横店村，我就无法把横店喊成故乡，在那么多美丽的乡愁里，我感觉到自己生命的一种缺失：因为身体的限制甚至剥夺了我有故乡的机会，一辈子不离开一个地方，我理解为一种能力的缺失，如同我这样的，无法在既定的命运里为自己转一个小小的弯。"② 因为从没离开过故乡，余秀华笔下的村庄来自日常生活的饮食起居，劳作之余的冥想吟唱。而在中

① 刘聪：《论余秀华诗歌创作的抒情与审美特质》，《文艺评论》2017 年第 10 期。
② 余秀华：《无端欢喜》，新星出版社，2018 年，第 87 页。

国现代诗歌的大潮下，有关乡村、土地的诗歌更多是一种记忆的表达，“五四”以来从乡村走向城市的知识分子，在远离故土之地对乡村进行缅怀和反思；在城市中漂泊不安的人呈现出感伤的怀乡病，抑或者将故乡虚拟为一曲美丽的田园牧歌。诗人们的思念、嘉赞甚至是批判大多是站在乡村之外的地点进行打量和想象，村庄的面貌经过了多重过滤和提炼，早已失真。而余秀华能写出葆有鲜明特色、真实具体的村庄，正缘于她身处乡村之中。学者孙桂荣便认为，与余秀华相似的农民的写作，“可谓农民劳作的真正原生态书写”，农村妇女的“在地”写作第一次实现了乡土底层的自我表述①。

余秀华在诗歌中采用了多维度的视角勾勒横店村的轮廓和内里：

一是村庄中的时间，从年到季节，到月份，再到某一日的清晨、下午、黄昏，余秀华都用诗歌做着清晰的记录。“第二拨以后的草长势缓慢/老的匆忙/就这样迎来了秋天的第一场露水……一篮草割满，坐下来休息/秋草还是比我高出许多”（《青草的声音》）②。不论是初夏的葡萄，秋天的青草，还是诸如《哦，七月》《八月》《霜降》《后院的黄昏》《九月的云》等直接以时间、节候命名的诗篇，都极为细腻地展现着村庄时节转换中一个农人的敏感，“一个人在田埂上，蒲公英怀抱着小小的火焰/在春天里奔跑，一直跑到村外”（《每个春天，我都会唱歌》）③；“我看见每一个我在晚风里摇晃/在遥远的村庄里沉默地抒情，没有人知道我/没有人知道我腹腔的花朵，鸟鸣，一条蛇皮/没有人知道我体贴每一棵草/也没有人知道我的宝藏”（《在黄昏》）④，而一个孤独的诗人，也将多情洒落在村庄的每一个时辰。

二是乡村中的颜色，相比起田园的“绿”，“蓝”和“白”是诗人着

---

① 孙桂荣：《乡土中国的表述与被表述——农村妇女“在地”写作与重建乡土叙事伦理》，《当代作家评论》2020年第1期。

② 余秀华：《月光落在左手上》，广西师范大学出版社，2015年，第194页。

③ 余秀华：《月光落在左手上》，广西师范大学出版社，2015年，第81页。

④ 余秀华：《月光落在左手上》，广西师范大学出版社，2015年，第84页。

墨更多的颜色。“蓝”指代天空，“大朵大朵的蓝被吹来”（《向天空挥手的人》），“而我把自己交出去，交给这样的蓝，是怎样的一种执迷不悟”（《五月，请让我蓝透》），相比视线逼仄、天空浑浊的都市人，乡下人最奢侈的便是拥有完整的、纯净的蓝空。余秀华毫不掩饰她对于蓝天的深爱，甚至想把自己葬在天空（见《我的乡愁和你不同》）[①]；与“蓝”相反，“白”有更为丰富的意义指向，丝巾的白、要死要活的栀子花的白、清明吊子的白，乃至杀人的月光的白、罪行的白，白胡子、白发、白骨头等，白色象征着罪恶的遮掩、衰老和死亡的寒冷，这样的引申义出人意料，却在一个衰败荒凉的村庄的情理之中。

三是乡村中的各种事物。如簸箕、豆苗、白杨树、水蜘蛛、风、狗尾草、雨、杏花、湖水等。值得注意的是，与其他乡土田园诗人对这些农家事物的珍爱不同，余秀华在书写之时常持着平淡、冷漠甚至悲观的态度，在《横店村的下午》一诗中，诗人描摹下午的阳光照到横店村的植物，被万物分取，联想到光阴，时光如梭，横店的万物欢腾凑足一个春天，而“我们在这样的春天里，不过是把横店村重新捂热一遍”[②] ——村子的生机对个人的生活是造不成什么变化的。诗人如此写道：“夕阳悬在天边，欲落未落/那么大，刚好卡在喉咙。人间荒草荒凉着色……/一颗孤独的稗子给予我的相依为命/让我颤抖又深深哀伤”（《在村子的马路上散步》）[③]。以及在她诗中常出现的乌鸦、坟墓等意象：“如果硬要找出一个不同的日子/就是今天了。土丘上长出一个新坟/乌鸦们慌张了一会儿，纷纷落下来/草继续枯黄”（《后山黄昏》）[④]。这正是余秀华笔下村庄中最为残酷的写实，村庄并非知识分子心怀之中所供奉的精神家园或是乌托邦，相反，横店是空旷的平庸得令人发狂的，就像《后山黄昏》中清洗暮年的孩子，这真是一个令人心惊的比喻，一个人在乡村度过，那么他在童年时便可以看

① 余秀华：《无端欢喜》，新星出版社，2018 年，第 100 页。
② 余秀华：《月光落在左手上》，广西师范大学出版社，2015 年，第 40 页。
③ 余秀华：《月光落在左手上》，广西师范大学出版社，2015 年，第 102 页。
④ 余秀华：《月光落在左手上》，广西师范大学出版社，2015 年，第 20 页。

到衰老，看到自己单调乏味的一生，在日复一日的平线生活之中，生命在慢慢闭合，身体的骨节都像村庄的日常一样缓慢生发和衰退，像石头一样被水滴销蚀。横店对于余秀华来说，是“无法当作故乡”的生长与居住地，是因残疾被社会边缘化的避难所，亦是粗粝与庸常的生活本身。

二、逃离与反叛——逸出村庄的精神世界

如果余秀华只是一个普通的农村妇女，不读书，不写诗，不会对乡村的荒凉闭塞有太多的感触。然而出生时缺氧造成的脑瘫非但没有使她懵懂浑噩地度过，反倒造就了她更为敏锐的感官、倔强坚韧的性格、更强的求知欲和表达欲以及更为蓬勃热烈的生命激情。那么，当她因为身体原因被迫接受一段无爱的婚姻以及数十年的农村留守之后，矛盾必不可免地生长出来。余秀华在诗中说：“多年来，我想逃离故乡，背叛这个名叫横店的村庄/但是命运一次次将我留下，守一栋破屋，老迈的父母/和慢慢成人的儿子”（《你只需活着》）①，想要逃离而不得，诗歌充当着余秀华的“拐杖”，也是飞向精神高地的翅膀。

这种逸出，首先表现为诗人内心清晰的诉求和认知，“一个村庄容纳一个女人，穿粗布衣裙的女人……/点燃了，飘飘忽忽的劣质香烟，烟灰慢慢堆长/陡然掉落/——这和日子不一样，她说”（《初夏，有雨的下午》）②；余秀华的诗歌大多是她个人经历、感触的自白，《后山黄昏》中，余秀华“一个人坐到满天星宿，说：我们回去/一棵草怔了很久/在若有若无的风里/扭动了一下”③，没能在乡村人群中享有共情，她独坐一隅，以植物为友，在村中无所顾忌地漫步沉思，诗中笼罩的孤独感并非来自乡人的疏远，而是自我主动的选择。

其次体现在诗人对村庄循回往复的生活节奏的对抗。“它的灰烬还是

---

① 余秀华：《月光落在左手上》，广西师范大学出版社，2015年，第182页。

② 余秀华：《摇摇晃晃的人间》，湖南文艺出版社，2015年，第98页。

③ 余秀华：《月光落在左手上》，广西师范大学出版社，2015年，第20页。

万物葱茏，它的劫难依旧/休想结束！……/一朵花开够了就凋谢，但是我不能”（《五月之末》）[①]，用“灰烬”“劫难”来形容五月的茂盛，是一种语词的悖谬，余用这种方式表现乡村四季回环的无聊乃至绝望之感，而诗人恶狠狠地、幸灾乐祸地抛出一句“休想结束！”就将自我从恒常的村庄之中拉拽出来，并坚定地表达永不凋谢的信心。在《渴望一场大雪》一诗中，诗人蛮横张狂地向大雪下达指令：“我需要它如此用力。我的渺小不是一场雪/漫不经心的理由……/我要它为我竖起不朽的墓碑/我要它为我堆出无法长出野草的坟”[②]，强力的宣告和要求展现出诗人倔强刚劲的灵魂，这样的内心已经不是普遍意义上偏僻村庄中一个孱弱的农妇所能盛放得下的了。学者刘聪在对余秀华的诗歌《2014》作文本细读时，亦发现诗句中修饰语及其他语词与安宁悠然的乡村场景的不和谐之感，词语间的“冲突”与“裂痕”使其“诗歌体现出某种反讽与解构”，“在她的诗中，乡村场景的反复出现并不意味着乡村场景或农耕文明是其诗歌精神的重心所在……余秀华难以从这个环境中得到共鸣和回应，她观察它、描写它，同时与它对峙。虽然自称‘农妇’，但在横店村，她精神世界的状态却是彻底的‘异乡人’”，“村庄有如一个围拢了‘时光’的封闭的牢笼”，而余秀华“通过诗歌实现了从现实场景的‘起跳’”[③]。

最后，对村庄的逃逸与背反也体现在余秀华对婚姻的挣脱与爱情的追求上。与都市相比，乡村的道德伦理与社会风气都更为传统守旧，婚姻的捆绑不仅限于家庭内部，而且扩展为一种乡村舆论的压迫。余秀华在诗歌中大胆暴露夫妻不和谐的性生活，丈夫的冷漠和家暴以及对意中人热烈的爱恋。乡下人耻于言说的“家丑”以诗歌的形式广之于众，除了网络上的争议和攻击，余秀华也必定遭遇过村人的非议。然而，余秀华不会屈服于这些压力，不管是在纪录片中，在记者会上，还是在博客上，她都能坦荡回应甚至予以反击。“在这个又小又哀伤的村庄里……/在一个湿润的春天

---

① 余秀华：《月光落在左手上》，广西师范大学出版社，2015年，第75页。
② 余秀华：《月光落在左手上》，广西师范大学出版社，2015年，第79页。
③ 刘聪：《论余秀华诗歌创作的抒情与审美特质》，《文艺评论》2017年第10期。

里原谅迷路的盗窃犯/我用诗歌呼唤母亲，姐姐，我的爱人/……月亮升起来的时候，它又一次动了凡心”（《荒漠》）[①]，“我要在傍晚的时候走进你的菜园/在白菜上捉虫”（《抒情・盲目》）[②]。村庄为余秀华提供了一个绝佳的抒情场地，乡村里常见的事物（诸如月亮、白菜等）因诗人情意的摇曳而浪漫多姿。然而，被爱情渲染的村庄只存于诗人的笔下，却并非乡村本身，耕种、劳作、喂牲口、养小孩才是占据农民们日常生活的“主业”，爱情于村庄而言实在是太遥远，也太奢侈的一件事。正如余秀华所说："我说横店村的土壤适合长草，但是没有土壤能长出玫瑰。”（《疤痕》）[③]因为身体缺陷，余秀华没办法像其他村人那样从事体力劳动，在儿子成人后生活的“主业”则更加空洞，于是沉浸并书写爱情成为余秀华逃逸出村的天马。但令诗人落寞的是，爱恋的另一方身体与内心都不在此地而在远处，而诗人无法出走和追逐，“在没有伴侣的人世里/我是如此丰盈，比一片麦子沉重”，“当我对一个人示爱的时候/就如同摸一把横店上空的云朵/而一块土坷垃/一定会绊倒我/而酒刚刚醒来”（《一个人的横店村》）[④]。诗人的肉体持久地禁锢于横店，而心魂却从未停歇地向着爱人、远方驰行，二者不断扩大的距离必然会造成其精神的分裂和煎熬。

三、冲突与消逝——文本隐藏的城乡结构

对城乡二元关系、结构变化的呈现和思考是当代文学中无法绕过的基本命题。袁文丽认为，在当代的文学作品中，城乡构型“既有对乡村田园伦理、诗意怀旧的追寻，又有对‘城’所表征的社会进步与物质文明的肯定，同时还尚存对‘城’所表征的文化价值的现代性批判，对贫富差距和

① 刘聪：《论余秀华诗歌创作的抒情与审美特质》，《文艺评论》2017 年第 10 期。

② 余秀华：《摇摇晃晃的人间》，湖南文艺出版社，2015 年，第 51 页。

③ 余秀华：《摇摇晃晃的人间》，湖南文艺出版社，2015 年，第 83 页。

④ 余秀华：《摇摇晃晃的人间》，湖南文艺出版社，2015 年，第 31 页。

城乡结构性失衡的质疑和现代性焦虑”①。自改革开放以来，中国乡村的面貌发生了巨大而深刻的裂变。它逐渐剥离其古重、陈旧的外壳，汇入到城市现代经济发展的大潮之中。在这个过程里，乡村一方面主动地接受城市发展带来的红利，另一方面也不自觉或不情愿地被城市价值观念所侵占、裹挟。因此乡村对城市既表现出依附、倚靠的姿态，也存在着对抗、拒绝的情绪。随着社会发展，城乡结构亦处在动态变化之中。余秀华在诗歌中，捕捉了近二十年横店村跟随经济大潮所发生的剧烈变化，并从一些独特的视角探寻了城乡之间的复杂关系。

乡村与城市的更为便捷的连通和交接，源于火车的出现。余秀华留守于村庄时，就有好几首与火车相关的诗歌，如《我的身体里也有一列火车》，将自我的身体比作一列火车，“它的目的地不是停驻/是经过/……我身体里的火车从来不会错轨/所以允许大雪，风暴，泥石流，和荒谬”②，在这些诗句中，余秀华表达出对外界事物的一种敞开态度，在享受经过、开放的同时，她亦有清醒的自我坚持。《那个在铁轨上行走的女人》中，余秀华写道：“如果有一列火车/鸣笛惊醒她的恍惚/甚至把一个危险安插在她身边/也是好的/但是这锈迹堆积的铁轨许久不通车了/一段火车安全得/让人心碎”③。诗中的女人自然是余秀华的化身，她需要火车“惊醒恍惚”“安插危险”的刺激，来对抗寂寞而荒芜的乡村，然而生锈的不通车的轨道让人失望。通往外界的轨道给了余秀华一种虚无的想象，它承载的是一种乡下人对城市的幻想和仰望，因为交通工具的失效，转变为困在荒凉之地的愤怒和悲伤。火车代表了诗人对乡村之外的生活与经历的渴望，学者张凯成认为，“火车作为工具性的载体连接了空间意义上的乡村与城市，使得诗人们对乡村的‘逃离’与‘回返’成为可能”④。而当余秀华

---

① 袁文丽：《城乡结构裂缝中的底层叙述——以方方〈涂自强的个人悲伤〉为考察对象》，《中国文学研究》2016 年第 4 期。

② 余秀华：《月光落在左手上》，广西师范大学出版社，2015 年，第 12 页。

③ 余秀华：《月光落在左手上》，广西师范大学出版社，2015 年，第 192 页。

④ 张凯成：《21 世纪诗歌中乡土写作的表意困境》，《楚雄师范学院学报》2021 年第 5 期。

真正坐火车去了城市后，她诗中的期盼消失了，城乡之间切实的比照帮助其更为客观地审视了自己的乡村。

火车等快捷的交通方式使得农村人得以进入大城市务工，庞大的农民工群体慢慢形成。多年来，社会对这一群体的关注更多聚焦于民工在城市的艰难求生，民工身后的“守屋人”则长时间隐匿于视野之外。余秀华自身便是“守屋人”之一，因而对乡村留守者的生活与心境、农民工家庭的不稳定结构有着颇为深切的体察。在诗歌《子夜的村庄》中，夫妻俩的孩子溺水死亡，妻子乳房生了肿块，远在北京打工的丈夫却全不知情，男人用着电话线宣誓着虚浮的所有权，村庄和家庭早已抛诸脑后。诗歌《九月，月正高》中写道：“那些回乡的人/他们喜欢半路迷途，总是走不回去/他们的女人在村庄里快速老去，让人放心”[①]。这些诗实际指出了一个农民工家庭夫妻地位的不平等性，丈夫大可以挣钱名义离家不归，放浪形骸，但留守在村中的妻子，在日复一日的操劳之中日渐衰老，又因为不曾见过世面以及收入寒微，更加依附于男性，加剧了男方在家庭中的操纵能力。外出务工者与农村留守人之间越来越大的鸿沟，弱化了农村家庭原本紧密的联结性，乡村也由于劳动力的大量流失而缺乏了生机和更新能力，田园荒芜、人烟稀少。这便是余秀华诗歌中村庄“又小又哀伤”（《荒漠》）[②] 的原因之一。城市对农民工的吸收，从经济上来说，它帮助农村人增加收入，提高了物质生活水平。而另一方面，它进一步扩大了城乡之间的差距，倒逼更多的农村人放弃农耕生活，走入市场。余秀华能改变自己的留守人处境，某种程度上也是主动放弃了自己农妇的身份，通过网络传播，出版诗集及社会活动来参与文学生产的市场化运作。乡村事实上变成了只有老幼、荒地的空心村。由于乡村的价值衰退，它对人的影响力和约束力都逐渐减弱，面对城市的强力侵略，乡村已完全败下阵来，渐趋消弭。

---

① 余秀华：《月光落在左手上》，广西师范大学出版社，2015 年，第 138 页。

② 余秀华：《月光落在左手上》，广西师范大学出版社，2015 年，第 37 页。

余秀华在诗歌中逃逸出乡，诗歌也切实地帮助余秀华走出了横店。成名之后，余秀华得以去往很多城市，横店真正成了她的“故乡”。因为走出和远离，村庄不再具体可感，成为思念的符号——“我必将被这村庄更深地陷进去，如泥潭陷进泥塘。”（《如果万物都有与你有关的部分》）[①]《从开封到洛阳的路上》《异乡》《在异乡的旅馆》等诗，也表现了诗人对乡村的眷恋和依赖，但正因“横店”变成了普遍意义的“故乡”，村庄已被抽象和美化。出逃的成功与在外飘荡的经历，宣泄了她压抑多年的生命激情。那么，对远方的渴望得到满足之后，回返便是自然而然的事了。余秀华在横店度过了自己前四十年的生命，村庄已是她无法舍去的牵绊和栖息地，但是被余秀华重新爱上的村庄并未保持原来的模样——在散文《我的乡愁和你不同》中，余秀华记录了社会主义新农村建设在横店的盛况，政府为横店村民修建了集中的安置房，“横店村的三百多户都有了新房子。原本分散在几千亩的角角落落的人家现在全部集中到了一起”。“新农村”当然是有利于农村经济发展、老百姓生活的利好政策，这也是农村现代化的重要举措。然而，这也意味着原始的村庄将被推土机碾过，成为祭品。“这样的发展似乎一下子打碎了什么，我们知道打碎的东西是沉重的”[②]，“我无法避免地看到一些传统和习俗在横店慢慢地不动声色地消失，但是无能为力”[③]，余秀华对此充满不安，“我的乡愁就是直愣愣地站在这片土地上，直愣愣地看着它的变化的无力无奈和无辜……时时刻刻看着一些东西在塌陷，在丢失，似乎觉得可以伸手拉住一些，但是什么也拉不住”[④]。比较理想的新农村建设，应该是在尽量保护当地民风民物的前提下，对村民的基础生活设施进行修缮，并为村民找寻更可持续发展的机会。这样既可以发展经济，也能够大体保存乡村的历史底蕴、风土面貌。但横店村直接推倒老屋，建设新居的做法，则是粗暴地将农村转变为城镇，城乡之间

① 余秀华：《我们爱过又忘记》，新星出版社，2016 年，第 23 页。
② 余秀华：《无端欢喜》，新星出版社，2018 年，第 95 页。
③ 余秀华：《无端欢喜》，新星出版社，2018 年，第 96 页。
④ 余秀华：《无端欢喜》，新星出版社，2018 年，第 97－99 页。

的鸿沟在突然之间被跨越，但沟壑并没有填平，村庄已在顷刻之间瓦解。比起城乡之间隐秘的对抗、村庄的缓慢隐退，此地的新农村建设是一个更为急速的过程，它将旧有之物连根拔起，彻底清除了当地的乡土记忆。正如余秀华一直担忧的，我们究竟丢失掉了什么呢？见证它坍塌的人有了新的乡愁，而出生在新“横店”的人，他们还会有乡愁吗？

四、结　语

余秀华的诗歌打开一个豁口——使我们得以管窥村庄与人更为复杂、深切的关系，就像余秀华的诗歌《关系》所表达的那样：“横店！一直躺在我词语的低凹处，以水，以月光/以土……我的墓地已经选好了/只是墓志铭是写不出来的/这不清不白的一生，让我如何确定和横店村的/关系”[①]。“不清不白”一词，极为贴切地表达了一个农村人对村庄牵扯不清、挣脱与依恋并置的情感。村庄意味着亲情、庄稼、牲畜，以及一个个天晴下田遇雨闲家的日头，哪怕这些都因为不可抗力而消失，村庄似乎成了“空壳子”，但对于村人而言，它仍是一块安心死去的土壤，是叶落的根脉，就像余秀华早早选好了自己的墓地。只是，当乡土成为上一辈人的记忆，新一代人既没有生活经历，也无法获得实地感知的时候，我们终究失去了它。正如宫崎骏电影《天空之城》中的拉普达城，脱离大地之后永恒地漂浮于空中，城中拥有先进文明的智慧生物也消逝于银河。丢失故园的我们，又如何预见自己的未来？

① 余秀华：《摇摇晃晃的人间》，湖南文艺出版社，2015 年，第 144 - 145 页。

南洋作为一种想象的方式

——论马华古典诗（1881－1941）的在地意识

□辛金顺①

内容摘要：马华古典诗是中国古典诗的一个延伸，从早期属于中国外交、考察，及至19世纪末的官巡、士族流寓和政治流亡里的“文学情感”与“中国经验”产物。他们在身体流动过程中进入南洋此一“异质空间”所生产的诗作，往往与在地景物组构成了一种存在的诗学。易言之，处于地理时空的转移里，他们诗作中的“南洋”意象，纯只是“中国经验”下的情感投射，并不具有实质的“在地内涵”。因此，符号化的“南洋”，在而“不在”的，成了空洞的能指。

即使20世纪初南来的文人，在他们的创作思维中，仍固定于传统中国的诗学模式或意识形态的展现，诗中的生命情境脱离了在地现实的生活和文化历史，故忧郁热带、草木有情、江山共悲，被置换成对原乡的一种瞻望。“南洋”，在“中国经验”的收编下，仍然挥不去华夏中心主义的幢幢魅影，成了幽灵化的修辞设置。而侨民、侨居地的诗人“南洋想象”，无疑又陷落于一种诗学技术的情感生产中，指向了“在地”意义的空无。

然而，当马来（西）亚成了有国号，马华古典诗人成了有国籍的国民，他们诗中除了大量复制北风金露、春华秋月、瑞雪纷飞的情景之外，

① 辛金顺（1968－），男，博士，马来西亚作家，曾任教于台湾中正大学、南华大学、马来西亚拉曼大学中文系等，出版学术论著、诗文集、诗集多部。

是否存有对“在地”敞开的生命之思？其之“在地”经验和意识如何在诗中展现？“南洋”作为古典诗中的一种想象方式，又与南来的前辈有何不同？这正是本论文主要探索的核心问题。

关键词：古典诗；南洋；中国经验；在地意识；南洋想象；符号化

一

马华古典诗是中国古典诗向南方传播/移植的文学资产，其间自然涉及知识权力展演和文化美学传承的理念。尤其从早期属于中国外交、考察，及至19世纪末英殖民时期的官巡、士宦流寓和政治流亡等，都曾经在这一片蛮荒未开、文明未启的草莱状态中，以古典诗书写了他们视域下的“南洋”，所以“南洋”这个符号，不只是表征着一个地理空间或方位，也隐含着权力纠结的意识展现。在古典诗歌的述行里，它成了他者心境感发的经验投射，以及一种观看的选择方式。是以，这些南来的文人士族，在身体流动的过程中，进入“南洋”此一异质空间，他们往往以个人的“中国经验”，透过在地景物而组构成了一种叙事/抒情式的存在诗学。易言之，处于地理时空的转移里，他们诗作中的“南洋”意象，往往只是“中国经验”下的情感投射，并不具有实质的“在地内涵”。因此，符号化的“南洋”，在而“不在”的，成了诗作符号里空洞的能指。

即使20世纪初南来的文人，在他们的创作思维中，仍固定于传统中国的诗学模式，或意识形态的展现；诗中的生命情境，脱离了在地现实的生活和文化历史，而寄托于故国之思里。因此，忧郁热带、草木有情、江山共悲，被置换成对原乡的一种瞻望。“南洋”，也在“中国经验”的收编下，挥不去华夏中心主义的幢幢魅影，而成了幽灵化的修辞设置。至于侨民、侨居地的诗人“南洋想象”，无疑又陷落于一种诗学技术的情感生产中，指向了“在地”精神与意义的空无。

是以，本文将试图通过《叻报》的创刊（左秉隆被派驻为新加坡第一任领事）的1881年为起始，及至日本侵入与占据新马前的1940年为止，以这时期几位重要的古典诗人诗作，作为思辨与探讨马华古典诗的在地意识问题。笔者并期待此一讨论，能供予马华古典诗人，在未来创作古典诗时的另一类思考。

二

大致上，对“南洋”此一地理与文化位置，在中国视域之下，总是充满着神秘与蛮荒的想象。从历史学的知识指涉，“南洋”一词，向来具有其暧昧和模糊性的界说。如冯承钧依据陈伦炯所编撰的《海国闻见录》一书，就曾指出，它最早见于清代雍正年间，所涉及的范围极广，包含“小西洋”的印度、欧洲，乃至东南海洋的吕宋苏禄，并延及安南占区马来半岛之间①。然而丘炫煜却经由爬网文献，从明代胡宗宪所辑的《筹海图编》、郑若曾所写的《郑开阳杂着》和茅元仪的《武备志》三本古书中，将“南洋”此一概念的出现和形成，往后推延到明代中叶，认为其源自“南海”的名词，并在明末清初被普遍使用，主要是受到西方商人与传教士的引入，而形构了“南洋”的指认。然而“南海”的地理位置界定，却是指向江南岸外海域，就地理概念上而言，却是宽广且含糊不清②。清朝乾嘉年间，“南洋”作为专用名词，如南洋国、南洋语、南洋人、南洋贸易、南洋商船等，已在各文献中纷纷出现了。及至晚清民国初，许多书报、刊物、社团、学校、商行，更竞相以“南洋”二字冠之，成为一时潮

---

① 参见冯承钧（1885－1945）《中国南洋之交通》，《东方杂志》第三十四卷第四号，1937年9月，第145页。

② 参阅邱炫煜《中国海洋发展史上“东南亚”名词溯源研究》，收入吴剑雄编《中国海洋发展史论文集》第四辑，台北：中研院中山人文社会科学所，1991年，第324页。

流，可是对“南洋”的地理范围，依旧是众说纷纭，各自表述[①]。一直要等到1961年，许云樵在《南洋史》做了一个比较明确的界说：

南洋者，中国南方之海洋也，在地理上，本为一暧昧名词，范围无严格之规定，现以华侨集中之东南亚各地为南洋。[②]

“南洋”在此遂以东南亚为定然范畴，而不再“合天地”之广漠无极[③]。然而在此也必须指出，这段文字所表述的“南洋”，乃“中国南方之海洋”，以及成为“华侨”的集中地。易言之，“南洋”在中国的视域下，不只是单纯一个地理方位的概念，而且也具有政治身份与文化意识共构的组称，“南洋”与“华侨”，更形成了被中国意识化的想象共同体。一如王赓武所指出的，“华侨”具有强烈的政治意涵，通过中国人大量流寓，或旅居“南洋”，也将中国版图无形的扩展到“南洋”来，并由此与中国链结为亲密的关系[④]。

究其实，在东南亚许多国家尚未独立前，“南洋”的发明，具有象征

① 如赵正平在1918年所写的《南洋之定义》，综合当时各家之说，分成广义和狭义的界说。广义是含括从印度支那、马来半岛与群岛，到大洋洲；而狭义则指马来半岛和马来群岛而定。1928年，李长傅撰《南洋华侨史》，却将印度和锡兰都包含进去，并提出“里南洋”和“外南洋”之说。1935年，季达译甚至将范围扩大到印度以西的波斯与阿拉伯。相关讨论，可见于李金生《一个南洋，各自界说：“南洋”概念历史的演变》，《亚洲文化》第三十期，新加坡：新加坡亚洲研究协会，2006年6月，第113－123页。

② 许云樵《南洋史》（上卷），新加坡：星洲世界书局出版，1961年，第3页。

③ 清代雍正年间陈伦炯《海国闻见录》中《南洋记》云：“南洋诸国，以中国偏东形势，用针取向具在丁未之间，合天地，包涵大西洋。”而赵正平《南洋之定义》亦言：“何谓南洋，其名称至宽泛也，其范围至广漠也”，由此可见，“南洋”的地理位置无一规定之范畴。至于东南亚此一名词的出现，要推迟到1943年，即英国首相丘吉尔在加拿大魁北克召开英美首脑会议，建议成立“东南亚盟军司令部”（Southeast Asia Command）以对抗侵入缅甸、马来亚、新加坡等地的日本军队，由此，“东南亚”才广泛的被使用。见李金生《一个南洋，各自界说：“南洋”概念历史的演变》，《亚洲文化》第三十期，新加坡：新加坡亚洲研究协会，2006年6月，第116－120页。

④ 19世纪末大量被使用的“华侨”一词，内涵着政治意涵，并被用以召唤起革命的工程。是以，作为侨民暂居地的“南洋”，亦在革命意识的延伸下，也具有文化和政治的内容。相关讨论参见王赓武《移民与兴起的中国》，新加坡：八方文化，2005年，第162－163页。

性符号，混杂着中国政治、经济、文化与历史地理的想象认知。它形成了一套象征系统，在中国的目光下，总是脱离不了中国经验的界说和定义。尤其在文化上，“南洋”属于蛮荒瘴疠之地，经由传统华夷之辨的文化意识观照，是需要教化和改造的地方。所以从陈伦炯的《南洋记》，就可窥见其对当地风土人物的视域心理。如其延着大哖、吉连丹、丁噶呶、彭亨诸地所看到的：“番皆‘无来由’族类，不识义礼。裸体挟刃，下围幅幔。”[①]，这样一幅“无来由”（Melayu 马来人）图像，一览无遗地展示了文化尊卑的差异性。因而如此的文化视域，以及后来许多文人的“南洋”想象，都脱离不了这样的文化心理认知。

古典诗与“南洋”的遭遇，最早可以追溯到明朝正统元年（1436），在费信的《星槎正览》一书中，记载了不少跟“南洋”人物、民俗风情和地理环境有关的作品，如《满剌加国》《九洲山》《龙牙门》与《彭坑国》等，诗句中所显现的“居民如附蚁，椎髻似猴容”[②]“短衫常覆体，形貌不堪观”[③]“居人为掳易，番舶往来难”[④]“嬴似漆肤体，椎髻布缠头”[⑤]等，不但描绘出当地居民的生活样貌与形态，也展示了他们的风土习俗与信仰（从男女发型，肤色和衣饰，到掳掠为豪的行为等），由此而凸显出“南洋”作为异质空间的特殊色彩与意象。然而在这些诗中，他们念兹在兹的

① 陈伦炯《海国闻见录·南洋记》，引录自电子版 http://www.guoxue123.com/tw/01/026/006.htm。「番」在此可做二解，一为“外国”，如“番邦”；或中国以外的人、事、物。另其一为“缺乏”礼仪文化，落后与原始的状态。

② 《龙牙犀角》，收录于费信著、冯承钧校注《星槎胜览校注》，台北：商务印书馆出版，1962 年，第 25 页。

③ 《吉里地闷》，收录于费信著、冯承钧校注《星槎胜览校注》，台北：商务印书馆出版，1962 年，第 32 页。

④ 《龙牙门》，收录于费信著、冯承钧校注《星槎胜览校注》，台北：商务印书馆出版，1962 年，第 4 页。

⑤ 《满喇加国》，收录于费信著、冯承钧校注《星槎胜览校注》，台北：商务印书馆出版，1962 年，第 19 页。

仍是“焉知施礼乐，立教序彝伦”①“采伐劳天使，回朝献帝王”② 和“蛮戎钦帝德，金表贡神州”③ 等人文教化与天朝来召为目的，毕竟出自巡游的官吏之笔，政教的凝视，无疑比采集异地风物更为重要。因此在这些诗作背后，自也隐含着王朝天威的弘扬意旨，以及华夏中心的文化意识，使得这些具有“南洋”面貌的古典诗，陷落在中国文化与政治权力空间的认知结构里，而成了标准的政教风土意义的作品；另一方面，经由中国视角下所展现的“异质”特色，在采诗观风的传统脉络中，无疑为“南洋”番人番邦图像，建构了一个足以让人猎奇的想象世界。

是以，这样的“南洋”想象，一直成为南来士宦与官巡者在诗歌中的吟咏系谱，“南洋”的草木和景物，在这些文人诗客的书写中，常常映现了一种遥远的异国情调。因此当他们的身体流动到“南洋”来，同时也带来了中国经验与观看的视觉位置，使得他们在古典诗创作中的“南洋”符号展现，成为一套中国意识制造下的古典美学。如19世纪末，被委派到新加坡驻第一任领事官的左秉隆（1850－1924），身处在“鴃舌听他蛮作语，鹅毛写彼蟹行文”④ 的“南蛮”之地和英殖民之所，对“俗尚狉獉，人多浑噩”的“叻地”（即新加坡），冀望通过“施于德礼”⑤ 的文化宣教，进行变风易俗的华化工作，以期华人群体，在英殖民统治的境域中，不忘对中国文化与政治产生认同感。因此在这样的中国意识之下，其诗即使描写

---

① 《彭坑国》，收录于费信著、冯承钧校注《星槎胜览校注》，台北：商务印书馆出版，1962年，第7页。

② 《九州山》，收录于费信著、冯承钧校注《星槎胜览校注》，台北：商务印书馆出版，1962年，第21页。

③ 《暹罗国》，收录于费信著、冯承钧校注《星槎胜览校注》，台北：商务印书馆出版，1962年，第15页。

④ 这是奉和卫铸生的一首诗“燕然虽为勒功勋，自觉平生尚可欣。鴂舌听他蛮作语，鹅毛写彼谢行文。有时亦共鹤鸾偶，无事还追麋鹿群。迭和诗篇多急就，不劳月斧与云斤”。原诗刊载于《叻报》1889年10月8日第5版。

⑤ 见《旅叻潮商联送卸新加坡领事府左公秉隆屏叙》一文：“亲王者而衣冠有度，近圣人而教化易行……叻地去中国者六千里，辟草莱者七十年。尚俗狉獉，人多浑噩……我公独能齐之以德礼，绳之以范围，怀之以宽柔，孚之以信义，翕然以从；化外之民，于焉以变者。”《叻报》1891年11月12日。

新加坡景象，依然不忘将它与中国紧密联结一起，如："息力新开岛，帆樯笑四方。左复中国海，西接九州岛乡。野竹冬仍翠，幽花夜更香。谁怜云水里，孤鹤一身藏。"① 野竹常翠，幽花更香，正是引譬（侨民）族群认同与中华文化属性的自我肯定，这也是作为清朝外交官所必须负起的职责。然而，当"南洋"被安置于中国经验的内在结构里，不经意的，也将"南洋"的真实图景给封缄起来，使得装置在中国视域下的"南洋"图像，遮蔽了本土情境而导致了其之失落。而其所创作的一些"南洋"景观之诗，如《吉隆坡温泉》《游槟榔屿极乐寺》《柔佛王宫早眺》等，只徒具本土题名，唯诗中所展现的依旧是中国古典情调的感觉结构，而无法展现出在地观感的知觉情态。即使比较贴近马来亚景观的一首诗《雪兰莪途次作》，从联邦铁轨，采锡谷坑到万山焦木的景象描写，及至最后，却还是掉进了"太息中原多旷土，诸公衮衮失经营"② 的帝国衰颓景象与对故国的关怀情面去。换句话说，左秉隆诗中的"南洋"想象，充满着中国经验的自我情感抒发，而缺乏一份对本土关注的情怀，而且在已成习套的古典诗语言中，无法写出"异邦"的文化特征与内涵来。

而类此他者/旅行者的"南洋"书写型态，也出现在同样身职外交官的黄遵宪（1848－1905）与杨圻（1875－1941）诗作中。尤其是黄遵宪最具诗名，乃晚清诗坛大家，他在1891年接掌左秉隆去任后的新加坡总领事，在任期间三年，促动他写了不少描述「南洋」风土民情、时事、作物与水果花卉等诗作③。如在《以莲菊桃杂供一瓶作歌》一诗，其通过了古体形式，以清帝国使节的目光，透视多元族群相处一地，并在殖民者压迫

---

① 《息力》，收录于左秉隆《勤勉堂诗钞》（卷三），新加坡：南洋历史研究会，1959年，第86页。

② 此律诗全文："联邦铁轨筑初成，采锡人来消谷坑。四野积沙埋错落，万山焦木委纵横。为丛驱爵各轻咎，舍己为人岂下情。太息中原多旷土，诸公衮衮失经营"，乃其1908之作。见左秉隆《勤勉堂诗钞》（卷三），新加坡：南洋历史研究会，1959年，第170页。

③ 相关论述，可参考赵颖《吟到中华以外天——黄遵宪南洋主题旧体诗研究》，《宁夏大学学报》（人文社会科学版）第34卷第1期，2012年1月，第65－71页；以及高嘉谦《帝国、斯文、风土：论驻新使节左秉隆与黄遵宪与马华文学》，《台大中文学报》第32期，2010年5月，第359－398页。

下的生活面貌与存在状态。诗中以瓶喻示英殖民下的新加坡，并以莲、菊、桃隐喻黄种、白种与黑种人各族群，在西方人分而治之的族群阶序政治统御中，形成彼此间的猜疑与矛盾现象：

一花惊喜初相见，四千余岁甫识面；一花自顾还自猜，万里绝域我能来；一花退立如局缩，人太孤高我惭俗；一花傲睨如居居，了更妩媚非粗疏；有时背面互猜忌，非我族类心必异；有时并肩相爱怜，得成眷属都有缘；有时低眉若饮泣，偏是同根煎太急；有时仰首翻踌躇，欲去非种谁能锄；有时俯水嗔不语，谁滋他族来逼处；有时微笑临春风，来者不拒何不容。①

各花形态，展现了社群各族不同的位阶和关系，也彰显了族群空间复杂的意识形态问题。黄遵宪在此更是突显出了殖民者的孤高傲慢及白种人的优越地位。在这样的情态与剥削压抑中，殖民者的统治势必无法长久："唐人本自善唐花，或者并使兰花梅花一齐发，飙轮来往如电过，不日便可归支那。"这样的期许，揭示了其所吟咏位置，依旧是在中国经验与民族本位上来进行思考的。"兰花""梅花"的意象指涉，征示了中国人正直积极与坚忍不拔的儒者精神，在他们的努力之下，最后一切必可归结于中国。所以在此可以窥见，黄遵宪积极调动了"南洋"想象，置换场景，将清朝境内正面临西方列强侵迫，族群纷扰的现象与焦虑感，投射到诗中，并且期待族群能够相互和谐，团结一致，将强权驱逐出去。而这样的中国民族主义感知结构，也同时出现在《夜登近海楼》一诗中，诗人不断追怀往昔华夏王朝的辉煌盛景，以慰藉内心因清王朝长久积弱造成沉痾与衰蔽的创伤，与历史的纠结："昂头尚照秦时月，放眼犹疑禹画州。回首宣南苏碌墓，记闻诸国赋共球"，抚今怀古，想的是明王朝武功盛世的过往，以及南洋诸邦因王朝天威广被而纷纷上贡帝朝的曩昔盛况，连苏碌王都埋骨中

① 陈净编：《黄遵宪全集》（上册），中华书局，2005 年，第 132 页。

原；然而俯视现实，当今状态却是“滔滔海水竟西流”[①] 的情势，盛景不再了。故处于西潮东渐与西方帝国势力不断扩展中，身在南洋的他，更深刻了解到华夏文化的没落与王朝的衰微，是孤臣无力可回天的局面，因此诗里的“南洋”想象，就成了慰藉他忧患之心的抒发之作[②]。所以，在这些诗中，中国经验所形构的诗意框架，依旧是左右着诗作指向——中国的内在场域。而“南洋”场景，在此，也只是为了传统比兴技艺/手法所用而已。

因此，若进行深入检验，这些流寓“南洋”的士宦所创作之“南洋”诗歌，有不少作品属于借他人杯酒，浇自己胸中块垒的抒情与叙事之作，地方感性（sense of place）显然不足，中国古典诗的境外书写——“在南洋”，似乎成了对故国寄托的招魂之唤，如杨圻（云史）在新加坡所写的《新加坡感怀》一样：

逐队文身俗，蛮奴杂兽蹄。
种椰烧火炭，割橡挂绳梯。

---

① 陈净编：《黄遵宪全集》（上册），中华书局，2005 年，第 106 页。

② 黄遵宪其余“南洋”名作，如《新嘉坡杂诗十二首》《番客篇》等，大致上也是内囿于此一中国视域所形成的书写，最明显可见于《新嘉坡杂诗》第四首：“华离不成国，黔首尚遗黎。家畜獠奴段，官尊鸦姓悉。神差来却要，天号改称犁。益地图王母，诸蛮尽向西”（2005：590）。诗中以中原视角，将当地土著视为未开化的“獠奴”，称殖民者为“段”（马来语 Tuan，主人之意），见到具有官阶者则称‘悉’（英文 Sir），并且与华侨移民，原应受到中国的庇护，可是清王朝势力衰微，南洋诸地尽皆成了西方帝国的殖民地，而纷纷向西而拜。《番客篇》以四百零八行的五言古体，叙事兼抒情，相当深刻的描绘了新加坡华侨/裔移民社群的生活形态与文化习俗。诗中以一富豪婚礼为场景，从中西音乐、新娘本土化的装饰、各方宾客（商贾、航运业家、甲必丹、高利贷和卖鸦片者等）、被本土同化的饮食和饮食的方式（食物十八品强半与椒姜。引手各抟饭，有粳有黄粱），并引向了陈述生于本土的五、六代不回乡的原因（富贵归故乡，比骑扬州鹤。岂不念家乡，无奈乡人薄！一闻番客归，探囊直启匙。西邻方责言，东市又相斫。亲戚恣欺凌，鬼神助咀嚼）以及在西方教育下，多已不识中国语言和文字了（仓颉鸟兽迹，竟似畏海若，一丁亦不识，况复操笔削）。参见李庆年《马来亚华人旧体诗演进史》，上海古籍出版社，1998 年，第 110 - 111 页。因此，面对华人番化的现象，黄遵宪想的只是，如何在这些人之间重建中国教育，以及宣扬中国文化，以竭止番化现象的扩大。故其职责与中国文化视域位置决定了其诗歌的‘南洋’想象内涵与表现。

云暖眠猨树，花明浴象溪。
臣陀恩泽少，化外失鲸鲵。（四之三）

邦危犹裸逐，小学亦君臣。
山是四时绿，花为终岁春。
何年功不世，此地古无人。
日夕诸星出，犹知望北辰。（四之四）①

"南洋"景象在诗中的出场，只是为了铺垫抒情主体的个人情志表现，或由传统诗学的"目与景遇，情由心生"所构画而成，是以"南洋"的诗中想象，除了尽现蛮奴兽蹄之迹，猨树象溪的蛮荒景象之外，杨圻比较关心的还是在于中国对"南洋"各地势力之影响，以及清王朝与"南洋"之间的外交关系。唯在西方势力的包围中，被想象为中国版图延伸的"南洋"，却也失落在"日夕诸星出，犹知望北辰"的空洞召魂之声和自我慰藉之情里。

所以从这些仕宦的诗作中，大致上可以窥见他们身负中国外交的"南洋"情结，处身于蛮荒之地（文化意义上而言），面对清王朝国内外的忧患，以及西方殖民强权势力扩张逼迫之下，除了呈现频频北望的焦虑感，或张扬民族主义气性外，对现实世局，实也无能为力。然而，在他们目光中所及与反映出来的「南洋」叙事诗作上，却也留下了少数一些足以成为以诗证史的作品，如黄遵宪的〈番客篇〉一诗即为佳例。虽然如此，可是「南洋」的诗中想象，仍然表现着他们在中国境外的某种失落，在现代化的冲击中，与古典南洋图像一样，随着他们的离职后，而成了身后已然被切割掉的一个文学轶事。

① 杨圻著、马卫中、潘虹校对：《江山万里楼诗词钞》，上海古籍出版社，2003 年，第 73 页。

三

反而是生于福建海澄，八岁回到新加坡，十四岁赴乡读书赶考，二十一岁乡试中举，二十二岁因父殁而返新长居的邱菽园（1874－1941），最能于古典诗中表现在地知识与经验的诗人。这位被誉为“南洋古典文学第一人”的诗人，承继自中国传统诗学的美学形式与抒情表述，让他圆熟的掌握/操作了一套古典诗的语言习套与技艺；同时因在地生活的长久，使他有足够的在地知识与经验，展示内在生命/本土生活的存在意向和精神表现。这自与短暂寓居的左秉隆、黄遵宪、杨圻，或流亡到南洋来的康有为等有别。星洲成了其死生之地，“南洋”也不是用来观看的，其虽自号为“星洲寓公”①，但就主体认知上，他对新加坡本土还是具有一定的归属与认同感。这从他写了不少与新加坡景观和物情的诗作可窥见一斑，如《星洲杂感四篇》和《星洲》等，具有其在地抒情的经验表述，并与当时存在的时空，形构了紧密的关系：“连山断处见星洲，落日帆樯万舶收。赤道南环分北极，怒涛西下卷东流。江天锁钥通溟渤，蜃蛤妖腥幻市楼。策马铁桥风猎猎，云中鹰隼正凭秋。”② 此诗不但勾勒出新加坡占踞东西商航要道的地理位置，也描绘了英殖民在海外营造出如海市蜃楼（现代化）一般的岛屿繁华，且是中西商业移民伺机等待竞逐财富的乐园。因此，这首写于二十三岁的作品，已然显现了邱菽园对在地知识的充分体认与了解，这与中国经验框架下的“南洋”书写，有了一定可以辨识的差异性。

---

① 邱菽园在英殖民之地的新加坡，却不愿成为被殖民者，而以流寓海外中国子民自居，栖迟海外，自称为“星洲寓公”。而“星洲寓公”之称由来，可见于其《五百石洞天挥尘》卷一：“岛人尝称新嘉坡为星嘉坡，向以为评者之偶异耳。今而后知星字之为美，其在是乎，况是坡也，一岛滢洄，下临无地。混然中处，气象万千。既以星嘉是坡，为之表异，何不以洲名是坡，为即纪实也？乃号之曰星洲。而以星洲寓公自号，嗟乎！”观天演斋校本，2005 年，第 25 页。

② 王盛治、丘鸣权编：《丘菽园居士诗集》（上卷），初编传略，文海出版社，1949 年，第 3 页。

更尤其是，当百万家产散尽后，身处贫困之局而创作出来的几十首“星洲竹枝词”，更能表现出邱氏对于“南洋”内涵意识的呈示。这些掺杂了一些马来语和英语，作为描绘本土现实生活景况的诗作，颇能为其本土文化的精神结构做一陈述。在此试举三首诗观之：

马干（Makan 吃）马莫（Mabuk 醉酒）聚餐豪，
马里（Mari 来）马寅（Main 戏耍）任乐陶。
幸勿酒狂喧马己（Maki 辱骂），
何妨三马（Sama 一起）吃同槽。

呼天为证缎鸦拉（Tuan Allah 上苍），
不敢巫风（Bohong 说谎）半句差。
例外亚淹（Ayam 鸡）遭枉死，
便宜息讼去孙巴（Sumpah 发誓）。

董岸（Tangan 手）修光十爪奇，强分左右别高低。
须知答礼无需左，右手方拈加里（Kari）鸡。①

竹枝词一般上不避俚俗和诙谐成趣，也不以庄雅为重，主要用以书写地方风物，生活习俗内涵为特色，在传统诗学中向来被视为俗调，不入诗歌雅驯之大堂，然而在“南洋”，它却成了“在地”诗言主体的正声，颇能深刻地展现诗歌“在地感性”（sense of local）的特色。而邱菽园的这一类诗，可谓翻转了古典诗的语言，其马来语音译的混杂性，在诗中形成了一种完全陌生化的符号，若无马来原文注记，必然让人读来有不知所云之感。然而这样的书写，虽以游戏之作为之，不意却也隔开了中原音韵的语

① 三首诗均转引自李庆年《马来亚华人旧体诗演进史》，上海古籍出版社，1998 年，第 462 页。依据李庆年的考据，这些作品大部分完成于 1933 年至 1934 年间，乃其主编“游艺场”星期刊的作品。

言习套束缚，并开启了马华本土文学的奇声异调，而成了一种马华古典诗另类而独特的声音。

而在邱菽园之前，已有一些流寓诗人曾作过类此之诗，如提倡诗界革命而鼓励以“我手写我口”，注入新语言新派诗的黄遵宪，就曾在《新嘉坡杂诗》第四首中，渗入英语和马来语作诗（相关诗作，见注 24）；而在 1926 年，流寓诗人赖逋泓发表于南洋商报“商余”版（邱菽园主编）的《晚秋旅感》，就混杂了许多马来语音的诗作，如：

一年拉咭（lekas 迅速）又重阳，
粦亦（ringgit 钱）驱人尽日忙。
辜负加基（kaki 脚）空夜烂（jalan 行走），
阮郎依旧叹哥商（kosong 空）。

天涯浪迹感输沙（susah 艰难），
舍影（sayang 惋叹）韵光两鬓华。
古打（kuda 马）胫皮人已老，
吟鞭何日布铃（pulang 返回）家。

这类诗强调南洋色彩，以及通过马来语言的掺入，展现了一种异调的抒情表述方式，同时也呈现了本土经验的独特色彩。虽然类此之诗，丧失了古典诗的美学韵味，却也更贴近本土的情感脉络，而演绎了另一种诗歌的风情。至于，就本土知识和经验的反映而言，相对于以上诗作的自我抒情，邱菽园在这方面的作品，无疑是更深入地探向了在地社会的生活习俗和文化内蕴，从饮食、宗教信仰、帮会斗争、族群职别到生活习性（浴洗冷水）等①，无不成为其诗笔下的文字风景。就抒情主体的存在经验敞开而

① 在这方面，其有诗作如：“旧毡木屐背包登，登岸拢归客馆层。第一信条中夜起，照头冲浴冷于水”及“兑换银钱小柜台，俨然专利吉宁才。旧时地主成何事，长日优游是马来”。详见李庆年《马来亚华人旧体诗演进史》，上海古籍出版社，1998 年，第 463 页。

言，这类诗作与当下/在场/在地经验息息相关，强烈地展示了“南洋”古典诗歌特出的语言性格与风貌。虽然，这些作品在邱菽园的诗作中非属大宗，但若从马华文学主体意识的书写脉络上而言，它实际上已为本土古典诗，开启了另一个可以思考的方向。

后来者，亦有温梓川（1911－1986）的诗作相应。处在海峡殖民地槟榔屿的诗人，目触了数代土生土长的华裔子女，在岛屿上英殖民教育长久熏染下，不识华语，满口洋文，而不禁摇起诗笔，以极其讽刺的语调写下一首竹枝词：“南洋娘惹貌似花，洋文熟读向人夸。开口便道弯都帝（one two three），漫说伦敦是祖家。”[①] 诗文浅白如随口道来，颇似打油诗，却相当戏谑性的，对一群崇仰殖民话语与殖民宗祖国的本土华人加以贬抑。温梓川素以新诗见长，虽偶作旧体，却不以此为重。但因他曾在1926年负笈中国[②]，具有一定的中国经验，因此，行游于两地文化空间，自也能敏锐地辨认文化的认同与差异，由此转换创作经验表述，而成了另一种“南洋”图像的展示。

除了以马来语音和英语混杂诗中之外，当时邱菽园也鼓励诗人以粤语入诗。早在1897年，他就曾经提倡粤讴的写作：“去腊余尝以粤讴题，后征社星洲社友卷，作者寥寥且多不详其出处”[③]，及至1932年7月由他主编的《星洲日报》“游艺场”，曾刊载了一些粤语诗，如猿公所作之诗，即为一例：

几年捞到大头家，别号瓜爷又亚渣。

蚀本忽然谈缩减，茅寮躲便入山芭。

---

① 此诗应属于30年代末的作品，那时期，温梓川常将自己所创作的竹枝词向郁达夫请教。而此诗则引自张少宽《南溟脞谈》，槟城：南洋田野研究室，2007年，第110页。

② 温梓川在1926年曾回广州中山大学文学院预科就读，然后考入上海暨南大学西洋文学系，在沪上期间，与中国一些现代诗人如汪静之等交往，曾出版新诗和小说，因此在沪上小有名声。30年代中才由中国返回故乡槟榔屿就职。

③ 《五百石洞天挥尘》卷一，观天演斋校本，2005年，第68页。

自由口岸听船埋，油水重心有得揩。

高窦莫攀低＋＋＋弗就，终然光棍无皮柴。

诗中大量掺入粤语如“捞到”（赚到）、“大头家”（大老板）、“山芭”（丛林）、“埋”（靠岸）、“油水”（利益）、“揩”（谋取）、“高窦”（高傲）、“光棍无皮柴”（讹诈骗子）等，这些南音之作，无疑反映了一些“南洋”广东侨民的生活实况与心理状态。而通过口语方言介入现实层面，以达到语言感受和经验的转换，无疑成了诗歌在地化的另一种反省。因此，不论以马来语、英语或粤语注输诗中，其所展现的，是一种新的抒情/叙事语言，进而也与传统文化形成了区隔，由此而标志出文学属性的一分自我身份与在地位置。

而这些诗作的产生，可以说是深受20世纪20年代末至30年代初马华文学所掀起一股“南洋色彩”论述浪潮的影响。如强调移民南洋者应以南洋为家，并在创作中需重视“南洋”的本土特色；甚至企图创造一种“南洋文化”，以及以“南洋文艺”为创作使命等，当时南来作家曾圣提，更曾在其主编的《南洋商报》“文艺周刊”创刊号，喊出了要在南洋的赤道在线“以血与汗铸造南洋文艺的铁塔”①，这些呼声，催动了大量以南洋景色和热带风物为内容的作品，同时也启发了一些新诗作者在诗中吸收马来民歌的语言元素，或模仿马来民歌的调子进行创作，以期积极地让新诗趋向“南洋”的独特色彩去。而这样的现象，对尝试以新派语词作为古典诗创作的诗人而言，在同一时间与空间结构中，不能说不完全受到影响。

更何况，当时的古典诗因受新文学的夹击，在新旧语言系统交替之

① 这时期有关南洋色彩的论述，可见于《新国民日报》副刊“荒岛”在1927年2月2日的创刊宗旨，强调“要把南洋的色彩，放到文艺里去”，而陈炼青在编《叻报》副刊“椰林”时，也提出“憧憬于创造一种南洋文化”（1928年7月24日）；许杰在编《益群报》副刊“枯岛”则认为，生产于南洋的作品，需栽培出具有南洋色彩的文艺为使命（1928年10月25日）等等。这些论述，成了中国境外文艺生产——南洋意识文学创作的最大推动力。相关讨论详见郭惠芬《战前马华新诗的承传与流变》，云南人民出版社，2004年，第52－53页。

下，很多原本刊登古典诗的报章副刊，逐渐被新文学作品所汰换，即使有些副刊仍然保留古典诗的位置，却也只是作为点缀，或聊备一格而已[①]。故在这样的情况下，古典诗的“本土”抒情形式表述，除了少数在语言上进行方言和马来语音的调动之外，余者则将创作目光移至本地景观的吟咏上，如游霹雳怡保、太平湖、槟城关仔角、极乐寺、金马仑高原等，或将本土作物橡胶、椰林、胡椒等入诗，兹举如下：

当关涉税此边辽，高下楼台夹道遥。
半壁夕阳山着色，一湾新水海通潮。
投巢鸟宿摇风树，争渡人归隔岸桡。
晚向沿堤闲步好，寥天舒啸脱尘嚣。

——陈汉英《麻坡海滨晚眺》

半边残照古皇城，橡树椰林一列青。
啼煞鹧鸪声不断，狗头山上白云亭。[②]

——曾梦笔《霹雳道上》

从这些诗作观之，南洋的想象转向了比较具体的地志名称，唯吊诡的是，在古典诗的语言习套系统中，这样一个地方符号的征示，在内容上却是空洞的。易言之，若将题目抽掉，除了第二首的“橡树椰林”的物象外，大致上诗作都可以安置在任何地方。而地方感性和经验在此，并无法从诗中展示出来。它形成了一种暧昧和含混的指向。在古典韵语和意境的脉络中，诗所铺陈的景象，纯为心灵/想象的映照，或意象的演示，可是却无

① 最明显的例子可见于《叻报》副刊“叻报俱乐部”，原是刊登古典诗为主，后来1928年12月改版为“椰林”，由陈炼青主编，大刀阔斧的，把古典诗全都砍掉，改成新文学作品，或偶尔只刊登少数几首，纯为点缀而已。1933年，《群益杂志》副刊上的古典诗亦全绝迹。详李庆年《马来亚华人旧体诗演进史》，上海古籍出版社，1998年，第387页。

② 引自李庆年《马来亚华人旧体诗演进史》，上海古籍出版社，1998年，第402页、426页。

法征实，也未能建构本土特有的意象与讯息。因此，所有的“地景”辨识和意旨，必须指引向标题，才能得到一个客观的认知。因此，这些诗里的空间地理想象，只是诗情的意识流动表现，而无法与当地风土进行辩证，或交错为本土的知识系谱。

一如法国地理学者列斐伏尔（Henri Lefebvre）所指出的，空间的再现往往实践了一种意识形态，尤其在于对本土知识和行为活动的演示，其间自也隐含着对本土的情感经验，以及建构的意图[①]。因此，“地方”是精神场域中心，情感的依附地，也是存在意义的指向。是以文人一旦生活于某空间并产生认同感，总会以诗的想象绘制自己的空间感觉结构，或再现为家园经验。然而这些南来文人，却往往以本土景象，置换为家乡的情思，在古典诗里演绎着另一种情怀。就诗歌美学而言，它与以上较为俚俗的风土书写之竹枝词不一样，而是归向雅驯精巧的文字锻炼，但同时也自陷于中国经验的修辞里，如以下《登马六甲三保山，游三保太监庙》为例可窥见一斑：

南邦此地着佳名，今日登临百感生。
大海波涛皆怨恨，疏林鸟雀只哀鸣。
萧条战垒埋荒草，冷落神宫映古城。
依旧江山图易色，伤心忍见汉簪缨。[②]（钟鉴衡）

此诗以游客的视角观看历史遗址，由“南邦”一词即点出了其观看的位置——北方中国的目光。抚今怀古，想象三保太监在五百年前下南洋而留下了明朝子女，在南荒之地，若似放逐，而引发诗人的感慨，尤其诗人身世流离，异国乡念，难免产生哀矜之情。坟山孤清，荒草寂寂，由此衬出古城的冷落来。然而面对此一历史场景，江山易色，簪缨流落，在异乡飘

① Henri Lefebvre 著，王志弘译《多重的辩证列斐伏尔空间生产概念三元组演绎与引申》，《地理学报》2009 年第 55 期，第 13－16 页。

② 见《南洋商报》“商余”版，1935 年 4 月 5 日。

零者心里，遂而生有寄兴伤怀之悲。唯此诗借古城吟故国愁思，诗中别有怀抱，是以，地方的意指不在此，而在彼，经由修辞的置换，怀古伤今，忧国伤逝，构成了一首身在南洋，心系千里外的神州之作。

南洋风物、景观、古迹等，常成为南来文人们借物起兴的寄托，却不具有此时此地的现实内涵。因此，南洋失落在南洋的想象里，没有地方感，更没有所谓的认同意识。寓居者作诗寄怀，抒情自我，所投射的是当下自我的情绪和影像（image），反而在地的生活和知识经验，其实是极其匮乏的。因此，景物的观照，只是抒情主体心志呈现与情感安顿的一种方式而已。

四

大致上而言，从早期宦巡和官派文人进入南洋境地，启动了古典诗的滥觞，系一脉斯文于海外，即已意味着异邦景观与文化想象，是立于中国视域里进行的。从采风到教化，或从抒情到言志，南洋风物所批上的诗声，都在传统中国（士大夫）经验的诗性空间里，形成独特的图像与知识系谱。而书写南洋，以他们最熟练的古典文学教养和技艺，记录视域场景，并在他者化的过程间，企图建立和宣扬华夏文明，以免侨民在此被在地马来化和英殖民者番化。然而不论是左秉隆、黄遵宪，或杨圻等，他们诗中的南洋想象，其实都是宦游者目光下的意识展现——一个蛮花犵鸟的南溟世界。因此在他们的诗里，总是不断借着“南洋”回顾中原，或为对照，或为寄怀，或为故国忧患之思。换言之，他们诗中的精神场所并不在南洋，南洋只是作为建构，或想象古典中国的另一种辩证方式。所以他们诗中的框架，依旧是以中国为底蕴的。

及至寓居五十多年于星洲的邱菽园，从其一些诗作中可窥见了本土情怀的吟咏；特别是在地的生存情境与生活经历，使得其诗有别于一般流寓于南洋的诗人作品，何况“南洋”已成了他的生死之地，因此对于本土的凝视，自是含蕴了他与土地之间的生命感知与主体自觉性。尤其是他后期所写的一系列竹枝词，以及他主编报纸副刊所登录的作品，隐然成了马华古典诗的“天南正声”，这些诗虽是俚俗之音，而且混杂了许多马来语和粤语，变调成了异邦的异音，也解构了中原的大雅之韵，展示了南洋诗风的自我主体特质，并形成了非常有特色的作品。因此，这类色彩浓烈的南洋诗作，无疑提供了马华古典诗创作的另一类出口。

而另一类书写在地景观的诗作，固然因应着30年代初马华新文学所提倡的“南洋色彩化”与“在地化”的呼声，大量的被生产，但综辑所得，大部分流寓诗人因居留时间不长，囿限于地方感性、生活经验与在地知识的不足，以至于所写的相关类型之诗，流于一般传统山水诗学的习套，而无法对实质空间有所掌握。换句话说，其等诗作，套用了中国山水美学的语言系统，借本土的地名，抒发他们对故国之思。因此，在他们那一套景观诗作里，南洋被移置，暧昧化，甚至成为符号中的空洞能指。这样的书写模式（习套创作模式），即使到了有国籍的马华古典诗人诗作中，亦多有所见（这需要另一篇论文来加以处理了）。

总而言之，马华古典诗中的“南洋”想象，是处在一个相当吊诡的书写处境中。“南洋”，在而不在的，暧昧与混拟于诗作的诠释系统里；尤其在中国经验的创作框架下，它与此时此刻本土的马华，形成了紧张的关系，虽然大部分的诗作都发生/产生于这块土地上，唯在书写意识与精神展现上，却是面向中国。这主要是诗言主体是出自宦官与流寓者，居留时间短暂，而且身在南洋却心系故国草木，因此创作的文化心理定视，情怀意向，自也指向了北方中国。即使一些作品具有风土民情的绘写，也只是作为采风之用，其间并无本土认同的问题。其中另一原因是古典诗的语言形式系统，以典雅、简练、精致为主，并且在千年诗学脉络的书写模式中，已然成为习套。因此，除非诗作者具有自觉性地避开稳定的诗学系统，另创新意，不然那一套古典语序符码，将通过语感导向传统中国的情感模式里，而无法抵达此时此刻的地方感性，以及在地认知的期待视野。

而作为此时此地创作的马华古典诗人，这也是他们在创作“马华”古典诗时，所必须思考的问题。

参考文献：

论著

左秉隆．勤勉堂诗钞（卷三）［M］．新加坡：南洋历史研究会，1959.

王赓武．移民与兴起的中国［M］．新加坡：八方文化，2005.

许云樵．南洋史（上卷）［M］．新加坡：星洲世界书局出版，1961.

费信着，冯承钧校注《星槎胜览校注》，台北：商务印书馆出版，1962.

陈净编．黄遵宪全集（上册）［M］．北京：中华书局，2005.

邱菽园．五百石洞天挥尘（卷一）［M］．广州：观天演斋校本，2005.

王盛治、丘鸣权编．丘菽园居士诗集（上卷）　［M］．初编传略．上海：文海出版，1949.

杨圻着，马卫中、潘虹校对．江山万里楼诗词钞［M］．上海：上海古籍出版社，2003.

吴剑雄编．中国海洋发展史论文集（第四辑）［M］．台北：中研院中山人文社会科学所，1991.

李庆年．马来亚华人旧体诗演进史［M］．上海：上海古籍出版社，1998.

张少宽．南溟脞谈［M］．槟城：南洋田野研究室，2007.

郭惠芬．战前马华新诗的承传与流变［M］．昆明：云南人民出版社，2004.

期刊论文

冯承钧．中国南洋之交通［J］．东方杂志，1937（9），第三十四卷第四号.

李金生．一个南洋，各自界说：“南洋”概念历史的演变［J］．亚洲文化（第三十期）．新加坡：新加坡亚洲研究协会，2006.

黄锦树．过客诗人的南洋色彩赘论：以康有为等为例［J］．海洋文化学刊，2008（4）.

Henri Lefebvre 著，王志弘译．多重的辩证列斐伏尔空间生产概念三元组演绎与引申［J］．地理学报，2009（55）.

柯木林．“我视新洲成旧洲”：左秉隆与新中关系［J］．南洋学报（第 63 卷），2009（12）.

高嘉谦．流寓者与诗的风土：论邱菽园的南洋诗［J］．发表于“乐、生、怒、活：生活政治、风格运动与私众社会”2008 文化研究会，中国文化大学文化传播、文化研究学会主办. 台北：中国文化大学，2008 年 1 月 5 - 6 日.

高嘉谦. 帝国、斯文、风土：论驻新使节左秉隆与黄遵宪与马华文学［J］. 台大中文学报，2010（6）（32）.

高嘉谦. 南溟、离散、地方感：杨云史与使节汉诗［J］. 成大中文学报，2013（9）（42）.

赵颖. 吟到中华以外天——黄遵宪南洋主题旧体诗研究［J］. 宁夏大学学报（人文社会科学版），2012（1）. 第三十四卷第一期.

禅宗：现代汉诗的形式
——以废名、洛夫为例

□王芷菁①

内容摘要：在古典诗学中，写诗常被比拟为参禅，二者的相似之处在于诗人对主观心性的探索过程；现代诗人则基于禅宗“超越”现象界的思维形式，重构了主体与世界的关系，以此探索现代的语言经验，呈现出与古代禅诗完全不同的现代面貌。本文跨越禅与诗的表面借用关系，以王维与废名、王昌龄与洛夫为例，对比分析古典禅诗与现代禅诗中的表达技巧，探究现代诗人是如何借禅宗的形式、自觉实践现代的语言观念，为现代汉诗研究提供以禅入诗的文本分析案例。

关键词：现代禅诗；现代汉诗；废名；洛夫

北宋词人李之仪在《与季去言书》有言：“说禅作诗，本无差别。”对于古代的诗人与词人而言，尽管佛教中的禅宗是印度佛教高僧带来的“文化舶来品”，但禅的文化是如此契合地、创造性地融入了他们的生活及创作中，以至于宋代的文人们把写诗完全比拟为参禅。无论是司空图“以禅说诗”的诗歌理论，唐宋时期“以禅入诗”的风尚，还是明清之际文人逃

① 王芷菁（1997－），女，新加坡南洋理工大学人文学院博士研究生，主要研究方向为现代汉语诗歌、诗歌翻译等。

禅的社会现象，都足以展现禅在古典诗歌中独特的美学和文化传统。禅与诗的类比并非只是历史上的耦合，尽管文人谈禅之风在现代社会已不再，但并不代表曾经融入诗学系统的禅已经对现代诗人失去了吸引力；相反，经过历朝历代的文化沉淀，使得禅宗不再只是某种狭义上的宗教概念，而成了一种作诗的哲学与现代的美学，揭示了诗人在禅宗思想之下普遍的现代心理状态。美国现代主义诗人华莱士·史蒂文斯（Wallace Stevens），威廉·威廉斯（William Williams）以及 TS·艾略特（TS Eliot）都在诗中展现了禅宗思想中超然、反二元对立以及“空”的意识，描绘了一个暂驻的、临时的自我存在①。

同样，在现代汉诗中亦有废名、卞之琳、洛夫、周梦蝶等人，借禅的思想完成了对自身存在与世界之关系的思考。在这之中，并非所有具有禅意识的诗人都是佛教徒，诗句是否对禅有正确的阐释也无关紧要；禅宗对于现代诗人是实现写作创新的形式，不能取代文学的本质。本文从禅诗的角度比较古典诗与现代诗，关注禅宗是如何与现代汉诗的语言逻辑相呼应，并区别于中国古典传统，成为现代诗人诠释世界和自我的形式；以及在这一过程中，诗人是如何在创作中将自己的思考，结构化为具体的诗意语言，为诗歌创作打开一个新的“现代空间”。因此，本文将首先从语言哲学的角度，讨论禅宗与诗歌之间相通的语言机制，作为二者形成内在整体联系的基础；其次，基于这一背景，本文将对比古代的禅诗，分别分析废名的“空”的二重性、洛夫的“含思落句”。目的是展现现代诗人如何以禅为形式，完成现代诗的创造性转化。

---

① Claudia Milstead, *The Zen of Modern Poetry: Reading Eliot, Stevens, and Williams in a Zen Context*, PhD diss. Knoxville: The University of Tennessee, 1988, p. 7.

一、禅与诗的“悟”：语言的辩证

正如文章开头所引，在宋代士大夫眼中，写诗的悟性与参禅的顿悟，二者的心理逻辑是类似的。严羽在《沧浪诗话》中以禅喻诗，认为江西诗派所提倡的学问和理义并非作诗的根本，强调作诗需要通过“妙悟”培养诗人的感受力和鉴赏力；韩驹也在《赠赵伯鱼》言：“学诗当如初学禅，未悟且遍参诸方。一朝悟罢正法眼，信手拈出皆成章”，讲的便是诗人在开悟后，作诗即可信手拈来①。现代诗人也有类似的作诗观念，例如洛夫认为坐禅的开悟是“一种生命的觉醒”，作诗是“生命的感悟”，前者能够帮助诗人透过美和超越的本质，消除生命的悲苦②；陈东东回忆自己在写作初期，把诗歌创作视为“一种冥想练习（或实践）的形式”，而“冥想的练习”恰恰是类似于禅的修炼方法，因此他的早期写作也得到了禅宗思想的启发③。当然，作诗的习惯因人而异、因诗而异，悟性、禅思之于写诗并非是必要的，也不是我们关注的重点。比起单独讨论佛教中空泛而玄妙的“悟”，我们不妨借这一概念追问下去：假如二者是可类比的，那么诗人要悟到什么？“悟”之于现代诗有何特别之处，为何有的现代诗人会将禅的思想融入写作中？通常来说，人们会用“悟性”来描述一个人在直觉上的理解能力，因此诗人的“开悟”自然可以宽泛地理解为一种写作技能的突破：诗人随着常年积累或凭借才情，逐渐拥有了良好的感受力与表达力，能够把生活中的情感和认识熟练地、自然地整合并转化为语言上的诗意，从而创造出艺术作品。在诗与禅的类比中，二者讲究的“悟”不仅在于技法，更在于思想与美学上的“无我/空”。季羡林认为“悟”的终点在小乘佛教中是“无我”，在大乘佛教是“空”；戴裕记延伸了这一说法，

① 季羡林：《禅和文化与文学》，台湾商务印书馆，2003 年，第 1 - 9 页。

② 洛夫、陈祖君：《诗人洛夫访谈录》，《南方文坛》2004 年第 5 期，第 57 - 63 页。

③ 陈东东，Sze-Lorrain：“陈东东与 Fiona Sze-Lorrain 的对话”，今天网站，2013 年 4 月 18 日。

认为“禅诗是以诗的语言表达对‘无我’与‘空’的体悟，同时能让人得以领略其‘无我’之境或‘空’之境之美者”①。“无我/空”不代表对“我”的否定和消除；相反，禅宗的“悟”需要先通过对“我”的自省，以个体的直觉、主观的心性探索人和世界最纯粹的、本源的存在，这恰巧暗合了诸多诗人在创作时的心理历程。周裕锴在《中国禅宗与诗歌》中以古代诗歌为例，则进一步总结了诗与禅之间相通的四种内在机制，分别是：价值取向的非功利性、思维方式的非分析性、语言表达的非逻辑性、肯定和表现主观心性②。但无论二者如何的相似、相通，禅宗的“不立文字”与诗对语言的艺术追求在本质上是不同的，语言因此成为诗与禅之中重要的界限。

在现代诗的语境中，诗人的语言神秘主义观念却调和了两者的关系，并利用禅思的形式，反之促进了诗歌对固有语言经验的超越。这种语言创新的动力来源于现代诗特殊的历史：由于现代诗的转型不完全发生在内部的文学传统中，它依托于以白话文为主导的社会变革语境，使得早期的现代诗人需要不断创新表达方式，寻找新的语言经验，维持新诗身份的合法性，但这也因此导致了诗人表达上的困难。当然，“说出”这件事不仅只是母语的历史问题，也是现代诗中以语言神秘主义对逻辑经验主义发起的普遍对抗。后者认为，语言以逻辑的形式描写世界，语言不可描述的神秘事物则不属于“我”的世界，也即维特根斯坦所述“语言的界限意味着我的世界的界限”；而前者主张超越语言中社会的、逻辑的制约，追求用诗意的语言描述人的超感觉，或将主体的存在焦虑投射于诗歌的言说方式上，或拒绝读者理性的阐释③。语言神秘主义是许多现代诗人潜在认同的观念，这样的例子不胜枚举。例如卞之琳在写给刘西渭的信中，谈及了对自己的作品《圆宝盒》的解释，认为：“我写这首诗到底不过是直觉地展

① 戴裕记：《现代禅诗如何可能？——以洛夫诗作为例》，《文学新钥》2012 年第 16 期，第 28 页。

② 周裕锴：《中国禅宗与诗歌》，上海人民出版社，2000 年，第 297－319 页。

③ 赵汀阳：《语言和语言之外》，《哲学研究》1987 年第 3 期，第 74－80 页。

出具体而流动的美感，不应解释得这样‘死’。我以为纯粹的诗只许‘意会’，可以‘言传’则近于散文了。”① 更为极端的另一个例子是张枣的“语言本体观”：在《朝向语言风景的危险旅行》中，他梳理了元诗写作在新诗历史中的谱系，指出元诗诗人在创作中让语言物质实体化，使语言获得空间感，也使现代的消极情绪获得合法性，从而帮助消解诗人在现实世界中存在与认同的危机，即把“生活的困难”视作“言说的困难”②。

然而，语言神秘主义不完全是现代诗理念的全部，也并非所有认同者都把主体紧闭于语言当中，它的核心概念在于以语言超越现实的逻辑，而不在于绝对的神秘。它的存在更多是为了顺应一种现代诗学中实验主义的趋势：诗人主动辨识自身的现代语言身份，并通过建立新的语言经验、解构固有认知秩序的诗学行为。在这一整体趋势之下，有着语言神秘主义立场的现代诗人是如何将禅宗汇入写作中的呢？如果说语言神秘主义主张在语言中建立新的主体关系，那么禅宗的“悟”则否定了言说的必要性，即万物的存在是虚妄的、表象的，人一旦顿悟到这一点，不可言说也不需要言说，因为语言也是暂时的表象；这一过程与道家的“得意忘言”某种程度上是类似的，是更为极端的神秘主义。因此，语言神秘主义与禅宗是矛盾的，但也是相似的：一方面，二者都否定现象界中实在的物我关系，主张整体地超越它，超越的契机在于返回个体内心时一瞬的“开悟”；另一方面，现代诗中的语言神秘主义，将超越落实为具体的写作实践，语言是超越的过程，有时甚至是结果本身，而禅宗反对对任何的事物执着，人在生命体验中悟到世界的整体性，从而使意识超越现象界。从这个意义上来说，这两个方面共同构成了以禅入诗的作品“语言的辩证”：由于潜在的语言神秘主义观念影响，诗人们顺应了禅宗对现象界整体的消解方法，重

---

① 卞之琳：《关于〈圆宝盒〉》，收入卞之琳《十年诗草（1930－1939）》，安徽教育出版社，2007 年，第 115 页。

② 张枣在文中不完全认同语言本体观，思考中表现出矛盾的态度，但并非本文论述的重点，因此不予赘述。参见张枣《朝向语言的危险风景》，收入张枣著，亚思明译《现代性的追寻：论 1919 年以来的中国新诗》，四川文艺出版社，2020 年，第 311－337 页。

构了整体内部的物与我、物与物关系，跨越了旧有语言逻辑的联系，但诗人们到达的不是佛理，而是命名的新起点，形成了“可言与不可言”“出世与入世”之间，思想的超然一跃的和朦胧的美学张力。接下来，本文将以两位现代诗人的作品为例，以古代的禅诗为比较，展现现代诗独特的语言意识，即诗人如何运用了禅宗的形式，完成现代诗学的转化。

二、废名与王维：“空”的二重性

《心经》有言：“色不异空，空不异色。色即是空，空即是色。”佛家认为，世界万物皆是虚妄的表象（“色相”），任何实在物都是因缘所生，没有独立的、自生自成的自性，所以本质是“空”的，即“色不异空”“色即是空”。但是“空”不是“无”的意思，也并不是一个悬置于万物之上的逻各斯，或者“道”的归宗返本，它只是在肯定“有”因缘而发生、存在的同时，功能性地指出了“有”本质上的虚幻、无常与同一性①。由于万物都是相依相生、变幻不定，“空”离开了表象世界也就不存在“空”了，所以“空”与“色”相互交融、相互依存，即“空不异色”“空即是色”。既然如此，我们就能明白“空”不是完全的寂灭、虚空，它与表象世界具有相互生发的关系，这层二重的关系也因此构成了古代与现代诗中独特的“禅味”。例如在王维的《山居秋暝》中，展现了“空山不空”的意境：

空山新雨后，天气晚来秋。
明月松间照，清泉石上流。

——王维《山居秋暝》②

① 詹冬华：《古代时序意识》，中国社会科学出版社，2014 年。

② 王维：《山居秋暝》，收入王维著，陈铁民校注《王维集校注（全四册）》，中华书局，1997 年。

辛鹏宇在《唐代禅诗研究》中认为，王维的这首诗以直觉融合了物我的同一性，越是色相纷纭、动静变化的景致，越是反衬了有物之山的“空”[①]。并且，不仅是《山居秋暝》，在王维诸多写“空”的诗中，人的主体都是不存在的或者有意革去的，例如《鹿柴》里的“空山不见人，但闻人语响”。这些作品中，诗人趋向于拆解自己的感官，把人的视觉、听觉、触觉等延伸到自然万物之中，仿佛秋的天气、山间的雨、松间的月、石上的泉都如耳鼻口舌一般能够自然地感知到它的存在和活动，没有剥离、流逝的感伤，也不需要过度地投射与抒情，只有万物同一的宁静致远。这种“空”的超然和美同样也吸引了现代诗人废名。废名出生于湖北省黄梅县城东门，根据《废名年谱》记载，黄梅县是著名的禅宗之地，有着四祖寺与五祖寺两大名寺，其母岳氏是礼佛之人，因此废名从小也受到了家乡禅宗文化的熏陶；1928 年，在周作人的引荐下，废名在西直门外孔德中学任教国文，并与同乡的著名哲学家熊十力来往密切，二人经常谈佛论道，禅宗的思想从此影响了废名的写作；1930 年初，废名接连创作了许多具有禅宗色彩的诗，例如《灯》《画》《海》《掐花》等[②]。在这一时期的诗作中，废名展现了他对禅宗的自主思考：尽管他也借用了佛理中“空”的二重性，但“空”在诗中的意义与王维明显不同，主要有两个特征：1. “空”与“我”之间相互动；2. 语言结构动态多维。第一点尤其表现在《空华》这首诗中：

我含着泪栽一朵空华，
我还望空观照我一生，
死神因我的瞑目端去我的花盆，
爱神也打开他的眼睛
讶其新鲜茂盛

---

① 辛鹏宇：《唐代禅诗研究》，新星出版社，2018 年，第 20 页。

② 陈建军编：《废名年谱》，新星出版社，2018 年，第 13－17、69、110－120 页。

觅不见一点伤痕，
于是因了我的空华
生为死之游戏，
爱画梦之光阴。

——废名《空华》①

这里，《空华》出现了人称代词“我”。王维的诗中不存在“我”，因为“我”的意义已经被“空”提前革去了，而废名的诗中“空”的性质是由主体“我”代入诗中，因而必然诱发一系列围绕“我”如何“空”、能不能完全地“空”等个体存在的问题，成为废名部分诗的主题。简要来说，如果说王维的“空”是“先有后空”，诗所写的是“空”所统摄的世界，那么废名的“空”则是“先空后有”，写的是认识到“空”的“我”如何重建了“有”。对于废名而言，“空”已经不是为了构建天人合一的场景而存在的底层哲学结构，而是作为支撑主体性的元素，成为全诗的破题之始。因此我们可以看到，王维的诗标题大多是整体性的自然景物或场景，如《鹿柴》《鸟鸣涧》《山居秋暝》，很少采用佛教术语，因为禅宗的思想已经渗透在自然中，无需指明；而废名的标题大多是具有佛教意象的小物件，如本诗的《空华》，还有《灯》《镜》《拈花》《莲花》等，因为这些意象所带的禅宗思想，将在诗中被“我”进一步挥发、延伸。

对于《空华》一诗，佛教词汇“空华”构成了诗的主题与辩证的起点。“空华”也作“狂华”，出自《楞严经·十九卷》②。所谓“华”讲的是人的眼睛长时间凝视着空中，就会出现视觉的幻象，就像灯上的光晕本

---

① 废名：《空华》，收入废名《我认得人类的寂寞》，新星出版社，2018 年，第 17 页。

② 《楞严经·十九卷》：“譬如有人：以清净目，观晴明空，唯一晴虚，迥无所有。其人无故，不动目睛，瞪以发劳，则于虚空，别见狂华，复有一切，狂乱非相。色阴当知，亦复如是。是诸狂华，非从空来，非从目出。如是，阿难！若空来者，既从空来，还从空入，若有出入，即非虚空，空若非空，自不容其华相起灭；如阿难体，不容阿难。若目出者，既从目出，还从目入。即此华性，从目出故，当合有见！若有见者，去既华空，旋合见眼？若无见者，出既翳空，旋当翳眼！又见华时，目应无翳，云何睛空，号清明眼？是故当知：色阴虚妄，本非因缘，非自然性。”

不存在，只是人眼所见，其道理依然是事物的虚妄性。“华”的发生过程存在“见性”，即幻象（“华”）产生于人的眼睛，当人意识到所见的是幻象而不是真实存在的时候，幻象已经离开了眼睛；等到视觉里再出现幻象时，“华”又回到了眼睛里；因此幻象不是凭空虚有的，它依赖于人眼、有出有入，具有能见之性①。这与我们开头所说，“色”与“空”相互依存的关系本质是一样的，抽离出现象界的意识依赖于现象界本身的存在。在诗中，空华的“见性”构成了主体世界观中一出一入的两极，即“我还望”着空，而空也反之“观照我”。接着，诗句以“空”为起点展开，第三句用了“瞑目”的双关语：由于“华”离开了“我”的眼睛，“我”也因此合眼，此时也达到了佛理中的清净眼状态；但是另一方面，“瞑目”也意味着死亡，“我”的俗世之根随着肉体的陨灭也因而被“死神端走了花盆”，暗示脱世的另一面是肉身的衰亡。

然而，在“我”苦闷地矛盾于出世与入世、生与死之间的时候，第四句中突然引入了一个意外的新角色“爱神”，也因此进入了本诗的主题。爱神在希腊神话中也称为厄洛斯（Eros），是情欲和爱情的象征，他“打开眼睛”看见了“我的空华”（再一次演绎了“华”的见性），但没有因为“我”的脱世而毁灭“我”的生命；相反，他肯定“我”栽种的“空华”鲜艳美丽、不见伤痕，就“因了我的空华”。爱神与死神的对照基于佛理，却发生于佛理之外：一方面，“我”栽种、看到了虚妄的“空华”；另一方面，“我”本能地诞生了对死亡的恐惧、对爱欲的追求，这在禅宗中本该是被革除的表象，“空华”的美丽却成为“我”的生命得以延续的原因。相比于王维“空”系列的诗句，废名的诗因主体“我”的现身，其诗的主题成了徘徊于“空”之上、围绕着“我”之存在的辩证思考，幻象的美丽也成为追求脱世的“我”驻留世间的最终落脚点。因此，诗的最后两句呼应了前两行“空”对“我”一生是如何观照的：生与死、爱与梦之间构成对位，诗人世界观中既有虚幻、游戏的成分，也有对生命的热忱。

① 宣化上人：《大佛顶首楞严经卷二浅释》，复旦大学出版社，1990年，第254页。

这种围绕“我”的存在，而形成的“空”与表象世界之间的张力，是废名诸多诗作发生的动力源，也因此诞生了一系列“空”的意象，如“宇宙”“夜”“镜”等，也有相对于“空”的“华”，如“果华”：

我喜我五色之华
结一树无明之果，
食果者不看华，
见华者常忆华

——废名《果华》[①]

我的夜真好比一个宇宙，
无色无相，即色即相，
沉默又是我的声音，

——废名《灯》[②]

《果华》中借用了佛理中的“无明”一词，指的是人身处虚妄的意识之中而不自知，出自《心经》：“无无明，亦无无明尽。乃至无老死，亦无老死尽。无苦集灭道，无智亦无得，以无所得故。”常理中，果树的功能在于结果子，果树开的花则成了无用之美。然而在《果华》中，人之所需的果子在诗人眼里是“无明之果”，让惘然的世人如食果者一般盲目地追求，忽视了果树的美（“华”）。“空”的禅宗意识帮助诗人构建了诗句与现实世界之间隔绝的结构，而“华”超越了禅宗中幻象的消极意义，成了诗人追求的美学象征。《灯》则利用了“色”的双关语，一指颜色，即宇宙中没有空气折射光线，因此颜色是“空”的，但是黑洞洞的宇宙中仍然诞生了星体，创造了生命；二指禅宗的“色相”，照应前文所述的“空”与“色”相互生发的关

① 废名：《果华》，收入废名《我认得人类的寂寞》，新星出版社，2018 年，第 35 页。
② 废名：《灯》，收入废名《我认得人类的寂寞》，新星出版社，2018 年，第 11 页。

系。宇宙，这一意象的丰富内涵也由此借禅宗的“空”而得以确立。

值得一提的是，在《灯》这首诗中，诗人并不执着于阐释某个具体的意象，或者停留于某一画面，而是不断地拆解、重构现象界的逻辑，呈现出思考的流动与意义的递变。一开始，诗人以“我”的身份作为破题，“人都说我是深山的隐者，/我自夸我为诗人”，接着是以“善想 +（宾语）”的一系列动宾词组，不断地并置“我”所想之物：有待食“我”的伏虎与岩鹰（舍身喂虎、割肉饲鹰的佛教典故），被杀死而被供奉的神龟（泥中之龟的道家典故），西施与褒姒（东施效颦、烽火戏诸侯的典故），以及菩提树影（释迦摩尼菩提树下修成佛道的典故）。这一系列的“善想”中，有舍命成佛的危机、美的危机和脱世的渴望，并置的典故如碎片一般散落，暗示着诗人在出世与入世之中、不断拆解自我世界的过程。这些碎片看似相互矛盾，却最后被“我的夜真好比一个宇宙”所收束。这种以词语并置、自我拆解的修辞技法在《十二月十九夜》更为显著，但是与它不同的是，《灯》并没有在并置、收束之后戛然而止。诗人在继“宇宙”的“无色无相，即色即相”特性之上，又接着演变出了“镜”的意象，以此全诗发生了转折：

自从有一天，
是一个朝晨，
伊正在那里照镜
我本是游戏，
向窗中觑了这一位女子，
我却就在那个妆台上
仿佛我今天才认见灵魂，

——废名《灯》[①]

① 废名：《灯》，收入废名《我认得人类的寂寞》，新星出版社，2018 年，第 11 页。

在“镜”出现之前，诗的前半部分还是“我”思想中隐性的自我调和，而到了“镜”之后，由于一位女子的闯入，则转向了新的叙事发展。一方面，“镜”的意象承接了“无色无相，即色即相”的特性，即禅宗中认为“镜领纳万物，反映万物”，具有照应出人本心的清净特性[①]，因此“色相”来之映之、随走随散、毫无眷恋；另一方面，本性为“空”的“我”，本可以容纳万物的“镜”，却因女子美的灵魂而驻足，也再次成为全诗新的聚焦点。《灯》的思维推进过程和《空华》《果华》有着相似的地方，三者都存在着基于“空”的二重性所衍生的三股暗流：（一）终极意义上的禅宗，意味着意识完全超然于世，放下对肉体生命、美和语言的执念；（二）迷惘于幻象的世人；（三）与周遭隔绝、追求美与诗意的“我”。这三者之间凭借（一）的哲学整体性、对（二）的逻辑消解、落于（三）的主体思考重构，相互之间构成了不同的诗歌张力，也逐步推进了诗句发展的逻辑。相比之下，王维“空”的禅理诗句中并没有这种多维、动态的结构，更多呈现出的是静态的、共时的画面感，并置的景物之间没有需要调和的元素，明月与松林、泉水与岩石，是古典诗中相依相生、固有的对应关系，所以苏轼给予王维“诗中有画”的评价。

同是有着“空”的禅宗意识，却有着大相径庭的表现，这不是参禅的理解正误导致的，而是语言神秘主义主导下的诗学转化表现。在《新诗问答》中，废名认为“旧诗的内容是散文的”，形式是诗的；而“新诗的内容则要是诗的”，形式是散文的[②]。某意思是，旧诗尽管有各类格律标准的诗体，使其外形上看起来是诗，事实上旧诗的内容是由文义相生、配合格律体裁而落成的“散文”，诗人的思维仍然囿于旧的意象关联，和基于这一关联所生发的旧情绪，例如“枯藤老树昏鸦”；相比之下，新诗看似没有严格的格律体式，白话使诗句推进如“散文”的表达，但新诗的内容则是诗的思维、诗的情致所构成的，即诗人本质上能够自由地取舍意象，表

---

① 孙武昌：《游学集录》，中华书局，2020 年。

② 废名：《废名讲诗》，陈建军、冯思纯编，华中师范大学出版社，2007 年，第 155 - 159 页。

达完整的、个性的、饱满的诗情，不依赖于文体内部相生的惯性，例如温李一派“天马行空地乱写”之作[①]。因此我们可以看到，废名的诗观完全跨越了白话与古言的表面差异，将新诗之“新”直指诗特有的本质，包括诗整体性的思维与情绪、诗人飞扬的想象力，它的对立面是固化的、逻辑迭代的语言思维。这种超越逻辑经验的主张，显然将诗引向了潜在的语言神秘主义。我们在前文解释过，超越是语言神秘主义与禅宗共享的关键理念，因此王维与废名的诗中都有相似的抽离逻辑，以整体性的“空”作为基底与“色相纷呈”的意象相映照。但是对于废名而言，整体重构表象世界的冲动最终是要与诗人的语言追求相汇合的，而“我”就是这交汇的节点；“我”的选择和思考不断地转化着“空”与“色”之间的流通，平衡着出世与入世的限度。又，在诗人与禅宗或远或近的思考中，也诱发了诗中对佛教术语的衍生、互释与整合，实现物与物之间创新的联系。就此，对比于王维，废名的“禅宗入诗”借禅宗中“空”的二重性结构，带来了现代诗中更多新的语言经验。

三、洛夫与王昌龄：含思落句

现代诗人洛夫出生于湖南衡阳，1949 年后迁居至台湾。洛夫自 20 世纪 50 年代之后开始了漫长的写诗生涯，早年的经历使他逐渐将苦难和心灵的挫伤转化为宗教的情怀[②]，禅宗的思想始终贯穿在写作当中。2011 年由诗人择出了散落在不同作品集中的禅诗，汇编成《洛夫禅诗》于台湾出版[③]，集中地表现了他的禅诗与超现实主义相结合的写作特征，其中《金龙禅寺》是最为典型的代表。叶维廉在论洛夫的禅诗时，也以该诗为例，认为他的《金龙禅寺》是典型的第十势“含思落句势”与第十七势“心

---

① 张桃州：《重解废名的新诗观》，《华中师范大学学报（人文社会科学版）》2005 年第 2 卷 44 期，第 98 页。

② 洛夫、陈祖君：《诗人洛夫访谈录》，《南方文坛》2004 年第 5 期，第 57－63 页。

③ 洛夫：《洛夫禅诗 · 超现实诗精品选》，酿出版，2011 年。

期落句势”，制造了诗句上时间飞跃、镜头变幻之感①。这两势出自《文镜秘府论》，所谓“含思落句势”，即“每至落句，常须含思；不得令语尽思穷；或深意堪愁，不可具说。即上句为意语，下句以一景物堪愁，与深意相惬便道”；所谓“心期落句势”，即“心有所期是也”②。《文镜》是由日本僧人空海所编撰，收录了王昌龄《诗格》中的部分诗学理论，关于十七势的论述则来自其中；并且，王昌龄的诗观也在其创作中践行，在对这两势的论证中，举的例子皆是自己的诗作。对于“含思落句势”，尽管王昌龄与洛夫都表现了“言不尽其意”的相似禅味，但二者显示出现代诗与古诗之间质的区别，接下来本文将就其展开论述。在上文对《文镜》的引述中，“含思落句”有明显的结构特征，先写情后写景，在景中寄托说不尽的情，前后句呈递进关系，因此该势的关键、所指的落句之处显然在于，后一句如何自然地以外物延续、深化前一句的情感。《文镜》的举例中《送别》一句较为典型地表现了王昌龄的落句：

> 醉后不能语，乡山雨雰雰。
>
> ——王昌龄《送别》③

这一例中，诗的上片借醉酒的状态，抵制逻辑的、理性的思考，语言是理性化情致的工具，因此诗人拒绝说出意义。接着下片直接写朦胧的雨景，上下两句中间并无视角或思维的呈递，醉酒和山中雨却自然地相互融合。比起直抒胸臆或者智性的思考，让情感回归到自然景物之中，更显得诗的收尾意犹未尽。除了《文镜》中的例子，王昌龄的诸多诗中都有类似的“不能言”，如“高楼送客不能醉，寂寂寒江明月心”（《连天》），“肠断关山不解说，依依残月下帘钩”（《青楼怨》），“欲识离魂断，长空听雁

---

① 叶维廉：《洛夫论（上）》，《中外文学》17 卷 8 期，1989 年 1 月，第 4 - 29 页；叶维廉：《洛夫论（下）》，《中外文学》17 卷 9 期，1989 年 2 月，第 92 - 132 页。

② 遍照金刚：《文镜秘府论》，人民文学出版社，1975 年，第 42 - 45 页。

③ 遍照金刚：《文镜秘府论》，人民文学出版社，1975 年，第 42 页。

声”（《唐城馆中早发·寄杨使君》）等[1]。这三句的上片皆暗示了诗人的情达到了极致，“不能醉”（醉的反语）、“断肠”、“离魂断”；情感的重压之下，下片却以轻而朦胧的事物予以应答，把人情感悟推向不可言说之境，默认读者能够凭直觉而非知识领悟诗人的情之深。当然，王昌龄的含思落句也不全是极致的情，其禅诗中亦有相似的结构，如“闭户脱三界，白云自虚盈”（《静法师东斋》），“彼此名言绝，空中闻异香”（《题僧房》）等。无论是哪一种，王昌龄的诗中依然是没有主语的，他的落句大多是起着延伸或深化上片之意的功能，上下片是共时的、对仗的结构。当然，这种整饬的格式在现代诗中已逐渐被更散文化的语言所取代，“含思落句”也逐渐转化为新的表现形式。这在洛夫的诗中主要有两类：第一类，发于“我”对禅的苦思，落于超现实主义色彩的景物，落句的作用在于消弭“我”的思量，如《夜宿寒山寺》《背向大海》《雨》《唐人街叙事》等；第二类，不正面写自我消解的过程，而是把消解的体验投射于消逝变幻的景物中，在落句中维持一种禅的不完全状态，如《无声（禅诗十帖）》《随雨声入山而不见雨》《有鸟飞过》等。接下来，本文将对比洛夫与王昌龄的含思落句，并逐一举例分析。以《夜宿寒山寺》为例：

当时我实在难以理解
抱着一块石头又如何完成涅槃的程序
色与空
不是选择题又是什么
于是翻过身子
开始想一些悲苦的事
石头以外的事
清晨，和尚在打扫院子

---

① 汪超：《“含思落句式”：古典诗词的结句体势》，《中国韵文学刊》2015年第29期，第40－45页。

木鱼夺夺声里

石头渐渐溶化

我抹去一脸的泪水

天，就这么亮了

——洛夫《夜宿寒山寺》①

在这首诗中，诗的开头写夜晚寺中幽静之景，后随着“我”的入睡，开始向内转写“我”对禅的苦思，最终以天亮的场景收尾，消解了“我”心中的“石头”（诗人注解“石头”是欲念）与脸上的泪水。这首诗显然没有了王昌龄诗中从情到景的压迫感，洛夫的情感隐而不露，抒情用词极为小心，词句也不铺张。从头到尾，诗人只用了“悲苦”一词，形容一个指涉模糊不清的宾语“事”；甚至“我”的流泪都只在诗尾以完成时的方式出现，并没有正面的镜头。这种景的转化也不完全是与前文以隐喻的方式，共时地说明同一种禅的哲理，而是展现一个历时转化的过程：“我”已经放下了对“色”与“空”的苦思，投归一种清净自然、没有对立的整体中。这与王昌龄的落句有着较大的区别：洛夫的“天亮”不一定是现实的景色，“石头溶化”具有超现实的意义，有可能是“我”开悟之后心境的象征；王昌龄的“乡山雨”没有超现实的指涉，更没有“我”对景的作用，只有景对“我”的单方面作答。

又如在长诗《背向大海》中，“我”对“空”的感悟是在大海的不断回应中逐渐消解的，大海的景象也因为我的思绪变化展现出超现实的色彩：“当我别过脸去，背向大海/我暗地窥伺它的平静/却又无动于衷它的蠢蠢欲动/有事没事它都会对空叫啸/要我今日追求光明明天拥抱寂寞/忽焉海面全黑/……”②。这里，海不仅饰演着与“我”对话的角色，给“我”

---

① 洛夫：《夜宿寒山寺》，收入洛夫《洛夫诗全集（下卷）》，江苏文艺出版社，2013年，第417页。

② 洛夫：《背向大海》，收入洛夫《洛夫诗全集（下卷）》，江苏文艺出版社，2013年，第453－458页。

的思考予以回应，海的状态也被投射了“我”潜在的心理状态。在与海反反复复的交流后，诗句最终以“背向大海/和南寺的钟声再度响起……”结尾；与《夜宿寒山寺》相似，《背向大海》的末句也回归了一种朴素、整体的秩序中，但是这里的“大海”是在与“我”对话后，归于其原始形态的自然景物。显然相比于王昌龄的情意延伸，洛夫在结尾的这一落句是一种经历过主体内省、解构后的回归，所以落句有着消解、转折的作用，完成了从主体到“空”的过渡，消解后的主体已经回归了整体，无需再言。

当然，这种主体的内省并非始终以“我”的标志外露在洛夫的诗中。比起塑造“我”的形象，诗人更加关注“我”的消解过程，并投射在自然万物消逝的过程中；因此进一步加剧了“含思落句”中情感的内隐，以及景物的能动性。在景物的选择上，他常常专注于描写消逝的慢镜头，多采用一些易散之象，如“钟声”“烟”“花香”“雪”“夕阳”“潮声”“泪”“灯火”“寒气”“浓雾”等，或是消逝之后不在场之“空”，例如《如此岁月》中“鼓破了/心跳仍在/弦断了/歌声仍在/舞台空了/掌声仍在/……”①，避免写实存之物。另一方面，诗人也间接创造了新的语言经验，使景物具有个人经验的色彩，回避使用禅诗中固有的喻体。以《无声（禅诗十帖）》为例，尽管所取命题皆古，如“月落”“花落”“叶落”等，但诗中的场景相比于禅理诗更加生活化，诗人也没有刻意使用常见的象征符号观照佛理，如“落花”“水月”“明珠”“苦海”等。“空”的哲学意义被压缩，但美学功能被进一步发挥。以王昌龄的禅诗为对比：

棕榈花满院，苔藓入闲房。
彼此名言绝，空中闻异香。

——王昌龄《题僧房》②

---

① 洛夫：《如此岁月》，收入洛夫《洛夫诗全集（下卷）》，江苏文艺出版社，2013 年，第 471 页。

② 王昌龄：《题僧房》，收入王昌龄著，李云逸校注《王昌龄诗注》，上海古籍出版社，1984 年。

从楼上窗口倾盆而下的
除了二小姐淡淡的胭脂味
还有
半盆寂寞的月光

——洛夫《月落无声》[①]

这两例中，《题僧房》的第二句是典型的以“含思落句”昭示禅理的结构。僧人与参禅的诗人之间彼此相顾无言，即人的开悟与佛的感召无需言语上的交流，因为佛理讲究“一切言语断道心行处灭”[②]；下片所写的禅房花香具有显著的象征含义，暗示诗人进入佛理智慧之境。同样是写“留香”，《月落无声》显然并不刻意地表现禅宗哲思，没有构建意句与景句之间整饬的对应关系，也避开了禅宗中惯用的喻体。标题中所谓“无声”并不单指“声”，而泛指一切人的感觉，包括色、声、香、味、触觉，都是虚妄的空相[③]，因此诗中的胭脂味、月光皆是虚象，互相构成联觉。它们替换了本该倾盆而下的水，“空相”的主题显而易见，但“空”的禅思却不需要在诗中被看破，最后的落句仅仅停留于“半盆寂寞的月光”。水中月虽是指涉表象虚妄的意象，但诗人避开了“镜花水月”这类的常用语，以“半盆”“寂寞”的定语代之。之所以是“半盆”，因为另一半还有胭脂香，暗指俗世对诗人仍有吸引；之所以“寂寞”，因为二小姐的不在场，

---

① 洛夫：《无声（禅诗十帖）·月落无声》，收入洛夫《洛夫诗全集（下卷）》，江苏文艺出版社，2013 年，第 401 页。

② 《佛学大辞典》：“言语道断心行处灭（术语）。又云心行处灭言语道断。究竟之真理，言语之道断而不可言说。心念之处灭而不可思念也。心行者心念之异名，心者迁流于刹那，皆云心行。璎珞经下曰：‘一切言语断道心行处灭。’维摩经阿閦佛品曰：‘一切言语道断。’止观五上曰：‘言语道断，心行处灭，故名不可思议境。’仁王经中曰：‘心行处灭，言语道断。同真际，等法性。’俗作‘同断’者误。”参看丁福保编《佛学大辞典》，中国书店，2011 年。

③ 《古尊宿语录·卷四》：“夫如佛六通者不然。入色界不被色惑。入声界不被声惑。入香界不被香惑。入味界不被味惑。入触界不被触惑。入法界不被法惑。所以达六种色声香味触法皆是空相。”参看赜藏主编，萧萐父点校《古尊宿语录》，中华书局，1994 年。

暗指“空”之后彻底的孤独；这一落句因此恰到好处地止于美与寂寞交融的月光中。因此，对比二者我们可以看出：王昌龄的落句是古代禅诗中典型的创作技法，落句中的词句处处贴近禅理的喻体，如“白云”“异香”，也以借此说明诗人对禅理的开悟，因为禅理是不可言说的；洛夫并不刻意揭示哲理，而是借禅宗中对万物“色相”与“空”的定性，构建虚幻的美学场景，因此落句不是参禅思想完成时的延伸，而是保留一种禅的悬置、不完全状态，以景喻之使得这种微妙、虚幻的感觉能够暂时地凝固。这也是叶维廉所举的例子，《金龙禅寺》中“如果此处降雪”落句的妙处所在：

晚钟
是游客下山的小路
羊齿植物
沿着白色的石阶
一路嚼了下去

如果此处降雪

而只见
一只惊起的灰蝉
把山中的灯火
一盏盏地
点燃

——洛夫《金龙禅寺》①

① 洛夫：《金龙禅寺》，收入洛夫《洛夫诗全集（上卷）》，江苏文艺出版社，2013 年，第 127 页。

诗的第一节中“下山”“下去”与诗的第三节“惊起”“点燃”构成方向上的对比，二者之间的转折在于诗人对降雪的场景假设。诗的前几句也一如既往地采用了以虚代实的技法，例如以“钟声”代替了“小路”，以“植物嚼路”的比喻隐藏了主体的存在，即人在下山时的视角变化，但是诗人不满足于隐晦地描写这种向下消解之感，心中渴望一种更为彻底的、全面的消解动作出现，降雪便在脑海中应运而生，“如果”一词在这里则非常关键地保持住了这一虚幻场景的转化与凝固。假设没有“如果”，降雪只是顺应游客下山后出现的气候景象，晚钟和暮雪也能够自然而然构成和谐的画面；但是“如果”的出现，意味着“游客下山”可能是实象，而降雪是虚构的，因此后文中的“灰禅”和“灯火”都是基于降雪场景的想象而生的虚象，诗在这一句之后发生了转折。雪意味着诗人的思绪进入“空”的境界，而在这一境界中，虚象并不缥缈无力：灰禅是“惊起”的，相比之下前文中游客下山如晚钟悠悠漫漫；灯火是被“点燃”的，与降雪的纯白构成鲜明的温度、颜色对比，意味着禅思的智慧。但是从另一方面来说，“如果”一词又意味着一种假设的可能性，诗人清醒地认识到降雪只是自己的想象，“空”的禅思没有让他对现实加以完全的否定和覆盖，“如果”因此微妙地维持住了诗人与“空”之间的距离。就此，我们可以看到洛夫在落句中是如何处处保持着禅与诗之间的界限的：一方面，他的落句更偏向历时地消解自我与自然万物的存在，这之中含思、含情的过程被隐藏，而不刻意地与落句形成延伸、对仗关系，也因此消减了禅诗释理的功用；另一方面，落句是为了维系这种可消解的“慢”状态，因此营造出了诗歌中特有的、消弭的美学氛围，不完全是对禅宗不可言说之境的归附（彻底的无我）。

在访谈中，洛夫认为《金龙禅寺》一诗是以超现实手法写就的，暗藏着“不可以理性分析的禅趣”；然而，尽管他认同禅宗与超现实主义诗歌存在种种相合之处，诗人仍然强调了诗不可被禅取代的特殊性——语言①。

① 洛夫、陈祖君：《诗人洛夫访谈录》，《南方文坛》2004年第5期，第57－63页。

他认为，如果写诗完全靠禅宗参悟或者潜意识，那么诗歌只会显得混乱或者高深莫测，因此诗人必须要有高度自觉的语言意识，在升华潜意识为诗境的时候，时刻注意对语言的制约，促进超现实写作与禅宗思想有机融合。既讲求以潜意识的探索超越逻辑推理，又坚持诗歌语言的自主性，洛夫潜在的语言神秘主义立场，再一次调和了诗与禅的关系。尽管王昌龄也重视诗歌写作中落句的技法，也以此在禅诗中展现不可言说的美，但禅宗的思想在诗句落笔之前已是必然的预设，“含思落句”的整饬结构也是为了适配诗人“开悟”的过程。相比之下，洛夫并不刻意配合这一的结构，而是专注于探索诗歌中语言的“非理性”：他借助落句的节制与含思的讲究，自觉地维持了语言中“理”的限度；凭借“看破不说破”的禅机，以虚像的美延续了语言中“非理”的可能性。自觉的语言实验意识因此决定了洛夫的现代禅诗与古代的禅诗在写诗目的上的根本不同。

四、结　语

禅主张超越一切现象界，包括语言；现代诗借用了超越的哲学结构，但诗人唯独不能跨过的是诗的语言，因为这是所有艺术创造的起点，也是诗人隐秘世界能够被解读的唯一窗口。语言是诗的起点，却不一定是诗人执着的唯一终点；在废名与洛夫的案例中，诗人一次次超越、重释现象界与旧有语言经验的冲动，不是为了到达封闭的符号世界，而是尝试在重构的过程中以诗的语言，建立个体与世界之间的联系，表达生命本真的意义。因此我们看到，二人的禅诗中始终有自主的“我”，在出世与入世之间不断溶解、转化，无论是废名的“我”在出世边缘及时抽身之“快”，还是洛夫的“我”在含思落句前犹豫不决之“慢”；他们对禅宗的不完全依赖，对生命的自主探索，也因此与古代禅诗形成了完全不同的现代面貌。另一方面，以禅入诗也为现代汉诗的语言注入了新鲜的血液：废名巧妙地利用禅的术语，不断重释物的意义，推动意象之间动态的关联；洛夫避开禅的术语，重新在日常生活的物中寻找禅意的可能，使自然朴素的意象具有超现实的色彩。二者因此都为现代诗的语言创新提供了以禅入诗的方案。

当然，洛夫和废名仅仅是以禅入诗相对显著的诗人代表之二，他们在访谈、授课等公开场合中表达过对禅的兴趣，在实际生活中也有参禅的经历，因此其诗中的禅元素常常成为研究者关注的重点；还有本文未能囊括的诸多现代诗人，他们没有如此外显的禅宗活动，却也在诗句中透露出了禅宗式的思考以及对诗的创新。正如本文开头所述，诗与禅之间潜在的相互影响已有漫长的历史积淀，佛家术语也已被广泛地接受、化用，这意味着相比于古代的禅诗，现代诗中的禅元素可能更为隐秘、混合，但禅诗的历史差异也透露出了现代诗蜕变的线索，能够为现代汉诗的研究提供特别的参照。

后疫情时期中国少数民族诗歌的书写转向及其限度①

□覃才②

内容摘要：中国诗歌的创作具有明显的时代介入性。对两年多来新冠疫情的暴发、建国70周年、建党100周年等重大的时代现实和事件，诗歌界就以极大的激情与势头介入其中，形成了声势可观的“抗疫诗潮”与国家书写趋势。在疫情书写、国家书写成为新冠疫情后中国当代诗歌主导的创作资源与审美维度之时，少数民族诗歌原来特有民族书写、文化书写也随疫情之后现实、时代及人之间的关联变化而发生了相应的审美转变。少数民族诗歌近两年表现出的疫情书写、国家话语叙事及民族书写转向既有现实意义与时代价值，也显现着当代少数民族诗歌发展存在的本体限度问题。

关键词：后疫情时代；疫情诗歌；国家叙事；民族书写；少数民族诗歌

2019年末以来，新冠疫情（COVID19 Pandemic）的暴发、传播与世界流行，既是一个全球性的现实与事件，也是全人类遭受到的巨大灾难与考

① 基金项目：本文为中央高校基本科研业务费专项资金资助项目“中国少数民族诗歌的文学人类学研究”（项目编号：2021TS086）阶段性成果。

② 覃才（1989－），男，广西柳州人，陕西师范大学文学院博士研究生，研究方向为当代诗歌。

验。在全世界人类已经习惯、适应了的全球化的流动状态中，世界各国为阻断、抗击新冠疫情而采取相同性管控措施，让身负全球化的身体但实则幽居隔离的个体，悄然地产生了重新思考人类社会与定义个体存在意义的契机。在新冠病毒至今不断变异的不确定现实之下，新冠疫情持续的时间与到底什么时候才得到完全控制还未有结论，但其作为一种实在与精神的力量，对人类社会和深受疫情影响与在疫情下成长的“疫后一代人”的冲击、影响、改变已然显现。有学者基于新冠疫情造成的全球性现实与精神的冲击、灾难、影响及改变等客观情况，将人类截然分为“前冠疫纪元”（Pre-COVID19 Age）和“后冠疫纪元”（Post-COVID19 Age），以突出新冠疫情对人类社会与个体的变革性转变。根据“国家不幸诗家幸”的不成文规律，即“往往在一场灾难以后，总会迅速地出现一批又一批的诗，形成一股热潮”[1]。这场深刻影响世界的新冠疫情暴发后，中国汉语诗歌自然萌生了与之相适应的“参与人数多、涉及地域广、传播影响大、社会郊效果好的‘抗疫诗潮’”[2]。

不能否认，诗歌是与公共事件或者说是时代现实联系十分紧密的艺术，这种紧密的联系生成了诗歌创作是公共事件和时代现实的“再现”与“介入”问题。新冠疫情暴发以来，它不容置疑的在现实与精神两个层面上影响着每个个体。现实层面上，新冠疫情以国家集体意志形式，重新规划、调整人类个体的出行、工作、交际、消费（物价）等，让人类个体处于相对规训和有诸多限制的现实当中。精神层面上，新冠疫情作为个体的防护与禁区，激发和复杂化了人类个体原有的生命安全、人际关系（矛盾、冲突）、死亡威胁等相对负面的精神状态与情绪。在此，应该可以想象到，新冠疫情无论是作为国家的权力意志和规训，还是作为个体的防护与禁区，已构成为全人类个体现实生活和精神世界状态之一。借由前面所说的诗歌与公共事件、现实的再现性、介入性关联，身处国家集体意志、规训及个体自我保护禁区之中的现代诗人，他们的诗歌创作显然是在一种既是现实生活又是精神状态的“新冠疫情”状态下的写作，或者说是或多或少在受“新冠疫情”状态的影响与制约。这如易杉所说：“公共事件与诗歌的关联，尽管摆脱不了社会、心理、环境等动荡之中突发因素的扭力，但它必然改造作为认知结构的诗歌观念，其中包括尊严、底线、道义以及良知等等。”[3]

苏珊·朗格指出：“一个时代，诗的词汇由那个时代诗人所使用的说话方式组成。”[4]按她所言，新冠疫情暴发后产生的“疫情诗歌”和“抗疫诗潮”，以及中华人民共和国成立70周年（2019）与中国共产党成立100周年（2021）这些具有重大意义的时代节点，它们作为2019年或之后较长时间内中国汉语诗歌的创作侧向与审美维度，自然展现出疫情、建国与建党纪念特有的话语特征与审美特质。也就是说，新冠疫情发生之后的近两年时间内，少数民族诗歌的创作是会随着时代的巨大现实及其对人的影响和人对现实的接受、回应的关联变化而所转变的。考察、审视及呈现这种转变、特征，我们既能够发现当下少数民族诗歌的书写价值与意义，也可以理析它相应的本体限度的。

一、武汉疫情、共同命运及红色的国家话语叙事

2019年末暴发的新冠疫情是一件全人类都关注、经历及受影响的大事。面对新冠疫情（病毒），作为单纯的诗人实际上是非常羞愧、无能的，因为我们“不知道/怎样用语言/去分析和消灭它”[5]。然而，在这个重大的事实、事件影响之下，羞愧与无能的诗人的诗歌创作依然“可以是动员的号角、时代的轻骑兵，也可以是自己的心灵之镜，更可能是照见自己也照见他人的心灵之灯、情感之灯、思想之灯！”[6]新冠疫情是近两年来发生的人类现实，除了这一现实之外，中华人民共和国成立70周年（2019）与中国共产党成立100周年（2021）也深刻地影响着人的审美与表达。在这些重大、重要的现实、事件的影响之下，少数民族诗人近两年的诗歌创作既即时、应时地介入其中，这种即时、应时性的诗歌书写一方面表现着少数民族诗人、少数民族诗歌对时代、对现实、对人类及对国家的记录与关怀，也突显着新冠疫情暴发后中国少数民族诗歌（中国汉语诗歌）整体

的疫情书写、国家书写的话语特征。

（1）武汉或中国疫情的介入与记录。中国诗歌的写作自古以来就有极力的介入性、使命感。中国当代汉语诗歌的写作“由于受强大的社会无意识和传统思维惯性的裹挟”[7]，一直以来也都表现出这种强烈的现实介入性。新冠疫情的暴发及其产生的深刻影响，是2020年及今后很长时间内关注每个社会个体的个体现实和社会现实。这种巨大、明显的个体与社会现实，自然是被诗歌所深刻、全面的介入。因而，在武汉或者说是中国疫情暴发与中国抗击疫情的时代努力在网络上传播之后，具有少数民族身份的诗人，他们也将自己的关注点投向疫情。虽然他们当中的绝大多数人没有亲赴武汉抗疫一线，但他们都用诗歌的方式介入疫情之中，对疫情进行诗歌的记录。

如在武汉疫情暴发之后，面对网络上传播的医护人员请愿书与全国援鄂医疗队报道，回族诗人马克就直接以武汉金银潭医院呼吸内科二十九名医护人员的请愿书来进行诗歌写作：“29枚，红色手指印/仿佛是呼吸内科/29个人的29颗红心/向组织上捧出，滚烫。”[8]在全国各省医疗队相继驰援武汉时，普米族诗人鲁若迪基动情的书写他们：“这个春天/我总是被那些背影/深深感动/他们来不及吃年饭/来不及给老人祝寿/来不及给孩子叮嘱/来不及给爱人道别/就匆匆消失在/长风呼啸的夜里/他们是医生、护士……”（《竞速》）[5]对武汉十天建成火神山医院的奇迹，满族诗人侯健飞写道：“千万个兄弟奋战的背影　踉跄的脚步/在天眼下直播……仅仅十天火神山医院宣告建成。”（《火神山》）[9]对八十四岁的钟南山亲赴武汉的国士气节，土家族诗人颜英写道：“我看到一座八十四岁的大山，高过群峰/一个老人的眉头，在灯光下紧皱/目光如炬，心怀悲悯，日日面对魔鬼/他说，武汉是英雄的城市/他坚信，一切都能重新站起。”（《逆行》）[10]武汉疫情得到控制和解封之时，蒙古族诗人舒洁赞美了这座英雄的城市：“你的城门开了/这是接近夏天的日子，我看见/人群走在开花的土地/你在目送/我看见四月的天空流淌散淡的云/其中的几朵停留在你的上方。”（《对武汉说》）[11]显然，在武汉疫情暴发、蔓延、封城、得到控制及解封之时，少数民族诗人的诗歌创作明显地介入到武汉疫情每个阶段的现实中心。他们的这种介入构成了一种诗歌形式的对武汉或者说是中国疫情日记式的审美与记录写作。

（2）命运共同体意识的强化。新冠疫情是当今关乎与影响全人类的重大疾病。无论身在地球何处，也进化论武汉的怎样的身份、地方，我们都共同经历、见证了疫情的影响，一部分人还遭遇疫情带来的伤痛、死亡。在这种悲伤相同、苦难相同、希望相同及未来也可能相同的共同经历、记忆之下，作为个体与群体的人类俨然明白了生活在地球之上的我们，是有一种共同的命运的。中华民族自古以来就是一个“你来我去、我来你去、我中有你、你中有我，而又各具个性的多元统一体”[12]1。在每个关于民族存亡的时刻，中华民族命运共同体意识会上升为每个个体的共同意识与集体性行为。毫无疑问，新冠疫情暴发后，中国（武汉）成了每个中国人（华人）的情感核心、行动核心。每个中国人（华人）在这个情感核心、行动核心当中，感知自己、他人、民族、国家及时代的命运，从而以命运共同体的意识进行力所能及的行动。具有少数民族身份的诗人，他们是诗人，更是中国人。他们在疫情暴发后创作的诗歌就表现了他自己与他人、与民族、与国家及时代的这种命运共同体意识。

如在新冠疫情发生之初，彝族诗人吉狄马加在这肆虐的疫情之中感知到了他个人与其他人、个人与民族、中国与人类之类存在的命运与共的存亡关联：“当自己成为大家，当众人关注最弱小的生命，/一个人的声音的背后是一个民族的声音，/而从一个声音的内部/却又能听见无数人的不同的声音。”（《死神与我们的速度谁更快——献给抗击2020年新型冠状病毒疫情的所有人》）[13]65在新冠疫情全国蔓延之后，土家族诗人陈步松直接以象征着每个人的“我”的语气表达了中国十四亿人共同遭受的新冠疫情影响及在这种共同的疫情命运关联之下我们应该共同行动起来气魄：“我身后站着十四亿热血同胞/一个同胞就是一座顶天立地的山/这是世界四分之一的英雄生命/一个生命就是一个燃烧的太阳/这就是我永远的骄傲和希望/我就是十四亿座不倒的山/我就是十四亿个不落的太阳。”（《我不会倒下》)[14]而在中国新冠疫情“战疫”取得成效之时，土家族诗人覃文乐写了只要中国人众志成城就一定能赢得抗击疫情的最终胜利：“山河气概，众志成城，/中华民族共同发出怒吼！/我们有信心，我们有决心，坚决要打赢！/我们一定会奏响新时代嘹亮的凯歌！//必胜——属于我伟大的祖国！”（《必胜——我的国》）[15]很显然，新冠疫情暴发后“每一个个体都无法置身事外，每一个人都是与病毒抗争的战士，每一个人都在‘命运共同体’中共同经历、体验、感知、感动，我们同声相应，我们患难与共”[6]54。

最后，红色的国家话语叙事。新冠疫情暴发、蔓延及肆虐的近两年时间内，也正值中华人民共和国成立70周年（2019）、中国共产党成立100周年（2021）这些重大的时间节点。新中国是一个有深厚红色精神与红色底蕴的国家，在这些重要的铭记、展现红色传统、红色底蕴及红色精神的时间节点之下，具有红色特征的国家话语自然成为当前少数民族诗人关注与书写的焦点之一。如在中国共产党成立100周年之际，土家族诗人向笔群写了红军长征途中召开的决定中国共产党生死存亡的《遵义会议》：“战斗间隙/一个政治局扩大会议酝酿/关键时刻，大家呼吁/让一个满带湘音的男人再一次掌舵/把一只即将倾覆的航船/重新把握航向。”[16]远在中国西南边陲的白族诗人何永飞，也写了中国共产党建党百年之时，边疆的安定与发展：“中国红，边疆的山河昂首挺胸/庭院，铺满阳光和鸟鸣，还有安宁……昨天的伤痕里/长出美丽的村庄，长出日月的歌舞/飘扬的国旗，插在每一寸领土上/插在心头，插在时光的制高点。”（《国旗飘扬》）[17]就当下而言，无论是中华人民共和国成立70周年，还是中国共产党成立100周年，它们都喻指着一代代的英雄前仆后继的奋斗与牺牲历史。在这些重大的时间节点之时，对这些革命英雄的书写是一种最典型的红色书写与国家话语叙事。佤族诗人张伟锋就是如此，他以李培伦、王维人、魏文才等共产党人1948年到1950年在云南沧源佤山组建革命队伍、建立革命根据地及开展革命斗争的历史为原型，创作出了一部2200余行（共95首短诗）反映佤山党史的叙事长诗《佤山的黎明》[18]。显然，从向笔群、白庚胜、何永飞及张伟锋等少数民族2020年以来的关于党、国家及革命者的诗歌创作中（包括短诗与长诗），我们明显地看到红色的国家话语叙事特征。

直言之，2019年末以来新冠疫情的暴发、中华人民共和国成立70周年、中国共产党建党100周年作为巨大的时代现实、事件，既是波兰诗人切斯瓦夫·米沃什在《诗的见证》一书中所说的："一座城市、一个国家的命运，成为每个人关注的中心"[19]，还是一个主导所有诗人进行诗歌创作的中心。中国具有少数民族身份的诗人，他们在疫情暴发后的诗歌创作，呈现了他们个人对武汉（中国）疫情、对国家、对时代的现实性审美与关注。这就是说，在少数民族诗人以武汉疫情、建国、建党为中心的诗歌创作当中，我们可以看到他们明显的疫情介入与国家书写。在很大程度上，少数民族诗人在疫情暴发后这种个体性与群体性的诗歌审美特征，也是整个中国少数民族诗歌和中国汉语诗歌在疫情暴发后的审美倾向，以显现着"诗人投身没有硝烟的战场，将审美触角扎根于疫情现实"[20]的诗歌之时代之"为"。

二、新冠疫情与神引发的民族书写转向及反思

新冠疫情暴发后，少数民族诗人受疫情、建国70周年、建党100周年等重大现实、事件影响，他们的诗歌写作在近两年的时间内应时地表现出强烈、显著的国家话语特征。相对于少数民族诗人原来的以民族书写为主体的书写形式，这种由重大事实、事件引动、催生诗歌转向，一方面大大压缩了少数民族诗人诗歌创作的民族性、地方性特色，另一方面也生成了他们重新思考原来民族书写的有效性、时代性及意义的问题。我们知道，人作为符号的社会化、文化性动物，我们的审美、思考及表达无疑与其自身具有的人种（族群）、性别、地域等符号有关，相应地也受到与其相关的社会现实（如"躺平""内卷"等观念背后潜藏的一种危机观念与意识）的直接影响。少数民族诗人作为具有特定民族身份的写作者（即人），他们的诗歌创作本质上是关于民族和地方的文化书写[21]。从本质上讲，确

定少数民族诗歌本体性价值与意义的就是他们的这种关于民族与地方的文化书写。然而，在新冠疫情、建国70周年、建党100周年这些重大现实场域挤压之下，他们原来的关于民族和地方的文化书写也有新的转向与反思维度。也就是说，在国家与人类成为一种集体关怀之时，处于国家与人类之中的个人，少数民族诗人也诞生了关于现时个人、即时个人的不确定性思考与危机意识。因为无论如何，新冠疫情作为21世纪最大的人类现实或危机，它已经威胁和深刻地影响到每个人了。

其实，从少数民族诗歌的现代发展历程来看，它的第一次书写转型是发生在20世纪80年代。即中国的全球化、城市化过程催生的以科学技术、知识进步、媒介及理性为主导的现代性转型。在这一现代性转型中，少数民族诗歌原有关于本民族文化神性、崇拜及光晕被消解和边缘化，诞生了少数民族诗歌具有城市特征和关于民族和地方文化寻根和文化创伤的写作。但多少还让少数民族诗歌发挥着让人在传统中用文化抚慰人心，重拾信仰的价值。当下，新冠疫情的发生及其引发的个人认知转变，慢慢构成了少数民族诗歌的第二次书写转向。如果说20世纪80年代少数民族诗歌的现代性转向突显的是技术与民族文化信仰的对立（技术与神的对立），那么新冠疫情突显的则是疾病与民族文化信仰的对立。中国的少数民族中有浓厚的巫－神祛病禳灾传统，无论大小的疼痛，他们所信仰的巫－神都能够缓解或根除，这是他们一直信仰的传统。然而，当下除不去的新冠疫情及其疫情管控，打破了少数民族信仰或认识当中的巫－神祛病禳灾传统，他们开始认知到他们管理疾病的巫－神没有用，他们的地方文化和传统也不可信。在诗歌当中，少数民族这种传统文化信仰的进一步消解、“祛魅”，催生着少数民族诗歌更为强烈的危机意识、虚无意识及乌托邦色彩。

首先，新冠疫情加剧全球化背景下少数民族诗人对自身民族传统文化离散的命运感知。文化的全球化传播与影响的实质是世界主流文化（精英文化）与本土文化（土著文化）的冲突、对立问题。在此，应该可以想象到，那些能够进行全球化传播、并在全球范围内产生影响的文化，它其实是一种强势文化。被传播之地的本土文化，在面对这种全球化传播的强势文化过程中，大多是处于非此即彼的冲突、对立状态之中。换句话说，在文化全球化中，本土文化大多是处于弱势文化，它的存在、传播、延续时常受到外来文化的冲击。在这种持续的冲击、对抗、挤压之下，式微、衰弱或消亡的本土文化就生成了全球化时代本土文化的离散问题。对全球化时代少数民族诗人身上持存的文化状态，马绍玺认为："'文化流散'是全球化语境中少数民族诗人文化体验的最确切的存在状态。"[22] 彝族诗人吉狄马加是20世纪80年代以来最有世界影响的少数民族诗人，建构他个人诗歌写作方式与影响就是他对自身与彝族文化的流散表达。他在代表作《自画像》中所写的"啊，世界，请听我回答/我—是—彝—人"[23]，既是他对彝族身份与文化的认同，也指涉了全球化过程中他对彝族文化的流散、衰弱的感知。

新冠疫情发生后，少数民族诗人对原来产生于全球化的文化流散与文化危机意识大大加强了。这种被强化的文化流散、危机表现为他们诗歌中更为深刻的文化反思。我们知道，新型冠状病毒极强的传播性、感染性，既构成了对个体生命的直接威胁，也成为人类个体一种新的死亡恐惧与隐喻，进而增加了人类个体的危机之感。我们为了减少新型冠状病毒的人际传播和个体恐慌，戴口罩、人与人交流保持一定距离等既是一种必要的个体防护行为，还在一种社会、群体的层面上加深、强化了人的不安全之感。疫情发生后，这种被强化的文化流散、危机意思更深刻地反映在藏族诗人诺布朗杰2020年初开始创作的长诗作品《白海螺》当中。对具有藏族身份的诺布朗杰而言，这种疫情时期的个体的防护与危机意识，经由其族裔性身份的迁移、提升，很容易就与其自身原来具有全球化背景下民族传统文化的危机与防护相对应。散文诗长诗《白海螺》即是在这样的现实背景下创作而来的。在藏族文化中，白海螺又称右旋海螺、法螺、妙音吉祥等，它是"法会时吹奏的一种乐器"[24]。《大日经》载"汝自于今日，转于救世轮，其声普周天遍，吹无上法螺"[25]505，即是说这响彻八方的白海螺之声，就是释迦牟尼说法时的法音、妙音。对藏族僧俗百姓十分重要的白海螺，在诺布朗杰疫情后的诗歌书写中反复表现为一种“危亡”的意识：“那枚失声已久的白海螺吧”（《白海螺》2）[26]110；“不知传了多少代的白海螺又丢在了哪里”（《白海螺》4）[26]111；“白海螺下落不明”（《白海螺》10）[26]111；“那枚消声灭迹的白海螺?”（《白海螺》15）[27]等。在此，白海螺的失声、丢失、下落不明、消声灭迹等失声、缺失状态，直接隐喻着全球化语境中藏族传统民族文化的失语、式微及文化阵痛的危机状态。

其次，一种“回不去”的身份迷失与想象。如果说新时期以来全球化给少数民族地区和具有少数民族身份的人带来的最本质改变是人的流动（可理解为进城打工），当下新冠疫情给他们带来的是流动或移动的阻断。后疫情时期的这种流动阻断可以是指时间不是很长的中国疫情最严重之时各行各业的“停摆”，也指当下较为严峻的就业问题。这就是说，对原来进城打工、谋生的具有少数民族身份的人而言，疫情期间居家防疫及之后的就业难问题，实际上将他们推向一种非常复杂的现实处境当中。因为这些原来进城打工、谋生，具有城市体验、认同及身份的人，现在却因疫情而不能返回城市当中（返回的时间由疫情与就业形势决定)。他们的这种“回不去”既是回不到现实的城市当中，也是指回不去他们原来的少数民族身份与认同之中。在这一意义上，全球化的流动与当下疫情的阻断，俨然生成了少数民族诗人“回不去”城市、“回不去”民族的身份迷失与诗歌书写的想象空间。

土家族诗人文西出生于湖南湘西乡下，高考后到省府长沙读大学，毕业之后去北京工作了几年。她在疫情发生之前回老家过年，疫情发生之后就在家待了九个月，现在在武汉工作。发生在她身上的疫情前后经历可以明显看出“走出去”与“回不去”这两种对立、矛盾的状况。对她而言，离开出生地到城市中求学、工作是“走出去”，疫情期间在家待了九个月还是离开老家是“回不去”。对已经习惯城市生活的她来说，虽然老家无论是作为一个地方还是作为一种身份认同已经很难形成巨大的意义场域，但还能够合理接受的特殊空间。如她在《列车》中写道：“列车轰隆隆行驶/窗外是明亮的田野/秧苗在风中摇晃长长的叶片/……在这里能做什么呢？……不管人们怎么折腾/列车都不会停止和改变轨道/列车载着我们/不知把我们带去哪里。”[28]这首诗中，从城市出发，然后再次回到城市的“列车”，其实就象征着城市本身。在乡村“不会停止和改变轨道”的列车真实就象征着从城市回来，也必然会回到城市当中的诗人。虽然诗人有可能依然不明确自己会在哪座城市，在城市的哪里。在此文西所强调的“这里能做什么”“列车不会停止和改变轨道”“不知把我们带去哪里”无疑是指向了她“回不去”的个人出生之地与很难融入、离开不了的生活之“城”的一种中间状态的思考。回族诗人马泽平也是一个离开故乡就再也“回不去”的人：“年轻的时候，我向往城市生活，喜欢人流密集的车站/那些竖排的蒙古族字符，灯塔一样，指引人流游往/一座叫作呼和浩特的城市。//当我不再年轻——/或许我就会厌倦这样一种生活/回到倒墩子，做一枚寂静中枯萎的柳叶。”（《回溯》）[29]在马泽平的诗中，我们能够感受到他在什么都有的城市所缺失的是明确的“身份”，这种迷失的身份经由时间、年龄及现实的加剧，已经越发成为一种“回不去”的诗歌想象。

最后，诗歌作为少数民族诗人思考“精神还乡”（民族、老乡）与现实境遇的“栖居”之所。弗莱指出：“我们这个时代一个明显的特征就是一切过程都在加速运转：这是一个革命和嬗变的时代，现在我们在几年内所经历的变化，过去则需要几个世纪才能完成。”[30]暴发才两年不到的新冠疫情无疑就深刻地改变了世界与人类。时代在发展、在改变，“回不去”已在必然。来势汹汹的新冠疫情，无疑给具有少数民族身份的个体带来更为激进的冲击与转变。这种激进的冲击与转变，一方面增加了他们个体的时代不安、焦虑、虚无之感；另一方面似乎在转变、否定他们已往的传统、观念、信仰及价值体系。对一个诗歌写作者而言，当我们面临时代的突发、激进转变已是实事之时，即我们不能付诸逆向性的改变行动之时，返回诗歌当中，坚守为人的底线是可以做到的。这就像布鲁姆所说的：“诗表面的软弱，有时候也是它的强大，它退却到你的内心，在底线处发出声音，但却能帮助你生活，让你做个不同的人。”[31]新冠疫情暴发的近两年时间，我们在少数民族诗人创作、发表的诗歌当中能够明显地看到他们对这种“回不去”身份状态的坦然接受。如畲族诗人朝颜在2021年发表的诗歌《夏夜》中写道：“看啊，水田里的禾苗多么像一排排诗行/一个把葱苗认作大蒜的城里人/被村庄和田野原谅。”[32]满族诗人安然也在2021年发表的《与诗同行》创作谈同说出了她当下的诗歌写作对其自身理解民族、个人及现实境遇的意义。“从正式发表诗歌作品至今，诗歌陪伴我走过了十年。从重庆到广州，我的诗歌，见证了我经历的一切，包括内心世界的沟壑。所以我还在写诗。”[33]

李晓东指出：“这次防控新型冠状病毒与先前历次救治重大灾害最显著的不同就是，每个人都实实在在身处其中。”[34]少数民族诗人作为身在其中的一员，他们原来以民族性、地方性、文化性为特征的诗歌审美也发生了相应的变化。大体而言，近两年来少数民族诗人写作的整体情况是：在疫情暴发后的时代现实与意义生成场域影响下，他们的诗歌写作以自身原来具有的民族身份、民族传统（语言、文化）等审美经验、书写话语为基础，转向契合他们身处其中的新冠疫情影响与现实境遇（如城市生活）制约的写作。这种写作转向生成了少数民族诗歌特有的民族书写转向与反思。

三、后疫情时期少数民族诗歌的书写价值与限度

自古以来，时代、人及诗歌是处于一种影响、生成及反映的关联之中的。这种非常默契的关联既构成、记录了人类所走过的每个时代，又为人类所走过的时代生成了关于人与诗歌的普世性审美力量与价值。就审美价值与意义而言，疫情暴发后优秀的诗歌创作与审美作为后疫情时代的直接反映，它“既应包括社会启蒙与个体启蒙之间的良性互动，也应包含自然生态启蒙与生命意识觉醒之间的良性互动，还应当深入到伦理道德净化的层面。”[35]然而，综观近两年出现的关于新冠疫情、关于我国少数民族诗歌作品，其离诗歌应该具有的为时代而歌的崇高使命尚有很大距离。换言

之，近两年少数民族诗歌表现出的疫情书写、国家话语叙事及民族书写的转向是处于既有时代价值，又存在相应的写作限度的写作方式与趋向。

就价值而言，近两年来因为新冠疫情、建国70周年、建党100周年这些重大的现实影响，少数民族诗歌内部诞生的疫情书写、红色书写及国家叙事是有相应的现实价值的。因为这种书写直接形成了少数民族诗人与少数民族诗歌对现实、对时代的关怀，发挥了诗歌具有的社会意义。这是当前少数民族诗歌创作非常积极的一面，但整体性地仔细阅读这几个类型的诗歌文本之时，我们又能够发展这几个类型的少数民族诗歌还存在着相应的问题与限度的。那就是，审美价值与诗性价值的严重不足。诗歌本质是“一门语言的艺术”[36]283，无论我们怎么强调它的现实再现性、模仿性，都不能否认其审美与诗性的本质。从这一本质属性来看，当前的少数民族诗歌创作是过于强调了对现实的描述，而丧失了对诗歌审美与诗性的追求。如在疫情期间与建党百年之时，如蒙古族80后诗人查干牧仁所写的“逆行的兄弟们，你们累了，困了/地板那么凉，心中那么热/你们披荆斩棘，为世人开路/我的祝福与祈愿/默默地与你们一同前行”（《在人间》和纳西族老一代诗人白庚胜所写的“党啊：/您是一道光，/光焰交闪烁天云间。/胸怀人类命运共同体，/情系草木山川一万象”（《建党百年咏》）[37]，虽然应景和描述了疫情与建党百年之时的现实与心情，但明显与古代杜甫所写的“安得广厦千万间，大庇天下寒士俱欢颜”和近代顾城所写的“黑夜给了我黑色的眼睛/我却用它寻找光明”那般现实与诗性共存是有差别的。

在中国汉语诗歌的百年发展历程中，少数民族诗歌是一个年轻的书写类型。大体而言，它是中华人民共和国成立前后在“民族政策（民族平等、团结和共同繁荣）、民族区域自治制度、民族识别工作及全国各少数民族文学史编写的基础上应运而生的”[38]。写作者具有的少数民族身份、使用少数民族母语及创作关于少数民族的题材是它的三项定界标准。从少数民族诗歌产生的背景与界定标准来看，它在当代中国汉语诗歌当中的最大特色是其民族书写与文化书写。近两年来受新冠疫情的影响，少数民族诗人的民族书写发生了相应的变化。即从原来他们擅长的关于民族和地方的文化书写，转向反思时代与个体之存在关系上来。这种转向一方面呈现了少数民族诗人对新冠疫情发生之后的时代与社会的适应和理解，另一方面也的确是给少数民族诗歌的民族书写带来了新的审美领域与意义空间。然而，如果我们少数民族诗歌近两年的书写转向放置到它几十年的发展时间当中，当前的民族书写转向真正能给少数民族诗歌的发展创造怎样的可能又是值得重新审视的。因为疫情后少数民族诗歌的民族书写在中国汉语诗歌百年这个发生学的维度之中，它本质上是属于现代诗歌的。在中国汉语诗歌百年中，我们能够找出闻一多（1899－1946）、艾青（1910－1996）、食指（1948－）、北岛（1949－）等一批著名诗人及其经典文本的。而相对年轻的少数民族现代诗歌所缺少的恰恰是这种有经典文本的著名诗人。新冠疫情后近两年少数民族诗歌产生的民族书写转向，是否能够建构起少数民族现代诗歌的这种经典性显然还需要时间的见证。

当代少数民族诗歌的创作与发展无疑还有很多问题、限度，但在新冠疫情这个巨大的全球现实、人类现实笼罩之下，它无疑也在发挥、产生着一种形而上的人类意义。我们看到，2019 年末出现的新冠疫情，现在还在不断变异。全球超六亿的确诊人数和六百多万的死亡人数说明，新冠肺炎无疑是一次世界性的“大瘟疫”。身处这一世界性的“大瘟疫”之中，每个个体都很难独善其身。应该可以想象，新冠病毒对个体的影响不仅仅是现实性的，即在就业、收入、消费、家庭维系等方面影响个体，更是在精神和心理上给个体巨大的影响。因为在新冠疫情面前，残酷的死亡无论是发生在个人还是他人身上，都是“疫情带来的最直接和最大的伤害”[39]，构成对个体与他人生命的冲击、创伤。在某种程度上，在新冠疫情死亡影响下成长起来的“疫后一代人”，这种冲击、创伤甚至能够颠覆他们原有的信心、信仰及价值体系。因而，对这“疫后一代人”而言，除了要活着，也要重构生活的信心和活着的信仰。诗歌作为一种语言的艺术，它形而上的力量虽然“不能挽回罹难者的性命，但是诗人在灾难面前发出的声音，却可以对亲历这场灾难的人们造成影响，使他们扪心自问：我的良知何在？从而激励自己，做一个大写的人”[40]。后疫情时代，每个少数民族诗人无疑都是“疫后一代人”，他们作为人和诗人，他们以诗歌的形式观照、审视与关怀着时代、人类及自己的民族。在这一维度上，少数民族诗人的诗歌写作具有重要的人类意义。

宗城说：“灾难发生后，写诗的姿态是可疑的，如果诗人只是参与单一意识形态的大合唱，或者写作轻飘飘的、无关痛痒的诗歌，那么写诗就是野蛮的，对防止灾难再度发生毫无意义的。”[41]应该看到，少数民族诗人在疫情暴发后的诗歌创作，虽然归属于中国整体的“抗疫诗潮”，但也呈现了他们自身对个体、对民族、对时代、对国家具体而微的思考与反思。可以说在对疫情中的同胞、对国家的审美过程中，少数民族诗人敏锐地观察到了身处疫情“漩涡”中的个体之状态，即在一种死亡、冲击、否定、压力之中重构人的信心、信仰之可能，也呈现了人类整体与时代的坚强与活下去的努力。少数民族诗人这几个维度的诗歌审美，呈现了疫情暴发后中国少数民族诗歌或者说是中国汉语诗歌更加关怀性、反思性及人类性的特质。

结　语

疫情诗歌与国家书写是伴随新冠疫情暴发、建国 70 周年、建党 100 周年这些强大的现实而产生的。总体而言，少数民族诗人在疫情暴发后创作的与新冠疫情相关的诗歌，在建国 70 周年、建党 100 周年这两个重大时间节点完成的国家书写，整体上表现出国家集体意志下的国家话语、族裔反思及人类关怀等多重特征。后疫情时期，少数民族诗人表现为国家话语、族裔话语及人类关怀话语等为主导特征的诗歌创作，既表征着疫情暴发后中国汉语诗歌的审美特征与价值谱系，也反映着这一时期中国汉语诗歌的发展情况与时代价值。当然，在中国汉语诗歌这一声势浩大的疫情诗歌写作和国家书写当中，诗歌创作的好坏、有效性也是需要商榷与理性辨析的问题。这就是说，后疫情时期的诗歌创作，既要以极大社会担当与时代责任介入疫情现实与国家想象之中，也要遵循现代汉语诗歌本身的写作论理。只有这样，当代少数民族诗歌才无愧于那些疫情中的亡灵和那些以命救命的人、无愧于那些曾经为国家与人民抛头颅洒热血的人。

参考文献：

［1］吕进. 抗“疫”诗要守住诗的门槛［J］. 中外诗歌研究，2020（1）：4－7.

［2］姜红伟. 书写大美大爱　鼓舞信心士气　讴歌众志成城——中国诗坛爆发“抗疫诗潮”备忘录［J］. 辽河，2020（4）：113－116.

［3］易杉. 公共事件与诗歌书写的可能［J］. 星星·诗歌理论，2020（3）：16－21.

［4］苏珊·朗格. 情感与形式［M］. 北京：中国社会科学出版社，1986.

［5］鲁若迪基. 自白［J］. 民族文学，2020（5）：155.

［6］陈旭光. 疫情诗：疾驰的号角及镜与灯［J］. 诗刊，2020（11）：54－63.

［7］李心释. 新世纪以来中国诗歌介入写作综观［J］. 学习与探索，2020（8）：149－155.

［8］马克. 29 枚红指印［J］. 民族文学，2020（5）：90.

［9］侯健飞. 火神山［J］. 民族文学，2020（4）：79.

［10］颜英. 逆行［J］. 民族文学，2020（3）：201.

［11］舒洁. 对武汉说［J］. 民族文学，2020（5）：154.

［12］费孝通等. 中华民族多元一体格局［M］. 北京：中央民族学院出版社，1989.

［13］吉狄马加. 迟到的挽歌［M］. 上海：译林出版社，2020.

［14］陈步松. 我不会倒下［J］. 民族文学，2020（7）：113.

［15］覃文乐. 必胜——我的国［J］. 民族文学，2020（5）：208.

［16］向笔群. 遵义会议［J］. 诗刊，2021（8）：15.

［17］何永飞. 国旗飘扬［J］. 诗刊，2020（21）：15.

［18］张伟锋. 佤山的黎明（叙事长诗）［N］. 临沧日报，2021－8－1.

［19］切斯瓦夫·米沃什. 诗的见证［M］. 桂林：广西师范大学出版社，2013.

［20］陈希. 抗疫诗歌的叙事伦理——读诗集《盼你春天归来》［N］. 文艺报，2020－4－20.

［21］董迎春，覃才. 民族志书写与民族志诗学——中国少数民族诗歌的文学人类学考

察［J］. 北方民族大学学报，2019（4）：135－142.
［22］马绍玺. 在他者的视域中：全球时代的少数民族诗歌［M］. 北京：社会科学文献出版社，2007.
［23］吉狄马加. 身份［M］. 南京：江苏文艺出版社，2013.
［24］拉都. 藏族传统吉祥八宝图的文化内涵及其象征［J］. 康定民族师范高等专科学校学报，2009（6）：1－6.
［25］童愚居士编. 密宗修法精华［M］. 北京：国际文化出版公司，1993.
［26］诺布朗杰. 白海螺［J］. 散文诗世界，2020（4）：110－111.
［27］诺布朗杰. 白海螺（节选）［J］. 诗潮，2020（6）：104.
［28］文西. 列车［J］. 芳草，2021（5）：255.
［29］马泽平. 回溯［J］. 民族文学，2020（8）：120.
［30］［加］诺斯洛普·弗莱. 现代百年［M］. 沈阳：辽宁教育出版社，1998.
［31］哈罗德·布鲁姆等. 读诗的艺术［M］. 南京：南京大学出版社，2013.
［32］朝颜. 夏夜［J］. 创作评谭，2021（1）：64－65.
［33］安然. 与诗同行［J］ 诗刊，2021（4）：25.
［34］李晓东. 抗击疫情对文学的若干启示［N］. 文艺报，2020－2－14.
［35］张光芒. 论“疫情文学”及其社会启蒙价值［J］. 广州大学学报，2020（4）：86－92.
［36］瓦莱里. 文艺杂谈［M］. 南昌：百花文艺出版社，2002.
［37］白庚胜. 建党百年咏［J. 诗刊，2021（8）：38.
［38］董迎春，覃才. 论少数民族诗歌的族性本体、文化书写及共同体价值［J］. 西北民族大学学报，2021（1）：155－164.
［39］王凤. 以文学的方式进入抗疫现场［N］. 文艺报，2020－3－9.
［40］吴思敬. 灾难呼唤诗人的良知——葛诗谦抗疫诗歌漫评［N］. 中国艺术报，2020－4－29.
［41］宗城. 灾难发生后，写诗如何不是“野蛮”的？——疫情诗歌的伦理问题［J］. 星星·诗歌理论，2020（3）：11－15.

新时期二十年西部羁旅诗人的生存情况、心态观照和审美人格①

□王四四②

内容摘要：新时期西部羁旅诗人在新诗史上的重要性之一源于他们诗歌的审美人格追求。作为“新西部人”的西部羁旅诗人在婚姻家庭、自然环境、语言文化诸方面普遍面临着诸多的挑战和危机，这些身体和精神上的体验都成了他们创作的素材。西部特殊的人文地理和自然地理空间培育了西部羁旅诗人的西部气质，更影响到了他们的群体人格。面对相似度极高的西部遭遇，羁旅诗人们的创作心理呈现出的多样性反映了诗人们对西部遭遇的审美感知和心理形式的差异性。西部诗歌在新诗主流极力展示灰色人生的高光时刻坚守了新诗初心，继续着对崇高健康的诗意人生的艰难探索，从启情到美情，在人格的美化方面有着不可忽视的意义。

关键词：西部诗歌；生存情况；心态观照；审美人格

西部诗歌作为20世纪80年代的诗潮之一引起大家关注的时候，其实主要讨论的是一批西部羁旅诗人的诗歌。以诗人们在西部生活的时间长短

① 基金项目：本文为2019年广西民族师范学院汉语言文学特色基础学科项目“新世纪西部诗歌的精神考察”（项目编号：2019HYKY03）阶段性成果。

② 王四四（1978－），男，甘肃陇西人，广西民族师范学院文学与传媒学院副教授，西藏大学文学院博士研究生在读，主要从事中国新诗、民族文学研究。

上来划分，西部羁旅诗人群主要有两部分诗人构成：一部分是新西部人，他们的童年或少年时期在内地度过，有过一段青涩的内地生活后进入西部并扎根西部，在西部生活、工作，比如周涛、杨牧、章德益、昌耀、高平、沈苇、罗鹿鸣等；另一部分，则是成年后主动进入西部短期生活从而收集了西部经验的游子们，比如海子。总之，西部羁旅诗人群普遍有一个相似的经历：从内地的平原区、工农相对发达区和汉文化的核心地区进入到了高原上、群山间、农牧区和少数民族聚居区。他们来到西部后，被动和国家、时代的文化焦点、政治节奏等拉开了一定的距离，同时，又要面对西部多元一体的文化特征、复杂多变的地形地貌以及相对严酷的自然气候，因此他们的诗文创作从外表到内在都闪烁着相近的思绪和心态且形成了具有群体性特征的审美人格。观照西部羁旅诗人的生存状况和创作心理，探究他们心理现象发生的内在机制和原因，对于准确认识西部诗歌的审美人格有着重要的意义。

一

婚姻与爱情是了解西部羁旅诗人生存情况最重要的窗口之一。这个作为个人最为隐私的话题却最能还原一个诗人“普通人的一面”。尤其是作为“新西部人”的西部羁旅诗人，很大情况下他们的婚姻往往成为影响他们在西部生存质量的决定性因素之一。每位羁旅诗人的婚姻恋爱虽各有不同，但又有着类似的一些情感遭遇和结局。羁旅诗人作为外乡人，拥有一个美好的姻缘本可以慰藉他们因远离故乡而孤独寂寞的心灵，但又由于多种原因，不少羁旅诗人往往在婚姻方面并不怎么如意。究其原因，首先，他们是由于各种原因移民到西部的外乡人，年轻的他们可以为婚姻投入的物质资料一般少得可怜。他们大多是精神上的贵族，却是物质上的穷人。其次，在十分强调人情关系的西部，初来乍到的“新西部人”在本地当然也少有得力的亲戚故交。本地女孩嫁给“新西部人”就意味着缺少人脉。第三，也是非常重要的一点，尚武好勇的西部土著在审美价值上并不完全认同“新西部人”（读书人）相对的纤弱阴柔。以上三点某种程度上决定了“新西部人”在世俗婚姻上的艰难处境。当然，新西部人也有自己的骄傲，一般情况下，来自内地的新西部人往往受过比较好的现代教育，拥有更为开阔的视野和丰富的经历，其家族成员可能接受城市文化的浸染也更多，因此新西部人容易形成一种莫名的“骄傲”的文化优越心理结构。在这种情况下，各自傲娇的新西部人和西部土著结合的婚姻确实很难做到诗人们理想中的琴瑟调和，不少人很容易地掉到了婚姻的泥淖中。以昌耀的婚姻为例，昌耀是湖南桃源人，妻子是土伯特女人，一方面，身处“流放之境”的昌耀得到了土伯特妻子从灵魂到身体对他的双重救赎，另一方面他俩的婚姻也不可避免地裹挟着城市文明和草原文明的冲突、理想和世俗的矛盾以及语言文化上的隔膜等。根据诗人燎原在《昌耀评传》中的叙述可以知晓，昌耀的两段以失败告终的婚姻其实都是理想败给了现实[1]。昌耀渴望伴侣和他在精神上有共鸣的想象破灭，很大程度上能代表相当一部分八九十年代西部羁旅诗人的真实婚姻状况。诗是美好的，但生活是很现实的。大多时候，“新西部诗人”在婚姻中肉体和灵魂是撕裂的，这是时代给予八九十年代西部羁旅诗人的命运悲剧。用昌耀的话来说就是“宿命”。作为一心持续向理想世界行进的诗人，他们的婚姻败给了特殊的现实。罗素在谈到婚姻时说过：“如果人们的情趣、追求和事业存在着千差万别，那么，他们就会要求他们的伴侣情投意合。当他们突然发现所得到的与所期望得到的相差甚远时，他们就会感到心理不平衡。”[2]也就是说，不少西部羁旅诗人的婚姻与他们的理想之间产生了较大的冲突，使得诗人们对世俗婚姻心有戚戚焉。

自然条件的恶劣和物质生活的贫乏也是西部羁旅诗人必须要面对的客观存在。沈苇1997年完成的《新柔巴依》一诗中，风的意象出现了八次，“沙子”与“风”搅拌在一起以黄沙、沙漠、风沙、泥土、尘埃的形象贯穿全诗，由此可见恶劣的自然气候给沈苇留下了难以抹去的体验。沈苇诗中写到“风”时，很少出现内地诗人笔下风的轻柔优美，而多是让人身体感到难受的一系列“寒风”，如，“寒风吹向无助的灵魂”（《向西》

〈1994〉），“必须爱上寒风的刀和鞭”（《运往冬天》〈1998〉）[3][4]。引用他在2003年写的诗歌《沙漠，一个感悟》中的一句话：“风沙一如从前，吞噬着城镇、村庄”，风的威力可见一斑[5]。总之，他那越来越多的充满着荒凉、死亡色彩的诗歌精神世界就建立在西部的荒凉与贫瘠之上。宁夏土著诗人刘中很坦率地在他的诗作中描写家乡西北农村的冬天环境十分严酷，这种严酷直接威胁着生命的延续。诗人在《金山的冬天》里写道：“沿山一带/操场荒芜/羊们已不能四处觅食/圈里的干草也困顿/西风逼得很紧”（《金山的冬天》）[6]。羊们在冬天的煎熬就是山区牧民的困境，也是坚守在山区的诗人的生活写照。刘中如此描述他在六盘山区工作的情况：“像在它弯曲的山道上奔走的青年和中年，时不时拎起一块石头、土疙瘩、牛粪蛋，甩向山沟；时不时拥住羯羊的脑袋、驴的脊背、土豆和麻籽，用酒碗装下他们的脾气……”[7]在西部行车，或许就是一次次生命冒险，“汽车走了，走的山石纷纷乱跳”（刘中《纷纷乱跳的石头》）。熟悉西部的人们知道，西部道路的两边多有险滩急流、崇山峻岭，行车途中极易遇到地震、塌方、暴雨、泥石流等突发状况[8]。从沈苇和刘中的诗作中可以看出他们的工作环境危险系数很高。值得关注的是，许多西部羁旅诗人来自温暖湿润、鱼米肥沃的南方或政治经济发达的城市，他们往往被西北的贫瘠和青藏的荒芜惊呆，人生地疏的他们在生活上确实诸般艰难。比如，青海的昌耀、罗鹿鸣来自洞庭湖以南的湖南；周涛生于北京，十岁迁到新疆；杨牧出生于四川渠县，十七年时期进入新疆；章德益的家乡是江南水乡，高中毕业后进入新疆，不胜枚举。总之，青少年时期才进入西部工作生活的诗人们，面对迥异于家乡的自然地理气候，肯定遭遇了许多外人难以想象的客观困难，形成了他们独特的西部经验。

第三，语言文化的障碍对西部羁旅诗人的生活形成了巨大的挑战。西部是中国的主要少数民族聚集地，各个民族都保留着自己独特的语言文化。中华文化以其极其强大的包容性和多元性使得几千年来西部少数民族的语言文化基本以比较完整的形态保存了下来。这就导致可能在西部更偏远的牧区，几十公里或许都找不到一个会说完整汉语的人。这种情况下，造成了西部羁旅诗人在语言交流上的孤独，从而对其心理结构产生了巨大的影响。因此，寂寞就成了羁旅诗人的主流情绪，就像新疆诗人郁笛在一首诗中说的那样："多么寂寞的小城郊外，春天追赶着一群饥饿的羊"(《阜康城外：羊群和墓地》)[9]。西部羁旅诗人的"寂寞"在主流学界被普遍关注，几部主要的文学史在写到昌耀的时候都强调了昌耀诗歌的主流诗绪是"寂寞"，而如何表达"寂寞"的情绪和处理与"寂寞"的关系就构成了西部诗歌的多元化面孔。

综上所述，在20世纪八九十年代，作为"新西部人"的西部羁旅诗人在婚姻家庭、自然环境、语言文化等方面普遍面临着诸多的挑战和危机，这些身体和精神上的体验都成了他们创作的素材。在此，关于他们的生存情况，还有一点也应该引起关注，那就是作为"新西部人"的西部羁旅诗人大多都生活在体制内，有着比较稳定的工作和一定的社会地位。"文革"后，昌耀在青海省作协任专业作家，周涛在乌鲁木齐军区任创作员，杨牧在石河子市文联工作，章德益在《新疆文学》任编辑，罗鹿鸣在青海作中学教师，高平去了甘肃工作，年轻一代的沈苇进疆后在新疆作协工作。他们大多亲自参与了新时期二十年西部的建设，目睹了西部的发展。因为羁旅诗人在体制内的身份，使得他们对民族团结和国家发展有着切身的感受。这些羁旅诗人在体制内的工作经历使得他们容易把自己和唐宋时期边塞诗派的精神历程联系起来。因此，他们又被冠称为"新边塞诗派"。体制内的工作保证了他们起码的生活需求，也吻合诗人们忧怀天下的传统文人定位观念。对20世纪八九十年代西部羁旅诗人的生存状态进行整体观照是有重要意义的。西部特殊的人文地理和自然地理空间培育了西部羁旅诗人的西部气质，更影响到了他们的群体人格。马克思主义美学认为：人类的社会实践创造了历史和人本身，也创造了美[10]。西部羁旅诗人群在西部的经历中收获了西部体验，形成了他们独有的审美意识。

二

20 世纪 80 年代中期西部诗歌作为思潮出现的时候，昌耀、周涛、杨牧、章德益几位诗人的作品成了西部诗歌的代表。杨牧等人和诗刊《绿风》的合谋，推动了西部诗歌作为一个群体的形象与世人见面。昌耀诗歌表现的苦难意识和章德益等几位新疆诗人诗歌呈现出的雄性、阳刚精神等迅速被诗坛确认为西部诗歌的整体风貌。其实，面对上一部分简述的西部羁旅诗人的普遍遭遇时，诗人们的反映有相对的一致性，但一致性中也有个性的东西。也就是说，有不少以“西部地理”为自觉意识创作的羁旅诗人不完全符合“西部诗歌”诗人群的整体风貌，却并没有得到合理认识，下面笔者就把新时期二十年间西部羁旅诗人的几种主要创作心理进行一个简单的梳理归纳，以便更准确地理解西部羁旅诗人创作风貌的一致性和多样性。

“放逐者”的形象。包含有两层意思：一个是无妄之灾，宿命意味。从青年时期进入西部并扎根西部的新西部人，较易产生一种“被放逐”的心态。比起内地的生产生活条件，新西部人很容易产生心理上的落差。文化上的不适，生活上的变异，乃至自然气候的迥异，使得新西部人在现实、亲情、爱情等的处理上有诸多的不适感。西部羁旅诗人不少难以完全摆脱传统文人的名利羁绊，通达于仕途，显名于故里的人生追求在西部羁旅诗人的骨子里多少都有遗存。他们的身上往往呈现出两种身份的冲突，一个是自命不凡的读书人形象，一个却是现实生活中的困窘者。昌耀是最具代表性的“放逐者”形象诗人之一。昌耀“表现在诗歌中的悲剧精神，则是以忧患意识为内容，以善恶、是非为标准的传统悲剧价值判断，展示的是被流放荒原的苦难”[11]。正是这种被放逐的心态，使得昌耀笔下高原的主体色彩荒凉孤寂。20 世纪 80 年代创作的《大山的囚徒》《山旅》《慈航》《雪。土伯特女人和她的男人及三个孩子之歌》，构成了昌耀自传性的“流放四部曲”[12]。因为昌耀在新诗界的影响力，“苦难意识”也被主流诗坛认定为是西部诗歌的主要情绪之一。

得道者的心态。同样包含有两层意思：一是感悟于西部山川人文的启迪，对人生有了一种相当的体认高度；二是由衷感恩自己的西部经历，把在西部的遭遇看作一种人生境界获得的必须经历的磨砺，认为正是西部的磨砺成就了自己，使自己幸运地蜕变成了“灵魂的导师”。这类诗人一般都是被外力投放到了西部生活工作，在不如意的经历中悟道似的发现了命运不幸之中的大幸，创作中有一种感恩的诗绪和与苦难和解的姿态。恰如80年代羁旅新疆石河子的诗人杨牧在诗歌《我骄傲，我有辽远的地平线》中写道：“我博大广袤的准噶尔啊，/你给了我多少恢弘的的画展！”[13]杨牧在诗中明显有一种失之东隅收之桑榆的人生感悟。得道者心态在2000年后的新世纪西部羁旅诗歌中也比较普遍，一般都混杂着感恩的诗绪。

建设者的形象。中华人民共和国从成立初开始，就在西部各条战线展开了轰轰烈烈的建设运动。在这一过程中，西部诗歌中出现了不少讴歌西部建设中的劳动者和抒发对西部建设热潮赞美的佳作。例如十七年时期的“石油诗人”李瑛反映河西走廊石油城“玉门市”和60年代艾青有关军垦城市“石河子市”的诗作。以建设者的形象书写西部一直是西部诗歌的重要主题设置之一，新时期二十年建设者形象的西部诗歌继续得到了充分发展。以石河子市为例，这座中华人民共和国成立后以兵团建设的形式在戈壁滩上创建起来的新城，在20世纪八九十年代继续见证着兵团人“热爱祖国、无私奉献、艰苦创业、开拓进取”的不朽精神。诗意地反映这种精神，记录这种奇迹，成为西部诗歌的时代任务之一。石河子市是在戈壁上沙漠边建设起来的。几代兵团人与戈壁沙漠抗争，硬是把荒漠变成了绿洲。石河子诗人贺海涛在他的诗歌《咆哮的拳击手》中写道：“征服大沙海/（一股风一股绿色的飓风/刷起我冲动的溪流）/挥一挥拳击手套，砸过去/轰鸣，轰鸣/沙海的大口吐出黄色的雨/又要还击我的进攻。”[14]人和大自然的战斗之激烈可见一斑。用诗歌反映历史、推动历史一直是中国诗歌的传统。西部诗歌以西部开发建设为题材，让“咏史诗”在新时期焕发出了时代的生命。

精神苦旅者形象。西部浓烈的宗教文化、辽阔的自然地理、绵长的人文历史往往成为一些内地诗人实践“诗和远方”的理想之地。例如海子就多次来过西部，诗人希冀通过在高原上向高原上的一切致敬的方式，达到“当我的眼神被高原同化，便强悍地掏出岩蕊/插满我全身就像插满高原的节奏/抖落所有的平庸软弱/我也去巡视天空”[15]。海子试图通过与人文自然地理的亲密接触，洗去现代文明的污渍，还原人类原始的伟力，从而获得身心的救赎。如果对海子是否归属于西部羁旅诗人的身份存疑的话，可以再看在青海生活了二十年之久的湖南籍诗人罗鹿鸣围绕“青海湖”创作的一系列诗，他在《土伯特人》中写道：“高原如盾牌抵挡太阳之箭抵挡雪风之九节鞭/岁月之利戟还是把它砍伤了沟沟壑壑可供考证/这自然之杀戮却催生了一群高原之子/他们同牛毛毡房一道菌开在漠野/他们是土伯特人是高原青铜之群雕。”[16]在诗人看来，高原上的坎坷经历成就了土伯特人不朽的精神和存在的意义。那么，推而及己，自己在高原上所经受的苦难也正好是精神攀升所必不可少的一种经历。精神苦旅者形象普遍还带有朝圣者的心态。神秘的宗教感觉总是笼罩在他们的诗歌深处。

拜物者心态。这一类诗歌心理与上面的精神苦旅者有很多共通之处，但也有本质上的区别。精神苦旅者是把在西部的经历当作自己的某种精神上达到崇高境界的磨砺，而拜物者形象类诗歌则侧重于对西部风物的顶礼膜拜，他们往往容易被神秘高远且充满伟力的西部风物折服。比如章德益的诗作《西部太阳》表达的就是从小产生的对西部太阳的神往之情，当然这个太阳并不完全等同于现实中的太阳，它是经过诗人重塑的精神太阳，但他的原型就是大漠草原中的“西部太阳”。对西部风物的膜拜让诗人与大自然的关系重返干净的状态。正是西部羁旅诗人的孤独状态，使得他们恰如美国诗人爱默生描述的可以感知天体中永恒的崇高与壮美，避免了浅吟低唱的肤浅。

赞颂者形象。这一类诗歌具有积极地对西部体验的认识，深受政治抒情诗的影响，虽在六七十年代遭受了特殊年代的困厄，但依旧保持传统的家国情怀不变，高度体认“民族团结”等意识形态理念，唱出了一首首发自生命的赞歌。新疆诗人周涛在80年代的创作是“赞颂者形象”诗歌的佼佼者。如，1978年诗人创作的诗歌《天山南北》，声调高亢，形式整齐，情感饱满，比喻单一，和当时的时代精神非常吻合，具有非常明显的“人民性”特征。周涛的诗歌既诗意浓厚，又活泼好懂，也是“赞颂者形象”诗歌一贯的美学反映。80年代被学界指认为“新边塞诗”流派的创作最主要的心态之一就是赞美者的心理，他们的创作以新疆风物为主；艺术风格粗犷、豪放、刚健、沉雄；充溢着热爱边疆土地，热爱边疆人民，维护民族团结和祖国统一的强烈的爱国主义精神；闪耀着绚丽多彩的民族特色和鲜明的时代精神[17]。

学术界一般都把周涛、杨牧和章德益三人并列来描述80年代中期西部诗歌兴起的盛况，但其实三人的差异非常大。当“西部诗歌”作为一个思潮群体被描述时，个体创作的特殊性就会被有意遮蔽和强制阐释。这当然是不应该的。周涛、杨牧、章德益三人虽都书写西部风物，好似都在歌颂西部风物，但三者的差异十分明显，杨牧诗歌的主体是诗人自身，而周涛诗歌中的西部风物往往就是诗歌的主体，章德益的诗歌主体则具有群体性特征。通过理性分界，对西部羁旅诗人的心态类型进行梳理，非常有效地帮助我们来进一步认识西部诗人的创作个性。但同时，也需要指出这种分界只是理性层面的一种行为，因为实际上不少羁旅诗人同时具有两种或两种以上的心态。比如，周涛和杨牧的诗歌中都有较为浓烈的感恩意味，昌耀的诗歌既有受难者被放逐的情绪也有宗教感的苦行者心态。面对相似度极高的西部遭遇，羁旅诗人们的创作心理呈现出的多样性反映了诗人们对西部遭遇的审美感知和心理形式的差异性。

三

“审美人格是一种远功利而入世，融小我进大化的诗性人格。它追求以无为精神来创构体味有为生活，着意于生命过程的诗性自由。”[18]“知人论诗。了解诗人的现实人格，然后才可以认识诗的审美人格。现实人格是审美人格的基础。健康的或崇高的现实人格决定着健康的或崇高的审美人格。”[19]然而80年代中后期，位居主流诗坛的第三代诗人用日常生活取代宏大崇高，戏谑和反讽的叙事诗意彻底瓦解了人们用诗歌来建构理想生活的意图。人们通过诗歌把握到的是一个碎片化的、反理性的、无意义的既庸俗又荒诞的世界。新诗对世界庸俗化荒诞化的过度表现，一度冲淡了新诗作为文艺应该为时代进步呼唤、为社会变革呐喊的本质要求。这样一来，第三代诗人诗歌的审美人格引起了人们的不安和质疑，又加上几位年轻诗人（海子、戈麦、骆一禾、顾城等）的意外身亡，进而引发了对诗人品格、素养等的批评声音。幸运的是，第三代诗人的诗学主张并不能涵盖1990年前后所有的诗歌流派，其中西部诗人群就独立于第三代诗人的诗学主张之外。西部诗歌在新诗主流极力展示灰色人生的高光时刻坚守了新诗初心，继续着对崇高健康的诗意人生的艰难探索。本文对西部诗歌审美人格的生成逻辑和重要意义做一简要的分析。

第一，理论逻辑。西部诗人群整体健康、崇高的现实人格是西部诗歌审美人格健康崇高的基础。学者许金声在《走向人格的大陆》一书中指出：“评价一个人的人格健康与否或崇高与否的标准主要是看这个人的三种力量的大小。这三种力量是一个人为了实现需要的满足而具备的智慧力量、道德力量和意志力量，它们是实现人的需要的内在驱力，因而能确定人格的实质。”[20]西部地理恰为西部诗人群提供了强大的智慧力量、道德力量和意志力量。从智慧层面讲，西部悠久的历史遗存、浑厚的宗教文化以及当代人的伟大实践足以让西部诗人群应对现代社会的种种危机。这就正表现为当内地诗人深陷在现代性精神危机中时，不少西部诗人还能拥有得道者心态、拜物教心态和感恩的心绪。笔者也撰文论述过西部诗人群创作的精神高度，尤其是理性抒情诗和长诗的写作层面，攀升到了一个颇具象征意义的高度[21]。从道德层面讲，西部诗人群是社会主义现代化建设中的极为正面的精神生态的吟诵，不同于朦胧诗歌对西方现代主义文学的吸收，以正统的社会主义现实主义创作进入到现代国家进程的精神层面的建构[22]。所以说，西部诗人群的道德力量是正统的中国传统道德力量，在中华大地上有着无穷的生命力。他们诗歌的兴起和形成前提是国家的昌盛、民族的团结和各民族之间政治、经济、文化交流的频繁[23]。最后，从意志层面讨论：西部羁旅诗人经历了大多数内地诗人没有遇到过的苦难和挫折，磨砺了他们坚忍不拔的意志。他们化意志为力量，创作的诗歌虽反映了多样性的形象心理，但多样性中又有一致性，那就是永不变化的家国情怀和知识分子的时代担当。

第二，地理逻辑。西部羁旅诗人偏爱雄阔、高远的西部风物，形成了对崇高美的美学偏好。西部诗歌中常见的物象比如“大风”“雄鹰”“草原”“高山”“苍狼”“猎豹”“雪域”等呈现出阳刚、雄性的美学风格。西部特殊的地理环境，形成了粗犷、雄性、阳刚、伟力、坦率的空间精神。在这样的空间中孕育而生的西部诗歌，其风格自然倾向于崇高和伟力，而绝难像江南地区的诗歌那样婉约细腻，或者像都市空间中诗歌那样日常灰暗。例如，黄河水势汹涌澎湃，草原沙漠辽阔无垠，雄鹰蓝天展翅飞翔，不管是来自南方水乡的昌耀、罗鹿鸣，还是出生于山东京畿一带的周涛、高平，面对此情此景，大自然的伟力和宽阔的品质顺理成章地就影响了诗人们的人与自然的关系认知。地理对西部诗歌的影响还表现在“意境”的生成方面。不少西部羁旅诗歌不仅强调意象，还关注意境。意境“天人合一”的追求，使得西部诗歌实现了生命过程的诗意自由。有学者把“自然美”划分为“人化的自然”“社会化了的自然美”和“未经劳动加工、未成实践对象的自然美”[24]。“许多险恶枯索的自然美景尽管表面上杂乱无章、荒诞奇特，然而那里头往往也体现着某种多样的统一，不但暗暗地契合美的形式律，而且在某种条件下还能激发审美主体无穷无尽的自由联想。审美者文化程度愈高，审美经验愈丰富，愈能从中发挥其审美的主观能动性，实现其联想的自由丰富性。”[25]西部诗歌审美人格的形成典型地反映了这种艺术规律。

第三，历史逻辑。马克思认为，历史的每一阶段都遇到有前一代传给后一代的大量生产力、资金和环境，他们也预先规定新的一代的生活条件，使它得到一定的发展和具有特殊的性质，由此可见，这种观点表明人创造环境，同样环境也创造人[26]。西部羁旅诗人的创作肯定是建立在古代西部边塞诗人、近现代西部诗人的优秀作品和伟大人格精神基础之上的。以两度出塞的唐代边塞诗人岑参为例，岑参边塞诗的意境、风格、想象等对当时的诗歌创新贡献颇大，尤其是其的创作在爱祖国大好河山和忠于国家民族方面做到了完美统一，成为以后边塞诗歌创作的楷模。我们遍观当代主要的西部羁旅诗人诗作，他们正是继承了以岑参为代表的古代边塞诗歌的精神气质和审美人格。还需要关注的是，十七年时期，李瑛、闻捷、公刘、高平，乃至郭小川、贺敬之等诗人的创作中表现出的对国家建设、民风民情、革命传统等题材的喜爱，对奉献、互助、支援、团结等美德的弘扬以及对自然美、力量美、健康美等的展示，都为西部诗歌崇高健康的审美人格奠定了基调。因此，新时期以来西部羁旅诗人展示出的“风骨”和同时期内地一些诗歌的“颓废”形成的鲜明对比具有了历史意味。

在简述了西部诗歌审美人格的生成逻辑后，也有必要对其重要意义做一简要的讨论。审美人格是一种诗性人格。审美人格为人性的涵育与人化生存确立了重要的主体条件和理想目标[27]。无论当代新诗如何多元，新诗的审美人格追求应该成为诗人努力的共识。当然，强调新诗的审美人格并不是主张在诗歌中对健康和崇高进行直接表白，也不是简单否定诗歌中的“审丑”，而是应该“以情为生命的本体张目，也倡导由启情而美情，最终把情感的涵育导向了人格的美化”[28]。

结 语

西部羁旅诗人不同于内地诗人的人生经历与古代边塞诗人的遭遇确实有不少相似之处，他们的身份认同也与古代边塞诗人有很多共通的基因，他们的诗文创作也传承了古代边塞诗人的精神气质和人格魅力。他们在诗歌史上的位置也与古代边塞诗人的地位有相似之处。但笔者在此要强调的是，当代西部羁旅诗人在新诗史上的位置或许更加重要，这主要源于他们诗歌自觉的审美人格追求。做出这样的判断，还是主要因为90年代以来主流诗坛引发的新诗危机。不少书写日常生活的诗人某种程度上放弃了理想人格和诗意自由，他们肆意地在世俗生活中打转和消磨。这些诗歌对审美人格的抛弃，说到底还是这些诗人们在现实生活中的“身心组织”失去了超越了自身的动力。笔者以为：行万里路，读万卷书，依然是今天写好诗的必备过程。行万里路，其实就是社会实践。90 年代以来的诗坛知识分子诗人缺少的就是社会实践，而底层诗人的素养又亟需提升。诗歌中健康崇高的审美人格的实现，社会实践和人文素养二者缺一不可。所以说，西部诗歌是“天”选诗歌。

参考文献：

[1] 燎原. 昌耀评传［M］，北京：人民文学出版社，2008（6）：387 -412.

[2] 伯兰特. 罗素. 性爱与婚姻［M］文良文化译，北京：中央编译出版社，2012（12）：142.

[3] 沈苇. 新疆诗章［M］，北京：中国出版集团中译出版社. 2015（7）：4.

[4] 沈苇. 新疆诗章［M］，北京：中国出版集团中译出版社. 2015（7）：28.

[5] 沈苇. 新疆诗章［M］，北京：中国出版集团中译出版社. 2015（7）：43.

[6] 刘中. 青鸟西去意未回//贺兰山的草帽［M］，银川：宁夏人民出版社，2016（10）：16.

[7] 刘中. 青鸟西去意未回//贺兰山的草帽［M］，银川：宁夏人民出版社，2016（10）：131.

[8] 刘中. 青鸟西去意未回//贺兰山的草帽［M］，银川：宁夏人民出版社，2016（10）：60.

[9] 郁笛. 阜康城外：羊群和墓地//阿尔丁夫. 翼人　曲近［M］，中国西部诗选［M］.

[10] 马克思. 1844 年经济学哲学手稿［M］，北京：人民出版社，2018（3）：238.

[11] 李万庆. “内陆高迥”——论昌耀诗歌的悲剧精神［J］，当代作家评论. 1991（1）.

[12] 燎原. 昌耀诗歌的语言艺术及精神高度［OL］，中国诗歌网 https://www.zgshige.com/c/2018 -07 -02/6565992.shtml：2018 -7 -2.

[13] 吕进. 中国新时期新来者诗选 [M], 重庆: 西南师范大学出版社, 2014 (8): 357.

[14] 贺海涛. 咆哮的拳击手//阿尔丁夫·翼人. 曲近. 中国西部诗选 [M], 北京: 作家出版社, 2009 (5): 107-110.

[15] 海子. 高原节奏//西川 海子诗全集 [M], 北京: 作家出版社. 2009 (3): 1093-1096.

[16] 徐捷. 有一种方向叫远方 [M], 呼和浩特: 内蒙古人民出版社. 2009 (12): 64.

[17] 胡新华 王红星. "绿风"诗卷时期的朦胧诗与新边塞诗 [J]. 石河子大学学报 (哲学社会科学版). 2015 (2).

[18] 金雅. 审美人格与当代生活 [N]. 光明日报. 2012-12-18.

[19] 蒋登科. 诗人的现实人格与诗的审美人格 [J]. 当代文坛. 1992 (3).

[20] 许金声. 走向人格新大陆 [M]. 北京: 工人出版社出版. 1988 (8): 448.

[21] 王四四. 论新时期以来西部汉语诗歌的精神高度 [J]. 海南师范大学学报 (社会科学版) 2021 (2).

[22] 胡新华 王红星. "绿风"诗卷时期的朦胧诗与新边塞诗 [J]. 石河了大学学报 (哲学社会科学版), 2015 (2).

[23] 胡新华 王红星. "绿风"诗卷时期的朦胧诗与新边塞诗 [J]. 石河子大学学报 (哲学社会科学版), 2015 (2).

[24] 萧兵. 自然美的两种形态——着重论述未经劳动加工的自然美 [J] //山水与美学. 伍蠡甫, 上海: 上海文艺出版社: 1985 (8): 113.

[25] 萧兵. 自然美的两种形态——着重论述未经劳动加工的自然美 [J] //山水与美学. 伍蠡甫, 上海: 上海文艺出版社: 1985 (8): 117.

[26] 马克思 恩格斯. 德意志意识形态 (第一卷第一章) //马克思恩格斯选集 (第一卷) [M]. 北京: 人民出版社. 1972 (5): 43.

[27] 金雅. 审美人格与当代生活 [N]. 光明日报. 2012-12-18.

[28] 金雅. 审美人格与当代生活 [N]. 光明日报. 2012-12-18.

美国印第安诗歌在中国的翻译与接受

□杨婷　熊辉[①]

内容摘要：美国印第安诗歌因其自身独特性被译入国内，这一译介旅程呈现出曲折性与时代性，这些独具特色的文本建构了中国读者眼中的文学形象。作为“想象的生态守护者”，这一形象既来源于读者对印第安诗歌作品直观的感受，同时也是对印第安诗歌的想象性塑造；就“站在边缘的反抗者”来说，印第安诗歌在美国文学的边缘性不言而喻，印第安诗人的发声注定了反抗的姿态，在他们身上透露着身处白人世界和印第安世界的尴尬和矛盾。正是在读者的话语之中，美国印第安诗歌不断丰富着自身的文学形象。

关键词：美国印第安诗歌；翻译；接受

美国印第安诗歌自20世纪80年代起就开始了在中国的译介旅程，从只言片语的诗人介绍到第一首诗歌译入国内，从单一译者发展到专事印第安文学翻译的群体，美国印第安诗歌逐步涌现在中国读者的视野之中，不

① 杨婷（1997－），女，四川宜宾人，2022年硕士毕业于西南大学中国新诗研究所。熊辉（1976－），男，四川邻水人，博士，四川大学外国语学院教授，主要从事翻译文学与中外文学关系研究，兼事中国现代新诗评论。

断丰富着中国翻译文学的资源宝库。这支“古老而年轻”的文学跨越文化的差异、语言的隔膜在中国的文学土壤焕然一新，在中国读者眼中呈现出丰富多姿的文学形象。

一

1985 年是具有开创性意义的一个年份，美国印第安诗人莱斯利·马蒙·西尔科来到中国，在当时引起不小的轰动。此次来华，西尔科还专门创作了诗歌《向太平洋祈祷》，记录了自己远渡重洋来到中国的旅途感慨，该诗被薛诗绮翻译发表在《世界文学》杂志上，同期被发表的还有西尔科的《印第安诗歌：幸存》，帕蒂·哈乔的《致一位印第安诗人》《面具》，金·库卡的《风，我的朋友》，珍妮特·黑尔的《卡斯特还活在洪堡县》，菲尔·乔治的《守晨》，安娜·沃尔特斯的《我是大地之子》，以及卡罗尔·阿内特的《土地》。这些诗歌选译自 1975 年出版的《虹之歌》（*Voices of Rainbow*），题材广泛，有印第安人对土地的依恋，对非正义行为的抗争，对大自然的热爱，对自由的追寻，对自己民族的骄傲，对光明的期盼等；风格清新质朴；内容上继承了印第安文化传统。除了对诗歌给予肯定外，译者也肯定了印第安人“美洲大陆的主人”的地位，但随着殖民入侵，他们被驱赶，“几个世纪以来，他们虽然备受摧残，但始终热爱并保持自己的文化传统和生活方式，没有屈服也没有沉默”①。由此可见，印第安文学是被当作强势国家内部的弱势文学而被译介到国内的，译者看重的正是诗歌所表现的反抗精神。这是美国印第安诗歌第一次在中国的亮相，此次翻译的作品数量不多，但具有里程碑式的重要意义。此次来华，西尔科还接受了中国记者的采访，《外国文学研究》杂志也有文章进行专门报道。

此次访华事件似乎并未对美国印第安诗歌在中国的传播带去较大的改变。时隔十余年之后，四位新面孔出现在中国读者的视野之中。《世界文

① 薛诗绮译：《当代美国印第安人诗选》，《世界文学》1985 年第 6 期。

学》杂志在1998年第4期上介绍了四位美国印第安诗人，并翻译了十二首诗歌，这也是国内第二次大批量地译介美国印第安诗歌。首先是詹姆斯·韦尔奇的《魔狐》《了解真相》《D-Y酒吧》，译者对诗人的创作特色进行了简要阐述："诗歌以两种风格交替出现，一种是充满生动细节的现实主义陈述，一种是独特的印第安超现实主义。"① 这也奠定了中国读者对韦尔奇创作风格的基本认知。其次是兰斯·汉森（Lance Henson）的《羊群》，他的诗歌主要以描写自然变化为主要内容。接下来是理查德·艾特生（Richard Aitson）的《太阳是蓝色的》（外三首）《冬天》《老人的诗》《漫步》，他的诗歌取材于基奥瓦民歌和传统，有智利诗人聂鲁达的影子。他除了是一位诗人，还兼有画家身份，因此，他的诗歌具有一种绘画美。最后一位是加斯·帕尔默（Gus Palmer），翻译了他的《中楣》（外三首）《给春天的消息，或乔克托处女的月亮》《正午》《冬天》四首诗歌。除了诗人之外，他也兼有导演身份，拍摄过电影《米娜》。同年，《世界文学》第5期又刊出了刘锋翻译的乔伊·哈乔的《冬天的骨架》。这也是该诗人第一次出现在读者视野，他的诗歌关注美洲印第安文化和决定该文化的种种原型，同时也关注带有普遍意义的个人生存与自由等问题。早期美国印第安文学的翻译主要依靠《外国文学》和《世界文学》这两个杂志阵地介绍给中国读者，二者在翻译美国印第安文学上无疑具有先锋作用。

进入21世纪后，美国印第安文学的翻译不再是《外国文学》和《世界文学》两家刊物的"双人舞"，其他的诗歌杂志、出版社也参与到这一翻译旅程中来。2003年，《世界文学》第3期发表了白生翻译的乔伊·哈尔乔的《火》和琳达·霍根的《石油》，值得注意的是，这两首诗歌被放入"生态诗歌七首"这一专题中和艾米丽·狄金森（Emily Dickinson）、加里·施耐德（Gary Snyder）、南希·伍德（Nancy Wood）、艾丽丝·沃克（Alice Walker）四人的诗歌一起被发表，众所周知，这四位都是美国文坛著名诗人，像施耐德和沃克都等获得过普利策奖，而狄金森在美国更是具

① 杨子译：《美国印第安诗选》，《世界文学》1996年第4期。

有很高的文学地位，把哈尔乔和霍根的诗歌和他们放在一起，无疑肯定了印第安文学所具有的文学价值，尤其是生态意义上的价值。2010 年，《诗林》（双月刊）发表了周瓒、徐贞敏合译的《乔伊·哈尔乔诗选》，共包括《她有一些马》《两匹马》《淹死的马》《冰马》《爆炸》《仪式》《悬出十三楼窗的女人》《九月的月亮》《春分》9 首诗歌，这是第一次出现二人合译本的印第安诗歌。如果说这些印第安作家的翻译和介绍并未引起太多关注，那西蒙·欧迪斯这位诗人在中国所受的“礼遇”则要高出许多。

2012 年，西蒙·欧迪斯的诗歌《他们的礼物》《卡维斯提马和我分享它的存在，而我和卡维斯提马分享我的存在》《给盖洛普的兄弟姐妹们》（余石屹译）和散文《我们原住民文学存在的理由》（麦芒译）入选《回归的灵魂与远游的思想——青海国际土著民族诗人帐篷圆桌会议诗文选》。另外，由上海文艺出版社出版的《我承认你并不跟我的诗神有缘》选入了欧迪斯的《启明星》（余石屹译）一诗，青海人民出版社出版的《时间搭成的阶梯》也选了他的诗歌，这是第一位入选中国诗歌选本的美国印第安作家，足见其受重视程度。2013 年，《世界文学》杂志发表了余石屹翻译的《西蒙·欧迪斯诗选》，选集由《婴孩的形成》《四首鸟歌》《时间、运动和空间》《我父亲的歌》《“土地是同样的干旱”》《梦想的影子》《没有你》《昨夜》《威斯康辛马》《碎片》《圣地亚哥以东》《疼痛》《看你》《启明星》14 首诗歌组成。译文前面还有《美国原住民诗人西蒙·欧迪斯小辑》，对欧迪斯其人进行了详细介绍，包括他个人的生平经历、文学创作历程以及诗歌风格，为读者阅读欧迪斯提供了丰富的背景材料。紧随翻译诗歌之后的还有诗人吉狄马加和西蒙·欧迪斯的谈话，这篇文章是 2012 年吉狄马加与欧迪斯共同出席“青海国际土著民族诗人帐篷圆桌会议”时的谈话内容，此次谈话内容涉及印第安人族群生活现状、身份认同、个人权益维护、作家自身创作等问题。欧迪斯的回答给读者还原了一个真实的印第安民族的生存现状以及他们特有的文化历史。不得不说，这次对话在双方的文化交流史上具有开创性意义。除了这篇谈话内容外，余石屹还写了一篇评论性的文章《阿科马的歌手：西蒙·欧迪斯》，这篇短文既有理性的分析，又有感性的情感抒发。作者从三个方面评价了欧迪斯的诗歌：第一，他的诗歌具有讲故事的特质；第二，诗歌内容具有鲜明的民族特色；第三，表达对社会的关怀。这虽然是一篇充满个人色彩的评价，却让读者能够跟随欧迪斯诗歌所具有的现场感和方位感进入那片属于印第安的红土地，并引发读者重新审视现代世界我们与土地的关系。其实，在五年前，余石屹就在《读书》杂志发表过《阿科马的歌手》一文，对《政府说他们决不是来掠夺》和《最终答案：工作，离家》两首诗歌进行了翻译和解读。而2013年发表的这篇文章是作者对诗人认识和理解的进一步加深。这一次对欧迪斯的译介整整占据杂志四十多页的篇幅，其在国内的受欢迎的程度可见一斑，同时也让中国的读者更加全面了解欧迪斯其人其文。同年，《诗歌月刊》和《世界文学》刊登了印第安诗人欧迪斯荣获金藏羚羊国际诗歌奖的文章，这次国际诗歌节授予美国印第安诗人欧迪斯金藏羚羊奖，对印第安人作品中所具有的对自然的热爱、对民族传统的观照、对人类命运关怀进行肯定，也让这一处于美国边缘地位的文学得到世界的关注。另外，余石屹还出版了西蒙·欧迪斯的诗集《为雨而行》和《看啊，那些唱歌的石头》，前者由清华大学出版社发行，后者由青海人民出版社出版，这是国内第一次有美国印第安诗人的整本诗集被翻译出版，这也是美国印第安诗歌翻译工作的一大突破。2015年，琳达·霍根（Linda Hogan）的诗歌由刘立平、宋赛南二人合译发表在《江南诗》杂志的"域外"栏目，一共包括《自然的状态》《桉树》《内部》《谦逊》《名字》《牧羊人的小屋》《狂喜》《醒来》《光》《泉水》《迟早》《不安》12首。栏目主持人汪剑钊把琳达·霍根视为北美"草根"，这是因为她天生就与自然有着泛神论式的亲近。"考察霍根创作的姿态，我们可以发现，她有着青草般的'谦逊'，但与此同时，她也拥有了'野火烧不尽'的生命力。"[①] 这段评价抓住了霍根诗歌中所具有的生态主义精神。此外，宋赛

① ［美］琳达·霍根：《琳达·霍根诗十二首》，刘立平、宋赛南译，《江南诗》2015年第3期。

南还翻译了路易斯·厄德里克的小说《进来》，并撰写了评论文章《“在边缘怒放”：厄德里克写作的意义》发表在《西部》杂志第2期，指出厄德里克写作的特色：一、环中环的叙事方式；二、喜好制造悬疑；三、语言上具有奥吉布瓦色彩；四、小说的政治性。厄德里克的写作是“一种抗拒主流、抗拒权威、在边缘怒放的写作姿态。在这场怒放式的写作中，厄德里克为我们清洗了思想中的污泥，扫除了精神上的障碍，开拓了文明的新通衢”①。2021年，一位新的印第安诗人杜安·大鹰（Duane Big Eagle）进入国内大众视野，张子清选译了他的《我祖父是量子物理学家》《去镇上》《在印第安奥色治部落家园境内》《双心部落》《风和冲动》《情歌》《一加一等于》《1936年11月12日，烦扰种种的日子》《拽》9首诗歌，发表在《世界文学》第2期。这一批诗歌涉及童年生活、印第安历史、社会现状等内容，从中可见大鹰对人类生活方式及其影响的关注。

自20世纪80年代以来，美国印第安诗歌的译介经历了曲折的历程。从单首诗歌的翻译到整本诗集的出版；从单一译者到多人合译；这些可喜的变化让我们看到族裔文学在中国文学环境中的生存状态，也折射出当代中国翻译文学史的一角。而印第安诗歌能够被译者选择，这与印第安文艺复兴运动的开展以及国内文艺政策的调整密不可分，正是多元因素的推动才促成印第安诗歌与中国读者的见面。

二

如果说依托翻译的文本传播让美国印第安文学的中国形象建构成为可能，那么学界的评论、读者的阅读才是这一文学塑造异域文学形象的主要方式。正是在文学传播过程中的失落、扭曲、变形才使得翻译文学展现出不同的面貌，在读者的阅读接受中，美国印第安诗歌的中国旅行才具有价值和意义。

---

① 宋赛南：《“在边缘怒放”：厄德里克写作的意义》，《西部》2015年第2期。

人与自然的和谐关系一直是印第安文学中的一个永恒主题。从美国印第安口头文学到当代文学，自然总是以一种特有的方式存在于他们的民族文学之中。学者朱振武将印第安人称为“最早的生态学者”，“是环境主义和生态主义的鼻祖”①，这样的评价既来源于印第安人的传统，也体现在创作的诗歌作品之中。译者薛诗绮翻译的《风，我的朋友》《土地》《我是大地之子》可以说是国内较早对美国印第安生态诗歌的介绍，这些诗歌的亮相让中国读者看到印第安人对自然万物的深切关注和他们流露出的人与自然和谐共处的超前理念。生态诗歌第一次成系统被翻译到国内是由译者白生发起的。2003 年，他以“生态诗歌七首”为题在《世界文学》杂志发表了琳达·霍根和乔伊·哈尔乔的译作《火》和《石油》，前者讲述了对“火”的崇拜，后者控诉了对大自然进行无休止开采的行为，“我们拥有大量的面包和汽油，/外表越涨越肥/内心变得干瘪。”② 印第安人天生对大自然有着敬畏之感，现代化的工业文明与他们的世界格格不入，崇尚自然、爱护生态已经刻画进了他们的血液。

这些诗歌让中国读者再次关注到充满生态色彩的印第安文明。与此前不同的是，这次译者首次指出了地球生态危机问题。“生态诗歌是诗坛的小号：悠扬，浑厚，高亢。悠扬让人陶醉在人与自然的和谐牧歌里；高亢逼人正视地球上的生态危机。”③ 从译者前言大致可以看出当时生态诗歌的出现与地球面临的生态危机密不可分，这类诗歌成为反映时代问题的镜子，将人与自然的恶性发展关系揭露出来，以引起世界人民的反思。对于国内翻译界来说，正是这些关乎人类命运的主题才让翻译这一行为具有更深刻的醒世意义，使更多人关注到生态问题，为在工业文明的掠夺中丧失理智的国家敲响警钟。美国作为一个高度工业化的国家，同时也面临很严重的生态恶化问题，甚至在发展过程中出现过重大的环境污染事件，生活在美国各个州保留地的印第安人也深受工业文明带来的危害，无数印第安

---

① 朱振武：《美国小说本土化的多元因素》，上海外语教育出版社，2006 年，第 36 页。
② ［美］琳达·霍根：《石油》，白生译，《世界文学》2003 年第 3 期。
③ 白生：《生态诗歌七首》，《世界文学》2003 年第 3 期。

人被迫离土地，自然资源被掠夺，走上离家之路。在美国工业化进程中，现代化的机器作业、工厂排放等，加剧了自然环境的污染，而印第安人这样清新脱俗极具自然主义气质的诗歌展现了完全不同于白人世界的自然观，正是对美国工业化带来的环境污染的一种控诉。

莫马迪在自己的学术著作《土著印第安人对环境的态度》中指出，印第安人的种族和文化经验告诉印第安人，人与自然的关系是一种“交互占用”，人把自己“投入到风景之中，同时又把风景融入自己的基本经验中”，从而达到天人合一、人天与共的境界①。正是基于这种宇宙认识，印第安文学作品才凸显出一种人与自然的亲缘关系。对印第安冠以“生态”二字早已成为国内评论界的共识。译者兼评论家刘立平在她的文章中对琳达·霍根的诗歌《桉树》《醒来》《孤独》《泉水》《来自远方》《牧羊人的小屋》《狂喜》《光》进行了介绍与阐释，并指出了霍根诗歌中的自然之美和强烈的自然原初感知力。她将霍根的诗比作“一泓清泉”，将人类带离城市的喧嚣，来到她描绘的自然，霍根诗歌展现的是一个充满自然之力的世界，并且让读者对生命的起源有更加深入的思考。她本人在阐述自己的写作意图说：“这些写作产生于我们为什么成为人类的思考，产生于对现存世界和它的所有居住者一生的关爱，它们也产生于我对土著的理解。”② 因此，她的写作思考了人与自然的关系、人在自然中的位置以及人对自然应该承担的责任。这些对印第安形象的评价集中在文学文本直接传达的内容，基于这些译介内容让中国读者看到了一个原生态的、真实的印第安形象，他们对自然的热爱以及超前的生态观塑造着印第安文学的形象，也改变了读者对印第安原始、野蛮的刻板印象。

围绕生态印第安，除了从文本角度最为直观的形象感受之外，也有人从更广阔的社会文化层面去建构这一文学形象。蔡俊认为“生态印第安”

① 王卓：《多元文化视野中的美国族裔诗歌研究》，中国社会科学出版社，2015 年，第 113 页。

② 赵媛媛：《倾听生命的吟唱——琳达·霍根小说的生态主题》，北京外国语大学博士学位论文，2014 年，第 119 页。

一方面是印第安作家借助写作构建起来的，它几乎是印第安人在美国社会文化想象中的主导形象；另一方面他也质疑这一形象的真实性，认为“生态印第安”是本土裔学者和作家为了迎合美国主流文化的想象，是一种隐秘而迂回的反抗；是他们出于政治和权力的考虑，借以在主流文化内部可以接受的范围内发出不一样的声音的手段①。由此可见，对美国印第安文学的生态形象接受发生了质的转变。从作品内容所体现的自然生态之美，到依托文学形式展现生态主义的原则，再到对“生态印第安”形象的质疑，国内对印第安文学的接受情况越来越走向多元化和深入化。美国印第安诗歌中的土地、天空、草木、动物、四季等意象构成的自然世界，给现代生活中的广大读者提供了全新的自然景观，给他们带去了心灵的净化与抚慰，这也是“生态印第安”评价最为直观的来源。当然，这一形象远不止这一层面，它既是美国主流社会迎合自身需要而进行的一种虚假想象，同时也是中国读者心灵世界中的真实写照。

学者型读者他们更多从研究角度把印第安人的诗歌看作是对本民族生态文化的赞美、对本民族文化的认同。学界的研究既促进印第安诗歌的传播外，同时也展现了印第安诗歌在中国的接受形象。此外，在国内诗坛举办的诗歌节中也能看到美国印第安诗歌的影子，这种文化交流活动无疑为印第安文化的传播形成了一个媒介空间，也折射出诗坛对美国印第安诗歌的接受现状。

2012 年 8 月，欧迪斯应邀参加“青海国际土著民族诗人帐篷圆桌会议”，世界各国近 40 位诗人、诗歌评论家和学者集会于此，欧迪斯正是作为印第安民族的代表而出席的。这次会议的目的就是要将每一个民族伟大的文化传统更完整地呈现给这个多元的世界，让各民族创造的文化成为人类共有的精神财富，在现代化的过程中不断重塑自我，高扬原始根性文化

---

① 蔡俊：《超越生态印第安：论露易丝·厄德里克小说中的自然主题》，南京大学博士学位论文，2011 年，第 180 页。

意识，促进不同文明之间的对话和沟通，为人类永久的和平祈福[①]。会后欧迪斯与我国诗人吉狄马加进行了长达两小时的对话，二人就原住民的文化传统、现代化过程中的原住民生存状态、原住民权力的保护、诗歌与土地的关系等问题展开了讨论。欧迪斯批判了欧美白人对美洲大陆实行的五百年殖民历史，给原住民带去了心灵的阴影，甚至是扭曲的思维，他说："很多人屈从白人的殖民主义，放弃了反抗，放弃而来希望。我以为我们不能这么轻易坐以待毙。我写过一本书，其中一章就叫做'反抗'。"[②] 由此可见，他是以一个"站在边缘的反叛者"姿态去真实描绘出印第安人的生活状态，以诗歌话语展现对白人中心主义的反抗，同时，在更广阔的层面上表现出对人类命运、宇宙的关切。欧迪斯借由这次谈话还向中国读者展示着印第安文明悠久的历史和古老的文化，从民族的命名到身份的认同，从上古神话到当代印第安人现状，不断输出着印第安人的世界观与价值观。此外，欧迪斯讲述的印第安人遭受的不公，也值得引起世界的反思。当前，印第安人的权利仍旧无法得到法律保障，欧迪斯指出："美国的法律是因所谓国家利益所设，而不是用来保护原住民的。其实，美国政府特别害怕原住民声索自己的权力。"[③] 印第安人仍旧处于美国弱势群体的边缘，受到白人中心主义的宰制之下，这难免让人产生一种情感的共鸣，曾经的中华民族也如印第安人一般遭受压迫和奴役，正是有这些印第安作家的发声，才让世界人民看到当前霸权主义和文化殖民主义对弱小民族的伤害。从这个古老民族的神话传说，印第安人讲求和谐自然、延续传统的理念以及他们面临的霸权威胁，让人感受到与中华民族之间的一种默契与相似，并引发读者共鸣。

圆桌会议一年之后，欧迪斯再次踏上青海的土地，与中国结下了更为

---

① 吉狄马加在2012年青海国际土著民族诗人帐篷圆桌会议开幕式上的致辞，摘自http://roll.sohu.com/20120812/n350449585.shtml.

② 麦芒、余石屹：《青海对话——吉狄马加与西蒙·欧迪斯》，《世界文学》2013年第1期。

③ 麦芒、余石屹：《青海对话——吉狄马加与西蒙·欧迪斯》，《世界文学》2013年第1期。

深厚的友谊。2013 年，第四届青海湖国际诗歌节开幕，此次诗歌节不仅仅是国际文化的交流盛会，同时也是“金藏羚羊国际诗歌奖”的颁奖仪式，欧迪斯和叙利亚诗人阿多尼斯一同获奖，评委会对这个来自美国的印第安诗人获奖这样评价：

> 他的诗真诚、平易、但总是带着一份执着，他的声音清澈、宁静，但总回响着一种正义。他总是注目脚下的土地是否坚固，把最深沉的爱献给了地球母亲；他坚信人民的力量，相信每一种文化都有它的价值。他用民族赋予他的智慧，为阿科马人民歌唱，但他又以诗人的勇气，肩负起人类的使命。①

从这一段获奖致辞中我们可以看到西蒙·欧迪斯是作为一个为阿科马部落的歌唱者和关注人类命运的实践者而被广大中国人民所认识的。吉狄马加肯定了欧迪斯诗歌中呼唤传统的智慧。康桥也认为他是一位为捍卫人类文化尊严的诗人。这些评价和荣誉是对欧迪斯本人，同时也是对他所代表文化的高度肯定与赞扬。他的获奖一方面来自自身的诗歌创作，另一方面这种评奖制度背后还隐藏着权力话语的影子。这种来自官方的肯定和认可增强了诗人在中国诗坛乃至国际的影响力，也推动了印第安诗歌在国内的传播范围。欧迪斯在诗歌节中还亲自朗诵了自己的诗歌，实现了印第安文学在国际上的真正发声，正如麦克卢汉所说“媒介是人的延伸”，相反，人本身也能充当媒介。这次诗歌节活动丰富多彩，让东方文化与世界文化友好地交汇碰撞，通过交响音乐会、诗人采风、诗歌朗诵等多元形式构筑了文化传播的媒介空间。国内诗坛对欧迪斯的认知与其作品所呈现的反叛精神是一脉相承的，不管是它的《我们原住民文学存在的理由》，还是《圣地亚哥以东》《土地是同样的干旱》《威斯康辛马》等都隐晦展现着一

---

① 从青：《2013 年度金藏羚羊国际诗歌奖揭晓——叙利亚诗人阿多尼斯和美国诗人西蒙·欧迪斯获奖》，《世界文学》2013 年第 3 期。

个少数族裔诗人面对强势文化时的反抗精神。

除欧迪斯外，作为印第安文艺复兴第二次浪潮的代表人物，莱斯利·马蒙·西尔科在印第安文学史中具有不可或缺的分量，国内对她的评价多集中于两个词——“生态”与“反抗”，这也是读者对印第安文学的整体感受。西尔科的《印第安人幸存之歌》讲述了印第安人北征的经历，这是一个民族历史的回响，译者通过翻译把这个民族的血泪史带到了遥远的东方，让东方民族国家看到印第安人虽然处在美国文化的边缘但是仍旧以傲然的姿态反抗着白人社会的残忍与不公正，这些历史是不应该被世界人民遗忘的，尤其对于长期处于被压制的东方各国来说，这些文字是最好的鼓舞人心的良药。西尔科不仅控诉了殖民时期白人对印第安土地的掠夺和种族的屠杀，还揭露了当代主流社会以发展为借口对保留地进行的各种掠夺和干涉。作为一名女性，她以文字唱响了一曲反抗殖民的壮丽悲歌。同样，厄德里克在也是一个反抗命运的化身，这种命运既有作为印第安人遭受的不公，也有作为一个女性所处的个人困境，她的作品呼吁着所有受到灾难、身处不幸中的读者勇敢发声，寻找新的希望。而珍妮特·黑尔的《卡斯特还活在洪堡县》是库达琳族对白人进行控诉的诗篇。诗歌以不断的问句指控白人抢夺土地、滥杀波摩族青年的历史事实，以反讽的语调表达对白人的憎恨。“卡斯特”是美国南北战争后的将领，以屠杀印第安人著称，后被印第安人击毙于大小角河畔。“大小角”“踩趾山”“伤膝谷”都是历史上印第安人和白人激战的地方，而这些承载这历史血腥的地方现在“又重新长满野草，颀长的野草，在微风中摆动，掩盖了战争的疮痍”[①]。印第安人被种族压迫、歧视的现状已是不争的事实，但过去他们无法自我言说，只能处于被动的地位，默默忍受屈辱的历史，这些文字就是他们面对殖民和霸权发出的反抗最强音。这些表现种族压迫、印第安人生存困境题材的作品，展现了强势文化中的反抗力量，在中国读者面前呈现了印第安人遭受的剥削和压迫。除了上述作品外，杜安·大鹰的《1936 年

① ［美］珍妮特·黑尔：《卡斯特还活在洪堡县》，薛诗琦译，《世界文学》1985 年第 6 期。

11 月 12 日，烦扰种种的日子》《在印第安奥色治部落家园境内》，这些具有抗争声音的作品通过译介转化成解构文化殖民的力量在另一片土地上发挥着源源不断的能量。

印第安诗人的反抗书写呈现出历史与当下、神圣与世俗、绝望与希望相互交织的“张力”之美；这些觉醒式的呐喊是对美国加之于印第安民族灾难的不满，也是争取民族正义与公平的旗帜。正是这些作品被译入国内，才让读者看到了印第安民族所具有的反抗霸权主义、殖民主义的精神气概；同时，作品中展示的印第安人被压迫、被歧视、被驱赶的历史暴露了美国历史上对非白人种族实施的残酷镇压，这种不和谐的声音将美国一直以来维持的“自由、民主、平等”形象打碎了。

结　语

与翻译作品数量比较而言，中国读者对美国印第安文学的研究和评论更为活跃。印第安文学所展现的生态色彩既有真实的成分，同时更是中国读者的一种想象性认同，在当下的时代话语之中，“生态守护者”的形象在生态文明的宣传中起到了重要的社会意义，在翻译、生态文明、社会需要的互动之中，生态人形象塑造着社会文化发展的方向。对于民族传统来说，印第安人对自身民族传统的歌唱显示着文化传承的重要性，中国在走向现代的过程中，文学对文化的承载意义不容忽视，这也是“印第安传统文化歌者”这一形象在中国语境下的价值所在。最后，反抗的意义是超越前两者的，在后殖民的文化语境之中，美国作为一个依靠多元文化进行文化殖民的国家，这样一种反抗的力量对于中国文学来说必然是吸纳的重要对象，这对于解构文化殖民、增强民族文化自信都具有重要文化意义。总之，这些译介的美国印第安诗歌让中国读者看到了一个不同于白人话语塑造的印第安形象，在翻译的塑造中，美国印第安诗歌也获得了在中国的本土文学形象符号。

图书在版编目（CIP）数据

诗学. 第十七辑 / 吕进，向天渊主编. — 成都 ：
巴蜀书社，2022.12

ISBN 978-7-5531-1862-8

Ⅰ.①诗… Ⅱ.①吕… ②向… Ⅲ.①诗歌研究－中
国－当代 Ⅳ.①I207.22

中国版本图书馆 CIP 数据核字（2023）第 006155 号

诗学（第十七辑）
SHIXUE

吕 进
向天渊 **主 编**

责任编辑	陈亚玲
出 版	巴蜀书社
	成都市锦江区三色路 238 号新华之星 A 座 36 层 邮编 610023
	总编室电话：(028)86361843
网 址	www. bsbook. com
发 行	巴蜀书社
	发行科电话：(028)86361851
经 销	新华书店
照 排	四川胜翔数码印务设计有限公司
印 刷	成都蜀通印务有限责任公司 （028）64715762
版 次	2023 年 1 月第 1 版
印 次	2023 年 1 月第 1 次印刷
成品尺寸	170mm×240mm
印 张	19. 75
字 数	350 千
书 号	ISBN 978-7-5531-1862-8
定 价	72. 00 元